丰子恺 译文集

第十九卷

丰陈宝　丰一吟
杨朝婴
杨子耘
丰睿

编

ZHEJIANG UNIVERSITY PRESS
浙江大学出版社

本卷说明

　　本卷收录丰子恺先生翻译的苏联学者有关图画教学的著作三种,分别是科茹霍夫的《学校图画教学》、加尔基娜的《小学图画教学》(与丰一吟合译)、孔达赫强的《中小学图画教学法》(与丰一吟合译)。其中《学校图画教学》由上海春明书店初版于一九五三年,本卷根据人民教育出版社一九五五年二月第一版校订刊出;《小学图画教学》根据人民教育出版社一九五四年九月初版校订刊出;《中小学图画教育法》根据上海万叶书店一九五三年三月初版校订刊出。

本卷目录

学校图画教学

[苏联]科茹霍夫 著

丰子恺 译

著者序言

在初等学校及七年制学校中,图画是必修课。

担任初级班图画教学的教师,大都不是专家。

本参考书的任务,是想对在初等学校及七年制学校中担任图画教师的非专家给以方法上的和实际上的帮助。

这样的参考书有出版的必要,因为学校没有关于图画的教科书,关于图画的参考书也很少有出版。

这册参考书倘能帮助教师们正确地建立图画教学工作,用正确的方法来领导这工作,著者就算完成自己的工作任务了。

目　　录

第一章　图画在学校里的意义和地位

对儿童图画教学的目的和任务的正确理解,可以帮助教师深思熟虑地在学校里建立这教学工作。

在初等学校及七年制学校的图画教学大纲的说明文中有这样的话:

"图画和学校教学的其他科目一样,必须促进作为共产主义社会未来公民的学生的个性的全面发展。"

审美教育是共产主义教育的组成部分,它在学生个性的全面发展中也起着重大的作用。

列宁在对克拉拉·蔡特金(Клара Цеткин)的谈话中说:

"艺术是属于人民的。它应该把它的最深的根移向广大劳动群众的最深处。

"它应该为劳动群众所理解并爱好。

"它应该结合劳动群众的感情、思想和意志,并且使他们提高。

"它应该在他们中间激励出艺术家而发展他们。"[1]

所以学校应该教儿童正确地评价并理解艺术作品,培养儿童对环境中事物的艺术趣味,培养他们对自然界和我们的社会主义祖国的爱。

加里宁(М. И. Калинин)在他的论文《为苏维埃学校教学工作的质

[1] 《列宁论文学》,国立文艺书籍出版社,一九四一年版,第二七六页。

量而斗争》中写道：

"我还要请大家注意两种很重要的科目——绘画和制图。这两种科目在我国不知为什么而被忽视，不但在乡村的学校里如此，在城市的学校里也如此。然而懂得绘画和制图，在研究器械、车床、机器和各种复杂的联动机时要容易得多。

"绘画和制图在现今具有特别重大的意义，因为我们正在加紧掌握技术，因为劳动过程的机械化不但在城市里发展着，又在乡村里发展着。"[1]

图画科建立得很好的学校，对图画科充分注意的学校，常常被它们从前的学生——我国的进步人士——怀着特殊的爱而回忆着。

例如，有名的设计家兼发明家——社会主义劳动英雄亚科夫列夫（А. С. Яковлев）在他的回忆录中说："还有一件事使我对学校十分感激，即我们的学校里有很好的图画课……

"绘画的技能后来对我有极大的帮助。因为当工程设计师设计某种机器的时候，他必须十分详细地设想自己的创作物，而且必须能用铅笔把它画在纸上。"[2]

儿童从很小的时候就显露出对图画的爱好。儿童常常用图画来表现他们对周围的事物和现象的观察和观念。儿童在他们的天真的图画里"叙述"着这一点。所以儿童的图画，是补充并说明他们的语言的一种手段。

儿童对图画的爱好，由此便可明白。优秀的俄罗斯教育家乌申斯基（К. Д. Ущинский）说："所有的儿童，差不多没有例外，都热心地爱好作

---

〔1〕　加里宁：《关于共产主义教育的论文和演讲》，国立教科书出版社，一九五一年版，第四六页。

〔2〕　亚科夫列夫：《生活中的故事》，国立儿童书籍出版社，一九四四年版，第一六页。

画,学校必须满足他们这正当而有益的热情。"[1]

图画和学校中其他各科一样,也要求系统的课业和随着每年的教学而逐渐提高的一定的技巧。

例如,要发展语言的技巧,学校里采用一系列的有系统的练习,借以引导学生用正确的、文学的语言来自由地表达自己的思想。

图画也如此,也必须有系统的练习,借以培养该科所要求的技巧。

必须记住:图画的基础,是建立在初级班中和七年制学校及十年制学校的五六年级中的。

群众性的学校的学生具备了这基础修养而进入中等技术学校、高等学校或从事实际工作。

由此可知,学校对于学生的图画教练负着何等重大的责任。

学校中儿童的图画教学,要求教师具有适当的图画修养和关于该科的教学法的知识。倘有个别的教师缺乏适当的修养,那么在我们苏维埃的环境内,要补充自己的知识,要获得领导儿童图画教学的技能,是尽有可能的。

可以指出的是:国民教育各部门及教师进修学校所组织的每年的讲习所和研究班。

教学法研究室、教学法联合会、专家咨询处,以及友谊的互助,对于教师可有很大的帮助。此外,莫斯科的克鲁普斯卡雅苏联人民创作室(Всесоюзный дом народного творчества имени Н. К. Крупской)(亚美尼亚街十三号)设有绘画函授班。参加这函授班,可以不脱离生产而进修自己的图画知识和技巧。

---

[1]　乌申斯基:《教育论文选集》,国立教科书出版社,一九四五年版,第四一六页。

第二章　图画教学的形式及其相互联系

初等学校、七年制学校和十年制学校的教学大纲规定着三种图画形式：(一)写生画，(二)装饰画，(三)命题画。

每一种形式的图画都具有它一定的任务，互相联系，又互相补充。"在写生画课中，必须教学生注意到实物的形状和色彩的特点而写实地描写实物，又根据各物的相互关系及对画者的关系而表现这些实物的空间状态。"(摘自教学大纲)

写生画

写生画是图画的主要的、基本的形式。关于这部分必须较详细地叙述。

写生画的意义，不仅是观察事物，确定其形状、各部分的大小、布置的相互关系、色彩而已，而又是把这些观察表现在自己图画中，写实地描写这些实物。因此，写生画执行着图画教学的基本任务之一，就是使儿童对周围事物和现象的积极感受精确并丰富起来，借此帮助儿童根据周围事物的类似点而判断它们。

图画必须是充分写实的，这就是说，必须表现实物的典型的形状和色彩，像我们在自然界中所见的样子。

　　有些教师教学生依据明信片或其他图画而描画，这是必须警诫的。因为学生习惯于被动的描画之后，遇到了现实物体往往束手无策，对简单的实物也不能写生。

　　在本书后面的几章中，将详细地说明初级班(一至四年级)和高级班的写生画教学法，因为儿童的年龄不同，教写生画时揭示实物也要求不同的方法。

装饰画

　　装饰画，即儿童为壁报绘制的各种装饰(图案模样)、为杂志作的封面画、标题装饰画、开头字母[1]及其小饰图。

　　在这部门中，学生必须学会使用色铅笔和水彩颜料的技巧，获得关于原色和间色的概念，能够辨别色彩的调和和配合，以及同一色彩的各种浓淡变化等。装饰画促进学生的色彩感觉、节奏感觉、构图感觉的发展，并能适应他们对色彩和节奏的爱好。

　　此外，在装饰画的部门中，儿童必须学会描写直线和曲线的初步技巧，以及不用仪器描写正方形、圆形及其他几何形的初步技巧。

　　为了描写图案及其他装饰画，应该教学生认识各种民间装饰图案作品的范例。学生在这些范例中学得图案模样的构成、色彩配合的意义，明显地认识图案模样在日常生活的物件上的实际应用。

　　这一切都是促进学生艺术趣味的发展的。

----

　　[1]　开头字母，即俄文每篇文章开头第一字之第一字母。这字母往往写得较大，且有时加以装饰。——译者注

　　装饰画的课业应该密切联系写生画,应该补充写生画。

　　例如在装饰画课中,教儿童认识正方形、长方形、圆形等,而在写生画课中,必须给他们描写基本上具有这些形状的实物(在图画教学大纲中,对每班都规定着这些实物)。

　　在装饰画课中教学生认识原色和间色,教学生掌握色铅笔和水彩颜料的应用技术,必须在写生画课中的实物描写之先。

　　从另一方面说,装饰画课中日常小什物(小盒子、框子等)的装饰画图稿的构制,必须在写生画课中描写过这些什物之后进行。

　　由此可知,写生画和装饰画之间的这种相互联系,必须严格地保持在儿童图画教学的全部进程中。

命题画

　　"命题画可以巩固知识、技能和熟练技巧,可以促进学生的观察力和创作才能的发展。"(摘自教学大纲)

　　教师令儿童独立作画时所出的题目,符合共产主义教育的任务,或者取自社会主义现实环境中,或者联系于俄罗斯语文、历史、地理及其他科目中学习过的教材。命题画可使学生自觉地从自己的观念和观察中选取富于特性的、主要的东西,以表现所描写的事物的内容。

　　命题画和插画"除了在课内施行以外,又必须当作一种家庭作业的课题制度而施行,由教师随后加以检查、说明和指示"(摘自教学大纲)。

　　命题画和其他图画教学形式——写生画和装饰画——的联系,必须十分密切而不可分离。学生在写生画课中所获得的技能(正确描写个别物体、组合物体,这些物体的空间状态、它们的色彩特性等)以及在装饰画课中所获得的技能(水彩颜料使用技术、节奏、构图等),必须教他们应用在独立作画的过程中。

绘画观赏

教学大纲中指定着一个特殊的部门:"教学生观赏俄罗斯革命前优秀艺术家和苏维埃优秀艺术家的作品,并和他们作关于这些绘画的谈话。"

为了学习这些教材,规定着特设的课业。教学生观赏优秀艺术家的绘画及进行谈话时所应用的是各种绘画的复制品。

这种观赏的目的,必须是培养儿童对优秀艺术家的艺术作品的兴趣,使他们能够量力地了解这些作品。

此外,还有为了教学目的而教学生观赏绘画复制品的。例如为了研究物体因距离远而缩小,为了使学生理解视平线(高的和低的视平线)、空间的透视形、色彩、反光、立体表现等。

在以后的叙述中,将指出各种形式的图画课的教学方法。

这些方法曾在唐波夫乌申斯基师范学校所附设的基础学校中以及各城各省的其他学校中实施过。

图画课的设备

凡是上图画课,教师都必须在黑板上指示描写的方法。因此,良好的黑板是教室中所不可缺的用具。黑板的大小,最好是 2×1.3 公尺。黑板的黑色必须是无光的。黑板的一边可以画线格,以便写字;另一边没有线格,以便描画。

教室里宜置备一个柜子,以便保藏教材、写生模型和画册。凡是和图画有关的东西,必须集中在柜子的一边或放在某一架上。

课桌桌面的倾斜度,往往不适宜于放置图画簿(这倾斜度应该合乎这样的条件,即视线必须和画纸的平面成直角)。这缺点必须设法补救,所以最好的设备是用三合板或坚牢的厚纸板做的画板,把图画簿放在这板上面而描画。

画板须依照全班学生人数而置备。其大小是 35×25 公分。画板的后面装着活动的撑脚,可使画板依照所需要的倾斜度而放置。

为静物作写生画时,需要置备小型的台架(图 1)。

这样的台架是教室中所必需的,因为有了这设备,写生模型可以放置在各种高度的水平面上——比眼睛低的、和眼睛一样高的、比眼睛高的。有了这台架,就不须用笨重的器具来放置写生模型,例如把箱子或板凳放在桌子上等。

写生模型放置在比眼睛低的水平面上的时候,或者为要避免模型的强度缩狭的时候,需要同样的第二个台架(放置在两排课桌中间)。

为了放置石膏模型饰物,可在台架的靠背上附加装置,即在靠背上装一横木,横木上钉着小钩子,以便悬挂石膏模型。

学生的图画,必须画在没有打格子的白纸上。

最好给学生用表面粗糙的图画纸,学校用的图画簿大都有用这种纸订制的。这种纸张对于铅笔画(黑铅笔或色铅笔)和水彩画都是适宜的。

别种纸张也可以作描画之用,但是这些纸张的质料都不及图画纸。

描画用的铅笔必须是软铅笔,化学铅笔不可使用。

铅笔芯软的,用字母"M"来表示。字母前面的数字表示软的程度,

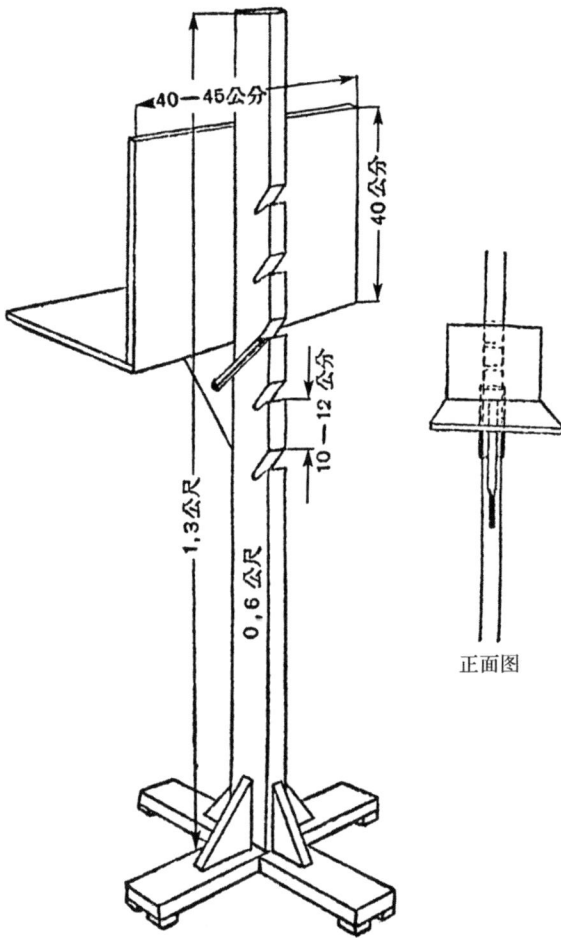

图 1

例如 4M 比 3M 软,3M 比 2M 软,余例推。

铅笔芯硬的,用字母"T"来表示。

字母"T"前面的数字越大,铅笔芯越硬(这种铅笔主要是制图用的)。

为了揩去铅笔迹和改正错误,须用软橡皮。

学校里从一年级开始就可教学生用水彩颜料作画(水彩颜料是用水来溶解的)。市上发售的水彩颜料有种种形式:有的是干燥的方块或圆块,盛在金属制的或瓷制的小器皿里,装在厚纸匣里的,其色彩有六色、八色、十色、十二色或更多;也有装在金属匣里的。最好的一种水彩颜料是半液体的,装在锡管里的。

购备颜料时,初级班至少须用六色至八色的一套,高级班须用十二色至十五色的一套。

各种颜料都有它的名称,注明在每一色的标签上。现在把最常用的颜料的名称列举如下。

(一)红色——洋红、玫瑰红、朱砂。

(二)蓝色——群青、普蓝。

(三)黄色——铬黄、明黄、镉黄、黄赭、明赭、暗赭。

(四)绿色——宝石绿、明的和暗的不变绿色。

(五)棕色——天然赭土、烧赭土、烧深赭色。

(六)黑色——黑象牙、灯煤、葡萄黑。

红、蓝、黄是原色。这三种色彩不能用别种色彩拼出来。其余一切色彩,都是由三原色拼合而成的间色。黑色和白色是中性的。

作水彩画须用软毛笔——黄狼毛制的、松鼠毛制的和良好的鼬鼠毛制的。笔的大小,由印在笔杆上木质部分的号码标明着。学生用的水彩画笔应该取十号至十四号的,不宜再小。

作画时需要盛水的小杯子或小罐(在每一只课桌上放置一个),作为溶解颜料之用;又需要金属制的或瓷制的小碟子,作为调颜色之用。

上水彩画课的时候,需要一个盛清水的罐子和一个倒污水用的小桶。

与水彩画同时,又教学生在某几课内作色铅笔画。色铅笔装在匣子里,每套有六色、十色、十二色及更多。

要保证学生获得良好的画具,最好由学校或班级组织起来,集体购买画具。

图画的基本知识

为了教授图画,要求每一位领导图画课的教师具有专门的技能,尤其必须具有用粉笔在黑板上作画的技能。

无论用何种用具描画,必须先用轻微的线条打草稿,确定实物的大体形状的比例,然后,经过检查以后,再用较清晰的线条来正确地描写。图画中错误的线条,必须在修改完毕之后,方可用橡皮擦去。

要使打草稿的线条画得轻微,有一个方法,即拿铅笔的手指尽量地远离铅笔的尖端;描写详细部分时,手指可向铅笔尖端稍稍移近些。

开始学画的时候,可以不必坚持用这种或那种画法;但是先用轻微的线条打轮廓,然后加工细描,这办法仍是必须遵守的。

必须注意:不可使铅笔紧压纸张,不可使纸张的反面透露痕迹,尤其不可使下面一张纸上有痕迹。

检查图画的正确与否,有一个良好的方法:即在描写的过程中,常常用手拿住图画簿,把手臂伸直,把画垂直地放在自己面前,然后远远地加以观察。

作写生画模型的实物,可根据写生的困难程度而分为下列几类。

扁平的东西,从正面望去看不见体积(厚度)而只看见长度和阔度的。

属于这一类实物的,是有花边的手帕、棋盘、框子等。

要教学生描写长方形的东西,可采用下列实物:正面放置的画册、画、信封、旗子等;要教学生描写圆形的东西,可用环子、箍、碟子等。

以后可教学生描写混合的形状,例如正面放置的叶子。

这种形状的描写法,示范在图 2 和图 3 中。

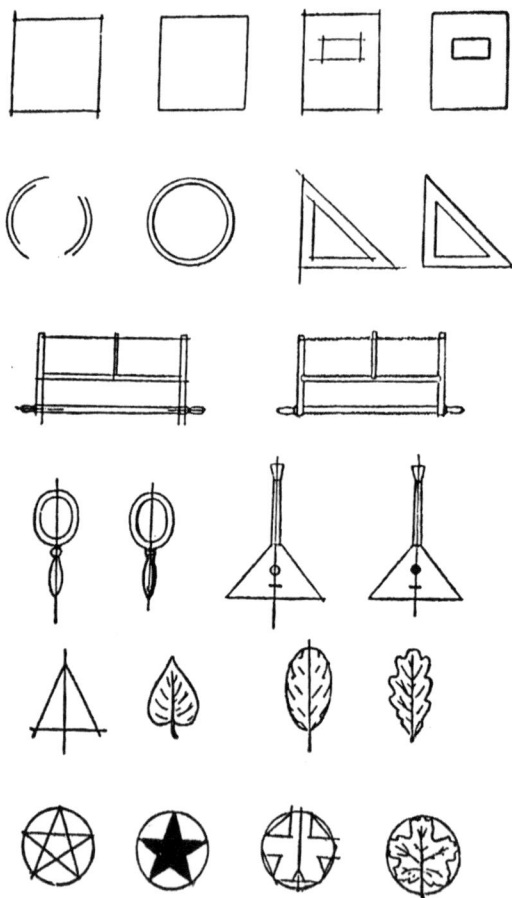

图 2

图 3

　　在这里所列举的图画中可以看到：扁平的实物，用这样的方法来描写容易得多，即把它的大体形状划进某种基本的几何形状——正方形、长方形、三角形、圆形、椭圆形、多角形等——中。这种归划法是表现实物的大体形状的最初的辅助手段，又可使图画正确地布置在纸上，以后更可引导学生学得概括实物的大体形状的方法。

　　这概括的方法，是图画的基本技巧之一。

　　其次较复杂的一种，是表面上没有棱角或界线的组合物描写。属于这一类的，是圆柱形、圆锥形、球形的东西，以及此种形状混合而成的东西（罐子、平底锅、茶壶、咖啡壶、鼓、花瓶、长颈壶等）。

　　这些东西的形状虽然各种各样，但是可以找到一种共通的描法，这描法的基本点便是：这些实物基本上都是环绕了中央的轴心而回旋的物体。

　　这中央的轴心，正是描写这些物体时的出发点，又可用来检查图画是否正确。

　　图 4 便是表明这情况的。

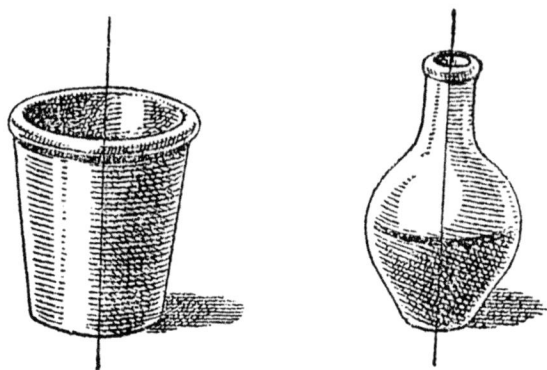

图 4

描写这类组合物的时候,必须应用图 5 这种画法。

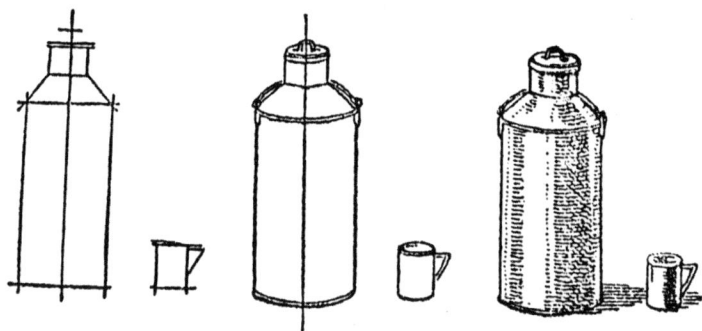

图 5

作写生画比较困难的是角柱形的实物,即箱子、匣子、书籍、凳子等。

一切圆柱形和角柱形的立体物,描写时都很困难,其原因是:必须在只有长度和阔度的纸平面上画出具有长度、阔度和厚度的立体物来。

描写任何个别物体或组合物体的时候,我们往往会碰到各种透视现象,即实物由于各种视点而变更其形状;圆面由于实物的位置对画者视平线的关系的不同(比画者的视平线低、高或与视平线同样高低)而作不同程度的缩狭;实物由于对画者距离的远近而作不同程度的缩小;诸如此类。

因此必须知道透视法的原则。

同一实物,我们可以从上面、从下面、从旁边、从近处、从远处观察它。因这关系,每一个实物可能呈现各种形状,这些形状往往和实际的形状相差很远。

例如一个圆面,倘放在和我们的视平线一样高的地方而观察,我们所看见的是一根直线;又如一个正方形,倘从侧面观察,我们所看见的是一个梯形;又如水平的线条(纵列的),位于比我们的视平线高或低的地方,倘从旁边观察,我们所看见的都是斜线,而且仿佛是向着我们的视平线而下降或上升的。还有,无论何物,离开我们越是远,其形状越是小,其轮廓越是模糊而不明确。

根据透视法的规律,制定了实物外表形状描写的法则,这些描写法则符合于实物由于对观者的位置——即所谓观察点——的不同而起的大小、轮廓和明了性的变化。

在学校的实践中,可仅用直接观察的方法来研究透视法。

我们先从教室的观察开始。倘我们站在前面的靠墙的地方向后面的中央眺望,我们便看见天花板仿佛是逐渐向下降低的,而地板仿佛是逐渐向上升高的。

透视法的规则制定着:在观者看来,这些有一定广度的平面,在远处消失,集合于一点。

倘通过了平面两边的线在远方的交叉点而作一根水平线,这线便是观者的视平线。

倘我们不是站着观察,而是坐在凳子上观察的,那么我们又看见天花板和地板的斜度的另一种变化。

这时候天花板的下降更加陡峭,而地板的上升较为缓和。

这时候限制平面的线也交叉在观者的视平线上,而表示观者的视平线的水平线,比上次观察时低了些。

请你拿一支尺或者一张纸,平放在你自己面前。当你把尺或纸提高到你的视平线上的时候,你所看见的便是一根水平线。

尺或纸的水平面,变成了一根水平线。这根想象的水平线,名叫透视的视平线。无论何物,凡位置比这根线低的(即比视平线低的),你看见它的上面;凡位置比这根线高的(即比视平线高的),你看见它的下面。

当你站在野外的时候,你就看见远处有天和地的接界。这接界处就是视平线。

作写生画的时候(三四年级),必须能够找出自己的视平线。实际的办法是这样:你拿住铅笔的一端,把铅笔水平地放置,把手臂伸直,闭住一只眼睛,把铅笔拿到和自己的眼睛一样高的地方,注意察看铅笔在什么地方切断实物(铅笔必须拿得和自己的眼睛相平行)。铅笔切断实物的那根线,便是你的视平线。

还有一个同样重要的问题,即怎样决定位于左右两边的实物的位置。

因此,画者必须处在对实物保持一定关系的位置上,换言之,即必须选择自己的视点。

同想象水平面那时一样,请想象一块无限大的垂直面,与水平面成正交,而把垂直面的边缘向着你。由这两个面所得到的两条线相交的一点,便是你的视点,这两根线把纸的平面(画面)划分为四部分。

立方体和圆柱体的透视缩狭

圆柱形物体的基础,是圆柱上端和下端的圆形。这圆形的透视缩狭,在对视平线作各种关系而放置的玻璃罐上可以分明地看出。

我们把玻璃罐或其他的圆柱形物体向视平线提高来,越是提得高,它的上下两个圆形越是缩狭得厉害;它们越来越扁,直到与视平线等高的时候,变成了一根直线。无论圆形如何缩狭,它一定是由流畅的曲线包围而成,没有一处地方有角的(图7)。

由此可知,凡描写以圆形为基础的实物的时候,主要的透视变化是这些实物的上端和下端的圆形的变化。

这种变化,是由于实物的位置对视平线的各种关系而发生的。

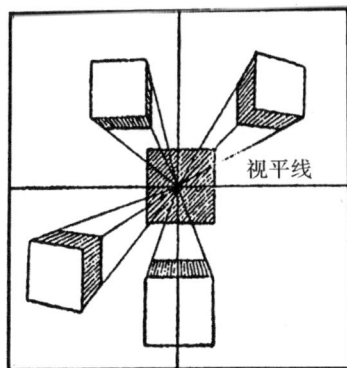

图 6

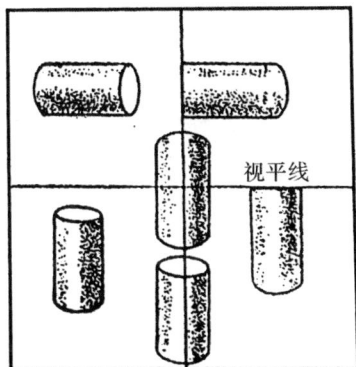

图 7

用明暗来表现这些实物的立体相的时候,必须注意:这些实物上没有从明到暗或从暗到明的剧烈的变化。

　　描写上述的实物而用明暗来表现其立体相的时候,必须确定这实物上哪一处是最暗的地方,哪一处是最明的地方。

　　明和暗之间的中间部分(从明到暗的推移)叫作半暗。

　　仔细观察的时候,可以看出:实物上最暗的地方不在阴暗的一面的边缘上,而在稍稍离开边缘的地方。在边缘上可以看到从别的物体上反射过来的光。

　　这样,在立体物上,应该分为明、半暗、暗和反光四部分。

　　还须顾到:圆形物体的远离开去的部分,必须表出其在空间远离开去的样子(即轻轻地描阴影),不可用剧烈的轮廓线来表出(图8)。

图 8

　　描写阴影的技法,可分为两种:一种是用线条的,另一种是用涂染的(图9)。

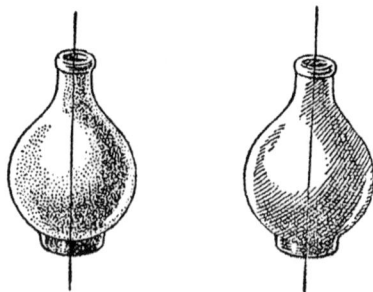

图 9

　　长方形的立体物(角柱形的),当然是更难画的。这种物体的形状的透视变化,不仅显出在上方及下方的两个面上,而又显出在物体的侧面(图 10、图 11、图 12)。

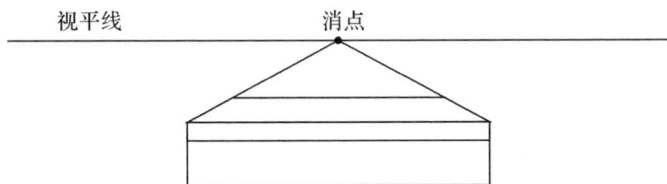

图 10

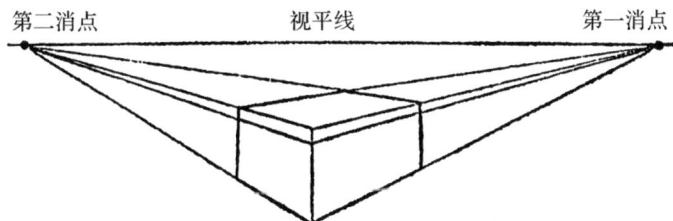

图 11

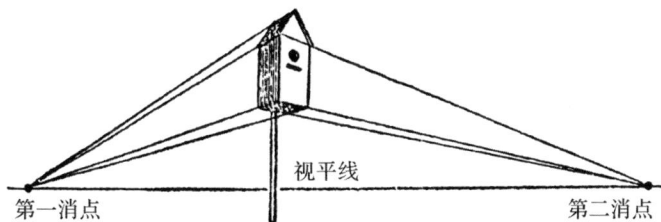

图 12

让我们来研究这些变化。

　　拿一只长方形的箱子来放在你面前,放得很正,使你只看见它的前侧面及上面。这就是说,箱子放在比视平线低的正前方。箱子的前侧面是长方形的,但箱子盖的长方形却变成了梯形;箱子盖的前方的一边比后方的一边长些;箱子盖的左右两边越是远去,越是互相接近(箱子越大,这互相接近的情况越显得清楚)。试把这两边的线延长起来,结果相交于一点。

通过这交点作一条水平线,你便找到了你的视平线。

倘你作画的时候是先定好视平线的,那么,箱子盖两边的线互相接近起来,必须集中于这视平线上的一点。

我们再把箱子的角向着我们而放置。现在我们所看见的是箱子的远离开去的两侧面和箱子上面的盖(箱子放在比视平线低的地方)。远离开去的两个侧面的上下两边互相接近起来,一个向右边,另一个向左边。箱子盖上的线也这样地互相接近起来。

把这些互相接近起来的线延长,使它们相交,一个交点在右面,另一个交点在左面,你便得到了两点,这两点一定都是位于视平线上的(即在同一条水平线上的)。倘不是如此,你的画一定有错误,必须找出这错误来,把它改正。

倘角柱形物体是放置在比视平线高的地方的,那么它的形状的透视变化就和上述的情形相反,把图 11 和图 12 比较一下便明白了。

明白了角柱形物体的透视缩狭以后,你便会描写其他的矩形立体物了:匣子、桌子、凳子、手提箱等,房屋的透视描写也包括在内。你可把房屋看作一只很大的长方形箱子。

离开我们而远去的平行水平线是互相接近来的——我们观察了这情状,便可确定这些线的交点是位于视平线上的(例如远离开去的铁路轨道、电线杆、屋顶等)。

远离开去的平行水平线的交点,叫作这些线的消点。

现在列举透视画法的几个实例在这里(图13、图14)。

图 13

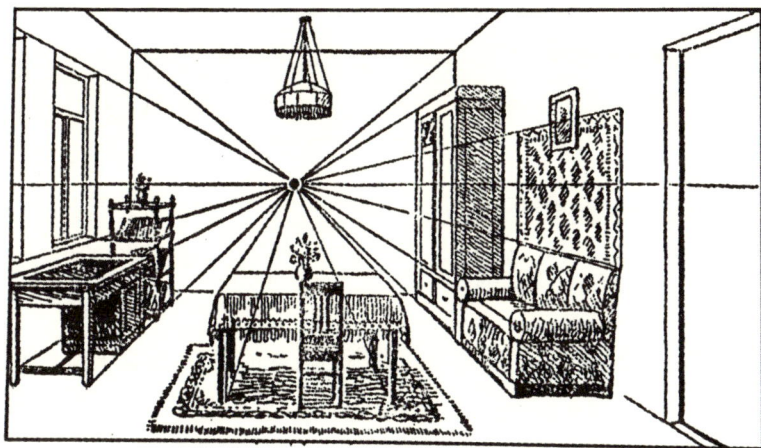

图 14

　　关于单独物体的写生画,前面已经说过了。描写两个或两个以上的物体的写生模型,除了实行一般的教学任务之外,又可实行个别的教学任务,即引导学生理解各种物体之间的相互关系以及所观察的各种物体的特性,例如:比较各种物体的大小及其空间布置的相互关系(如长颈壶和环杯、喷壶和花盆);它们的形状的差异(陶瓷壶和王瓜、长颈壶和苹果);各种物体的质料的不同(陶罐和金属环杯、瓷茶壶和玻璃杯等)。

　　为了研究实物的色彩,为了研究一种色彩对于另一种色彩的相互作用,可布置特殊的写生模型,例如棕色的咖啡壶和白色的或绿色的环杯;又如蔬菜(南瓜、番茄、王瓜)的组合等便是。

　　布置组合物的时候,首先必须顾到各物之间的统一和逻辑上的联系。

　　倘我们把地球仪和胡萝卜组合布置,或者把南瓜和书籍组合布置,那就破坏统一了。

　　不可把组合物布置成一条线,否则就变成不自然的状态了。比较小的东西应该放在前面,比较大的东西应该放在后面[1]。

　　在初等学校(四年级)的教学大纲中,包含着剥制的鸟和兽的侧形写生画。

　　鸟和兽的形状虽然千差万别,但也可以指出几种共通的画法。

　　例如画鸟,可以从鸟的躯干的大体形状着眼,正确地指定其长度和阔度的关系。

　　这躯干的基本形状,便是鸟的轮廓的最初的图形,在这上面再添画头、脚和尾巴。其画法如图15所示。

_____

〔1〕　在美术书中,往往称写生模型为"静物",意思是说无生命的实物。

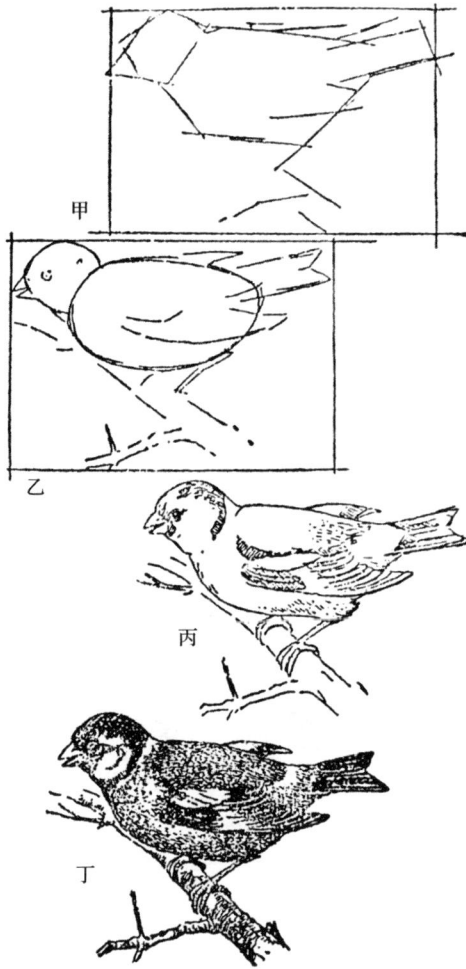

图 15

画剥制的走兽,可从符合走兽骨骼的躯干的构成形开始,然后依照走兽身体各部的相互比例而在这构成形上添画头、脚和尾巴(图16)。

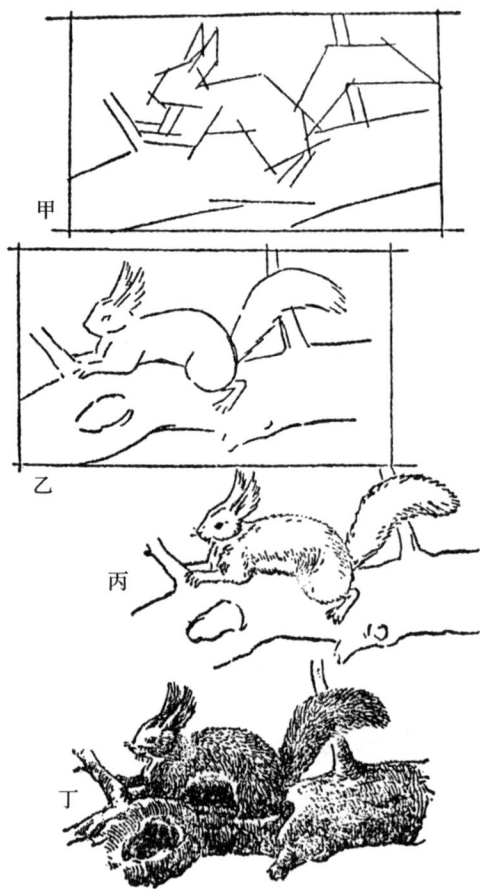

图 16

　　用明暗来表出立体相的时候,最好所观察的是白色的物体。因为在白色的物体上,可以很明显地看出从明到暗的推移、暗调子的各种程度,以及从周围物体和物体各部分上反映过来的光。

　　在三年级里,教学生描写几何形体:立方体、角柱体、圆柱体。

在四年级和五六年级里,教学生描写石膏装饰物,起初用最简单的,如五角星、不复杂的花瓣形饰物;后来用装在长方形内的较复杂的装饰物。

描写石膏模型的时候,教师必须常常郑重地指出:模型及其部分的立体相,不可用黑色来表现,必须用阴影的正确的相互关系来表现;为此,必须常常比较明暗之间的差别,又必须比较各暗部的程度的差别(哪一部分较明,哪一部分较暗)。

下面所列举的两图,是石膏装饰物的画法的实例(图17、图18)。

图 17　　　　　　　　　　　　　　　图 18

装饰画和水彩画

儿童的图画教程,从装饰画开始。

装饰画就是教儿童构成各种图案模样,并做学校中的装饰工作。

一年级里的图案模样构成,可采用这样的简便方法:即用纸张或厚纸板剪出同样大小的几何形(正方形、长方形、圆形、三角形),涂上各种颜色,例如正方形涂红色,长方形涂黄色,圆形涂蓝色,三角形涂绿色(每种形状必须有三四个)。

把剪出来的几何形散乱地布置在黑板上。教一个学生出来把这些几何形重新布置,使排成一行,变成图案模样。

儿童立刻会领悟:只有当各种同样的形状经过一定的间隔而交替出现时,才能成为图案模样。

继续令儿童把几何形重新布置,便可使儿童确信:用同一种单元,可以由于自己的意匠而布置出各种不同的图案模样来。

这种实验,到后来又可应用剪出来的叶子和花。

这样,儿童便可明了地理解图案模样构成的一般原则——图案单元的节奏的交替——了。

图案模样按照其构成时所用的单元,有下列的两种基本形式:

(一)几何形的——从几何形状中选取单元的(图 19)。

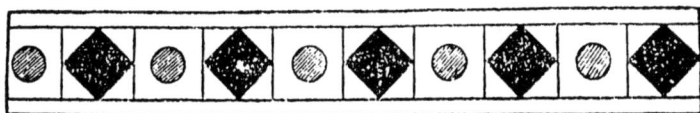

图 19

(二)植物的——从植物的形状中选取单元的(图 20、图 21)。

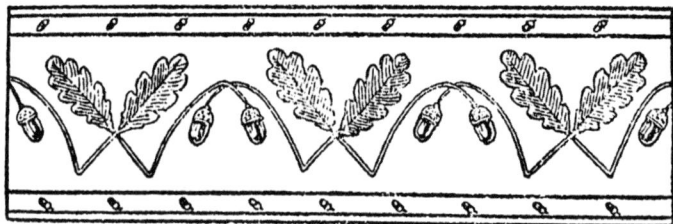

图 20

图 21

在这两种基本形式中，又可采用兽类、鸟类、昆虫，乃至人体等单元。这便构成了混合的图案模样(图 22)。

图 22

图案模样的形状，可以作成向左右无限延长的带子。这便是所谓的带模样。图 20 和图 22 便是这种图案模样的例子。图案模样的形状又可从四周组合起来，造成环形的图案模样。

最后，图案模样可以向四面八方无限地扩展(壁纸、织物等的图案，如图 23)。

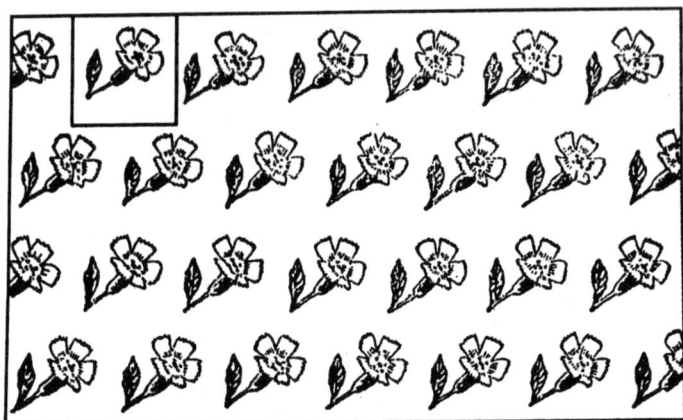

图 23

图案模样广泛地被应用在日用的器物上:食器上,织物上,框子、匣子、架子、柜子等的各种装饰上。

倘我们留意于民间的装饰创作,便可看到日用器物上的装饰模样的优秀范型。

把俄罗斯的、乌克兰的、白俄罗斯的、格鲁吉亚的、土库曼的和别的民族的装饰图案比较起来,你便可看到:人民在这里面表现着自己的民族的主题。

对民间创作的范型——无论是俄罗斯的或其他兄弟民族的——的认识,无疑可以帮助我们苏维埃学校的学生扩大艺术的眼界。

因这缘故,在装饰画课中,必须向学生示范民间的,尤其是地方的创作(刺绣、日用器物上的装饰等,如图 24、图 25、图 26)。

图 24

图 25

必须郑重指出:同样的一套装饰单元,可以依照自己的意思而作不同的布置,只要遵守单元交替时所不可缺的节奏。

图案中的单元常常重复,因此,在作图案画时可采用镂花模版及型版。这种镂花模版及型版根据学生自己所构成的图案模样而制成。

镂花模版的制造法是这样:取一块坚牢的纸或较薄的厚纸板,其大小按照该图案模样所需。在这块纸或厚纸板上描出图案模样所需要重复的部分(即一个单元)。然后把这画用刀镂空,镂的时候要注意:勿使模样的

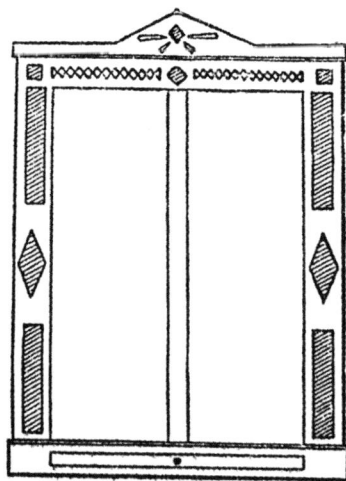

图 26

小部分从纸或纸板上脱落,其法便是在这些小部分之间留一根细的条子,使它们相连结。为了要使这纸或厚纸板在工作时不致被颜料的水所浸透,可用某种植物油或火油涂在它上面。

等到油干燥之后,这镂花模版便可应用了。应用之法:把镂花模版放在纸上需要画这模样的地方,一只手把它按住,另一只手拿毛笔在镂空的洞里涂染该模样所需要的颜料。颜料可用水彩颜料或胶彩颜料,其浓淡以不致渗流到镂花模版底下又不损污模样为度。涂好了一个单元之后,把镂花模版移到第二个单元的地方,再照样工作。

型版所异于镂花模版者:图案模样的单元不是镂空的,而是剪出的。换言之,前者是阴文的,后者是阳文的。

型版也是用坚牢的纸或厚纸板剪出来的。其用法:把它放在纸上需要画这模样的地方,用铅笔依照它的轮廓描线条,然后把它拿开,在这轮廓内涂颜料。

镂花模版和型版的用途很广,例如书写各种美术字[1]、数目字等,都需用它们。

在日常生活中,也应用镂花模版和型版,例如房间里的各种边饰,以及各种小装饰图等。

在学校生活中,壁报起着很大的作用。壁报的装饰需要特别加以注意。壁报的外观必须能够吸引读者的注意,必须符合于壁报的内容而变换它的装饰。例如为列宁的纪念日或斯大林的逝世纪念而出的壁报,其装饰必须异于五一节所出的壁报。前者所用的装饰图案必须是严肃的、

---

　　〔1〕　俄文是由字母拼成的,所以可用镂花模版和型版。中文则需要写多数同样字句时,亦可用之。——译者注

朴素的(哀悼的旗、列宁和斯大林的陵墓图等)。这样壁报的配色,宜多用红和黑两色。

　　五一节的壁报就相反,必须表现劳动者的欢乐的节日,因此装饰图案(树木、花卉、旗帜等)必须是明快的、和谐的、适合壁报的内容的。

　　壁报的装饰必须先打草稿,即决定壁报幅面的大小和它的各部分:标题、文章的地位、插图的地位(图27)。

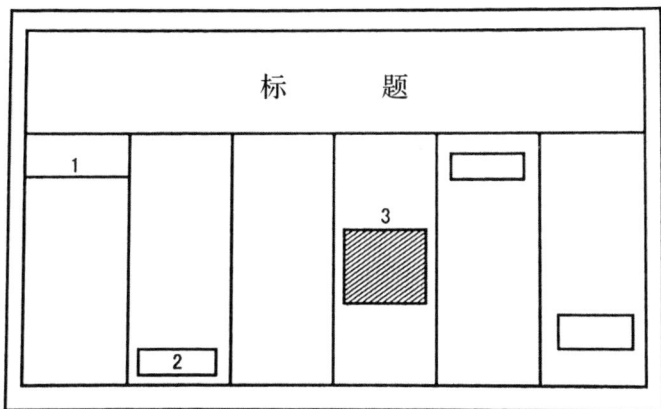

图 27

　　倘壁报是用现成的印刷品材料来装饰的,那么这壁报便叫作用剪辑方法装饰的。

　　必须郑重指出:壁报的色彩配置必须能够充分地帮助壁报的内容表现,但同时又不可过分复杂,弄得斑斑驳驳,致使读者不能集中注意力于壁报的文章。

　　关于装饰画,还有一种形式必须提出来说,即书籍的和学生的杂志的封面装帧。必须注意:封面装帧应该适合书籍或杂志的内容。

　　必须认识了书籍或杂志的内容之后,才可从事于它们的装帧。

　　这工作开始时须打草稿,在草稿中,装帧用的各种单元的布置必须充分加以考虑,必须能够表出其主要部分(图 28)。

　　书籍或杂志的装帧的色彩配置,也必须适合书籍或杂志的内容;同时又须顾到色彩配合的调和,避免斑斑驳驳和过多的色彩(利用三四种色彩和纸张原有的白色,便可得到书籍或杂志的封面装帧所需要的各种色彩)。

　　装饰用的单元,可从周围的自然界中选出(花、叶、蔬菜、果实),也可采

图 28

用苏维埃的象征标记(五角星、镰刀和斧头、少先队和共青团的标记、红旗等)。

　　学校里的植物标本、植物图表、照片和杂志,都可作为书籍或杂志的封面装帧的参考品。

　　小饰图对于书籍的装帧也有用处,这种小饰图可分为三种形式:(一)标题画(扉页画),(二)文章末尾的画(尾饰),(三)用图画装饰的开头字母。

　　这一切单元,都必须适应该文章的内容,并且不破坏这书籍或杂志的全部装帧的统一性。

　　对实物的色彩的认识,是从学生的教学的初步就开始的。巩固他们这种认识的,是色铅笔画,特别是水彩画。水彩画在技术上是幼年的儿童所最容易学得的。

在学校中，必须教儿童正确地认识水彩颜料，正确地学得运用水彩颜料的技能。

首先必须使儿童学会用毛笔来蘸取颜料的正当手法。

用水来溶解干燥的块状颜料和锡管装的半液体颜料，其工具都是那枝柔软的毛笔，毛笔是水彩画所不可缺的工具。

溶解干燥的块状颜料的时候，需要若干时间，颜料方能柔软。因此，毛笔润湿了以后，必须慢慢地蘸取所需要的分量的颜料。蘸取的时候，务使毛笔常常保持本来的形状，不可使毛笔蓬乱。因为毛笔蓬乱了容易损坏，不能用以描画了。

其次还须注意：蘸取任何一种颜料的时候，毛笔必须是清洁的。所以毛笔倘已蘸过一种颜料，要蘸第二种颜料的时候，就必须预先把它在水里洗净。

要在一块面积上匀净地涂颜料，使颜料不致越出轮廓线，必须用这样的方法：吸饱颜料的毛笔必须从上面来涂染这块面积，而且毛笔的尖端要向着轮廓；把颜料渐渐涂向下方的时候，笔的尖端也渐渐转过来，仍向着轮廓。

颜料集注在一个角里，倘这角里有过多的颜料堆积起来，可用吸墨纸仔细地把它吸去，或者用吸墨纸把毛笔吸干，而用毛笔来把它吸去。

涂过颜料而还没有干的地方，不可用笔去涂第二次，否则颜料就不匀净。

等到第一层颜料干燥了之后，方可涂第二层、第三层等，每次必须等待上一层干燥了之后方可进行。

倘纸面上用橡皮揩过，那么这地方涂颜料就不易匀净。

最好在着色之前用毛笔蘸清水把纸面润湿，等它干燥之后再着色。

一块地方着色还没有干,不可在紧接它的地方涂另一种颜料,否则两种颜料会交混起来。不可用橡皮来擦颜料,倘要除去颜料,最好用清水来洗,用吸墨纸来吸。

每次画完之后,或工作停歇的时候,必须把毛笔在清水中洗净,并用吸墨纸轻轻地把笔头的水吸去,使毛笔保持本来的形状。

无论何种颜料,水拼得多,就变成淡色;水拼得少,便得浓色。在一块地方用同一颜色涂多次,也可以得到浓色。

此外还须知道:两种原色混合起来可以得到哪种新色彩。

教师最好替儿童绘制一幅原色和间色的图表(图 29)。

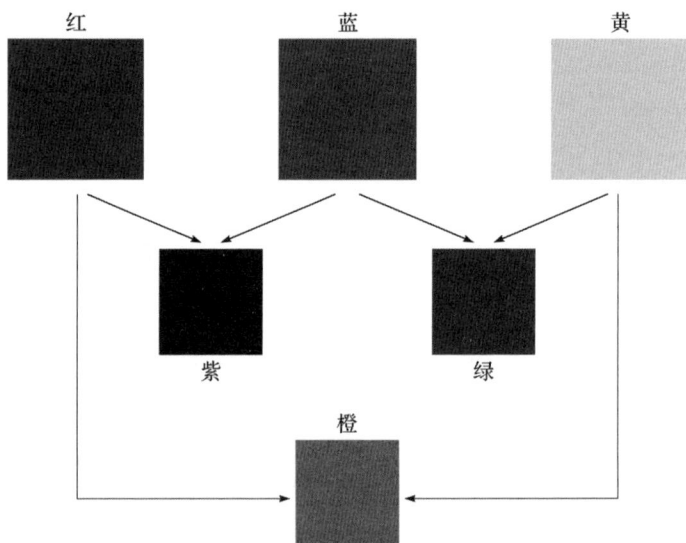

图 29

补色,即互相加强明度的两种色彩,有下列数种:红和绿、蓝和橙、黄和紫(图 30)。

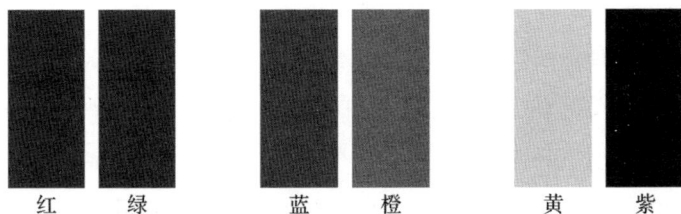

红　绿　　　蓝　橙　　　黄　紫

图 30

这并不是说把两种色彩混合起来,这是说:倘要加强其中一种色彩的明度,可拿另一种色彩和它并列起来。

把对照的色彩(即补色)混合起来,其结果变成灰色。倘把三种原色混合起来,也可得到灰色。

白色和黑色是中性的。黑色可使某种颜色变暗;白色可使某种颜色变明。

水彩颜料是透明的,画纸是白色的,所以水彩颜料中的白颜料是不必要的。

倘需要表出某种色彩的各种明度,可把这种颜料调得薄些(多加些水),倘要它浓些,可多加些颜料。倘要更明了地表出这状态,可绘制一个图表,表明同一色彩从明到暗或从暗到明的推移。这图表可向你展示色彩浓淡的变化。

还须区别"暖色"和"寒色"。属于暖色的是各种浓淡的红色和黄色,以及这两种色彩混合而成的间色(橙色)。

属于寒色的是各种浓淡的蓝色和绿色,其中蓝色占主要地位。暖色和寒色的巧妙应用,在绘画中起着很大的作用。

还有一个要点不能忽略,即并列的两种色彩的相互影响。例如在红色的旁边涂上绿色,那么在这两种色彩相接的地方,我们可以看见红色在绿色上的反射和绿色在红色上的反射。

别的两种相并列的色彩接触时,也可看到这样的反射(例如绿色的灯罩把绿色反射到白色的桌布上,红色的头巾把红色反射到脸上等)。

教学大纲中所指示的写生模型布置练习,教学生以必要的绘画基本技巧,并培养他们对于自然界多种多样的色彩的更细致的观察力。此外,这种技能还可帮助学生更充分、更全面地观察大画家的作品,并获得绘画"观赏"的更丰富的修养。

另外有一种颜料,有时也被应用在学校中,这便是胶质颜料。这种颜料是不透明的,须用水混着胶质来调匀。有一种称为"胶彩"(гуашь),是半液体的颜料,可用清水调匀而使用。

胶彩可应用在课外作业中,尤其是学校演出时的装饰工作中(舞台背景图稿、舞台背景的各部分、小道具的着色、书写标语等)。

胶质颜料除了不透明以外,还有一个特性,即干燥之后颜色比湿的时候要淡些。应用的时候要顾到这一点。

使用胶质颜料时大都用硬笔(刚毛笔)。

作巨大的画幅(舞台背景)时,用一种干的涂壁用的颜料。这种颜料必须用和胶质的水来调匀。

命题画

这种图画的任务,教学大纲中这样地规定着:

"命题画可以巩固知识、技能和熟练技巧,可以促进学生的观察力和创作才能的发展。"

命题画和一切独立工作一样,要求学生应用他们的生活观察。

为文学作品作插画,是根据意想的,但这意想必须依据观察,又必须联系儿童对于事物和现象的逻辑判断的教育。

教师在命题画课中的任务是这样:预先和儿童谈话,借以唤起他们对于该题目所必需的事物和自然现象的明了正确的意想,并且指示他们用怎样的方法来表现它。

关于构图的要素(实物在纸上的布置),必须从儿童的独立工作开始的时候就大加注意。为了养成儿童的空间观念,必须使他们避免在一根或几根水平线上布置物体的刻板形式,而教导他们作分别远近的描写,即有些物体画得近些(在画纸上是低些),另一些物体画得远些(在画纸上是高些)。更进一步,教他们表现物体的透视缩狭形和物体由于距离隔远而缩小的形状。

因此,儿童独立地描绘命题画或插画的时候,教师必须在他们的草稿上加以检查、指示和改正。

以后的完成图画的工作,可归入家庭作业中。

在这作业中,必须指示学生,教他们仔细观察作命题画所必需的实物,并依照草稿中所指定的样子替这些实物作写生画稿。

在命题画课和插画课中,可用什么实物参考材料呢? 首先必须指斥那种不正确的教学法,即在教室里悬挂关于所指定的题目的现成的画或由教师在黑板上画出插画。这种办法,全然谈不到儿童的独立性,是从根本上违反这种图画的宗旨的。

但是,拿和题目相关的个别实物或图画给学生看,则又作别论。例如令学生画"新年枞树"的题目(二年级),可以给他们看枞树和玩具的图;令学生画"乌鸦和狐狸"的题目(五年级),可以给他们看乌鸦、狐狸和枞树等的个别的图。儿童可以根据所揭示的图或实物而打草稿,把这些草稿略加改变而应用在自己的命题画中。

命题画预先所打的草稿,在工作的过程中,可借教师的指示而加以修改和补充,然后完成图画。

在高级班里,可以指示学生:大画家为了创作他们的优秀作品,常常打数十次草稿,借以找求题目的最明显、最深刻的表现[例如列宾(Репин)的"纤夫"(Бурлакн)的草稿,苏里科夫(Суриков)的《贵妇人莫罗左娃》(《Боярыня Морозова》)的草稿等]。

必须注意:无论何种命题画或文学作品插图,所描写的必须是一瞬间的光景,这光景必须是主要地、概括地表出题目的内容的。

作命题画时,还须把题目具体化,并且教学生分别题目和题材。例如教师出的题目是"秋天"(五年级)。为描写这题目,可以选出许多题材:"秋天的树林""秋天的田野""秋天候鸟的迁离""秋天蔬菜的收获"等。

这具体化可以帮助学生依照自己的愿望而选择表出秋天的题材。

出别的题目的时候,也必须采用具体化,选定表出题目内容的许多题材。

第三章　图画教学法

现在我们要来研究图画教学的几种最有代表性的教学法。这些方法之中有一种叫作"临摹法"。这种图画教学法,是教学生依照现成的印刷范本或手描范本而摹写。

这种教学法,对于儿童的图画教学不能产生良好的效果,而且是违反苏维埃学校所制定的任务的。

这种教学法的主要缺点是:儿童习惯于依照现成的范本而被动地摹写,便不能获得从自己的观点描写实物、自己分析实物的形状色彩的独立技能。

然而我们不能因此而断定临摹法是全然不可采用的、摹写范本是全然不需要的。我们的意思只是说:图画课不能以临摹法为基本。但在别处——例如制备某种参考材料,把它放大或缩小,研究植物学,描绘别科的教材——可以根据图画课中所学得的技巧而从现成的范本摹写。

另一种广泛流行的方法,叫作"几何画法"。这种画法的基本是描写几何形状,开始描线条,最后描几何形体和石膏装饰物的复杂的布置。赞成这种方法的理由,是充分正当的。第一,几何形状最精密,最正确;第二,我们周围形形色色的一切实物,在基本上都具有某种几何形状或几何形状的某部分。

由于几何形状的帮助,我们可以辨识所见的一切实物,把它们分类。

由此可知:我们教儿童正确地描写几何形状,可以培养他们描写任何实物的技能,发展他们的目测和正确表现实物的能力。

然而在幼年儿童(一至三年级)的图画教学上,这方法就难于实行。因为:倘使教这般年龄的幼儿专门描写水平线、垂直线、倾斜线,描写角度和图形,描写几何形体,那么这些对象物在他们一定觉得过分抽象。

在现今,应用着一种方法,这方法可以免除几何画法的上述的缺点,应用儿童所接近、所感兴趣的具体实物,同时又使他们认识基本的几何形状。

这方法叫作"写生画法"。因为这种方法的图画教学是应用现实环境中的实物,看着这些实物而描写的。

写生画法可以培养儿童的积极性,培养观察并研究我们的环境的主要特点的技能。所以这画法可作为初等学校和七年制学校的儿童图画教学的基本方法之一。

儿童画及其特点

在图画教学大纲中,详细地指示着各级学生所应该学得的技能。这种技能的学得,应该是学生图画成绩的评判标准的主要条件。

在大纲中,又有"命题画"一部门。要评判这一部门的学生作业,必须认识儿童画的特点和儿童对图画的意想表现的特点。评判的时候必须顾到这种特点。

儿童描写实物的形状的时候,往往只表出实物的基本部分,而且把大体形状和各部分都画成假定性的、公式性的。

　　教儿童观察实际的树木的形状、房屋的外形、人物和鸟,可以帮助他们渐渐趋向这些实物的写实画法。要培养儿童对实物的观察能力和描写能力,当然需要教师作长期的、经常的教练。

　　儿童,尤其是幼年的儿童,难于处理透视现象,即物体布置的深度,一个物体遮掩另一个物体,物体由于距离隔远而形状缩小等等。

　　因这缘故,儿童往往把一些物体描在另一些物体的上面,描成若干排;而且一排中的物体可能是各式各样的。

　　儿童画的典型特征之一,是所谓物体的"透明性"。这就是说:儿童描写一个物体时,往往通过了它而描出另一个物体。

　　在描写房屋的图画中,最常遇到这个特征。儿童描写房屋的外部,而把房屋里面的家具和人都画出来。儿童描写骑马的人,往往把骑者的两只脚、两只手、缰绳都画出在同一方面。

　　教儿童观察周围的实物,例如从教室的窗子里眺望邻近的房屋的时候,可使他们确信:房屋的内面,只能从窗中看见其一部分。观察骑马的人的时候,他们便可看出:这人的脚只看见一只,另一只脚被马的身体所遮掩了。

　　最后,儿童画在实物的着色方面还有一个特征。

　　儿童欢喜鲜明的色彩,欢喜画得漂亮,因此他们往往把所画的实物随意着色,只要他们看来是"漂亮"的。

　　关于这点,又必须教儿童观察实物,观察各种实物所具有的色彩。例如:倘儿童因为欢喜漂亮而在画中把马涂了蓝色,可教这儿童观察真的马,使他相信蓝马是没有的。这样,我们便可引导儿童观察实物的自然色彩了。

　　儿童画的上述一切特征,都是由于儿童对周围实物的观察经验不充分而发生的。所以教师必须引导他们注意观察这些实物和现象。

　　写生画要求儿童不断地观察,这便容易使他们进入写实画法。

　　用色铅笔和水彩颜料作写生画,可使儿童获得表现实物的色彩的技巧。这样,上述的儿童画特征便可因为研究环境现实的影响而更容易地消失了。

第四章　图画课的设计

图画课的课程计划记载在教学大纲中。但在实施规定的图画教学大纲的时候，必须依照上述的图画各部门之间的相互关系，把大纲中的教材具体化在工作计划中。

工作计划的形式，可举例如下：

四年级计划实施范例（一学季）

课次	教学大纲中的题目和副题	小时数	日程	实施记录
第一课	命题画： "少先队夏令营中的儿童生活"。	课内一小时，其余在家中完成。	第一星期	完　成
第二课	绘画观赏： 　伐斯涅左夫的《三勇士》； 　蒲勃诺夫的《库里科夫原野的早晨》； 　阿维洛夫的《库里科夫原野的决斗》； 　苏里科夫的《苏沃洛夫越过阿尔卑斯山》。	一小时	第二星期	《库里科夫原野的决斗》因找不到复制品，改用伐斯涅左夫的《伊戈尔王与波洛维茨人大战之后》来研究。

　　把工作计划具体化的时候,教学大纲中所指示的写生用实物,可用困难程度相类似的实物来代替。例如在四年级里(第三、四课)指示着各种实物:茶壶、咖啡壶、花瓶、长颈壶等。其中之一可用陶壶来代替。

　　绘画观赏的时候也是如此,一幅复制品绘画可用另一幅来代替,但有一个条件:新选的绘画不可破坏原来选定的几幅绘画的主题,而且其作家必须是该课中所研究的作品的作家中的一位。

　　有时可能碰到这样的个别情况:儿童转入五年级的时候,没有好好地学会过去四年的图画教学大纲中所指定的课题。

　　这时候必须费若干小时,来教学生认识以前的基本教材,然后方可按照五年级的教学大纲授课。这一点必须预定在工作计划中,过了这若干小时之后,可用家庭作业和充实教材的方法来引导儿童进入该班的正常课业。

图画课的组织

　　现在我们来研究每一次图画课所必须规定的共通要点。

　　首先必须保证每一个学生的工作地方。

　　倘有三个学生坐在一张双人课桌上,而另一张双人课桌上只坐着一个学生,那么必须教那张课桌上多余的学生移坐到这里来。检查一下:有没有书包、书或其他东西堆积在课桌上。

　　然后查阅家庭作业,这查阅只是检点学生有没有做家庭作业(在以后学生独立工作的过程中,教师就个别地指示学生的课堂作业,同时又指示他们的家庭作业。一课的总结也包括课堂作业和家庭作业两者)。

　　其次,是说明儿童在该课中所应做的课题。这里包括图案范本的示范(装饰画课)、实物的形状和色彩的分析(写生画课)、题目的说明以及表现该题目中的情状时所需的景物的说明(命题画课)。

教师这种说明,是各种类型的课业(研究新教材,巩固知识和技能,灌输新的知识和技能)中最重要的一部分。

说明课题之后,便须向儿童指示图画在纸上的布置,又在黑板上示范作画的方法(指装饰画课及写生画课)。黑板上的画必须在儿童开始独立工作之前揩去。

学生开始独立工作了。这时候教师对学生作个别的帮助,使他们克服在工作中所遇到的各种困难。

一课将结束的时候,把学生在本课中所作的一两张较好的画和一两张较差的画揭示给他们看,并且加以分析。这揭示必须伴着学生的意见和教师的说明:为什么这两张画较好而那两张画较差? 为了揭示之用,教师在学生的工作过程中选定该课中所作的图画,同时又选定家庭作业中的图画。这一课以布置家庭作业为结束。

下面列举图画课计划的范例以及一课中各部分的大体时间。

一、课题。

二、本课目的。

三、组织学生上课,查阅家庭作业是否完成(两分钟)。

四、准备材料(图画簿、黑铅笔和色铅笔或水彩颜料)(一分钟)。

五、说明课题(五至十分钟)。

六、学生独立工作,教师给以帮助(二十八至三十二分钟)。

七、总结本课(检查各种品质的图画)(四至五分钟)。

八、布置家庭作业(一至二分钟)。

(附注)　各种类型的课业,需要适当地改变这计划。

第五章　图画课的教学方法

　　写生画是儿童图画教学的主要部门。对个别物体或组合物体作写生画,必须画成每一个学生从自己的座位里所看到的样子。

　　即使描写近似平面形的实物,从各地点所望见的实物的外形也会发生透视的缩狭。

　　例如把练习簿或棋盘板对着教室的正中而放置(一年级里的长方形和正方形的图画)。坐在教室中央的课桌上而正对着实物的学生,所看到的是长方形(练习簿)和正方形(棋盘板)的实际形状;但坐在中央的课桌的右边或左边的课桌上的学生,所看到的练习簿或棋盘板,其离开学生较远的一边略微缩狭,而且上下两方的水平边的方向也略有变更。这对于一年级学生就发生透视描写的困难,他们因为缺乏经验,还不容易克服这困难(图 31)。

左面所见的练习簿　　　正面所见的练习簿　　　右面所见的练习簿

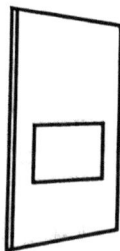

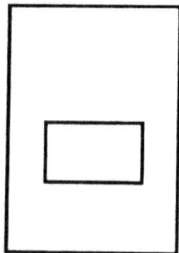

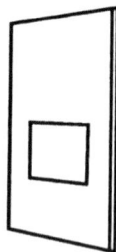

图 31

　　棋盘板也有同样的情形。为欲使学生容易观察正方形和长方形的形状,教写生画时必须设备不止一块棋盘板或不止一册练习簿,把它们正对着每一行课桌而放置。倘办不到这许多同样的写生模型,可用困难程度相同的实物,例如练习簿和纸夹(一年级),水桶和平底锅(三年级),椋鸟笼对着一行课桌,箱子对着另一行课桌(四年级),或者同样复杂的装饰物(五六年级)。

　　在另一种情况之下,写生模型也必须设备不止一套:倘我们把一个实物或一套组合物放置在比坐在课桌旁的学生的视平线低的地方,那么必须设备几套写生模型。因为坐在后面的学生被坐在前面的学生所遮住,不能清楚地看见写生模型了。

　　这时候可把一个模型对着两排课桌中间的通路而放置,把另一个模型对着其他两排课桌中间的通路而放置。这样,两个模型可供四排课桌之用。放置写生模型必须用台架,这在前面早已说过了。

　　写生画课的主要点,是教学生注意实物的形状的分析、它的高度和阔度的关系、它的各部门的布置、它的色彩和体积。

　　两三个实物组合布置的时候,则除了上述的以外,还须注意各物的形状和大小的相互关系的分析,以及它们的位置的相互关系的分析(较远、较近、较右、较左等)。

　　无论个别物体或组合物体,指示作画方法时,必须由教师于分析实物之后,在黑板上实际地描写其草图(这些草图在学生独立作画之前揩去)。

写生画课

三年级

课题:圆柱形水桶写生。

本课目的:巩固学生圆柱形物体描写的技巧和用明暗来表现立体相的技巧。

本课内容

一、组织学生上课,查阅家庭作业(两分钟)。

二、准备图画簿和黑铅笔(一分钟)。

三、分析水桶的形状、它的上端和下端、高度和阔度的关系、水桶的各部分、它的明部和暗部、水桶画法示范(六分钟)。

四、学生独立对水桶作写生画,教师给以帮助(三十一分钟)。

五、总结本课(检查三四张品质不同的画)(四分钟)。

六、布置家庭作业:画平底锅(一分钟)。

本课经过

建立纪律,保证每一个学生的工作地方。

教学生翻开图画簿中画着家庭作业的地方(画的是手提箱),查阅完成的作业。

在两个台架上放置两个圆柱形的水桶(对着每两排课桌中间的通路,比学生的视平线低)。

问学生:水桶的高度和阔度是否一样的？水桶的上端和下端是否一样阔的？水桶分哪几部分？水桶的哪一方面较明,哪一方面较暗？教师在黑板上作水桶画法的示范(图 32)。

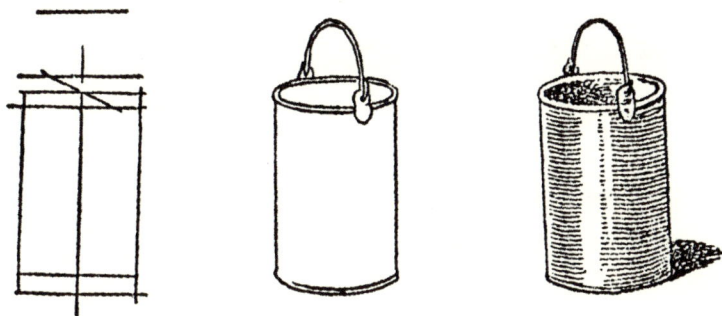

图 32

以后指示学生:怎样在图画簿中布置水桶。图画须用黑铅笔施阴影。

揩去黑板上的画,学生开始独立工作。

教师在每两排课桌中间巡行,观察学生的工作,对他们的画和他们的家庭作业都给以指示,必要的时候,劝他们把这画或家庭作业带回家去修改。

将下课时,教师预先认定三四张图画,准备在总结本课时把它们揭示给学生看。

在下课前四分钟,教师令学生把铅笔放在课桌上,停止工作。教师把预定查阅用的三四张画顺次揭示给全班学生看,和他们作这样的谈话:这幅画画得怎样？这水桶的高度和阔度画得正确不正确？水桶的上端和下端画得正确不正确？水桶的各部分布置得正确不正确？水桶上的明暗画得好不好?

教师指出学生的名字来,教他们一个一个地回答问题。一个学生的不正确的回答,由另一个学生来矫正。关于这些画的品质,由教师来作决定性的评语和最后的结论。其余较差的图画,也照这顺序来讨论。家庭作业的画,也选择两三张,和课内的画同时进行讨论。

揭示的末了,教师必须把优良的图画和不好的图画比较一下,替它们作一个适当的结论。

这一课以布置家庭作业为结束。家庭作业是画平底锅。

四年级

课题:长颈壶和茶杯写生。

本课目的:使学生描写组合物体,学习其体积大小关系和在空间的位置关系的表现方法。

这一课的计划与三年级的课业计划相类似(但须顾到四年级的教学大纲的任务)。

本课经过

组织学生上课及查阅家庭作业的工作与三年级同。

把实物(长颈壶和茶杯)放置在台架上。台架的靠背上挂一块淡灰色的布或者带黄色的纸。这是实物模型的背景。长颈壶是浅蓝的,茶杯是白色的。

预先关照学生:画这实物模型时必须先用铅笔打稿子(画轮廓),然后用水彩画描写。

教学生比较实物的形状、大小、位置关系。注意实物上端和下端两圆形的透视缩狭,注意实物的详细部分。决定实物的色彩及其对背景的关系。

关照学生:打铅笔画稿必须用轻微的线条,不可用橡皮去揩,那么后来涂水彩颜料时可得良好的效果。

教师在黑板上示范长颈壶和茶杯的打草稿方法。指示学生作画的顺序:先决定两个实物的大小,其次决定它们在纸上的位置,然后依照比例而描写,描出它们的大体形状和详细部分(图 33)。

图 33

关照学生:这写生画须分作两课画完。在第一课中必须用铅笔仔细地画出实物的轮廓,检查其形状和位置关系是否正确,确定实物的各部分,以便在下一课中用水彩颜料描写。

本课结束时,作关于这一课的总结。

家庭作业可指定画茶杯,用水彩画。

上第二课时,模型的布置必须和上第一课时完全一样。学生也必须坐在上第一课时所坐的位置上。

查阅家庭作业。

指示关于作水彩画的方法:找出实物的基本的(特有的)色彩及其对

背景的相互关系,然后加强实物暗部的色彩,表现其立体相。

不许学生用这样的画法:即描写两个或两个以上的实物模型时,一个一个地画——完成了一个,再着手画另一个。

必须同时画各个实物,从一个实物移到另一个实物上的时候,不断地比较它们的色彩关系以及实物的立体相。

本课总结依照普通顺序——分析若干张品质不同的画。

家庭作业:画组合物——喷壶和花盆,用水彩画。

装饰画课

一年级

课题:用长方形、三角形和正方形来组成图案模样,装在正方形内。

本课目的:使学生学会把图案模样装在正方形内的方法和用间色来把图案模样的单位着色的方法。

本课设备:装在正方形中的图案模样的图表,原色的图表。

本课内容

一、组织学生上课,查阅家庭作业。

二、研究图案模样图表和原色图表,决定用哪些单元来组成图案模样,这些单元涂什么色彩。

三、准备黑铅笔和色铅笔。

四、使学生认识用原色组成间色——绿色、橙色、紫色——的方法。

五、在正方形中画图案模样。

六、总结本课。

七、布置家庭作业:用间色来把图案模样的单元着色。

本课经过

查阅家庭作业。

悬挂装在正方形内的图案模样的图表。

图案模样这样着色:正方形都着紫色,三角形都着绿色,长方形都着橙色。

说明了图案模样的单元的色彩之后,把原色——红、蓝、黄——的图表挂起来。

在纸上示范:倘在纸上先用色铅笔涂某种色彩,例如涂红色,然后再涂蓝色,则可得到一种新色彩——紫色。同样,红色和黄色混合起来得到橙色,蓝色和黄色混合起来得到绿色。

然后教学生计算:图案模样中有几个正方形、三角形、长方形,它们的布置如何(正方形,三角形,长方形;然后再正方形,再三角形,再长方形;余例推。图案模样的单元是交替的)。

对儿童说明这图案模样的画法。首先画一个正方形,把图案模样装在这正方形里面。指示儿童:正方形的各边都是一样的,正方形必须画得大,使它占据纸的中央。在黑板上示范正方形的画法。

先把正方形的两根水平边和两根垂直边各分为两半,然后把每一半再分为两半。用垂直线和水平线来连结这些分点。在这样划分的正方形内画图案模样。教儿童用黑铅笔来描写图案模样。

本课总结依照普通顺序——分析若干张品质不同的画。

布置家庭作业——把图案模样着色:正方形着紫色(用蓝色铅笔和

红色铅笔),三角形着绿色、长方形着橙色。

四年级

课题:作壁报装饰的图稿。

本课目的:使儿童认识壁报装饰的方法,以及这装饰与壁报内容的联系。

本课设备:壁报装饰的两三种范本。

本课经过

根据挂着的壁报进行谈话,指出壁报中主要的几部分:标题、文字栏、标题画、尾饰、插画。指出装饰和壁报内容、文章等的配合。

以后,由教师用图式来表明壁报篇幅的一般大小,及其各主要部分的大小:框子、标题、文字栏、图画的位置等等(参看前面图27)。

然后教学生着手作图稿,这时候教师必须叮嘱他们:作图稿时应当由各人自己来选定壁报的名称,把它联系于某种事件(学年开始、十月革命周年纪念、列宁纪念日、五一节等),并且选择适当的色彩配置。

在作图稿的过程中,教师给以种种指示。

把壁报装饰的着色作为家庭作业,教学生在课外完成。

在下一课中,作关于图稿的总结。根据良好的图稿来装饰壁报,并把它悬挂出来。

应当指出:在装饰画课上,必须常常揭示民间创作的范例,或者图案模样的图表,或者书籍装帧的范例;或者,教师画出图案模样的开头,而令学生继续完成它。

最后一种指示,主要是对初级班(一二年级)的。

命题画课

四年级

课题："春天候鸟的归来"(这题目是早春用的)。

本课目的:使儿童在图画中表现自己对候鸟归来的观察。

本课经过

组织学生上课和查阅家庭作业,照普通顺序施行。

本课的主要部分是谈话,教师在谈话中探询儿童对春天候鸟的归来的观察。

教师可以用这样的问话:飞来的是什么鸟? 儿童在哪里看见它们? 飞来的白嘴鸦集合在什么地方? 人们为飞来的椋鸟有什么准备? 雁和野鸭飞的时候的顺序是怎样的? 余例推。

这样,就从总题目中选出了若干基本题材。

这些题材是这样的:"椋鸟归来","雁飞","白嘴鸦做窠"。

倘在谈话中发现了能够表出题目特性的别的题材,那么也可以讨论它们。

教师必须使儿童注意每一种题材中的主要部分,以及必须描入画中的景物。例如画"椋鸟归来"的题目,主要部分是椋鸟和椋鸟笼。这两种东西必须画在首要地位,必须画得大。

景物——建筑物、挂椋鸟笼的树木——不可画得过多,以免妨碍主要部分,有时竟可仅画出景物的一部分,例如棚舍的屋顶、树木上挂椋鸟笼的一部分。

"白嘴鸦做窠"的题目也是这样,主要部分是白嘴鸦和树木上白嘴鸦做窠的一部分。其余的景物,应该都是为了要显出这主要部分而画的(例如替白嘴鸦和树木作背景的春日的青天、残留在屋顶上和地上的雪等)。飞着的雁群或野鸭群,是图画的主要部分,而田野、树林、飞着的雁群或野鸭群下面的建筑物,应该都是补充题目的基本内容的。

决定了题材和其中的主要部分之后,教师就指示作画的顺序。

首先根据所选定的题材打草稿。教师用提意见和指示来帮助学生工作。然后教他们作写生画,例如对椋鸟笼、树木、建筑物作写生画,画的时候根据草稿中所预定的位置。

椋鸟、雁、野鸭等实物,可利用书中的画、杂志中的画和挂图作参考。

打好画稿,就结束本课。教师必须查阅画稿,给以适当的指示。

以后一切工作(选择材料,作画稿),可令儿童当作家庭作业,整幅画的完成也作为家庭作业。

下一次轮到命题画课的时候,在教室里查阅上次完成的图画,然后在这课中另选题目来作命题画。

四年级

课题:五一节的教室装饰图稿。

本课目的:使学生认识学校各种房间(大厅、教室、少先队室等)的装饰图稿的作法。

本课经过

先和学生谈话,在谈话中使学生知道:房间的各种装饰、学校外观的装饰,都要先打图稿,在图稿中拟定装饰用的单元。

但要使这些单元配置得不是偶然的,而是有意义的,必须把所装饰的建筑物或房间打图样。要使装饰单元配置得良好,则房间墙壁的图稿必须画成展开形的,建筑物的图稿必须画成正面形的。

谈话之后,教师在黑板上依照所装饰的教室的大小比例画出概要的图稿(图34)。

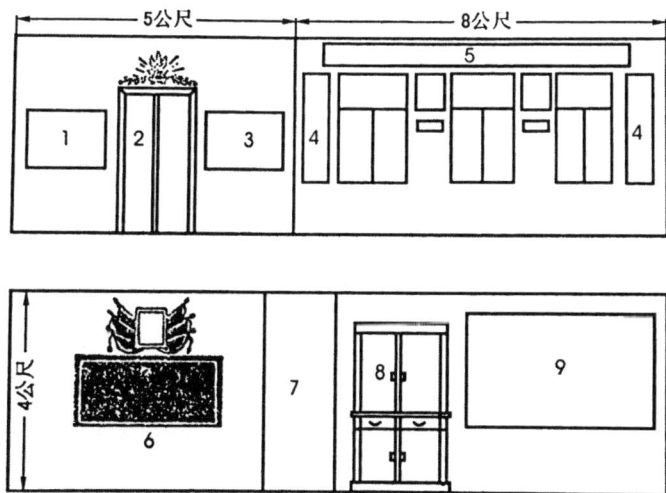

图 34

教师在这概要的图稿中画出装饰单元的布置的一例,同时向学生声明:不可照样抄录这种单元布置法,必须每个人照自己的意思来布置。

图稿初步完成,本课即告结束。图稿全部的加工完成,当作家庭作业。下次上课时查阅完成的图稿。

插画课

五年级

课题:为克雷洛夫(Крылов)的寓言《乌鸦和狐狸》作插画(最好在俄罗斯语文课中教过这寓言之后上这课)。

本课目的:教学生辨别寓言中的主要部分,而把这主要部分表现在自己的画中。

本课经过

由教师或学生中之一人诵读寓言,以后进行谈论,指导学生辨别寓言的主要内容:这篇寓言中所讲的是关于什么动物的? 乌鸦和狐狸在什么地方遇见? 乌鸦和狐狸的谈话的结果怎样?

这结果——乌鸦啼叫,干酪掉下——可作为图画的主要部分,这是表出寓言的基本内容的。

然后详细研究寓言中故事的发生地点、周围的景物、乌鸦和狐狸的位置的关系、季节和时候。倘没有剥制品,教师可把个别地画着乌鸦和狐狸的挂图揭示给学生看。

经过这样的分析和说明之后,学生就开始作画稿。在这工作的过程中,教师通过提意见和指示来帮助学生构成图画。

本课总结依照普通顺序——分析并批判最有代表性的图画。图画的加工完成,当作家庭作业。

下次轮到命题画课的时候,在教室中先查阅并批判全部完成的图画,然后开始分析下一个题目。

学生图画的错误矫正法

　　首先必须谈到学生在纸上布置图画(基本的构图)时所特有的错误。教学大纲中要求学生"关联所画的实物的形状、课题的性质和教师所给与的任务而正确地把图画布置在纸上"。

　　在图画教学实践中的、形似简单的这种要求,需要教师方面有不断的注意,学生方面有长期的技能学习。

　　因此在初级班里,为了要培养儿童在纸上布置图画的技巧,必须从最初几课开始,就教他们把纸分为两半,分为四部分,而指示他们应该把所画的东西布置在哪一部分里。倘是要他们画在全张纸上的(在初级班里,纸的大小不可超过普通图画纸的十六分之一),那么必须指示学生怎样找出纸的中心:把纸的长边和短边都分为两半,用轻微的线条连结相对的每两个分点,这两根连结线相交的地方便是纸的中心,于是根据所找到的中心而均匀地布置图画。

　　纸上图画布置的错误,必须根据教师说明课题时的指示而矫正。

　　由于所描写的实物的形状不同,图案簿有时须把长边放在上端(直置),有时须把短边放在上端(横置)。这就是说,必须常常依照这样的规律:凡是描写高度较大的实物,宜将图画簿的短边放在上端;凡是描写阔度较大的实物,宜将图画簿的长边放在上端。

　　在高级班里,这种画面布置的技巧,可用这样的方法来使它加深并巩固起来:决定一个实物或一组实物的大体的高度和阔度,从纸的中心出发而在纸上预先标明这高度和阔度(图35、图36)。

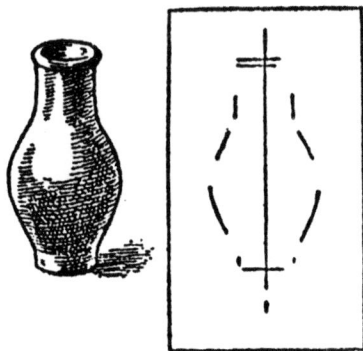 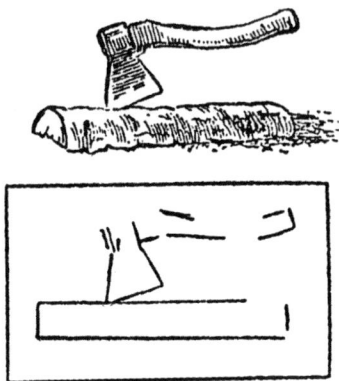

图 35　　　　　　　　　图 36

以后就根据教师的这些指示来矫正学生在纸上布置图画时的错误。

另一种代表性的错误,也是学生图画中所常见的:这就是圆形(圆柱形实物的上端和下端)的各种缩狭形描写的不正确。其错误是这样:学生不能常常用流畅的曲线来描写缩狭的圆形,却把它画成左右两端有尖角的形状。关于这一点,在前面叙述各种圆柱形和圆锥形物体写生画时早已说过了。

倘学生犯了这种错误,教师可令学生观察圆形或厚纸剪成的圆片,学生观察了各种位置上的圆形之后,自会相信:即使是缩狭得最厉害的圆形,两端也绝不会有尖角,都是由流畅的曲线绕成的。描写长方形、角柱形的物体时所犯的错误,往往是各边画得不平行,物体的远离的边的透视缩狭形画得不正确。

描写组合物时所犯的错误,是不顾到各物的位置关系和大小比例。教师可令学生拿图画来和这组合物模型互相比较,指出他们所犯的错误,教他们改正的方法(把某一物移向前些或移向后些,把另一物的形状放大些或缩小些等)。

避免错误的最好而最正确的方法,是教师在任何图画课开始之前对学生作周详而清楚的说明,引导学生注意于对实物的观察。

在图画教学大纲中,指示着学生图画修改的方法(见教学大纲说明文)。其中有一种不可常常采用的方法,即"由教师动手在学生的图画中作示范或修改"。

常常采用这种图画修改法,结果会使最积极的学生也失却了自信心,一经教师修改以后,便不再致力于自己的图画了。因此,这种图画修改法只有在别种办法不能获得所需要的结果的时候方可采用。并且在矫正错误的时候,必须努力"使学生懂得并且充分认识自己的错误的原因和性质,及其矫正的方法;没有具备这条件,图画修改是不能达到目的的"(节自教学大纲)。

学生图画观摩展览会

现在所指的,是学生在课堂中所作的图画,以及和课堂中的图画相关联的家庭作业。

相隔一定的期间(一学季、一学期、一学年)而把这些图画作总结展览,对于学生自己、对于教师以及学生的父母,都具有很大的意义。

这种展览所给予学生的好处,是使他们能够把自己的作品和同学们的作品相比较,而更明显地看到自己的优点和缺点,学得矫正缺点的方法。

对于教师和父母,这种图画展览使他们能够判断儿童的图画的进步,并知道各班图画课的一般状况。

学季的学生图画展览,可以由每班在自己学习的教室里分别举行。这展出工作的实际组织法是这样:沿着教室的一壁或两壁,依照学生身体的高度,张一根的绳子,用钉子把绳子的两端钉住在墙角里。把学生的图画簿挂在这绳子上,挂的时候须使写着学生姓名的图画簿封面向着外面。

一学季的最后一次图画课,就作为一学季所作的图画的观摩时间。由教师帮助,对作品作简短的分析,指出每一个学生的图画的优点和缺点。

最好在课外时间请学生的父母来参观图画,又教别班的学生来参观,使各班学生互相观摩。

一学期的学生图画展览,尤其是总结的(一学年的)学生图画展览,则其规模是全校性的。

这种展览会宜于在一个屋子(教室、少先队室、大厅等)里举行。学生的图画必须依照教学大纲中的区别而分部,即:(一)写生画,(二)装饰画,(三)命题画。

在用厚纸板、三合板或坚牢的纸做成的特殊的底板上,悬挂学生的最典型的作品,依照各部门和各班而排列。在桌子上陈列学生的图画簿,也依照各部门和各班而排列。

一地区的和一城区的图画展览会,也依照上述的顺序而举行,这些展览会的出品,必须更加仔细地选择。

不可把学生课堂作业的展览和学生课外作业的展览混合在一起。在课堂作业的展览会中,可以陈列学生自力描写的命题画,以及表现儿童创作力的最有创意的装饰画。

绘画观察课

把绘画作品向学生示范并且加以分析("绘画观赏"),在教学大纲中被规定为一种独立的课业。在每一次"绘画观赏"课中,研究三幅至五幅绘画作品。绘画作品的选择,根据一定的主题联系。

我们现在举出"绘画观赏"课的一个例子来说,即在三年级里给学生观赏优秀的俄罗斯艺术家伐斯涅左夫的三幅绘画:《阿辽奴喜卡》(《Алёнушка》)、《骑灰色狼的伊凡王子》(《Иван-царевич на сером волке》)和《十字路口的勇士》(《Витязь на распутье》)。

如前所述,这种作品的复制品必须采用大幅的、彩色版的。倘没有大幅的复制品,则采用小幅的,乃至明信片上所印的复制品亦可。这时候须将小复制品教学生按课桌行列而顺次传观。倘是大幅的画,则先把其中一幅画挂在教室里,例如《阿辽奴喜卡》。挂起之后,不可立刻开始分析,必须过一两分钟,可使儿童集中注意力于画上,认识画中的主要内容。

关于《阿辽奴喜卡》的画,可和学生作这样的谈话:这幅画里描着的是什么人?这少女的姿势怎样?她坐在什么地方?画中所描写的是什么季节和什么时候?

学生的回答必须是说明绘画的内容的:画里描着的是一个农家少女,这从她的服装上可以看出。她赤着脚,坐在树林中的湖畔的一块大石头上。这少女把两只手放在自己的膝上,忧愁地低着头。她的目光是沉思的、悲哀的。周围是茂密的树林。掉落在水上和地上的黄叶表明着季节——这是早秋。画的上端的一块天空涂着淡橙色,表示这是傍晚时候。

大多数儿童都知道通俗的民间故事《阿辽奴喜卡和她的兄弟伊凡奴喜卡》。学生们都懂得阿辽奴喜卡正在为她的兄弟伊凡奴喜卡的溺死而悲哀。教师必须指出:这艺术家十分强调地表现出这悲哀。连周围的自然景物和时候也是强调这悲哀的;这全幅绘画是用了对这失迷在森林中的孤独的少女的热忱和同情而描成的。

研究了《阿辽奴喜卡》的画之后,再挂起以民间故事《骑灰色狼的伊凡王子》为题材的画来。给儿童们一些时间来看画,然后和他们谈话:这幅画里描着的是什么人? 这青年和这少女到哪里去? 怎样去的? 这事件发生在什么地方? ……

用类乎此的问话来使儿童渐渐理解绘画的内容:在大树茂密的森林中,一只灰色狼正在奔跑,它的背上坐着伊凡王子和叶列娜美人。儿童从故事中知道:伊凡王子是别林杰王的儿子,叶列娜美人是达尔马特王的女儿,所以他们的服装是那么富丽。

这幅画充分地表现着这故事。周围的自然景物——茂密的森林——强调着它的神话性。

第三幅画《十字路口的勇士》,是由这位艺术家根据俄罗斯历史故事中的主题而作的。

三年级的儿童在阅读课上听了教师的故事,已经认识了关于我们的祖先斯拉夫人的历史的特性和关于我们的民族对外来侵略者的斗争的若干情况。

儿童用谈话的方式叙述这幅绘画:在近景中,一位勇士骑在一匹结实的白马上。他站定在一块大石头前面,石头上写着:"向前进者,人马皆死。向左转者,人死马活。向右转者,人活马死。"

石头前面有人的骷髅和人的骨头,四周飞着黑色的乌鸦,其中一只乌鸦在地平线上飞着。一切自然景物——平原和凸出的石头——都表明着俄罗斯辽阔的土地。与画中所描写的勇士相似的勇士们,大无畏地保卫这土地,抵抗草原游牧民的侵略。

这三幅画都是有名的俄罗斯艺术家伐斯涅左夫所描写的。除了所分析的这三幅画之外,伐斯涅左夫又描写其他许多以俄罗斯历史故事和童话为主题的绘画。其中最有名的是《三勇士》(《Три богатыря》)、《伊戈尔王与波洛维茨人大战之后》(《После побоища Игоря Святославовича с половцами》)、《飞地毯》(《Ковёр самолёт》)等。

今将教学大纲中关于以后的绘画观赏工作的指示摘录如下:

"倘能供给每个学生以绘画复制品,则可令学生在家庭作业中描写绘画的内容。

"在绘画观赏课结束之后,在指定给学生的家庭作业完成之后,必须对学生作简短的谈话,以便知道学生对于所观赏过的绘画的理解如何。"

图画的课外工作

在初等学校和七年制学校里,图画课每班每周一小时。

实际上,每一课内学生从事描画不过三十至三十五分钟,其余的时间是用在说明、查阅家庭作业和作每课总结上的。学生另外费一二小时在图画的家庭作业上。

就一般而论,这些时间完全是不够的;在爱好图画而空闲时常常描画的儿童,尤其觉得太少。

学校的责任,是给这些儿童以机会,使他们能够有组织地、有系统地从事描画，而在他们所爱好的事业中提高他们的知识和技能。要造成这种机会，可以在学校里组织图画小组。

对于图画小组的组织，应该有怎样的教育要求呢？

（一）把所有各班（一年级至四年级）的学生联合在一个小组里，是不适宜的。应该由一二年级的儿童组织一个小组，由三四年级的儿童组织另一个小组，由五六年级的儿童组织第三个小组。这原则方能适应儿童的年龄特点和趣味的类似点。

（二）同时工作的小组人员，以十五人至二十人为度，不可更多。这是因为小组中的工作必须比课堂中更加发挥个性。

（三）小组中的工作必须按照一定的计划和一定的大纲。

每一小组的大纲，在基本上必须配合该小组人员所属的年级的教学大纲。这大纲较为广泛而深切，并增添新的部门，例如塑造、最简单的塑纸手工（在黏土上贴纸）、马铃薯印版和厚纸印版手工（高级小组用），以及以艺术为目的而举行的野外远足、参观博物馆、参观展览会等。

小组工作的设计，必须按照工作的部门和形式。

（四）小组工作须在一个固定的房间里进行（教室、少先队室等），这房间里必须有一个柜子可以放置教具和材料，又必须有必要的设备（放置实物模型的台架、盛黏土的器皿、洗脸盆等）。

小组工作中可举行学生作品展览会，一学季一次或一学期一次，也可举行学年总结的展览会。

小组必须由爱好图画而具有小组工作各部门的若干技能的教师担任领导。

图画教师的补充知识

(一)字体

　　在学校的实际生活中,常常需要各种美术字:课程表的标题、点名册的标题、壁报的标题、自然物历书的标题,还有在纸上和布上写标语。

　　在各种各样的字体(字母的形状)中,学校中所用的主要是直线形字体,即称为带状体或方头体。

　　这种字体的特点,是字母的各部分都是直线的,一样粗细的,这种字体可依照尺或平板条而用小木铲或标语笔等来写。

　　要教学生这种字体的字母,可用画方格子的簿册。

　　下面列举直线形字体的字母表一例(图 37)。

图 37

　　对于写美术字经验不多的人,可先用线条打格子,依照格子而写字母和数字。

　　但有了相当技巧之后,便可简化这工作;在长条的纸或布上书写标语的时候,尤其需要简化。

现在把简化的方法指示在下面。

例如需要书写下列文句:

"Мы стоим за мир и отстаиваем дело мира。"(我们拥护和平,保卫和平事业——斯大林语)

这文句须写在 20×40 公分大小的纸上。工作开始时必须计算这文句中的字母。每两个词之间的间隔当作一个字母计算。在我们这例子里,共有三十八个字母。

在写这文句的纸上,先把上下左右四面各划出二公分半的边线。这样,中间所剩的空地是阔三十五(40−5)公分,高十五(20−5)公分。然后再计算:在这空地(35×15)上可以分几行布置这文句。

倘布置成一行,则三十五公分必须划分为三十八格。那么每一个字母和每一间隔的阔度不到一公分,而高度有十五公分。这样的布置显然是不妥当的。

那么,我们把它布置成两行吧。把文句分作两行:

Мы стоим за мир——十五个字母。

и отстаиваем дело мира——二十二个字母。

把文句分行的时候,必须保持每行的思想意义;尤其不可把一个词的一部分布置在这行,而把另一部分布置在那行。

计算起来,第一行的字母数是十五个,而第二行是二十二个。这样,下面一行每个字母的阔度大约是一公分半,而高度差不多有六公分。这样的布置,也不能使文字明显。

于是我们必须把文句分为三行:

Мы стоим за мир——十五个字母。

и отстаиваем——十二个字母。

дело мира——九个字母。

这计算可使我们满意了。每行的阔度为四公分，每两行之间的间隔为一公分半。我们便根据这计算来分行。

在这里我们不用打方格子网的方法来写字，却采用这样的方法：在每一格里，把右边画出一狭条，作为每两个字母之间的间隔。逢到较阔的字母——Ж、Ф、Ш、Щ、Ы等——时，不必特别分格，就把它们写在普通的格里，但把相邻的字母略微缩紧些。

用带状（方头）体时，开头的字母一般是和其余的字母一样高的（不高出格子外面去）。要强调字句中的某一个词，其方法是把字母的高度放大些，写得粗些，或者用和别的词不同的颜色。

这里所说的是关于字体的最初步的知识。教师教儿童认识图画教学大纲中这部门的时候，这些知识是必要的。

(二)用方格子网放大或缩小图画的方法

把一幅图画放大或者缩小，所用的方法是同样的，故可一并叙述。

把图画放大或缩小的方法如下：倘这幅画不是包括在几何形状（正方形或长方形）之内的，必须先使它包括在这种形状内。

然后把这正方形或长方形画成方格子网（划分的时候最好从画的中央开始）。这些方格子的数目的多少由画者自定。越是复杂的图画，方格子必须打得越细；越是简单的图画，方格子打得越大。倘要依照了这些格子而把画放大或缩小，这些格子必须是正方形的。为了避免铅笔损坏图画，可用擦粉末的细线来打格子，即弹粉线（工作完毕之后，这些粉线可用布片仔细揩去）。在准备描绘放大或缩小的图画的平面（纸、厚纸等）上，必须照那幅画上一样地打格子，倘原画上是从中央划分起的，那

么在新的画纸上也必须从中央划分起。网格子的数目,在原画上和在新
画纸上必须一样,所差别者,只是网格子的大小:这里格子较大,那里格
子较小。

依照网格而描画的时候,必须用心注意:原画中物体的某部分位在
哪一个格子里,则在放大的画中这部分也必须画在同样的格子里。

(三)塑造和塑纸手工

在小组工作中,可教各班学生做塑造手工。儿童都欢喜这种手工,
这是幼儿园中所普遍应用的。

现在把塑造用的材料和这工作的组织略述如下。

塑造用的黏土,无论哪种都可,但最好是用灰色黏土(陶土)。别种
黏土——红的、黄的——有时需要除去其中过多的砂;倘黏性太大,则相
反,需要掺进些砂。

要除去黏土中过多的砂,有一个方法,叫作"洗泥"。准备两只金属
制的小桶或小盆,在其中一只桶里放一半黏土,然后把水倒在黏土上面,
用木铲把黏土和水搅匀,很快地把和水的黏土倒进另一只空着的器皿里
去。当你搅拌砂土的时候,砂已经沉到底上,黏土里过多的砂被除去了,
就变得较有黏性,塑造时不致破裂了。

倘行了一次"洗泥",黏土没有达到所需要的结果(黏土中含砂量还
是太多),则必须再行一次。黏土的黏性太大的时候,需要加进些砂,这
时只要顾到:塑造用的黏土应该含砂约百分之二十五。

凡塑造用的黏土,必须先清除其中的碎屑和各种混合物(小石子、植
物的根等)。清除过的黏土,倘不再行"洗泥",则把它摘成小块,放在金
属制的器皿(桶、盆等)里,然后加上水。倘黏土是很燥、很硬的,要浸透

它,须经过若干小时(六至十二小时,有时更多)。先把多余的水倒出,然后搅拌黏土。或者用木铲子搅拌,或者用手揉搓,直到所需要的柔软程度为止。塑造时黏土不粘住手,这黏土才算准备完成。

还有一种较快速的黏土准备法。在地上放一块布,把清除过的干燥的黏土倒在布上,倒成约五至十公分厚的枕头形状。用少许开水倒在这泥枕头上,立刻用另一块布把它盖好,用木棒敲打它。黏土软起来了,然后用手搓揉它,直到塑造所需要的软度为止。

塑造的时候,必须给每一个学生一个放黏土的东西:一块三合板制的或薄板制的填板,大小为 25×30 公分。塑造的时候,可把这填板旋转,以便从各方面观察塑造物。必须注意:塑造物的各部分须由一块黏土塑成,不可由各部分并凑而成。例如塑一个香菇,不可把它的"帽子"单独塑成而粘到蒂头上去,必须由整块黏土塑成。倘不注意这一点,那么这香菇干燥之后,"帽子"便会脱落。

倘黏土塑造不立刻完成,要经过一个长时期才完成,那么在工作停歇的期间必须用湿布把未完成的塑造物盖好。

在黏土制品上可以做各种工作。例如干燥了的制品可把它放在灶里烧,又可用水彩颜料或胶质颜料把它着色。

用纸贴在黏土上(塑纸手工),其法如下:例如儿童塑了一个苹果。塑好之后,立刻把有浆糊的小纸块贴到这湿的黏土苹果上去。贴的时候,必须努力使纸片密切地附着在黏土苹果上(浆的浓度,大约是半茶匙马铃薯粉合一玻璃杯水)。贴用的纸,可利用报纸、包装纸、旧笔记簿。贴纸须贴若干层,至少五六层。要贴得均匀,必须贴一层报纸,再贴一层包装纸……轮流换用各层的纸张。纸块越撕得小,纸在黏土塑造物上越贴得密切。

　　贴好之后,把这东西摆着,等它干燥。在室内温度中,要经过五六天,纸里面的黏土方才干燥而脱离了纸,纸也变得坚硬了。

　　要把黏土苹果从纸里面取出来,可精确地把纸割开,普通割在中央,把纸塑的苹果分开,取出其中的黏土。再把坚硬了的纸塑苹果照割缝合拢来,精确地把割缝黏合,便得到一个硬而坚牢的纸苹果(塑纸手工)。然后加以修整,使表面光平而清洁,再涂上颜料。

　　这种在黏土塑造物上贴纸的方法,特别适宜于制造玩具、节会及扮演用的假面具,以及学校演出中的小道具等。

(四)马铃薯印版和厚纸印版的工作

　　在初级图画小组中,可做一种有趣味的工作,即制造马铃薯印版。这工作主要是绘制各种图案模样时所应用的。

　　选取一个新鲜的生马铃薯,从上面切下约一公分厚的一块。把这一块的周围切成正方形、长方形、三角形、圆形之类的几何形状。

　　然后用一条阔约一公分至一公分半的金属薄片,把它的一端折叠起来,当作一把刻刀,在那块马铃薯的边缘上挖去小块,构成所需的图案模样。

　　在这样制成的马铃薯印版上涂上水彩颜料,在纸上印出图案模样来。

　　这样的印版是凹进的,但在这块马铃薯上可以画出某种简单的形象(叶、花、蝴蝶等),刻去这形象四周的马铃薯,所画的形象便凸出来。于是我们得到了一个凸出的印版,就可同凹进的印版一样地使用它。

　　厚纸印版是给年长的儿童们做的,其做法如下:取一块坚牢的厚纸,照你所需要的大小,例如8×6公分、10×15公分等。再取面积略小些的另一块厚纸,在这厚纸上画出一种形象(帆船、牛、马等)。把这形象四周的厚纸剪去,粘贴在第一块厚纸上。这便造成了一个凸出的形象的印版。在这凸出的形象上涂上所需要的水彩颜料,然后印在纸上。例如印的若是一头牛,把印版多印几次,便可得到一群牛;若是一匹马,便可得到一群马;余例推。

第六章　优秀的革命前俄罗斯大艺术家和苏维埃大艺术家的简单介绍

　　这里所列举的革命前俄罗斯艺术家,其作品是给学生在各课中观赏用的。

　　关于苏维埃艺术家,这简单介绍中所列举的不仅是课业研究中所用的作品的作者,又列举着作品屡获斯大林奖金的其他最优秀艺术家。

优秀的革命前俄罗斯艺术家

　　(一)伐斯涅左夫(В. М. Васнецов) 伐斯涅左夫的作品,大部分保存在莫斯科的国立特列嘉科夫绘画馆中。

　　(二)彼罗夫(В. Г. Перов) 彼罗夫的绘画,由于其内容的说服力和尖刻性,明显地表现着对当时沙皇警察统治的反抗,有不少作品被沙皇政府禁止展览[例如《复活节的农村教会行列》(《Селький крестный ход на пасхе》)等]。

　　彼罗夫是"巡回展览会集团"的发起人兼组织者之一,这巡回展览会集团在俄罗斯的民主主义艺术的发展上起着很大的作用。彼罗夫的最知名的绘画,是《三套车》(《Тройка》)、《农民的葬仪》(《Похороны крестьянина》)、《复活节的农村教会行列》、《途中休息的猎人》(《Охотники

在附中）《家庭女教师来到商人家》(《Приезд гувернантки в купеческий дом》)、《梅齐希的茶会》(《Чаепитие в Мытищах》)等。

彼罗夫的创作在特列嘉科夫绘画馆里陈列得最多。

(三)马科夫斯基(В. Е. Маковский)　马科夫斯基是有名的"巡回展览会集团"艺术家。他的绘画所表现的,主要是都市小官吏、商人、都市贫民的日常生活。

马科夫斯基的绘画中最有名的,是《和儿子会面》(《Свидание с сыном》)、《趾骨游戏》(《Игра в бабки》)、《访问穷人》(《Посещение бедных》)、《林荫道上》(《На бульваре》)、《银行破产》(《Крах банка》)等。

(四)苏里科夫(В. И. Суриков)　苏里科夫是伟大的俄罗斯历史画家。他生在西伯利亚的克拉斯诺雅尔斯克城。他的祖先是顿河地方的哥萨克人,曾经参加叶尔马克征服西伯利亚的战争。苏里科夫因为爱好绘画,离弃了他的中学校,搭了运货车来到彼得堡,进入艺术学院。

在艺术学院毕业之后,苏里科夫以全部心力从事俄罗斯历史画的创作。

苏里科夫的绘画中的主要人物是人民。在历史画家中,没有一人能像苏里科夫那么出色而真实地表现历史时代。

苏里科夫的最主要的作品,是《近卫兵临刑的早晨》(《Утро стрелецкой казни》)、《流放中的明希科夫(在贝辽左夫)》[《Меншиков в изгнании (в Берёзове)》]、《贵妇人莫罗左娃》、《苏沃洛夫越过阿尔卑斯山》(《Переход Суворова через Альпы》)、《征服西伯利亚》(《Покорение Снбири》)、《斯捷邦·拉辛》(《Степан Разин》)等。苏里科夫的大部分作品陈列在莫斯科的特列嘉科夫绘画馆中。

(五)萨符拉索夫(А. К. Саврасов)　萨符拉索夫的最知名的作品,

是《白嘴鸦飞来了》(《Грачи прилете пи》)。他在这幅春景中,以可惊的情绪表现着俄罗斯的自然界。这幅风景画对于俄罗斯艺术家的祖国自然美描写,确是开路先锋。

(六)史施金(И. И. Шишкин)　史施金是俄罗斯优秀的风景画家之一。关于这画家,另一位有名的俄罗斯艺术家克拉姆斯科伊(Крамской)曾经说:"史施金是俄罗斯风景画史的里程标。他的画是成派的。"史施金的绘画中所描写的,主要是树林,他精密地、真实地表现树林的各种类别、树林的色彩的特征、树林生活的各种状况。有时人们称史施金为"森林的勇士"。

史施金的最主要的绘画,是《松林中的早晨》(《Утро в сосновом лесу》)、《裸麦》(《Рожь》)、《森林的远景》(《Лесные дали》)、《造船用的丛林》(《Корабельная роша》)、《森林采伐》(《Рубка леса》)等。

(七)杜波夫斯科伊(Н. Н. Дубовской)　杜波夫斯科伊是风景画家,是"巡回展览会集团"的经常参加者。

他的优秀作品,是《冬天》(《Зима》)(陈列在特列嘉科夫绘画馆)、《寂静》(《Притихло》)(陈列在列宁格勒的俄罗斯博物馆)。

(八)米雅索耶多夫(Г. Г. Мясоедов)　米雅索耶多夫是"巡回展览会集团"的组织人之一。

米雅索耶多夫的现实主义绘画主要是描写农民生活的。

米雅索耶多夫的最著名的绘画,是《地方自治机关人员进午餐》(《Земство обедает》)、《旱灾》(《Засуха》)、《收获期》(《Страдная пора》)、《裸麦中的道路》(《Дорога во ржи》)。

(九)雅罗申科(Н. А. Ярошенко)　雅罗申科在他的作品中表现了他那时代的工人和大学生的明显的典型,此外,又描写过几幅被沙皇政府监禁并处流刑的囚犯的生活的画。他的绘画中最为大众所周知的,是《囚犯》(《Заключённый》)、《火伕》(《Кочегар》)、《大学生》(《Студент》)、《到处都是生活》(《Всюду жизнь》)。

(十)列宾(Н. Е. Репин)　列宾是伟大的俄罗斯现实主义艺术家。他生在坡尔塔瓦省朱古也夫城中的一个少年兵的寻常家庭里。他童年时代就爱好绘画。起初他在本地的一个圣像画家那里学习绘画,后来转到彼得堡,进了艺术学院。在艺术学院里,列宾的绘画艺术的优秀才能引起了人们的注意。列宾密切地联系当时社会的进步阶层,在他的作品中,常常热烈地反映着激动这社会阶层的事件。

列宾又用他的卓绝的技能来描写风俗画、历史画和同时代人的肖像画。列宾所留下的艺术遗产不可胜数。现在仅举他的作品中最优秀者:《伏尔加河上的纤夫》(《Бурлаки на Волге》)、《库尔斯克省的教会行列》(《Крестный ход в Курской губернии》)、《不期的归来》(《Не ждали》)、《伊凡雷帝及其子伊凡》(《Иван Грозный и сын его Иван》)、《查坡洛什人》(《Запорожцы》)、《拒绝忏悔》(《Отказ от исповеди》)、《逮捕宣传者》(《Арест пропагандиста》)等。

在列宾所作的壮丽的肖像画的整个画廊里,可以指出优秀的肖像画如下:《辅祭长》(《Протодьякон》)、《作曲家穆索尔斯基》(《Композитор Мусоргский》)、《托尔斯泰》(《Л. Н. Толстой》)、《屠格涅夫》(《И. С. Тургенев》)、《外科医生彼罗果夫》(《Хирург Н. И. Пирогов》)、《女演员斯特列彼托娃》(《Актриса Стрепетова》)。

在特列嘉科夫绘画馆中(在两个大厅中)搜集着列宾的最优秀的作品。

(十一)克拉姆斯科伊(И. Н. Крамской)　克拉姆斯科伊是著名的俄

罗斯艺术家，"巡回展览会集团"画家的领导，他对于十九世纪后半期俄罗斯绘画的进步潮流，有很多的帮助。他描写了许多同时代人的肖像画，其中最为大众所周知的，是《托尔斯泰肖像》（《Портрет Л. Н. Толстого》）、《艺术家史施金肖像》（《Портрет художника И. И. Шишкина》）、《无名女子肖像》（《Портрет неизвестной》）、《涅克拉索夫肖像》（《Портрет Н. А. Некрасова》）等。

（十二）谢罗夫（В. А. Серов）　谢罗夫是优秀的肖像画家。他的卓越的肖像画的特色，是深刻地表现画中人的心理特征及其社会地位。在谢罗夫所作的一系列肖像画中，应当指出的有如下数幅：《女孩和桃子》（《Девочка с персиками》）[马蒙托娃（В. С. Мамонтова）肖像]、《阳光照耀着的少女》（《Девушка, освещённая солнцем》）[西蒙诺维奇（М. Я. Симонович）肖像]、《作曲家谢罗夫的父亲的肖像》（《Портрет отца композитора Серова》）、《女演员叶尔莫洛娃肖像》（《Портрет артистки М. Н. Ермоловой》）、《女演员费多托娃肖像》（《Портрет артистки Г. Н. Федотовой》），此外还有不少佳作。

（十三）列维丹（Л. Н. Левитан）　"列维丹在自己的作品中不但吸取了并改作了以前关于俄罗斯自然界的一切生动的叙述，又用热忱、理解和爱来表现了俄罗斯自然界的生命及其特殊的诗趣。"[1]他所作的画，有《弗拉基米尔流放道》（《Владимирка》）、《凉爽的风》（《Свежийветер》）、《晚秋》（《Золотая осень》）、《雨后》（《После дождя》）、《三月》（《Март》）、《春天—大水》（《Весна——большая вода》），还有其他许多优秀的风景画。

---

〔1〕　见一九三八年《创作》（《Творчество》）杂志所载论文《俄罗斯风景画大家》。

（十四）奥特斯罗乌霍夫（И. С. Остроухов）　奥斯特罗乌霍夫是风景画家。他的作品除了《寒风》（《Сиверко》）之外，值得注意的风景画有《晚秋》（《Золотая осень》）、《早春》（《Ранней весной》）、《嫩草》（《Первая зепень》）。

在六年级里给学生看普希金肖像的时候，要讲到艺术家基普林斯基，关于这艺术家的简单介绍如下：

（十五）基普林斯基（О. А. Кипренский）　基普林斯基是十八世纪末和十九世纪上半期的优秀的肖像画家。

他的作品除了普希金的肖像以外，还可指出下列的肖像画：《诗人茹科夫斯基肖像》（《Портрет позта В. А. Жуковского》）、《自画像》、《拉斯托普契娜肖像》（《Портрет Е. П. Растопчиной》）等。

苏维埃艺术家

（一）阿维洛夫（М. И. Авилов）　阿维洛夫是战争画家，斯大林奖金获得者，是因为《库里科夫原野的决斗》（《Поединок на Куликовом поле》）这作品而得奖的。

阿维洛夫的绘画《斯大林同志来到第一骑兵队》（《Приезд товарища Сталина в 1-ую Конную Армию》），是众所周知的。

（二）蒲勃诺夫（А. П. Бубнов）　蒲勃诺夫的绘画《库里科夫原野的早晨》（《Утро на Куликовом поле》）获得斯大林二等奖金。

（三）勃罗茨基（И. И. Бродский）　勃罗茨基的领袖肖像画——列宁的、斯大林的、日丹诺夫的等——为大众所周知。勃罗茨基的作品中知名的，有《二十六个巴古的政治委员》（《26 Бакинских комиссаров》）、

《列宁在斯莫尔尼宫》(《В. И. Ленин в Смольном》)等。

(四)格列科夫(М. Б. Греков)　格列科夫曾随着第一骑兵队远征,他在他的作品中记录着这远征中的许多插话。他的作品中最有名的是《载机枪的车》(《Тачанка》)、《在库班》(《На Кубани》)、《第一骑兵队的号兵》(《Трубачн 1-й Конной Армии》)、《骑兵队冲锋》(《Кавалерийская атака》)等。

(五)盖拉西莫夫(А. М. Герасимов)　盖拉西莫夫是有名的苏维埃艺术家,苏联艺术学院院长。他曾经四次获得斯大林奖金,他是苏联人民艺术家。

他的绘画中为广大群众所周知的,有下列各幅:《列宁在讲台上》(《Ленин на трибуне》)、《斯大林和伏罗希洛夫在克里姆林宫》(《И. В. Сталин и К. Е. Ворошилов в Кремле》)、《十月颂歌》(《Гимн Октябрю》)、《斯大林在日丹诺夫灵柩前》(《И. В. Сталин у гроба А А. Жданова》)、《莫洛托夫肖像》(《Портрет В. М. Молотова》)、《四位苏维埃老艺术家的集体肖像》(《Групповой портрет 4 старейших советских художников》)等。

(六)尤昂(К. Ф. Юон)　尤昂是苏联人民艺术家。他的知名的绘画作品有《攻占克里姆林宫》(《Взятие Кремля》)、《三月的太阳》(《Мартовское солнце》)、《农村的节日》(《Сельский праздник》)等。

(七)勒洛夫(А. А. Рылов)　勒洛夫是风景画家,俄罗斯共和国的功勋艺术家。

勒洛夫最有名的绘画作品是《列宁在拉兹里夫》(《Ленин в Разливе》)、《在蓝色的廖廓中》(《В голубом просторе》)、《绿色的喧哗》(《Зелёный шум》)等。

（八）谢罗夫（В. А. Серов）　谢罗夫的作品《列宁宣布苏维埃政权》（《Ленин провозглашает советскую власть》）获得斯大林一等奖金。

谢罗夫的其他作品中，知名的有《一九一七年列宁在芬兰车站的装甲车上演说》（《Выступление В. И. Ленина с броневика на Финляндском вокзале ь1917г.》）、《亚历山大·涅夫斯基进入普斯科夫》（《Въезд Александра Невского в Псков》）、《农民代表请愿者来见列宁》（《Ходоки у Ленина》）（获得斯大林二等奖金）。

（九）瓦西里耶夫（П. В. Васильев）　瓦西里耶夫是俄罗斯共和国的功勋艺术家。他的一系列绘画"列宁"，获得斯大林一等奖金。

（十）卡萨特金（Н. А. Касаткин）　早在十月革命以前，卡萨特金就以关于工人（主要是矿工）生活的绘画著名。十月革命之后，卡萨特金是首先获得"共和国人民艺术家"尊称的艺术家中之一人。

他的为大众所周知的绘画，是《换班》（《Смена》）、《运输矿工》（《Откатчик》）、《女矿工》（《Шахтёрка》）等。

（十一）普拉斯托夫（А. А. Пластов）　这位艺术家曾经长年居住在集体农庄，他的作品中反映着集体农庄生活的各方面。

他的绘画《割草》（《Сенокос》）、《收获》（《Жатва》）获得斯大林一等奖金。

普拉斯托夫的其他作品中知名的有《德国人飞过了》（《Немец пролетел》）、《红军战士浴马》（《Купание коней красноармейцами》）等。

（十二）雅科夫列夫（В. Н. Яковлев）　雅科夫列夫是俄罗斯共和国的人民艺术家，斯大林奖金获得者。他的作品如下：《伏洛科拉姆斯克近郊的战斗》（《Бой под Волоколамском》）、《接近莫斯科的要冲》（《На ближних подступах к Москве》）、《斯大林肖像》（《Портреты И. В. Сталина》）、

《社会主义竞赛合同签字》(《Подписывают соцдоговор》)等。

(十三)库克雷尼克塞(Кукрыниксы)　这是三位艺术家的创作的友谊集体名称,其人即克雷洛夫(П. Н. Крылов)、库普利亚诺夫(М. В. Куприянов)和索科洛夫(Н. А. Соколов)。库克雷尼克塞的惩诫的讽刺画是大众所周知的,这些画登载在《真理报》上和其他的报纸和杂志上。他们的政治题材的宣传画也很有名。

库克雷尼克塞创作了许多生动的绘画:《卓娅·科斯莫捷绵斯卡娅》(《Зоя Космодемьянская》)、《德国签署投降书》(《Подписание акта о капитуляции Германии》)、《结局》(《Конец》)等。这三位艺术家各自也有许多作品,大都是风景画性质的。三位艺术家都是斯大林奖金获得者。

(十四)李亚日斯基(Г. Г. Ряжский)　李亚日斯基是俄罗斯共和国的功勋艺术家。他的知名的绘画,有《女主席》(《Председательница》)、《女代表》(《Делегатка》)、《女友》(《Подруги》)。

(十五)叶法诺夫(В. П. Ефанов)　叶法诺夫的绘画为广大群众所周知的有下列各幅:《难忘的会面》(《Незабываемая встреча》)(此画得斯大林二等奖金)、《斯大林、莫洛托夫、伏罗希洛夫在高尔基的病床前》(《И. В. Сталин, В. М. Молотов, К. Е. Ворошилов у постели больного А. М. Горького》)(此画得斯大林二等奖金)。叶法诺夫的其他的作品中,应当指出的有《莫洛托夫肖像》(《Портрет В. М. Молотова》)、《斯大林、莫洛托夫和孩子们》(《И. В. Сталин и В. М. Молотов с детьми》)。

(十六)科托夫(П. И. Котов)　科托夫是俄罗斯共和国的功勋艺术家。科托夫主要以肖像画知名,其中应当指出的有《院士谢林斯基肖像》(《Портрет академика Зелинского》)、《斯塔哈诺夫式女工作者肖像》(《Портрет

стахановки》)、《院士布尔金科肖像》(《Портрет академика Н. Н. Бурденко》)、
《陆军大将巴格拉米扬肖像》(《Портрет Генерала армии Н. Х. Баграмяна》)。

(十七)伊奥刚松(Б. В. Иогансон)　伊奥刚松是苏联人民艺术家。
他的绘画中最知名的如下:《审问共产党员》(《Допрос коммунистов》)、《在
老乌拉尔工厂》(《На старом Уральском заводе》)(此画得斯大林一等奖
金)、《胜利纪念日》(《Праздник победы》)等。

(十八)赫美尔科(М. И. Хмелько)　赫美尔科的引人注意的巨幅作
品,是《为伟大的俄罗斯民族干杯》(《Тост за вели кий русский народ》),此
画获得斯大林二等奖金。

获得斯大林奖金的苏维埃雕塑家

(一)梅尔库罗夫(С. Д. Меркуров)　梅尔库罗夫是列宁雕像、斯大
林雕像的作者(陈设在莫斯科运河、苏联农业展览会等处)。

(二)马尼才尔(М. Г. Манизер)　苏联许多城市中的纪念像是由
马尼才尔设计的:乌里扬诺夫城的列宁纪念像、唐波夫城的卓娅·科斯
莫捷绵斯卡娅纪念像、唐波夫省米邱林斯克城的米邱林纪念像等。

(三)穆希娜(В. И. Мухина)　穆希娜是众所周知的雕塑群像《工
人和集体农庄女庄员》的作者。穆希娜还有许多雕像也是很有名的,例
如炮兵元帅伏罗诺夫(Н. П. Воронов)、院士克雷洛夫(Крылов)等的雕
像,以及高尔基和作曲家柴可夫斯基(П. И. Чайковский)的纪念像的设
计等。

(四)符且齐契(Е. В. Вучетич)　符且齐契是许多苏军统帅的雕像
的作者。例如陆军大将车尔尼亚霍夫斯基(И. Д. Черняховский)、元帅

科涅夫(Конев)、元帅瓦西列夫斯基(Василевский)等的雕像,都是他所作的。维亚兹玛(Вязьма)城中的陆军中将叶夫列莫夫(М. Г. Ефремов)的纪念像,是由符且齐契设计的。

(五)托姆斯基(Н. В. Томский) 托姆斯基是许多斯大林雕像的作者。他所作的许多苏联英雄的雕像也是很有名的,例如陆军少校加列耶夫(М. Г. Гареев)、近卫军上校波克雷舍夫(П. А. Покрышев)、陆军少校斯米尔诺夫(А. С. Смирнов)等的雕像便是。托姆斯基是基洛夫(С. М. Киров)的纪念像的作者,是海军上将那希莫夫(П. С. Нахймов)、丽萨·蔡金娜(Лиза Чайкина)等的纪念像的设计者。

在这一篇简短的参考材料里,不可能一一历述俄罗斯共和国和诸兄弟共和国的一切大艺术家并列举他们的优秀作品。

关于造型艺术问题的论文,刊载在《苏维埃艺术报》(《Советское искусство》)[1]中和《艺术》(《Искусство》)杂志中。

---

〔1〕《苏维埃艺术报》现已改名为《苏维埃文化报》。——译者注

第七章　苏联最大的造型艺术陈列馆

莫斯科的特列嘉科夫绘画馆

　　这绘画馆的始基创立于一八五六年。那一年莫斯科的文艺保护者巴维尔·米海洛维奇·特列嘉科夫(Павел Михайлович Третьяков)获得了他的搜集中的第一幅绘画[艺术家史尔杰尔(Н. Г. шильдер)的《诱惑》(《Искушение》)]。从这时候起,特列嘉科夫费了巨额的资金,购买当时俄罗斯艺术家的一切优秀作品,又搜集卓越的古代俄罗斯大画家的绘画。

　　到了特列嘉科夫的晚年(他死于一八九八年),他的绘画搜集已经成了一个民族陈列馆,在那里可以研究俄罗斯造型艺术从萌芽期直到近代的发展了。特列嘉科夫所搜集的绘画,增添了他的兄弟谢尔盖·米海洛维奇·特列嘉科夫(Сергей Михайлович Третьяков)所搜集的绘画,于一八九二年转赠给莫斯科市。

　　十月革命之后,苏维埃政权的法令承认特列嘉科夫绘画馆为共和国的民族财产。

　　从那时候起,这绘画馆由于党和政府的关心,一年年地发展起来、扩充起来,到现在已经成为苏联国家所自豪的绘画馆,其中搜集着苏联一切兄弟民族的造型艺术作品，为世界第一个丰富的陈列馆。

列宁格勒的国立俄罗斯陈列馆

这陈列馆创办于一八九八年。其基础是从艺术学院及爱尔米塔什陈列馆（Эрмитаж）接收来的俄罗斯艺术作品。

在伟大十月社会主义革命之后，这陈列馆接受了许多收归国有的艺术珍品。

现在这陈列馆中搜集着很多珍品，根据这些珍品，可以研究八个世纪（十二世纪至二十世纪）的俄罗斯艺术的发展。其中最多的是十八世纪和十九世纪前半叶的绘画。

在这陈列馆中，除了上述的以外，还有俄罗斯雕塑和实用美术品（瓷器、青铜器、镶嵌细工等）的世界上独一无二的搜集。

莫斯科的国立普希金造型艺术陈列馆

这陈列馆成立于一九一二年。其中最初的搜集，是古代东方美术及雕塑的真迹和从古代埃及直至文艺复兴期的塑造物的搜集。

在苏维埃政权的年代，这陈列馆中建立了一个美丽的画廊，其中陈列从十八世纪到十九世纪中叶的西欧绘画的真迹。

又建立了一个版画和绘画的陈列室，其中陈列着各种民族派别的作品：意大利的、荷兰的、法国的、英国的，特别是俄罗斯的直到现代苏维埃的版画。

列宁格勒的国立爱尔米塔什陈列馆

爱尔米塔什陈列馆创办于十八世纪的七十年代。这是全世界最巨大、最丰富的陈列馆之一。

这里面的历史的雕塑及艺术的纪念物,可以使人充分地想象从古代直到今日的欧洲和亚洲各民族的生活和创作。

这陈列馆的许多大厅里陈列着二千幅以上的绘画。差不多一切大画家[达·芬奇(Леонардо да Винчи)、提香(Тициан)、乔尔乔内(Джорджоне)、拉斐尔(Рафазль)、鲁本斯(Рубенс)、兰姆勃朗特(Рембрандт)、雷斯达尔(Рейсдаль)、尼古拉·普新(Никола Пуссен)等]的一等作品都包含在内。

小学图画教学

[苏联]加尔基娜 著

丰子恺 丰一吟 译

著者的话

苏联共产党第十九次代表大会关于人民教育机构的历史性的决议所提示的伟大任务，要求予学校的图画教学以深切的注意。描画技能是学生的综合技术教育的必要条件之一。

本书根据苏维埃心理学的材料以研究关于图画教学的若干问题。

著者曾经研究过小学儿童图画教学的过程，又与此相关联地进行过教育心理学的实验，这些实验也记述在本书中。

在这册小书中，当然不能阐明关于小学图画教学的一切问题，著者并不以此为自己的任务。在本书中，最主重的是关于写生画教学——描画技能的基本——的分析，同时又略述儿童画发展的一般状况，并在实际经验的基础上阐明关于儿童图画观赏教学的若干问题。在书末，又研究图画与学校教学中其他课业的关系。

目　　录

第一章　绪　论

苏维埃教育学认为图画是普及教育所能够采用的一种普通教育科目,这科目在未来一代的共产主义教育和教养的体系中是一个不可分割的环节。

在教育学中,图画首先被视为学校美育的手段。图画教学可以帮助学生感受、理解并体验他们周围的自然界和生活的美,培养学生对造型艺术作品的爱好。

我们现在正值由社会主义到共产主义的过渡时期。在这时期,艺术是群众的政治教育、道德教育和美育的有力的要素。因此,艺术在学校中的作用当然也增大了。

从社会主义现实主义的立场出发,学校应该教儿童以现实主义的图画。这个要旨应该作为学校图画教学的基本原则之一。

但学校中的图画的普通教育作用和教养作用,应该更广泛地注重。

图画是帮助学生获得对他们周围的现实作正确的写实表现的知识、能力和技巧的学科。在苏维埃学校中,图画应该使学生获得真实地描写的能力和技巧。这并不是说要把学生养成为艺术家,这意思是说:必须"教儿童描写我们环境生活中的事物时不是机械地描写,而是十分自觉地描写,应用现实主义绘画的基本法则而把这些事物描写在纸上"。[1]

图画教学除了培养正确的描画技巧之外,又促进学生的创作才能的发展,为学生的艺术天才的表现和养成创造良好条件。

用图画为手段来加深学生对环境现实的认识,也是具有极重要的意义的。图画教儿童正确地反映现实,借此加深他们对于周围的世界的认识。图画教儿童自觉地了解并有目的地观察他们所画的东西。图画发展学生的视觉感受力,发展他们观察、目测、辨别色彩的能力,增进他们的视觉记忆力,形成他们的空间观念,促进他们的想象力和形象思维的发展——整个说来,大大地帮助儿童的一般智力发展。同时,在描画活动的过程中,儿童的手的动作的正确性、力量和配合也显著地得到改进。

根据巴甫洛夫(И. П. Павлов)的学说,神经系统常常是分析器的或多或少的综合。分析器由外部的感受器官(例如眼睛)、内导神经和大脑皮质细胞组成。

分析器的工作的最重要的规律,是分析的渐进性。

起初,造成身体和外界的临时的条件联系的时候,分析器的作用是较为一般的。

以后,由于条件刺激物的渐次的分化,分析器的工作越来越细致而精确了。

图画教学的过程,对于视觉的和运动的分析器的工作的改进有很大的帮助,而替学生造成大量新的条件反射的联系。

在图画教学的过程中,又实行着教育工作。图画加深儿童对环境现实的认识,同时也就形成他们对这现实的态度。苏维埃学校中的图画,

---

〔1〕 见一九四九年图书教学大纲的说明。

不是教学生像照相一般机械地表出他们的环境生活，而是教他们区别主要的、本质的、有特性的事物，并在他们的图画中表现自己对于所描写的事物的态度。正确施行的图画课业，可以帮助培养苏维埃爱国主义精神、民族自豪感、对自然界和艺术的爱、美感等。

必须指出：教学生学习别种学科的知识的时候，图画也是很好的辅助手段。儿童的图画可视为直观表现的形式之一种。教学生学习别种学科的知识的时候，常常为了各种教学法的目的而应用图画（使教材具体化，使记忆牢固，使理解深切，并借以检查理解力等）。

在学校的综合技术教学计划中，图画也具有很大的意义。我们恐怕很难说，还有哪一种熟练的专业劳动，是不需要利用绘画、制图的能力或看图画、看图样的能力的。

加里宁（М. И. Калинин）说："我还想请大家注意两种很重要的科目——绘画和制图。这两种科目不知何故被我们忽视了，不但在乡村的学找里是如此，就是在城市的学校里也是如此。然而倘能懂得图画和图样，研究器械、车床、机器和各种复杂的联动机的时候可以容易得多。

"绘画和制图在现今具有特别重大的意义，因为我们正在力求技术的精通，因为劳动过程的机械化不但在城市里发展着，又在乡村里发展着。"[1]

克鲁普斯卡雅（Н. К. Крупская）关于这一点也曾说："造型艺术——图画——当作宣传的手段，其作用是很大的。但它在技术的领域内的作用也并不小。我们必须发展形象思维。形象思维是和视觉感受力、观察

---

〔1〕　加里宁：《为苏维埃学校教学工作的品质而斗争》，此文见《关于共产主义教育的论文和讲演》，俄罗斯苏维埃联邦社会主义共和国教育部教育出版社，一九五一年版，第四六页。

力、视觉记忆力及形象想象力的发展相关联的。对于一位熟练工人、技师和工程师说来,掌握这些特性是极重要的。它能影响工作的精确明了,影响发明才能的发展及其品质。'[1]

从上述一切看来,可知图画在儿童个人的全面发展方面具有很大的教育意义和教养意义。然而直到现在,学校里对于图画尚未加以应有的注意。

首先必须指出的,是图画科目在教学大纲中所规定的授课时间太少(一学年只有三十三小时,即每星期一小时)。在图画教学中,技巧的培养占有很大的地位,并要求有系统的练习,这些练习的施行在时间方面又很紧凑。现在钟点数量这样少,并且各钟点之间有一星期之久的间隔,要使学生稳固地掌握并巩固能力和技巧,显然是不够的。

由于这个缘故,关于学生的家庭作业的问题也很迫切。图画的家庭作业,或者完全没有实行,或者虽实行而不很合理,不很有效。因为在图画教学法中没有规定家庭作业的方式及其定量。

从小学开始,图画课外活动的组织也具有重大的意义。在课外活动中,应该不仅采用图画,而又采用塑造。因为如下文所说,塑造对于儿童的写生画学习有很大的帮助。

在学校里,很少有为图画课特别设备的教室。而在教写生画时,这是一个必要条件。

小学的图画课教师往往由班主任担任,而班主任不一定是具有专门修养的。因此在图画教师之间,最好更广泛地交换优良经验。

改良图画教学的最重要的当前任务之一,是为教师们编制小学和中

---

〔1〕　克鲁普斯卡雅:《重视学校造型艺术》,载一九三一年十二月十七日《真理报》。

等学校图画教学所采用的教学法书籍。这种教学法书籍必须是适合今日的要求的,即根据社会主义现实主义的原则的。又需要编制学生用的专门的教科书。

本书的任务,是要阐明小学图画教学的若干问题(根据列宁格勒第二百零三男子小学的图画教学经验)。

我们研究的对象是小学一年级到四年级。在这研究中,有许多关于使学生获得描画技能的基础的问题需要分析。所可惜者,在本书中我们不能十分周详地包括一个很重要的部分,即阐明图画科的教育工作。因为这问题是需要专门研究的。

小学的教学大纲中包含着图画的若干种形式:写生画、命题画、装饰画、艺术讲话。每一种形式的教学具有它自己的专门任务,同时在执行学校为该科所制定的一般任务时又互相补充。

在本书中,我们所论述的,主要的只是写生画,也部分地应用命题画的教材,但绝不因此而减低别种形式的教学的重要性。

第二章　学龄儿童图画的特点

　　图画是儿童活动中最普遍、最为儿童所爱好的形式之一。根据关于儿童画的种种研究,可知儿童从事描画,早在入学前就开始,有时在入学前很久的时候就开始。但不可认为所有的儿童在入学前的描画都是同样程度的。

　　儿童画的发展,和儿童的整个发展一样,是在教育和教学的过程中受了系统的指导而进行的,因此有些七岁的儿童,能很自由很出色地描画,已经在图画中最初尝试立体相的表现了(图1)。但也有些七岁的儿童,差不多不会拿铅笔,不会掌握手腕的动作,描写线条都感到很大的困难,因此图画教师必须在系统的图画教学开始之前就估计到儿童的图画素养的水准,以便知道他们的缺陷,有意识地、合目的地克服它们。

　　低年级图画的最初几课,就可以显示出学生对图画的个人素养。我们不能在本书中详细地研究这一时期的儿童画的特点[1]。我们只能指出评价儿童画时所可依据的那些基本原则。

　　图画的评价所根据的观点,普遍是图画对现实的物体、现象或事件(在内容上和构成上)的肖似,以及在画中描写最主要、最本质的部分时

───────────────

　　〔1〕　在苏联著作家为学前儿童画所著的最近的作品中,可参看弗列林娜(Флерина)和萨库林娜(Сакулина)的论著。

图 1

的表现力。因此,图画评价的基本原则是它的现实性,即对所描写的东西的最正确的符合。例如,在第二百零三小学的第一课中,有一个学生在描写"夏天的回忆"这题目的图画中表现出夏日生活中印象最明显的形象、最具体的光景。

同时必须指出:学龄儿童的图画有许多特点,这些特点有关于所描写的物件的形状的不完全的、有时甚至错误的构成,有关于空间关系、动作和各物件及其各部分之间的逻辑的相互关系的不正确表现。

儿童还不会深刻地分析环境现实。他们认识了实物便已满足,极少试行分析这些实物的形状。从另一方面说来,儿童缺乏适当的知识、能力和技巧(掌握线条,表现立体、透视形和构图等)。

作为心理过程的基础的,是暂时的条件联系的复杂系统的产生。

巴甫洛夫不止一次地强调大脑两半球工作的很重要的规律,这规律便是:变成条件刺激物的种种动因,"起初以一般的形式而发生作用,渐渐地才变成愈来愈专门化的刺激物"[1]。同时他指出:刺激物的分化和专门化不是自然而然地造成的,而是在合目的的训练的一定体系中完成的。

在学习图画以前,儿童在他们的日常生活经验中对于实物是整个地感受的。他们没有专门地分析物体的形状、位置、各部分及其大小等的任务。图画教学对于分析所感受的物体时之解析的视觉感受力的发展,正是有帮助的。必须承认:只有在描画的过程中,才能培养画者所必需的、很重要的技能——从一定的、严格规定的视点察看物体。没有学过图画的儿童的眼睛,还不能割分空间而详细地、解析地观察物体。

儿童的观念的性质,当然也是和儿童的感受力的性质相适应的。儿童感受物体时分析力的不发达,说明了他们的观念的不完整、他们对实物的性状的反映的不正确和具体内容的贫乏。

儿童在画中最容易抓住并反映出的,是物体的不变的部分和与内容意义有关的部分。那些变化无定的关系,是儿童所较难于掌握并确定的。物体的空间关系和运动,便是视觉感受中的此种要素。要把物体描写在图画中,必须学会分析地感受物体。这种空间观察的技巧,儿童是在系统的图画教学过程中获得的。

空间关系的表现特别困难,也是学龄儿童还不曾学得在平面上正确地表现立体物的能力和技巧的缘故。这也就说明了儿童画中的许多错误。

---

〔1〕 巴甫洛夫:《高级神经活动客观研究二十年经验》,一九三八年版,第八八页。

在描画过程中,还有很重要的,是视觉和动作的联系,这是保证眼睛和手做致密的视觉与运动的配合的。初学图画的小学生,还没有养成这种联系,他们的手不能准确地服从视觉的控制,手不听眼睛的话。儿童还不能准确地支配手的细致的动作,即还不能使手照一定的方向、用一定的力量而动作。这种联系,可在描画过程中及练习画线条的过程中养成。

上述种种要素,便是造成学龄儿童图画的特点的基本原因。

要用某种原因去解释儿童画的每一个特点,是很困难的,而且这样做也许是不正确的。儿童画的特点,往往是许多要素相互作用的结果和表现,但其中每种要素可能有比重的差异。

下文将略述儿童画中最有代表性的错误,这些错误是我们从学生最初的作品的材料中发现的(见图2、图3、图4)。

图 2

　　(一)图画在纸上布置得不正确而琐碎,不占据纸的全部。而且把物件布置成一行,或者一层层的若干行,其间并无相互关系。地平线或者完全没有,或者有时在中间留一条阔的带子来分别天和地。画是平面的,甚至并不企图在画中表现空间关系——深度和体积;儿童又避免物体的互相遮掩。

　　(二)物件的空间位置表现得不正确。或者把物件画成只从一面观看的平面形(如图2中的房屋),或者画成仿佛从三面观看的展开形(如图3中的房屋),有时竟"透明"地画出物件的内部状态。

图 3

　　有时儿童所画的物件,仿佛是横转看的,不是从画面的方向来看的。

　　儿童把垂直状态的物体移写到平面上时的不正确,也属于此。他们常把垂直状态的物体在纸的平面上画成躺倒的或倾斜的状态(如图3中半躺倒的踢皮球的人)。

(三)儿童不会估量、比较并计算物体的大小。因此把一个物体中各部大小关系(比例)画得不正确,有时把几个物体之间的大小关系画得不正确(如图 2 中的房屋和花)。

(四)儿童不能掌握线条。常常可以看到儿童画中的线条画得不整齐,物体的轮廓线画得很拙劣。

(五)儿童表现空间的相互联系和关系的逻辑时感到困难。

儿童常常在纸上布置许多个别的物件,而没有在构图中建立起逻辑的空间联系。然而当他们讲这幅画的时候,往往可以看出他们是意识到这空间联系的,并且认为是十分清楚地表达出的。现在举一年级学生的一幅画(图 4)和他的谈话在下面。

图 4

"这是小河,这是房子、喷泉、小树丛。"

问他:"房子前面的是什么?"

他回答:"这是花园。"

问他:"这幅画整个描写的是什么?"

他回答:"这是在别庄上,我们的别庄就是这样的:房子前有花园,小山下面有一条小河,我们在河里划过船、钓过鱼。"

(六)儿童描画时,往往忽视物体的重要部分,仿佛把整个形状"做成公式",而实际上这一过程又和成人的公式化完全不同。例如儿童画树木,只画出树干(垂直线)和树枝(向左右倾斜的线条);画人,没有项颈;画各种动物(马、狗、猫等),形状都十分相似。萨库林娜关于儿童有这样的话:"儿童画树木,只表出树木的一般特点,即树木所共有的特点。后来渐渐进步,才能抓住并表现出每一个具体物件所固有的特点。但这些具体物件(母亲和同学的服装、自己房间里的零星物件)的特点离开现象的本质的表现还是很远。由此可知,在儿童画中,一般和个别之间的关系,是和在艺术中不同的。"[1]

但在儿童画中,没有普遍所设想的公式,只有不完全的形状所表出的不完全的形象。

以上所指出的儿童画的特点,除了列举的各种原因之外,在某程度内又是由于儿童对于肖似(图画与实物的肖似)表现还没有确定的目标,而肖似表现在描画过程的发展中却具有很大的意义。

---

〔1〕 萨库林娜:《儿童画发展中的观察作用》,此文见《关于学前儿童教育的全俄罗斯科学会议汇报》,教育出版社,一九四九年版。

第三章　写生画和意想画

根据心理学,学校里所实施的图画的一切形式,照我们的观点可以分别如下:

(一)观察画——对象物直接存在于画者眼前。这种图画的基本形式是写生画。

(二)意想画——所描写的对象物不在画者眼前。这种意想画又有两种不同的形式:

甲、记忆画,即把以前所观察过的事物凭记忆而或多或少正确地再现在图画中。

乙、想象画,其中包括以现有知识为依据的、艺术形象的独立配合和创造性改作(例如命题画、插画、独立构思画等)。

图画形式的这样的分类,适用于教学法研究的目的。在以后的叙述中,我们将一直依据这分类法。

初步图画教学法的重要问题之一,是低年级里的写生画和意想画的相互关系的问题。

教学法理论认为,写生画是教儿童以描画技能的基本方法。然而儿童的写生画教学应该从什么时候开始(一进学校就开始,或者稍迟开始),在图画教学法专家之间没有完全一致的意见。有几位儿童画教学法专家和研究家认为写生画是一二年级的学生所不能胜任的,而主张偏重于他们所谓的记忆画或意想画。在不久以前,这种观点曾作为小学图画教学大纲的基础。

从低年级就开始教写生画,还是在一九四九至一九五〇学年度的教学大纲中才规定的。照我们的观点看来,这新设施应当说是学校图画教学法的显著的进步。

在儿童画研究的著作中,记录着一系列的实验。即令儿童对同一物体先作记忆画,再由教师把物体分析而使作写生画,借以比较。这一切实验的结果,证明图画在后一种情况下有显著的改进,图画教学走这方向是有极大的可能性的。

为了要阐明低年级学生对写生画是否胜任的问题,我们决定在第二百零三小学里施行类似的实验。此外,我们对这样的一个问题颇感兴趣,即图画在后一种情况下之所以能改善,其原因何在? ——仅是由于教师对实物作了分析(如实验中所记录)呢,还是儿童独立观察实物也产生了良好的结果?

因此我们令第二百零三小学里的学生描写同一实物,先作意想画(在描画之前先把实物给他们看一看),然后再作写生画,但由他们自己独立观察(教师不加说明)。

这实验是分别举行的。在这实验中教学生描写的是照相框子、有叶子的干燥的树枝、火柴匣子、鱼(赛璐珞制的)和狗(橡皮制的)。[1]

---

〔1〕 在选择描画用的物件时,我们把平面的和立体的、形状简单的和形状复杂的都采用为课题。我们确信:课题本身的内容(令儿童描写什么东西、儿童对这东西的认识的程度、对这东西的兴趣、这东西所引起的情绪等)对于图画的品质有显著的影响。因这关系,我们给儿童的课题不是同样的。但在现在这实验中,我们教儿童对同一物件作意想画和写生画,只是为了要阐明这两种画法所及于描写的品质上和作画的过程上的影响,而仅用描写同一物件的两张画来作比较。

这实验及对实验过程观察的结果,使我们确定:儿童第二次所作的写生画,比第一次所作的意想画更加肖似实物(参看图 5 至图 7)。[1]

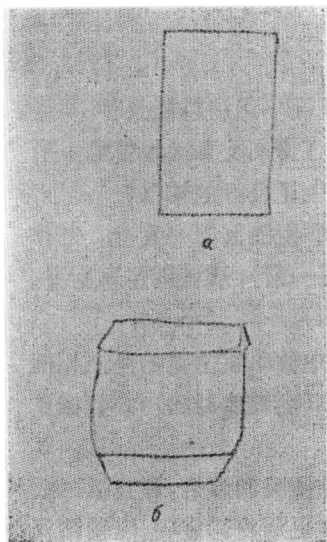

图 5

图 6

写生画中改进的地方,是物体的大体形状、位置、大小关系及其各部分的相互联系都表现得更加正确了,同时物体的详细部分也表现得更加完全了。差不多从一年级到四年级所有参加实验的学生,其写生画都比意想画更为肖似实物。

观察作画的过程,可知有个别的学生在作写生画的时候改变了图画构成的方法,变成较有组织性了。

例如一年级的学生描写照相框子:作意想画的时候,全然不打草稿;

---

〔1〕 图中注"a"字的表示意想画,注"6"字的表示写生画。

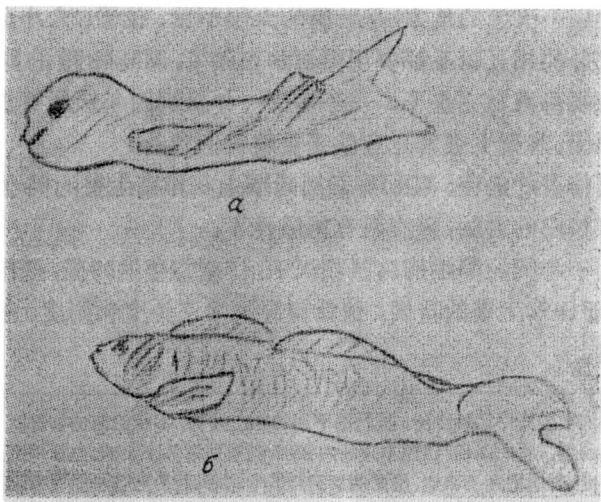

图 7

而作写生画的时候,他就预先确定了长度和阔度,然后再画线条。

　　低年级的学生作写生画,有时尝试表现物件的体积;但作意想画的时候没有这种尝试。这种尝试大都是很不完全的,但这证明了:对实物的观察,即使不加特殊的分析,也能使儿童较完全地把物体表现在图画中。

　　观察作画的过程,又可知由于写生画教学的结果,三四年级的学生对实物观察的次数,比一二年级的学生多得多。一二年级的学生只是在描写物体的完整部分的时候对实物观察一下(例如画了一张叶子,然后向树枝一看,再画第二张叶子……);三四年级的学生就不然,描图画中的线条的每一转折和弯曲的时候,总要向实物看一看。据我们计算,有几个学生描写一个物件时,他们的眼睛从实物转到画面,要来回七十五次。三年级里有一个学生拒绝作狗和鱼的意想画。他声言:"要我背着画,我一点儿也画不出来,画出来的会是另外一只狗,而不是这只狗。把狗放在我面前,我才会画。"

上述的事实,说明儿童对于写生用的实物并不是漠不关心的。就是低年级的学生,独立地观察而作出的画,也比意想画更为精密而正确。

有几个儿童作写生画的时候还变更了图画构成的方法。儿童在写生画的过程中越来越勤地拿自己的画和实物比较,看出画中的缺点而加以改正。

由此可知,写生画是低年级学生所能够胜任的。

意想画是脱离实物分析的,因而含有一种危险的倾向,即巩固儿童对实物的不明了的,有时竟是不正确的观念。因此,在低年级里教意想画,必须同时或预先使儿童观察实物,方为适宜。这意思并不是降低意想画教学的意义;这是说,学生要描写意想画,必须在写生画教学的过程中受过训练。

由此可知,问题不在于什么时候开始教儿童写生画,而在于如何开始,即用什么方法来教一二年级的儿童学图画。

第四章　小学图画教学的教育要求的发展

小学图画教学开始的时候,学生有这样的任务,即要学会把他们所描写的现实物体和现象表现得肖似。

要表现得肖似,必须能正确地构成图画。一幅正确的图画所应当符合的原则,可总括如下:

(一)整个物体主要部分的大小保持正确的相互关系;

(二)保持物体及其各部分的基本形状的一般特性;

(三)保持物体各部分之间的有机的或结构上的正确联系;

(四)符合透视法规则。

图画教学的任务既然是教儿童用图画来正确反映现实,那么主要的教学法当然是写生画。

在写生画教学的过程中,可以解决三个很重要的问题。

(一)教儿童分析布置在空间的物体时,像一个画者所应有的那样用视觉来感受。

(二)教儿童符合透视法而正确地构成图画,在平面上表现物体的立体的现实感。

(三)教儿童合逻辑地判断并构成图画,常常拿图画来和实物比较。要达到这一点,必须对儿童做特殊的训练,不但教他们观察实物,又使他们能观赏图画,对图画取批判的态度。

*　　　　　*　　　　　*

第二百零三小学里的图画课,从低年级开始,都是由女教师库捷波娃(Т. И. Кутепова)担任的。她具有专门的艺术教养,对于学校图画教学工作具有丰富的经验,因此她能够从图画教学一开始就循序地、系统地培养学生的知识、能力和技巧,又发展他们对事物的兴趣。她用心注意儿童描画才能发展的经过,认清每一个儿童的个别特性。

库捷波娃在实观教具和课业教学法的选择上做了很多工作,又十分注意于课业的组织。她的经验中可宝贵的,是教学生参加采集并准备图画教材的工作(采集树叶、甲虫、蝴蝶、蜻蜓等,把它们弄干燥)。这使她能够在写生画课上分配材料。

学生上库捷波娃的图画课时,总是十分用心,而且纪律很好。

她系统地检查学生的成绩,因此她设计每一课的时候都能够顾到前一课的结果。这便能使大多数学生很好地学会新教材,帮助他们获得教学大纲所规定的必要的能力和技巧。

从我们的观点看来,在这位女教师教儿童分析实物、构成图画、观赏图画的工作中所建立的方式,具有很大的意义。这些工作将在下面加以分析。

观察实物和分析实物的教学

教儿童分析地认识实物,在学校图画的最初几课就开始实行。对实物的观察和分析,必须在图画构成之前进行,并成为图画构成的基础。在教学的实践中,这两种工作是互相联系、不能分离的;但现在我们把它们分别研究,以便更清楚地指出各级(自一年级至四年级)教学法变换的顺序,从简单到复杂的推进,以及各阶段工作的特点。

在一年级的最初,图画教师必须从分析实物开始授课。首先必须教学生在实物上区别:

甲、实物轮廓所表出的大体形状;

乙、实物的各部分;

丙、各部分的形状;

丁、实物的长度和阔度,及长度和阔度的大小比例。

一年级的写生画采用平面物体,而且开始的时候仅用规则的几何形物体。例如教儿童画正方形的花边手帕、长方形的信封和皮包、三角形的旗、圆形的碟子和刺绣架等。

这种教学工作的结果,使儿童获得了各种技巧:根据轮廓来确定实物的形状,区别实物的各部分,分辨长度和阔度,用视力来测定它们的大小。他们懂得了各种形状——正方形、长方形、三角形、圆形。现在举出这种课堂教学的一部分记录,作为实例[1]。

一年级
第十课

课题:手帕写生。

女教师:这东西叫作什么?

小学生:手帕。

女教师:它的形状是怎样的?

---

〔1〕 课堂教学的记录都是不完全的,只是关于实物观察和实物分析的部分。以后的图画构成的部分,记录在次章中。学生的回答是照原样记录的。

小学生:正方形的。

女教师:它的四边的长短是怎样的?

小学生:一样的,均匀的,相等的。

女教师:你们看见手帕上有什么?

小学生:条子、边。

女教师:这叫作花边,这叫作缝边(指点)。四面的花边的大小怎么样?

小学生:一样的,均匀的。

女教师:哪一个阔些——缝边阔些,还是花边阔些?

小学生:缝边阔些。

第十八课

课题:瓷碟子写生。

女教师:我们今天要画这个东西,这是什么东西?

小学生:碟子。

女教师:这(指点)是碟子的中央,就是放食物的地方,这地方通常是白的,没有花纹的。这是碟子的边,边上通常是有花纹的。这碟子的形状是怎样的?

小学生:是圆的。

女教师:不错。大家看这碟子的边,这边到处都是一样阔的。要画这个边,必须画较小一些的第二个圆圈。你们想想看,第二个圆圈和外面的圆圈之间的距离是怎样的?

小学生:均匀的,一样的。

女教师:大家看,边是什么颜色的? 边上的花纹是什么颜色的?

小学生:边是黄色的,花纹是褐色的。

女教师:花纹是用什么组成的?

小学生:是用线条和点子组成的。

上述的两课,表明女教师在观察和口头分析的过程中怎样引导儿童理解实物的形状和基本特征。女教师这样分析实物,目的是要发展儿童的分析的感受力,教他们在感受实物的时候加以判断。

在这种分析的过程中,儿童又懂得了基本的几何形状的名称——正方形、圆形、三角形等。

在二年级里,必须从直线形和曲线形的简单实物渐进而描写形状复杂的实物(叶子、花等)。这种实物的形状分析的方法,是找出每种形状和与它相近似的几何形状之间的类似点来。

儿童对实物的分析的感受,以后必须和综合的感受相结合。在对某种实物作具体分析时,必须引导儿童作出一个结论,例如叶子的形状是椭圆的,或者是五角形的之类。这样,儿童便会概括他所感受的实物。以后儿童对于这种实物就不仅能够分出它们的各部分,又能确立它们之间的相互联系了。在大小的相互关系上,他们能够确定长和阔的比例,不但是实物全体的比例,又是它的各部分(叶和叶柄、花和茎等)的比例。

现在把这种课堂教学举例在下面。

二年级

第八课

课题:三色堇花写生(把干燥了的花放在儿童的课桌上)。

女教师:小朋友们,我们今天要画这种花。这叫作什么花,哪一个知道?

小学生：三色堇花。

女教师：这花大体是什么形状的？

小学生：差不多是圆形的。

女教师：大家看，这朵花是由哪些部分组成的。花的中央有一个花萼(在干燥的花上不大看得清楚)，这是花冠，花冠是由花瓣组成的。下面有一个茎，茎上面有叶子。花冠上有几张花瓣？

小学生：五张。

女教师：它们都是从哪里生出来的？

小学生：从中央生出来的。

女教师：花瓣是什么形状的，哪里狭些，哪里阔些？

小学生：中央狭些，两头阔些。

女教师：五张花瓣是不是一样大小的？

小学生：下面的一张花瓣最大，好像是两张并在一起了。

女教师：茎是从哪里生出来的？

小学生：是从花下面生出来的。

女教师：叶子生在什么地方？

小学生：生在茎上。

女教师：叶子是什么形状的？

小学生：细长的，椭圆形的。

女教师：你们看见叶子上还有什么东西？

小学生：叶子边上有锯齿。

女教师：花的高度和阔度，哪一个大些？

小学生：高度大些。

女教师：花的什么地方最阔？

小学生:有叶子的地方。

女教师:花、茎和叶是什么颜色的?

小学生;花是淡紫色的,叶和茎是绿色的。

第九课

课题:干燥的库页蓼叶子写生。

女教师:大家看,我带来给你们的叶子多么奇怪。这叶子大得很,它生在我们北方,生在灌木丛中。这张叶子是从西维尔斯克采来的,是从叫作库页蓼的灌木丛里采来的。夏天你们仔细找找看,也许找得到这样的灌木丛。这叶子由一张叶片和一个叶柄组成。这一条叫作主叶脉,这主叶脉好像是叶柄的延长。从主叶脉的两旁发出许多小叶脉来。这张叶子的大体形状是怎样的?

小学生:是这样的(做样子),叶子是椭圆形的。

女教师:这张叶子从上到下和从左到右,哪个长些?

小学生:从上到下长些。

女教师:叶柄和叶片哪一个长些?

小学生:叶片长些。

女教师;叶的什么地方阔些,什么地方狭些?

小学生:叶的下端阔些,上端狭些。

女教师:说得精确,什么地方阔些?

小学生:比中央稍低的地方。

女教师:主叶脉通过叶子的什么地方?

小学生:通过叶子的中央。

女教师:把叶子的右半面和左半面比较一下,是怎样的?

小学生:两半面一样的,均匀的。

女教师:叶柄是什么样子的?

小学生:弯曲的,像钩子一样,不是直的,是圆圆的。

女教师:叶子的顶端是怎样的?

小学生:叶子的顶端是尖的。

女教师:叶子是什么颜色的?

小学生:绿色的,暗绿色的,差不多是褐色的。

以上列举的一二年级课堂教学记录明显地表出:在图画教学中,教师的讲话起着何等重大的作用。教师用发问或说明的形式来组织学生对实物的观察,指导他们分析实物,教他们比较、概括,区别出描写时所最着重的部分,并循序地判断。

儿童实物观察教学中以后的一个极重要的阶段,是在三年级。教师在学生最初两年间的分析感受和综合感受的发展基础上,引导他们练习从空间中固定的视点来观察立体物的透视的变化。

在三年级里,教儿童在感受物体的时候精密地确定这物体的空间位置及其透视缩形。

从平面描写进入立体描写,是儿童图画教学中最繁复的阶段之一。儿童对立体描写感到困难,是因为他们习惯于整个地观看实物,并不分析实物的视觉投影的各方面,而立体描写在他们看来仿佛是与这种习惯相矛盾的。学得物体的透视变化的观察法,在儿童仿佛是一种新发现。

在三年级里,还教儿童认识另一重要阶段,即观察物体上的明暗。物体的形状、大小和部分,是物体的不可分割的性状;但明暗没有这种特性,它是由于光源的方向和强弱而变化的。明暗在图画中是表现物体的体积的一种方法。

必须教学生学会在物体上观察平常所不注意的明暗的变化。

教师要使儿童正确地认识实物的透视变化和明暗分布,可从简单的物体渐渐地进入复杂的物体。

在三年级里,教学生观察物体的透视变化和物体上的明暗时,采用规则的几何形体和具有这种几何形体(圆柱体、球体、立方体)的形状的实物。

库捷波娃开始教儿童以曲线形的透视画,特别是从观察圆形的透视变化开始。她为了这目的,应用一种构造很简单而很适用的实观教具。这教具的造法,是在一块正方形的木板中央挖出一可以转动的圆形(图8)。以后,她进而应用铁丝制的圆柱形实物。一直到儿童掌握了这种教材以后,才应用实心的实用物件。

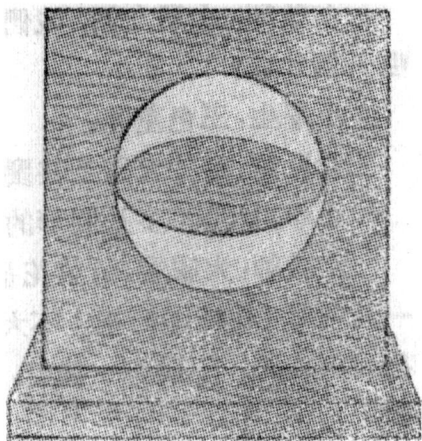

图 8

关于这一阶段的课堂教学,现在只举一种记录。

三年级

第二十课

课题:铝锅写生(铝锅放在教室中央的写生台上,位置比视线低。可把学生的课桌移开些,使他们能更清楚地观察实物)。

女教师:今天要画这铝锅。它能使你们联想到怎样的形状?

小学生:立体的。

女教师:当然是立体的;但它的形状是怎样的呢? 它像哪一种几何形体?

小学生:像圆柱体。

女教师:它和圆柱体有什么分别?

小学生:铝锅的边要厚些。圆柱体的上面是实的,铝锅的上面是空的。

女教师:它的高度和阔度哪一个大些?

小学生:铝锅的阔度要大些。

女教师:大多少?

小学生:大三分之一。

女教师:铝锅的柄是安在哪里的?

小学生:安在上部的。

女教师:柄的方向是怎样的?

小学生:柄是直的。

女教师:现在我在黑板上画一根直线,铝锅的柄是不是这样的? (在黑板上画有柄的铝锅,柄是水平方向的。)

小学生:不,铝锅的柄是向上的。

女教师:要这么说才更加正确:铝锅的柄生在铝锅上是倾斜的,它是向上的。现在你们看见铝锅的上面——透视形的口子——的形状是怎样的?

小学生:是椭圆形的。

女教师:但是倘这样地看(把铝锅侧转来,使口子向着学生),铝锅的口子实际上是怎样的?

小学生:是圆形的。

女教师(把铝锅重新放在原来的位置上):你们用怎样的线来画铝锅的底?

小学生:用曲线。

女教师:哪一根曲线弯得厉害——铝锅上面的,还是下面的?

小学生:下面的。

女教师:为什么?

小学生:因为圆形的位置越是比视线低,我们看见的圆形就越是广阔。

女教师:要这么说才更加正确:我们看见的椭圆形越是广阔。现在大家看,铝锅上的明暗怎样分布? 把眼睛眯住。

小学生:外面光线照在左边,里面光线照在右边。

女教师:为什么光线的位置在里面和在外面不同?

小学生:光线不能穿过锅子照进去。

女教师:什么地方最明,什么地方最暗?

小学生:左面最明,右面最暗。

女教师:暗是在右面极边上,还是在稍离开边上的地方? 大家眯住眼睛,仔细用心地看看(拿一张白纸竖立在铝锅的右面)。

小学生:铝锅的极边上有一条地方稍微明亮些,这是反光,是从纸上反映过来的。

女教师:暗是怎样分布的——清楚的一块暗,还是渐渐地暗起来?

小学生:渐渐地暗起来。

女教师:现在大家仔细地观察这铝锅,加以考虑和判断,每个人依照在自己的地方所看到的样子来描写。你们每个人所看到的样子是不同的,因为你们各人所坐的地方不同,各人离开铝锅的远近不同,各人的高低也不同(因为你们的身体有高矮)。

在这种课业中,教学生判别的不但是形状、大小和各部分的相互关系而已,又有每根线的方向、它们之间的相互关系、角度的大小、圆形的透视缩形、明暗的分布等。

这样,学生对实物的感受,越来越细致了。

在四年级里,观察的教学上实际并没有什么新的东西增加,只是使学生在三年级里所获得的知识和技巧充分地加深起来、巩固起来。

在四年级里,教学生注意更加复杂的混合形的物体,这些物体近似于几何形体,但是是各种几何形的组合。例如教四年级的学生描写提桶(圆柱形和圆锥形的组合)、椋鸟笼(平行六面体和三棱形的组合)、石膏花瓶(圆锥形和球形的组合)等。这时候特别加以注意的,是培养学生确定实物的透视缩形的技巧和找出明暗部的形状的技巧。对于确定大体形状、各部分的比例和正确的相互关系,有更高的要求。现在举出第二百零三小学四年级某次图画课的一部分记录在下面。

四年级

第三十课

课题:石膏花瓶写生(花瓶的位置比视线高)。

女教师:这是一个石膏花瓶。它是由怎样的部分组成的?

小学生:上面的部分、瓶颈和下面的部分——瓶身。

女教师:瓶颈是什么形状的?

小学生:瓶颈像圆柱形。

另一小学生矫正他:不对,像圆锥形。

女教师:那么瓶的下部是什么形状的?

小学生:瓶的下部像一个球。

女教师:是不是浑圆的球?

小学生:不是,是扁圆的。

女教师:要把这花瓶画得像,必须精确地表现它的大小比例。这花瓶的高度和阔度哪一个大些?

小学生:花瓶的高度大些。

女教师:你们看来,高度是阔度的几倍?

小学生:两倍。

女教师:花瓶的什么地方是最阔的部分?

小学生:圆球形的地方。

女教师:什么地方是最狭的部分?

小学生:瓶颈的下部。

女教师:光线是从哪方面照到花瓶上的?

小学生:从左面。

女教师:大家仔细看,瓶颈上的阴影是怎样分布的,花瓶下部球形的地方的阴影是怎样分布的?

小学生:阴影是随着形状而不同的。

女教师:大家再观察一下:在什么地方明部开始变成暗部?瓶颈上

的阴影和下部的阴影是不同的。找找看:哪里有反光? 描写阴影的时候,要规定它的界限。观察实物的时候,要把眼睛眯住了去辨别。

女教师从二年级开始教分析实物的图画课时,就时时采用测验性的课题,即由儿童自己分析实物而描写。教儿童观察实物的时候,女教师应用比较实物的形状、大小、位置和明暗分布的方法。她常常应用这种方法来作为直观证明法。此外,为了正确测定大小和确定线的方向,她教儿童以各种特殊的方法,例如:用铅笔来测定远离的实物的大小,确定线的方向;对准了实物,眯住眼睛而观察等。

巴甫洛夫说明反射活动的理论时曾经指出:反射活动所根据的三原则之一,是"分析和综合的原则。这就是说:最初把整体分解为部分和单位,然后重新渐渐地从单位和要素组成整体"。[1]

上文所略述的、图画课中儿童实物观察的教学过程,便是形成儿童描画活动的新的条件反射联系时分析和综合的原则的实施。

以上所列举的各课,证明女教师怎样从一年级到四年级发展儿童的视觉感受力,教儿童观察并分析实物,从简单渐渐地进入复杂。在第一阶段上,她首先教儿童分析地观察实物。其次的阶段是进入概括化,即综合,找求类似点。最后,她培植了儿童的观察习惯以后,便给他们一种新的任务,即精确地观察立体物在固定的空间位置上的透视变化和体积。

空间视力的形成,又可发展儿童对于物体的空间观念(形状、位置、体积、大小关系、各部分相互关系、透视变化等)。

---

〔1〕 巴甫洛夫:《生理学者答心理学者》,此文见《高级神经活动客观研究二十年经验》,一九三八年版,第五四七页。

学生的视觉感受精确起来,观察力发展起来,同时,观念的视觉形象也更完全、明了而深刻地反映客观现实。所有这一切,也为儿童意想画的充分改善创造了条件。

教儿童分析实物时的一个很重要的问题,是语言在构成正确的形象和概念——学生的知识——中的作用。

从课堂教学记录中可以看出:课堂教学是建立在实物揭示和口头分析的有机统一上的。教师说明和概括时所用的语言,正是指导儿童感受,教儿童观察的。此外,在图画课中,儿童获得了一系列新的概念,尤其是空间概念。

适度地启发这些概念,以及明确地巩固直观感觉与语言的联系(依照巴甫洛夫的说法,即第一信号系统和第二信号系统之间的联系),是图画教师所必须经常担当的任务。但从儿童在图画课上的答话中看出:他们往往不能清楚正确地把所见的、直观感觉到的跟概括性的语言表达联系起来。例如一二年级的学生在他们的答话中,不能很精确地区别"一样的""相等的""均匀的"三个定义。问他们调色板上挖去的部分是什么形状的,他们回答时不说"椭圆形"而说"一个小洞";有的时候,不说"四角形的"而说"长形的";诸如此类。

我们和低年级学生作特别谈话,看到他们的空间联系的直觉观念和语言表达之间的不相称。

例如:他们往往把"较阔"说作"较厚";他们说"高度",意思是指"上面";他们指着物体的"阔度",说这是"长度",而把"高度"说作"阔度";诸如此类。这些错误的特点,在于他们所用的度量名称的不正确。有时你再问他一遍,他所用的度量名称又不同了。这些事实证明儿童在度量的直觉观念和表达这观念的用语之间缺乏固定的联系。

因这缘故,在图画课上,对教师的语言和学生的语言都必须加以更大的注意。最好常常检查儿童对于各个术语的理解如何;常常拿名称和这名称所指的意义相比较。要求学生清楚明确地回答。

开始教写生画时最大的困难,是教学生在实物感受和自己的图画之间构成正确的相互关联。

低年级儿童的典型错误之一,是在实物面前作意想画。这种错误的结果,大都是所画的物件的样子和作画者观察时的视点毫无关系。

这种"背诵式的"画法,在低年级里特别多见。

由此发生了一个问题,即由怎样的途径、用怎样的方法来教儿童作写生画,力求他们观察实物。

我们在第二百零三小学里所举行的小规模的实验,使我们断定:塑造可作为这种方法之一。

第二百零三小学所举行的实验如下。教一二年级的一组学生对实物作写生画(分析实物、说明图画构成时,采用普通的方式)。然后给每个儿童一块塑造用的黏土,教他们用这黏土来塑造同一实物。塑过以后,不再用任何补充说明,教他们再作一次写生画。

写生和塑造用的实物根据儿童的选择,是白蘑菇、鸭和鱼(赛璐珞制的)。

儿童兴趣很好地工作。经过塑造之后,他们的图画较为正确了(图 9、图 10、图 11)[1]。

---

[1] 这三图中,标着"a"字的是塑造以前画的,标着"б"字的是塑造以后画的。

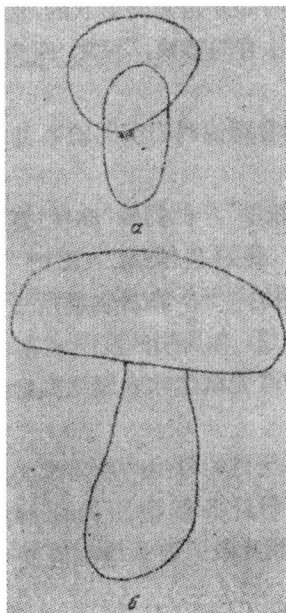

图 9　　　　　　　　　　　　　图 10

　　这实验用具体的材料来证实了我们的预测,又显示了儿童工作过程中富有意义的成分。我们看见儿童在塑造的过程中改变了对实物的态度,觉得非常富有趣味。儿童第一次描画的时候,对实物差不多不看,大部分是背出来的。但当他们着手塑造的时候,就自动要求允许他们走近实物来看,并且把实物拿在手里。他们不但要求看看实物,又要求用手去摸摸它。这要求是许可了的。

　　塑造之后,儿童开始第二次作写生画。这时候儿童对于实物的注意力显然地加强了。他们对这实物已经很熟悉,似乎可以根据记忆而描写了。然而相反,他们对实物察看的次数更多了,而且常常拿自己的画和

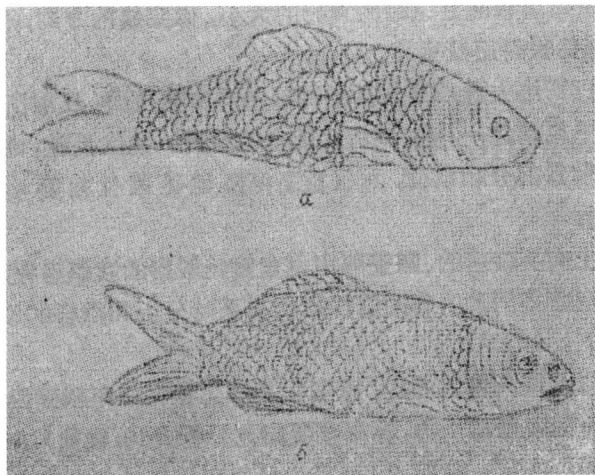

图 11

实物比较。有一个学生在第二次作画的时候拿住了鸭子,用手指碰碰它,摸摸它,然后完成图画。

第二次的写生画,差不多所有的儿童都是画得形状更加正确,画面更加详细,更加肖似实物。

这小规模的实验表明着:塑造过程中的触觉,能在分析形状、感受及以后综合描写时帮助视觉。儿童用另一种方法来感受现实,便获得了新的画法。

可惜在现今,学校的教学中完全没有塑造课。

塑造是构成儿童的空间观念的优良方法,诚如乌申斯基(Ушинский)所说,是使手和眼睛联合的,尤其是帮助儿童掌握物体的形状的。但从我们的观点看来,不仅如此而已,它又是教儿童感受实物的最好方法。

在教学的初步,正确地结合塑造和图画,能使儿童较容易地获得写生画的技能,又能使他们克服背诵式描画的不良习惯。

把图画和塑造这样结合的问题,在幼儿园里也宜乎提出。现在幼儿园里的教学法,基本上具有教育的任务,因此主要是发展儿童画中的内容和创造性要素。

在幼儿园的大班里,图画的基本形式有两种:一种是由幼儿自己选择题目而描画,一种是出题画,即指定实物或指定题目。在这种情形下就采用实物,但只是为了预先观察而采用的,即为了使形象具体化和精确化而采用的。幼儿描画的过程则通常是根据意想的。

幼儿园中的塑造不和图画相结合,这两种造型活动是个别进行的,没有相互联系。因此我们不得不指出:在目前,幼儿园的图画造型活动和小学低年级图画造型活动(其主要方式是写生画)之间缺乏充分的连贯性。我们认为:幼儿园里照上述的方式结合塑造和图画,是训练儿童入小学后作写生画的一种可能而最容易的方法,而且可以保证这转移(由幼儿园转入小学)的连贯性。

图画构成的教学

对于一个画者来说,重要的不仅是学会观察和用视觉分析物体,又须学会在纸的平面上把物体画出立体相来。观察和构成,是全部描画技能的基础。图画的构成,关联于纸的幅面的掌握、线条的掌握以及明暗推移的细微表现。

学龄儿童的最初的、最主要的困难,是不会掌握作为工作用具的铅笔,不会掌握作为图画要素的线条;另一方面,其困难在于缺乏手眼动作精确配合的技能。女教师说:"画一根直线。"但学生不论如何努力,画出来的是一根曲线。"不要压紧铅笔,轻轻地画,线要画得匀而细。"但学生紧紧地压铅笔,把铅笔头压断,把线画得很粗,断断续续的、龌龊的。因此,图画构成的辅助方法和准备阶段,是发展手的动作、发展视觉与运动的配合的练习。这种练习须在一二年级,甚至三年级的图画课上少量地施行多次。其方法是由教师叫拍子而令全班学生画直线、垂直线、水平线、斜线以及构成圆形或椭圆形的线。同时教师必须经常地指示:描画时应该怎样拿铅笔——"手离开铅笔尖远些";应该怎样画线条——"不要把铅笔压紧,轻轻碰着纸面";应该怎样放置图画簿——"和课桌的边相平行";描画的时候应该怎样坐……

在这种辅助练习的过程中,学生克服了那种最初遇到的、手的动作的拘束,在画中改进了线条描写,这样,就发展了视觉与运动的配合。但最基本的、最困难的事,是从简单渐次进入复杂的图画构成的教学。现在我们来把这方法研究一下。

一年级里的图画构成的教学,开始是教学生在纸上正确地布置所画的东西。女教师指示学生:画这个或那个物体时,画纸应该如何放置(直的或横的),图画应该如何布置在纸上(画在纸的中央,画得大些,使它占据纸的全面)。

儿童在最初几课中大都把画描在纸的半面上,因为要掌握广大的幅面——整张纸——在儿童是感到很困难的。以后,教师教儿童顺次地练习图画构成,最初是找求它的基本关系(大小和大体形状)。在一年级里这种练习所采用的方法,是在黑板上指示如何按步骤顺次构成图画。教师的画留在黑板上,儿童作画差不多是根据他的口授的。现在举这样的一课为例。

一年级

第十课

课题:棋盘板写生。

女教师分析实物之后,就开始构成图画[1]。

女教师:大家把图画簿子这样摆(横摆)。画在纸的中央,要画得大些,差不多占据整张纸面。找出中心点,画一个正方形——这样画(在黑板上画一张纸的形状,在纸的中央画一个正方形,如图 12)。画线的时候不要把铅笔压紧。不可以用尺。

现在要画小正方形了。但不可以一个一个地画。这些小正方形必须画得一样大小,面积相等。因此我们要先把大正方形平分为两半——这样(图 13),然后把每一半再平分为两半(作画)。现在有几部分了(图 14)?

小学生:四部分。

女教师:你们想想看,以后应该怎样画?

小学生:要画横条子了。

女教师:不错。现在我们把大正方形平分为两半——这样(图 15)。然后把每一半再平分为两半——这样(图 16)。

现在我们已经有了和棋盘板上一样的格子了,以后只要涂颜色。起初把这棋盘板全部涂黄色,等它干了以后,再把应该是黑的格子涂黑色(图 17)。

---

〔1〕 这课堂教学记录只取关于图画构成的部分。

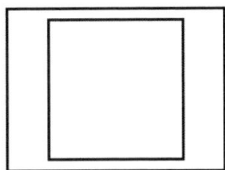
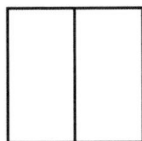
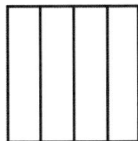

图 12　　　　　　　　　图 13　　　　　　　　　图 14

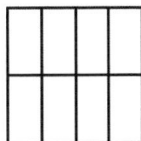
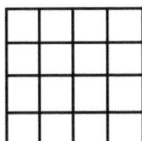

图 15　　　　　　　　　图 16　　　　　　　　　图 17

　　这种教法,即按步骤构成图画而同时把它画出在黑板上的教法,仿佛是教学牛摹仿教师。这种教法的优点,是使儿童从开始学图画起就能掌握从大体到局部、从主要到次要的图画构成的顺序。又可使儿童获得靠眼力把线条划分段落的技巧。在这种练习的过程中,发展了儿童的目测能力。

　　但在另一方面,用这方法时有一种顾虑,即儿童就把黑板上所画的照抄,他们的范本不是实物或图表,而是教师的图画。这情况会大大地降低他们观察实物时的积极性,因此这种图画构成的教法只宜用于图画教学的最初几课中。

　　在第一学年的第二学期中,儿童已经转入较独立的工作。往往由教师在黑板上画出实物,加以说明,然后把黑板上的统统揩去,教学生凭记忆把这画重画出来。

在第二学年里,课题复杂起来,教儿童利用辅助的点和线来构成图画(找出中心点,预先指定物体的长度和阔度,确定大体形状)。施行这教法的时期,是儿童从规则的几何形物体描写转入较复杂的实物(叶、花等)描写的时期。这时候,儿童最初接受了测定物体各部分大小关系——即比例——的任务。这一切新方法,使计划图画构成时的方法更加确切了。现在举二年级中这样的一课为例。

二年级
第二十课

课题:橡树叶子写生(在各课桌上分配一张贴在纸上的干燥的橡树叶子)。

女教师分析实物之后,教学生依照实物的形状而放置图画簿(直的)。"叶子要画得比真的叶子大些,把它画在纸的中央。"(在黑板上画出图画簿的一页,画成直的,然后对全班学生说话。)

女教师:小朋友们,先找出叶子的中心来,在上面规定整张橡树叶子的高度(图18)。以后应该规定什么?

小学生:应该规定阔度、中央、长度。

女教师:不对,应该规定叶片所占据的部分和叶柄所占据的部分(图19)。以后应该规定什么?

小学生:阔度。

女教师:规定叶片最阔的地方的阔度(图20)。画出叶子的大体形状(图21),规定叶子上的叶脉(图22)。然后可以画出锯齿形,并且用心观察:叶子的顶上是怎样的,叶子上有几个锯齿,它们的形状是怎样的(图23)? 现在可以把无用的线条揩去了。你们每个人都要画自己的那张叶子,而且要画得和给你们的那张叶子相像。

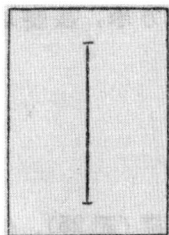

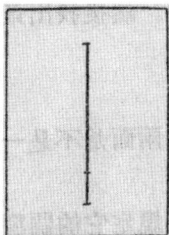

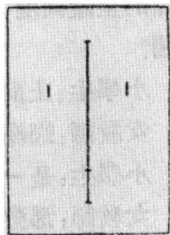

图 18　　　　　　图 19　　　　　　图 20

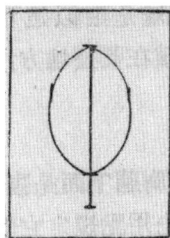

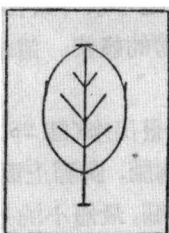

图 21　　　　　　图 22　　　　　　图 23

把黑板上的画揩去。

第三学年开始时的图画构成教学也用这方法,不过所用的实物更复杂些。

三年级

第八课

课题:蝴蝶写生。

女教师分析实物之后,开始示范画蝴蝶的方法。

女教师:图画簿应该怎样放置?

小学生;这样放置(横的)。

女教师:应该画在什么地方?

小学生:画在纸的中央。

女教师:要画成真的蝴蝶的三倍大小。先找出中心来,规定蝴蝶的全体高度(图24)。然后找出最阔的地方来。什么地方最阔?

小学生:上面。

女教师:蝴蝶的左右两面是不是一样的?

小学生:是一样的。

女教师:那么我们来规定它的阔度——这样(图25)。然后找出下部的阔度来,蝴蝶的下部稍狭些(图26)。现在用线条把各点连接起来(图27)。这形状叫作梯形。蝴蝶是类似这形状的。现在要找求隔分翅膀的线条。这线条应该在什么地方?

小学生:在中央。

女教师:我把这条线画出来(图28)。

现在要找出蝴蝶的胸脯,胸脯上面是头,胸脯下面是腹部。最长的是腹部,其次是胸脯,最短小的是头。先用点规定它们的长短(图29)。然后画出它们的形状(图30)。

现在大家用心观察,蝴蝶的翅膀是生在什么地方的。它们是从胸脯上生出来的,不是从腹部上生出来的。用流畅的动作,这样地,画到梯形的角里,在那边画成一个圆弧形,兜回来(图31)。再画蝴蝶的触须。然后揩去梯形的无用的线条,两旁的、上面的、下面的、中央的(图32)。

图 24

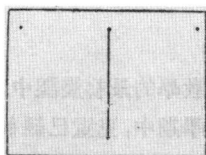

图 25

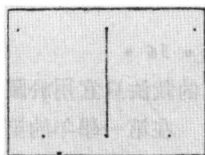

图 26

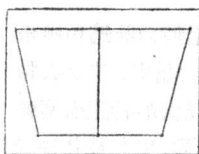

图 27

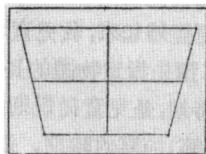

图 28

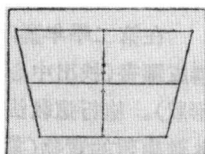

图 29

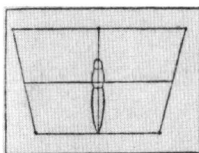

图 30

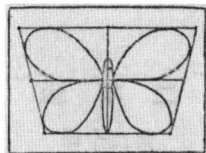

图 31

图 32

现在要检查一下,学生对于这一切理解如何。女教师把黑板上的画揩去,叫出一个学生来,顺次向他提出问话,同时教他在黑板上把图画重新依次画一遍。这以后才允许全班学生开始作画,并预先告诫他们:每个人必须画放在他课桌上的那只蝴蝶。

女教师用这样的方法来教学生在开始作画之前先作记号,即计算图画中的大小关系。然后画出它的大体形状,即轮廓。这以后才开始描写详细部分。有时在二年级里教课时,只向学生提出构成图画的经过的问题,并不在黑板上做具体的示范。在这种情况下,教师和学生谈话之后,学生就独立地仅仅根据了教师的口头说明和对实物的观察而构成图画。这种课题是向独立构成图画更进一步,又可用以检查学生掌握技巧的程度。女教师教学生构成图画时,对他们的要求大致如下:"大家要找出正确的线条和形状来,一切都用眼睛来测量(不准用尺)。预算一下,画面应该怎样布置,在描画之前,先要比较它的各部分。大家要尽力把画画得像实物。要常常观察实物,把你们的画和实物比较。画的时候要考虑,要判断。用心听并且记住我向你们讲的和指示的。将来我要把一个实物放在你们面前而不说明它应该怎样画,那时你们必须独立地完成课题。"

这个向独立构成图画的转变,女教师在三年级里就已逐渐实行。那时学生的任务是表现物体的透视缩形和体积。女教师要学生从一定的视点描写实物,因此她认为再在黑板上画图来示范是不正确的。这见解十分合理。

女教师说明了构成图画的顺序,便令学生独立地观察实物,根据了这观察而构成图画。学生所最感困难的,是在纸上表出立体相和物体形状的透视变化。女教师教学生应用种种辅助的观察法(对准实物、眯住眼睛等),使他们能够看出实物上的线条的方向,学会比较线、点、角、明暗变化的空间位置,使他们构成图画时能够判断和计算。他们必须能够看出并确定每一根线的方向、角度的比较的大小(即线的斜度)以及它们的透视缩形,把线和点互相连接起来,画成肖似实物的图画。

把实物在空间的状态搬到画纸的平面上来,在儿童是颇感困难的。这时候的困难,是要把对实物的感受和对自己图画的感受加以对照,这种对照在写生画上是极重要的。

我们推想：倘能在学校的透视法描写教学的初期就解除这种困难，创造使画面(纸)摆得近似垂直状态的条件，则也许可使学生较容易通过图画科的这一关口。

在三年级里，女教师教学生在实物的观察和分析的基础上独立地构成图画；在四年级里则巩固他们这种技能。

在三四年级里，图画教师在做实物分析及其构成顺序的问答之后，有时在黑板上画出图画构成的初步的概略草稿，以帮助学生正确地确定实物各部的比例。

例如四年级有一课是教学生做椋鸟笼(厚纸做的、和实物一样大小的模型)写生，在详细分析实物及其描写顺序之后，女教师说："小朋友们，你们的图画里的比例常常不正确，因此你们的图画往往不像实物。现在我教你们：应该怎样找出这椋鸟笼各部分的正确的相互关系。

"你们已经说过：椋鸟笼顶的高度是椋鸟笼高度的　半，椋鸟笼底的阔度等于其高度的三分之一。在构成图画时为了不弄错这关系，你们须这样计划(在黑板上示范)。先找出纸的中央，用线条确定椋鸟笼的全部高度。然后把这高度平分为三部分。上面的三分之一是顶的高度。然后找出椋鸟笼的阔度，阔度等于笼的高度的三分之一。你们根据所做的记号来构成这样的草图，那么比例就会正确了。"

找求正确的比例而作肖似表现，依照透视法构成形状，表出实物的立体相——这是三年级下学期和四年级全学年的中心任务。

上文所述的一切，指示出教儿童构成图画的方法，即教他们从大体进入局部，给他们逐渐复杂起来的课题，逐渐提高对他们的要求。一年级里开始教图画构成时，示范图画在纸上的布置法，计算基本的大小比例，找出全体的和各部分的轮廓线。在四年级里则进步到立体物的独立描写，表现形状的透视变化和体积。

图画构成帮助儿童的空间观念的发展,在图画教学的体系中占有很重要的地位。

现在我们要略述儿童所遇到的最典型的困难,以及他们构成写生画时所犯的错误。

首先,在第一学年的教学过程中,学生克服了"对整张纸的害怕"。他们学会了不把图画画在纸的一角上,而画在整张纸上,画得大。同时他们能或多或少正确地布置画面了——无论在画幅的直的方面或是横的方面。

儿童学会在图画中精确地表出实物的形状和比例,其经过是相当慢的。二三年级的学生,有时还会把圆形画成椭圆形,或者把正方形画成不等边的长方形。

大小关系的正确表现,是儿童的最严重的困难之一。

现在举石膏花瓶的三幅写生画为实例,这是四年级的三个学生看着同一实物而画的。这三幅画明显地表出:比例的不正确表现是如何地歪曲了形状,破坏了图画与实物的肖似。(图33之"a"是画得比较正确的,"б"和"в"显著地歪曲了实物。)

基列因科(В. И. Киреенко)为研究儿童的比例判别力而做的实验心理学研究指出:这种判别力,是发展图画才能的重要指针之一。

基列因科由实验证明:比较两种大小(目测)和按照大小关系(比例)而认识类似的形状,在心理学上是两种不同的工作;而且认识类似的比例关系,比起用目测比较两种大小来,是更复杂的工作。但比例的判别,在某程度内,用分析计算的方法来确定大小关系的条件之下,可由目测来补偿。这种确定比例的方法(如上文所述的),便是儿童在图画课上学习的。

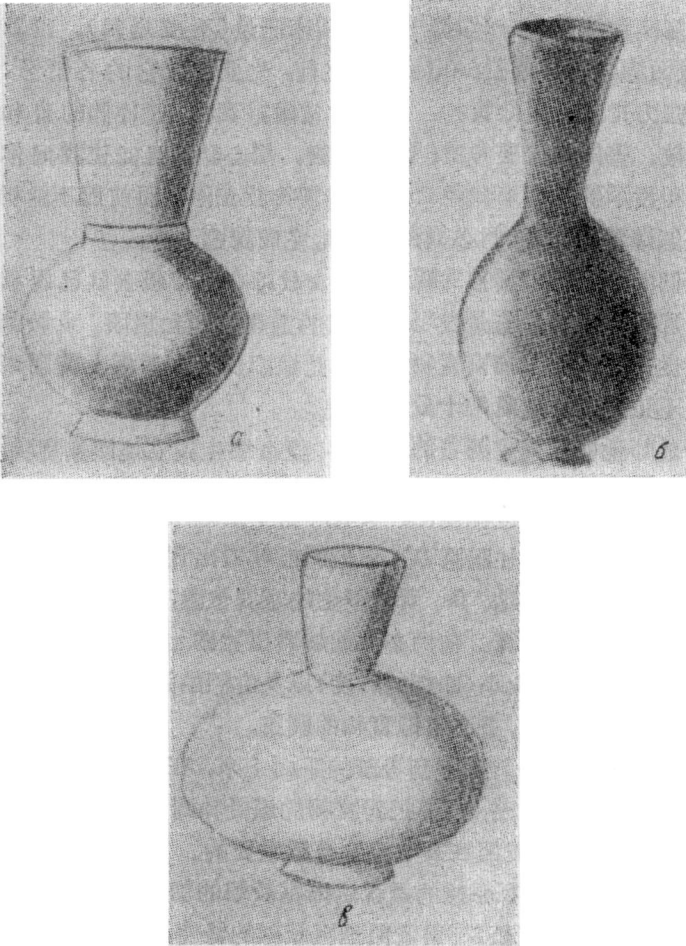

图 33

但教学生更注意这种问题，一定是有益的。尤其有益的，是教学生在家庭作业中做关于找求比例的专门练习。

教学生学会图画构成的逻辑,对于比例的确定具有重大的意义。

如上所述,从图画的最初几课开始,女教师就教学生从大体到局部的图画构成的经过。教学生先计算并确定实物的一般大小的关系,其次描写它的大体形状,这以后才可描写各部分和各部分的详细点。这种方法的图画课是由教师监督着进行的。但当我们要儿童做课外作业,并观察他们作画的过程时,却看到了:即使是四年级的学生,也决不常常应用从大体到局部的方法。他们所最常犯的错误,是漏过了最初的阶段——预先规定物体主要部分的大小和大体形状。有许多学生是立刻从画物体的轮廓线开始的。他们注意了轮廓线的形状,在构成图画时便不顾到大小的相互关系和形状表现的正确了。

物体的透视缩形的构成,也使儿童感到很大的困难。例如他们画比视线低的圆柱形,把上面的椭圆形和下面的椭圆形画成一样阔;或者画立方体,把前面的边和后面的边画得一样长;诸如此类。

在三四年级的学生的图画中,常常可以看到这样的错误。这种错误,主要是由于投射关系的认识不清楚和在纸上表现立体相的困难而来的。

用明暗来表现物体的立体相时表现得不正确,这方面的错误也是学生所常犯的。他们或者把明暗画在不是应该画的地方,或者忽略了反光,或者在明暗之间没有画出逐渐的变化,或者明暗不依照实物的形状而描写,不能表出实物的立体相。

我们可以推想:明暗表现的技巧的不完善,并不起主要作用。学生的主要困难,在于通过实物上不固定的明暗要素而在画中表现立体相。

研究儿童写生画中的错误,可知有关空间关系的表现的错误在其中占有主要地位。这情形在开始教学图画的时候是一种长期存在的障碍物。但倘因为儿童对空间的把握不够充分而延迟他们的写实画学习,尤其是在三年级里延迟他们进入立体透视画的学习,是不正确的。

我们不可忘记:描画活动本身在小学生的空间观念发展上起着很重要的作用。根据儿童画的发展看来,进入立体描写,是使儿童更完善地掌握空间关系的一种强大的推动力。

第五章　命题画课中的形象构成

　　命题画课中的中心要素是形象构成。形象构成在儿童画的思想内容和构图的发展上具有重大的意义;在通过所画的内容而培养儿童对环境现实的态度这一点上,也具有重大的意义。小学低年级的命题画的重要任务之一,便在于此。

　　命题画中包含着依据作者构想的画、文学作品的插画和出题目的命题画(例如"苏军建军节""五一节""夏天的回忆""新年枞树节"等)。命题画中最复杂的问题之一,是对儿童画的教育要求的问题。

　　在低年级里,不可能要求学生对各种物体作十分熟练的描写,因为按他们的知识和技巧的水准来说,他们还不能正确地作画。

　　要克服这困难,最正确的方法是尽量深切地把命题画和实物观察结合起来。

　　在第二百零三小学的实验期中所施行的命题画课中,我们认为最有价值的,正是结合形象构成和实物观察的那几课。现在举这样的两课的记录在下面。

二年级
第十五课

　　课题:"新年枞树节"。

女教师拿一株小枞树到教室里来,把它放在学生面前的桌子上。

女教师:小朋友们,新年快到了,学校要放假了。在寒假里,小朋友们所最欢喜的是什么节日?

小学生:新年枞树节。

女教师:不错,小朋友们欢喜新年枞树节,等候它,愉快地庆祝。今天你们每个人来画一幅新年枞树节的画。但先要观察这株枞树,那么可以把它画得更好。整株枞树的大体形状是怎样的?(指点枞树的轮廓)

小学生:三角形的。

女教师:它是由怎样的部分组成的?

小学生:枞树有一根干子,干子上生出枝条来,枝条上有细枝,细枝上有针叶。

女教师:枞树的干子的阔度怎样?

小学生:干子的下面较阔些,上面狭小起来。

女教师:把枞树的枝条比较一下看,下面的和上面的大小怎么样?

小学生:下面的又大,又阔,又长;上面的较小,较短,较狭。它全部像一个金字塔。

女教师:大家看,枞树的枝条是怎样分布的,它们是四周丛生的(从一个地方向四面生出来)。枞树每年生出这样的一丛来。所以只要数数看,它有几丛,便可知道这枞树有几年了。

现在大家听我读关于枞树的诗(读诗)。

可以替这诗作怎样的画?

小学生:画一株装饰得很漂亮的枞树,上面有一颗星星。

女教师:还有什么?

小学生:枞树枝条上有小灯、蜡烛、发光的银丝和玩具。

女教师:还有什么?

小学生:小朋友们在枞树周围游戏,大寒公公和他们一起游戏。

女教师:在图画里怎样画,才能表出小朋友们不是站着看,而是在游戏,或是绕着枞树跑呢?

小学生:可以画他们跳轮舞,大家拉着手。

女教师:小朋友们(叫他们的名字),走到这里来表演一下环绕枞树跳轮舞是怎样跳的。(学生走过来表演轮舞,女教师教学生注意他们的手、脚、头和身体的姿势。)

那么你呢? 你要画小朋友们在枞树旁边做什么呢?(对另一个学生说。)

小学生:我这样画:一个人在挥五色火花,另一个在玩摔炮,还有一个女孩子在枞树上采胡桃。

女教师:表演一下,小朋友们怎样站着,手的姿势怎样,那么我可以在图画里看出他们在做什么。(学生走出来,表演了姿势。)

你们每一个人想出关于枞树的画来。先仔细地想好,然后开始画。要先画最主要的东西。最主要的东西要画得近些。近的东西要画得大,远的东西要画得小一点。必须画出小朋友们愉快的样子,使人一看就知道他们是在举行节日的晚会。

在描画的过程中,有许多儿童把枞树画得不茂盛,枝条分布得不正确。女教师叫这些儿童走近枞树来,和他们把枝条的结构再研究一番。这以后,许多儿童的图画就较为肖似实物了。

在低年级里教儿童为克雷洛夫(Крылов)的寓言《乌鸦和狐狸》作插画,也是很有趣味、很生动的一课。女教师拿一只剥制的狐狸和一只剥制的乌鸦到教室里来,详细地分析它们的结构,然后读寓言,和儿童们研究寓言的内容和图画构成的几种可能方式。这种文学和实物观察的结合,对于儿童所需要的形象的构成起良好的影响。

一年级

第二十六课

　　课题:为克雷洛夫的寓言《乌鸦和狐狸》作插画。

　　学生看见女教师带着剥制的狐狸和乌鸦来,大家欢喜而惊奇。

　　女教师:小朋友们,这是真的狐狸和真的乌鸦,不过不是活的。今天我们要画一张画,画里要有狐狸和乌鸦。我们来研究,应该注意它们的什么地方。先来研究狐狸。这一部分叫作什么?

　　小学生:颜面。

　　女教师:这个呢?

　　小学生(一一列举):躯干、毛茸茸的尾巴、脚掌。

　　女教师:狐狸必须画得像真的,所以必须正确地画出它身上各部分的大小。狐狸的颜面是怎样的?

　　小学生:尖的,扁圆的,有一些小胡须。

　　女教师:头比较起整个躯干来,大还是小?

　　小学生:头小。

　　女教师:狐狸身上哪一部分最大?

　　小学生:躯干——它比校长。

　　女教师:狐狸的哪两只脚较长?

　　小学生:后面两只脚比前面两只脚长。

　　女教师:把脚和躯干的高度比比看,把躯干和尾巴的长度比比看,把头和躯干的大小比比看——作画的时候这是很重要的。

现在再来研究乌鸦。乌鸦是由哪几部分组成的?

小学生:头、躯干、翅膀、尾巴、脚、脚爪。

女教师:乌鸦的头有什么特点?

小学生:乌鸦的嘴很大,隆起的。

女教师:它的翅膀是生在什么地方的?

小学生:翅膀是生在躯干上的,近头的地方。

女教师:大家仔细观察乌鸦的尾巴和脚的形状,它们和躯干连接的地方。现在我把克雷洛夫的寓言《乌鸦和狐狸》读给你们听。你们用心听,仔细想想看,哪一部分可以画(读寓言)。你们替这个寓言可以画怎样的画?

小学生:树林、枞树,乌鸦衔着干酪停在枞树上,狐狸在那里跑。

女教师:在你的画里什么东西是最主要的?

小学生:狐狸和乌鸦。

女教师:你把什么东西画得最近?

小学生:枞树和乌鸦。

女教师:你画什么东西?(对另一个学生说。)

小学生:我画乌鸦叫,干酪掉下来;狐狸坐在下面,张开嘴来,想去接那块干酪。

另一个小学生:我画树林、林中草地,狐狸在远处跑,近处有枞树和乌鸦。

第三个小学生:我画狐狸已经衔了干酪,跑回树林里去,乌鸦张开了嘴巴停在树上。

女教师:你在远处画些什么?

小学生:远处画树林和田野。

　　为寓言作插画时,有许多学生得到女教师的许可,走近实物来,从各方面仔细地察看狐狸和乌鸦,拿自己的图画来和它们比较,并且画出详细部分的草图。(例如有一个学生把狐狸的胡须等都画出来。)

　　命题画和塑造的结合,也是一种富有趣味的实验,这里也将略述一下。由一部分二年级学生组织了一个塑造小组。每次作业时,学生先在女教师指导下观察实物,然后塑造这实物,塑造之后作写生画。

　　在塑造的过程中,学生详细地、全面地研究实物,从各种视点察看实物——从前面,从后面,从旁边,从下面,从上面;用手摸它,拿自己的塑造来和它比较。

　　给学生塑造用的实物模型如下:鸭子、屋子、狗、少先队队员(男孩和女孩)。这些模型是用赛璐珞制的、木制的和橡皮制的玩具,也用真的人——班内的一个学生。

　　这样的作业经过四次之后,便和他们上一课,即依据《华尼亚和马霞林中冒险记》的童话作命题画。女教师所编造的这个童话的题材中,巧妙地包含着学生曾经塑造过的一切实物。没有参加过塑造的学生也参加上课,他们在作画前只对实物做了普通的分析和观察。结果,参加过塑造的学生的画画得较好,内容较丰富,形式较完善;尤其值得注意的,是他们画起来较容易,画得比较快,能在一课的时间内完成这童话的两幅插画。

　　我们认为塑造是教儿童认识实物的良好方法,我们觉得:塑造与命题画作这样的结合,对于命题画中的形象的丰富,有很大的帮助。现在举一幅图画为例(图34),这是参加塑造的学生所画的。

图 34

在命题画课中,教学生辨出主要的、基本的、有特色的形象来,使它们区别于全局面中次要的和偶然的形象。描写形象,不但须表出应该画的东西,又须讲求怎样描写(怎样布置,相互关系如何,姿势如何,表情如何等)。这种画法,是教儿童预先明确地想象未来的图画,然后开始描绘。作写生画仿佛是教儿童"阅读",即有目的地观察;作命题画则仿佛是教儿童利用人物、现象和事件的描绘来"叙述"。

在命题画中,学生构成画面的时候,也学会了表现立体相、表现物体的远距离和缩小等若干方法。

但儿童在命题画课上所获得的绘画知识和技巧,没有从简单进入复杂的明确的系统和顺序——像我们在写生画课中教儿童分析实物和构成图画时所见的那样。

　　有时用同一题目给小学全体学生描写。根据各班学生所作的图画，可以探究儿童画在学校图画教学影响之下的进展。出这种课题的目的，是检查学生的成绩，同时又是检查教师的工作。在这种课业中，可以检查学生自由构图时对于他在写生画课中所获得的知识和技巧的应用能力。

第六章　论儿童画的发展

　　我们曾用同一题目教小学全体学生作命题画,现在我们企图根据这些命题画来探究在小学图画教学时期中儿童画发展的若干特点。我们所研究的儿童作品,其题目是"新年枞树节""乌鸦和狐狸"(依据克雷洛夫的寓言)。同一学生在四年的学习中所作的同一题目的图画,也引起我们很大的兴趣。

　　比较各级儿童的同一题目的命题画(图35至38),可以确定四年级学生的画和一年级学生的画的质的差别[1]。

　　一年级学生的图画表明着:儿童开始学习时,大都是表现各种个别的物体。区别物体主要的、基本的部分而表现出空间和逻辑方面的客观的相互关系,还是以后的事。

　　比较某学生在四学年的学习中所作的同一题目的图画(图39至42),就可证实这一点。

―――――――――

　　〔1〕　研究下面所列举的儿童画及其中错误的分析时,必须顾到一种情况:即这些儿童所受的图画教学是依据不同的教学大纲的(在一九四九至一九五〇的学年以前是依据旧大纲的,从一九四九至一九五〇的学年起是依据新大纲的)。新大纲的施行,在儿童画发展的过程中必然有它的反映,因此,在本年中(尤其是在四年级里)学生所特有的许多错误和困难,在四年一贯地按新大纲施行教学的情况下会完全消失或变形。

图 35　一年级学生的图画

图 36　二年级学生的图画

图 37   三年级学生的图画

图 38   四年级学生的图画

图 39　学生 B 的图画（一年级）

图 40　学生 B 的图画（二年级）

图 41　学生 B 的图画(三年级)

图 42　学生 B 的图画(四年级)

学生 B 是图画的优等生之一。他在入学以前,曾经进过两年幼儿园。他在很早的童年时代就练习塑造和图画。这孩子特别欢喜塑造。

他一年级时所作的画《新年枞树节》,其特色便是表现各种实物而不表出其间的相互关系。这幅画在构想上,在各物的描写上,都可说是优秀的。但比较起他以后所作的同一主题的画来,这幅画还是很幼稚的。在他二年级时所作的画中,这主题在内容上和形式上都较为丰富。在这画中,人物的姿势较为多样,而且企图表现动作。三年级时所作的画中的人物,则更富有表情,更为详细,而且表出一定的相互关系。这学生四年级时所作的画,是一幅儿童化装舞蹈会的完整的构图。画中的人物比以前完全得多,动作也表现得很好,人物的大小的相互关系和空间位置也表现得更正确。全幅图画现实地反映着整个场面。

儿童画的内容的发展——即儿童描写环境现实时表出其相互关系而作深度的表现——也是和儿童的描写手法的改进相结合的。比较一二三四年级的学生的图画,可知他们渐渐地提高了各种技巧:画面的正确布置、物体的形状表现、大小相互关系表现、体积表现、透视缩形表现等。

现在把研究“冬天的公园”这幅画所得的一些统计列举在下面,这是学生在第四学季中描绘的。我们研究这幅画是从学生对于空间关系描写的掌握这个观点上出发的。表一中所列举的统计材料(每班约四十人),只是表示各班图画的比较和学生的写实技巧的若干进步。“各物体大小相互关系表现”一项下的数字,只是指能大体地表现各物之间的大小相互关系的学生,并不是指能正确地分析其比例的学生。“体积表现”一项,只要是有立体构成的企图的(即使在技术上不完全正确),就算是合格。因此,学生的物体大小相互关系和体积的表现的百分比,应依照上述的条件而研究。

从这表中看来,可知学生在一年级到四年级的教学过程中,其写实技巧渐渐进步。学生的描画技能的发展,在从一年级到二年级和从三年级到四年级的过渡中,表现得不像二年级和三年级之间所见的那么明显。这证明着:儿童从三年级开始学习的立体透视描写,对于儿童画的发展是一种显著的推动力。

表一[1]

年级		一年级	二年级	三年级	四年级
画面的一般空间构成	并列布置	31.6	17.4	10.0	—
	分远近的布置	26.3	34.8	25.0	25.0
	透视法不正确	42.1	39.1	30.0	19.0
	透视法正确	—	8.7	35.0	56.0
各物体大小相互关系表现	有	16.0	33.3	75.0	80.0
	无	84.0	66.7	25.0	20.0
体积表现	有	5.2	21.7	68.4	75.0
	无	94.8	78.3	31.6	25.0
空间关系的逻辑表现	有	37.0	44.4	65.0	84.6
	无	63.0	55.6	35.0	15.4

这表中的统计表明着:儿童在图画构成中对空间关系的掌握,是和学习的发展密切联系着的。向写实表现的转变,发生在三年级的学习过程中的学生的图画中。但在四年级里,学生也还不能充分掌握立体透视画法。立体透视画法在这时期仿佛是在形成的阶段上。学生所获得的

---

[1] 表一中的数字所指的是每班学生数目的百分比。

知识,还没有转化为巩固的技巧。因此当他们独立地按题目构图,或者应用图画在别的课中的时候,他们的画中还有很多的错误。

必须指出:组合物写生,不包含在小学的课程大纲中。因此对于图画的构图,只是在命题画的形象构成时顺便加以注意而已。

上述的画面布置法(并列的,分远近的,透视法不正确的),倘把它们看作儿童画发展的阶段,就完全不正确了。这样的经过,决不是一切儿童所必须有的。这种布置法,只是表明儿童没有学会透视画法时的图画构成的若干特点而已。

　　　*　　　　　　*　　　　　　*

儿童画的研究证明着:儿童在小学图画教学时期中,奠定着写实的、正确的现实反映的基础。要形成这种画法,必先克服儿童画发展中新旧之间的种种内部矛盾。在图画教学的过程中,能改变儿童对描画活动的态度,改良其视觉感受力(对实物的和对图画的)的品质,又改造其作画的过程。现在把这些问题略述如下。

在小学里,给儿童的任务,是要他的图画画得像实物而为别人所看得懂,要他能够表现实物和图画之间的肖似点。这任务在教学的最初几个阶段中改变了儿童对描画的态度。在这时期中,他们免除了"老套"的错误习惯。所谓"老套",即儿童在图画中描写各物时往往用同一形式(例如画天空总是画个太阳,画人总是画成朝着同一方向的,诸如此类)。

在学校里,儿童也常常为别人作画;这种作画动机,显著地提高了他们的图画的品质。

在第二百零三小学里,三年级有一次装饰画课,是教学生画三八妇女节时送给母亲的书面致敬的装饰画。这一课的图画的成绩,比较起其他装饰画课上所作的同类的画来,品质显然地提高了。

同时儿童的趣味也改变了:在一方面,对描画过程的趣味改变了;在另一方面,对自己的活动的结果——即图画——的趣味改变了。在教学开始的时候,先革除他们对描画的旧态度——把描画当作一种过程,感到愉快的只是这过程的本身。这种态度有时还在儿童的一种不良习惯中表出,即描画时有始无终。描画的有始无终和只对"涂写"的过程本身感到兴趣,在某程度上可说是由于儿童把描画当作一种游戏活动。现在给儿童一种新任务,即要他们画得肖似实物,就消除了他们对描画过程的此种兴趣,而显然地提高了他们对描画活动的结果的兴趣和注意。儿童对自己的图画的批判态度,也由此而渐渐加强。这批判态度是在图画教学过程中合目的地发展起来的。

在小学里,发展着并改进着儿童的视觉感受力。图画教学主要的是发展儿童的视觉感受力,教儿童通过这感受而认识并辨别物体的许多新的方面(形状、位置、大小、大小在距离上的变化)。

在图画课中,克服着对于对象物作一般感受的倾向(即仅限于认识所感受的对象物的内容意义),又培养着视觉分析的习惯。图画课教学生辨别物体的空间关系。关于这一点,差不多所有的图画指导书中都应用着这样无成效的话:"教儿童观察实物时不要注意其实际形状,而要注意其在这距离上对我们所表出的样子!"其实,这里所说的并不是"表出的样子",而是说要教儿童在严格地固定的空间位置上分析地观察实物,因为我们每次都是从一定的视点上用视觉来感受(看)这实物的。这样的视觉感受,如上所述,是在各种联系——包括分析、综合、比较的技巧以及各种概念的知识——的整个体系的发展基础上形成的。

当儿童在他所观察的实物和所描写的图画之间分明地看出差异点的时候,他对自己的画的批判态度的发展特别明显。儿童把自己的画和实物比较一下,说:"我的画有点儿像,但是不完全像。我不能画得更像了。"(二年级学生)"这条线画得不对,这里不是这样画的。我都看得出,但是画不好,不知道怎样修改。"(三年级学生)这些话表明:儿童在纸上画着的,不是他们所希望画的样子;他们知道自己的画在肖似实物这点上是不完善的,然而要加以适当的修改,他们觉得困难。在高年级里(例如在四年级里),学生竟会正确地指出画得不像的细部分来。这些事实证明着:儿童对于实物中和画中的空间关系的正确理解,比较起对于这空间关系在画中的构成来,掌握得较早。只有当学生能在纸上表现立体相的时候,方始能克服这困难。

在图画教学的过程中,意想画和观察画的相互关系发生了变迁。学前儿童只对于描画过程本身感到兴趣的这种倾向,以及他们的缺乏明了而固定的目标,往往养成儿童"杜撰"意想画的习惯。他们的新任务是要他们画得肖似,即要他们作实物的客观的反映,这便根本地改变了儿童对描写对象物——实物——的态度,而使他们惯于把观察当作他们的图画的基本。这变迁的过程很复杂,它从小学图画课的最初几课开始,其经过相当长久。在这一方面,儿童自己所发表的一些话很有趣味。我们对一至四年级的学生提出如下的问题。

(一)你欢喜画画吗?

(二)你比较欢喜画哪一种画:个别实物写生画,还是整幅的意想画?

(三)你觉得哪一种画法比较容易:看着实物而写生,还是不看实物而凭记忆作画?

我们想用这些问题来阐明各班学生对于图画的一般态度,特别是对于写生画和记忆画的态度。在下面的表二中,表明着各班学生(全班人数的百分比)答话的总结果。

在这表中,有许多情况都很有趣味。首先可注意的,是各班学生对图画的兴趣都很浓厚。

表二

年　　级		一年级	二年级	三年级	四年级
你欢喜画画吗?	欢喜	85	89	90	75
	不欢喜	15	11	10	25
比较欢喜画哪一种画?	个别实物写生画	10	22	35	50
	整幅的意想画	90	78	65	50
哪一种画法比较容易?	看着实物	32	40	74	62
	不看着实物	61	50	26	38
	临摹图画	7	10	—	—

其次必须指出的,是低年级学生对整幅的意想画特别富有兴趣。但是随着教学的进行,他们对于个别实物写生画渐渐发生好感,到了四年级,这种学生已经占了半数。同时又可看到:一二年级的学生认为意想画是较容易的图画。在二年级里,认为意想画较易的学生和认为写生画较易的学生差不多各占一半。但到了三四年级,学生已经显然地欢喜写生画,认为写生画比意想画容易了。

学生的见解这样地进展,并不是偶然的,这是教师教学生作写生画并培养他们对自己图画的批判态度的艰巨的教学工作的结果。四年级的学生更深信图画必须从一定的视点作肖似的描写,对自己的图画提出更高的要求,他们已经开始懂得写生画的难处了。

认为看着实物而描画比较容易的学生,在四年级里比在三年级里略微减少些,显然是与上述的情形有关的。学生说:"看着实物而描画,比较容易,但又比较困难。比较容易是因为可以一次又一次地观察实物;比较困难是因为必须精确地画出实物的一定的状态,不能随自己所欢喜地描写。"这一切情况都证明着:在小学的图画教学中,描画过程本身是变迁着的。在描画过程中,儿童的感受,尤其是对实物的感受和对所作的画的感受之间的相互关系,渐渐地获得了决定性的意义。

概括以上所述,关于在小学图画教学时期中的儿童画的发展,可指出下列的基本路线:

(一)儿童的描画活动的目的和动机的改变,是从入学时就开始的。因此儿童画从含有游戏活动要素的图画一变而成为课业活动性质的图画。

(二)儿童画内容的发展,在于儿童对环境现实的表现的日渐完善,日渐深刻,日渐富有表情而正确。

(三)掌握图画构成的基本技法:

甲、一二年级的学生掌握平面描写的构成法(布置画面,表现形状的大体轮廓、长和阔的相互关系,正确地构成物体各部分)。

乙、三四年级的学生逐渐掌握立体描写的构成法(开始进入立体画,表现透视缩形)。

第七章　图画观赏

图画教学不但教学生观察环境现实,又须教他们正确地感受并观赏图画。教学生正确地联系图画和现实,是很重要的事。对实物的感受,是客观现实的直接反映;而对图画的感受是间接的。这就是说:通过了另一种东西来感受实物。

直接研究实物的时候,必须做有组织的、有系统的观察;但通过了图画而感受实物的时候,除此以外又要求正确地建立图画和现实物体的联系方法。后者是在辨认、比较、想象的过程中进行的——通过复杂的条件联系的形成而进行的。图画的描写技法,对儿童说来,应当成为现实关系的条件信号。经验证明着:在图画感受中引起儿童最大困难的,是空间关系,这种空间关系联系到立体物在纸平面上的复杂构成。

图画观赏教学能帮助学生理解图画,理解艺术家们的作品,并借此提高他们在构成自己的图画时的自觉性。

除此以外,图画观赏教学可发展儿童对自己的图画的批判态度,帮助他们在写生时更正确地把对实物的感受和对自己图画的感受联系起来。

下面所叙述的,在一方面,是第二百零三小学的图画课的教学经验;在另一方面,是为研究儿童在图画中的立体感受力而特地举行的实验的记录。在这研究的实例中,阐明儿童对于图画中的空间关系的感受过程的特点,以及从低年级开始的图画观赏教学这一特定工作的合理性。

图画观赏教学

我们在第二百零三小学考察的时期中,特别注意儿童对自己的图画的批判感受的教学。为了这目的,从一年级开始,女教师常常举行学生的优良作品和拙劣作品的集体分析,把平行班级的学生的图画给学生们看。这工作大都在课末、完成课题之后施行,或者在下一课的开始——检查过一切图画簿之后施行。

女教师教图画观赏的时候,应用各种各样的方法。有时她自己对学生的成绩作总评判。例如:

"这位小朋友画得好,他是常常观察实物的——这一看就知道。"

"这幅画画得较差——这位小朋友画得不光洁,龌龊,而且不像。"

"你的图画中没有表出主要点。你画的时候没有考虑。"

"你的图画颜色涂得太潦草,所以不好。"

有时女教师教学生自己来评判图画。

女教师:小朋友们,你们看来,这些图画中哪一张画得好?

小学生:这面小旗画得顶好。

女教师:为什么它画得好?

小学生:画得正,画在纸的中央。颜料没有涂出轮廓线,画得像一面真的旗子。这一张也画得好,不过稍微偏了些,没有画在纸的中央。

儿童积极地参加同学的图画的评判,可以表明并提高对自己的图画的要求,又养成他们的批判和审美的判断。他们说:"好看的画要画得清洁又整齐,线条画得流畅,物体布置在纸的中央,颜色涂得匀净,花纹画得正确。"

有的时候,女教师分析图画,努力说明图画构成的特点。

女教师:你看,你的画里雪人和房子一样大,真有这样的情形吗?

小学生:不,没有这样的情形,我画错了。

女教师:你的画里天空和地面之间留着一条白带子;等一会你回家去的时候仔细看看:天空和地面之间有没有这条带子。这条带子实际上是没有的,小朋友们,天和地相接的地方是一根线,这根线在图画中叫作地平线。

有时女教师分析图画,教儿童注意:他们不曾把已有的知识和技能应用在实践中。例如在三年级里:

女教师:小朋友们,你们不会在作命题画的时候应用你们在写生画中所学得的东西。你们有几个人画花园,画成这个样子(在黑板上画出略图),但我们所看见的花园完全不是这样的。我们看见远去的路是怎样的?

小学生:渐渐地狭起来。

女教师:我们看见这条路渐渐地缩小起来,仿佛要变成一点似的。你们有几个人把长凳子画成这个样子(又在黑板上画出略图)。但你们已经知道应该怎样画。你们必须考虑一下,在这里怎样应用你们的知识。

女教师叫一个学生到黑板前面来,教他在黑板上画一只长凳子,用启发性的问话来帮助他。

有的时候,女教师分析儿童作品中的错误,借以复习过去的教材。例如,女教师把画着皮球的画给学生看(三年级),问他们:这里的明暗表现得正确吗?

　　小学生：不，不正确，这里没有画出反光。

　　女教师：你指点给我看，反光应该画在什么地方？我们所谓反光就是什么？

　　小学生：反光，就是从别的东西上反映过来的光。这反光常照在明的部分的反对方面。

　　女教师：这张画里光是从哪里照过来的？

　　小学生：从上面照过来的。

　　女教师：那么这张画里光是从哪里照过来的？（指点另一张画）

　　小学生：从左面照过来的。

　　女教师：把这张画里从明部到暗部的经过说说看。

　　小学生：明部——半暗部——暗部——反光。

　　女教师：从明部到暗部，从暗部到明部，是怎样转变的？

　　小学生：渐渐地转变的，渐渐地强起来，渐渐地弱下去。

　　女教师：反光和明部，哪一个明亮？

　　小学生：反光比明部暗些，比暗部明些。

　　女教师：这里的暗部的形状是怎样的？

　　小学生：这里的暗部是依照这圆形，依照物体的形状而形成的。

　　这样地分析图画，可以培养儿童对自己的图画的批判态度。这方法可以教儿童作画时用心判断，帮助他们更善于拿所描写的实物来和自己的图画比较。比较图画和实物，对于肖似表现是很重要的事。

　　同时，在三四年级里，女教师也应用别的种种方法来教儿童观赏图画。她分析图画的时候，有时自己在黑板上作画，而教学生分析这些画。例如在四年级里，画完了圆柱形的写生画之后，她在黑板上画几个圆柱形，要求学生说明其中哪一个画得正确。或者，她预先准备两幅画着立方体的挂图,一幅所画的比视线高,另一幅所画的比视线低,教学生分析这两幅画。

女教师为了说明空间深度的描写、近景和远景的布置,除了分析儿童的命题画之外,有时又应用分析杂志里的照片或图画的方法。例如作命题画《冬天的公园》(三四年级)的时候,女教师拿杂志里的描写树林和公园的画来给儿童看,和他们作这样的谈话:

女教师:小朋友们,这张画里最接近的树木画得怎样?

小学生:画得很大。

女教师:那么远处的树木呢?

小学生:远处的树木比较小。

女教师:最远的树木呢?

小学生:小得很。

女教师:远处的树木一株一株分得清楚吗?

小学生:分不清楚,都并在一起了。

女教师:只看见树林的轮廓,这树林很远。大家再看这幅画,画中的道路是怎样的——这里是阔的,但越是远去,越是狭小,后来怎样了?

小学生:后来集中在一点了。

女教师:大家看,近景里的那株树是怎样画着的——这株树竟不能全部装进在画幅里,这里只画了这树的一部分,树梢没有画出;但远景里的树木都是全部画出的。树木都生在地面上,但树木的枝条可以画在天空的背景上。你们回家去找些书和杂志,仔细看看,画家们是怎样描写远景的。仔细看看,物体怎样缩小,怎样画成越远越高的样子,有几根线怎样在地平线上相交于一点(指点图画)。

有时女教师拿自己的图画给学生看。例如在低年级的命题画课中,在儿童完成了课题,女教师分析了他们的图画之后,她拿她所作的、以"儿童的冬日游戏"为题材的几幅画来给学生们看,这是童话《圆面包》的插图。对于这几幅画,从两方面来研究:从内容的观点上和从构图方面。这唤起儿童很大的兴趣,激励他们重新作画,重作的画内容更为丰富、更为完善。

女教师应用画幅,也把它当作命题画课中构成形象时的一种实观教具。教儿童画《冬日的公园》的时候,她拿各种树木(枞树、松树、桦树、橡树)的水彩画给儿童看,和儿童一起分析每种树木的构成和描写的特点。研究童话《圆面包》的插图题目时,她把描写狐狸、兔子、熊和狼的画拿到教室里来,并且和学生一起分析每一种动物的构成的特点(儿童开始作画的时候,这些画便取去了)。这样地应用画幅,不但可以丰富儿童的形象,又可使他们习惯于观赏图画。

和学生作关于艺术的谈话,目的是进行艺术教育。在研究大艺术家[伐斯涅左夫(Васнецов)、彼罗夫(Перов)、马科夫斯基(Маковский)、苏里科夫(Суриков),以及苏维埃艺术家阿维洛夫(Авилов)、勃罗茨基(Бродский)、盖拉西莫夫(Герасимов)等]的作品的那几课上,女教师分析作品的思想内容,同时又教儿童认识图画的构成。她结合了作品的内容而教学生注意于空间、体积、明暗、构图的表现,区别主要的、基本的东西等。

这一切都能使儿童更深切地理解现实,扩充他们的眼界,使他们更善于观赏图画。同时,观赏模范的艺术作品可以培养学生的审美趣味。

然而必须指出:对于这工作,图画教学大纲和教学法参考书并没有给以充分的估计。艺术讲话在一年中只举行四小时,还只是从三年级开始的。在最初两年的图画课中,儿童几乎看不到画幅。我们认为:图画观赏教学应该从一年级开始,而且可能它还应该略微提在描画技能的教学之前。

在现今,图画观赏至多只是随伴着图画教学,有时竟赶不上它。我们可以推测:儿童越是早学图画观赏,他对图画的态度就越是富有自觉性,他学习图画构成也越是容易。因此,最好不把图画观赏教学当作一种辅助方法,而把它当作图画教学的必要方法之一,广泛地加以应用。

儿童对图画的立体感的实验研究

在做这个实验之前,我们先定下了一个任务,即阐明儿童怎样感受图画中物体的立体相,怎样的条件更适宜于正确地感受图画中物体的空间关系。

这实验中的主要困难点,是选择研究的方法,这方法必须能客观地阐明儿童依据图画而构成的物体形象所表出的空间关系。为了这目的,我们采用依据图画中的物件而塑造的方法。这方法可以表出儿童对于空间关系的观念,也就是说,可以使儿童观念中的物体的立体形状客观化。用依据图画的塑造,而不用依据实物的塑造,这是因为儿童对图画的立体感的问题使我们注意。

为了顾到多数儿童还完全没有塑造的技巧,我们尽量选择了不需要特殊能力的简单的形状,作为实验的课题。

作为这实验的评判标准的,只是儿童所塑造的形状的立体相的表现。

图画中的立体相,是由各种画法来表现的,例如由明暗的推移来表现。实验用的图画中的立体表现,便是利用这方法。为了避免线的透视缩形感觉使这课题复杂化,我们选用了圆球的形状。我们在这实验中故意不用色彩,因为色彩影响儿童的情绪,可能使这材料的分析十分复杂化。

为了要更清楚地阐明儿童如何感觉图画的立体相,便教他先后看两幅画,做两次塑造,画中物件是同一形状的,但用两种不同的画法——平面的和立体的——来表现。这使我们能用比较的方法来分析儿童的塑造。为了这实验,我们选择了一系列的几何形体和几何形体的实物,把它们用两种画法画出来:一种是用线条表出轮廓的,另一种是用明暗表出立体的。

我们顺次地教儿童做下列八种课题的塑造:

(一)圆形的轮廓画;

(二)球形的立体画;

(三)椭圆形的轮廓画;

(四)椭圆形的立体画;

(五)圆锥形的轮廓画;

(六)圆锥形的立体画;

(七)无线电扩音器的轮廓画;

(八)无线电扩音器的立体画。

这实验是个别地举行的,其顺序如下。先把轮廓画给儿童看,问他画着的是什么(图43a)。然后教他用黏土塑造他看着画所想象到的这个实物。以后又用同样的顺序教他塑造图43b的形状。塑造的时候,图画放在儿童面前。不限定他的工作时间。

参加这样的实验的有四十个学生(一年级十八人,二年级十二人,三年级十人)。

实验结果所获得的材料,使我们认识了儿童对线条画(图 43а)的感觉和对立体画(图 43б)的感觉的若干特点。

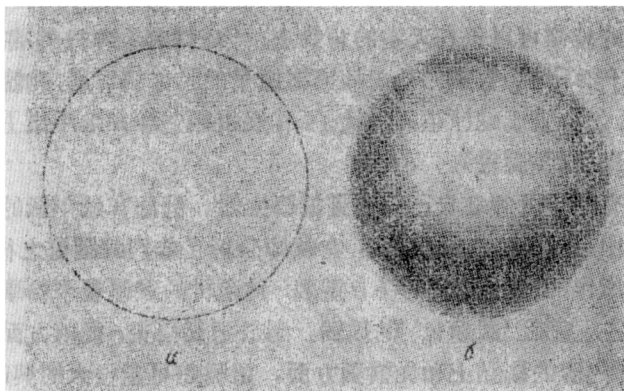

图 43

有一种明显表现出来的倾向,就是儿童要在所感受的材料中辨认出熟悉的物体来,这种倾向是他们的图画(线条画和立体画)感受的基本特征。这种倾向在苏维埃心理学家关于儿童对几何形状的感受的研究的著作中已曾经屡次指出过[如沙巴林(Шабалин)、伏洛基齐娜(Волокитина)等]。在现在这研究中,这倾向也明显地表现着。例如,在二百五十六次实验中,图画被儿童用各种实物来称呼的,占百分之八十九,只有百分之十一他们说:不知道这里画的是什么。

表三中列举着许多实物,儿童用这些实物的名称来称呼给他们看的图画。

表三　儿童对图画的称呼（数字表示次数）

圆球形图		椭圆形图		圆锥形图		无线电扩音器图	
线条画	立体画	线条画	立体画	线条画	立体画	线条画	立体画
圆形 —30	球 —14	蛋 —9	蛋 —11	三角形 —6	尖顶帽 —9	喇叭 —7	无线电 —9
环 —2	皮球 —11	王瓜 —6	王瓜 —6	尖顶帽 —6	口袋 —2	无线电 —4	喇叭 —7
不知 —0	圆形 —7	椭圆形 —6	椭圆形 —6	口袋 —2	三角形 —1	笛 —4	听诊器 —2
	不知 —0	西瓜 —1	球 —1	帽子 —1	探照灯 —1	铃 —1	笛 —4
		面包 —1	车头灯 —1	杯子 —1	小碗 —1	听诊器 —1	漏斗 —4
		碟子 —1	西瓜 —1	圆柱形 —1	纸帽 —1	漏斗 —4	铃 —1
		不知 —8	皮球 —1	玩具 —1	漏斗 —1	钟 —1	灯罩 —1
			面包 —1	木楦 —1	蒸馏器 —1	灯罩 —2	花瓶 —2
			平板 —2	玻璃杯 —1	圆柱形 —1	花瓶 —2	钟 —1
			不知 —2	正方形 —1	玩具 —1	酒杯 —1	不知 —1
				不知 —11	正方形 —1	灯 —1	
					小桶 —1	尖顶帽 —1	
					不知 —11	不知 —3	

表三中所列举的材料表明着:儿童对于圆锥形和扩音器,各用了十二种不同的名称来称呼。这里有一点也值得注意:辨认画中的物件时,对于图画的空间位置有些关系。扩音器的画和圆锥形的画便表明了这一点。当扩音器横着给儿童看的时候,他就把它当作无线电、喇叭或听诊器;向下的时候,他就称它为灯罩、铃、钟;向上的时候,他就称它为漏斗、花瓶等。圆锥形也是如此:底盘向下的时候,儿童就称它为尖顶帽、帽子、蒸馏器;底盘向上的时候,儿童就把它当作口袋、玻璃杯;横着放的时候,有一个儿童就把它称为探照灯。

分析以上所搜集的材料,可知儿童辨认画中物件的过程,对于感受图中的空间关系具有决定性的意义。儿童认为画中所描写的就是某种实物或者类似某种实物,这样,他在观念中所造成的形象就不但结合了他在画中所直接看到的东西,又结合了他在过去的生活经验中所知道的东西,或者与此相似的东西,也就是这样确定了画中物体的空间位置。这原理是根据我们用塑造来使形状客观化而得到的材料的分析的。

根据这实验的结果,首先必须指出的,是儿童在画中所辨认并用名称称呼它的实物的空间性质和儿童所作的塑造的空间关系之间所表现的一致性。例如:倘他们称椭圆形为蛋、王瓜或西瓜,那么他们的塑造一定做成立体的;倘称它为碟子、椭圆形或平板,那么他们的塑造一定做成平面的。又如圆锥形,倘他们把它看成三角形,其塑造便是平面的;倘认为是尖顶帽、口袋或小碗,那么其塑造便是立体的。

计算的结果,整个实验中有百分之八十五是完全相符合的,但并不是符合于画中的物件,而是符合于他们在画中所认识的实物的观念。这样高的百分比并不是偶然的,这说明儿童对画中物件的空间关系感觉的规律性的一般倾向。这证明着:儿童是结合了对实物的认识而在画中感受立体相的。对于物体形状的客观化，儿童也是凭对于画中物体的认识而实行的。

还可看到一种情况：儿童的立体塑造(百分之六十四)比平面塑造(百分之三十六)显然地占着优势，虽然给他们的画(线条画和立体画)的数量是同样的。这一点完全和儿童确定图画内容时的情况相符合(百分之六十一认识为立体物)，并且明显地表出一种倾向，即儿童在画中所看出的是现实物体，不是几何形状。

我们确定了一条基本原理：即儿童是联系了对实物的认识而在画中感觉立体相的。我们企图阐明儿童在画中辨认熟悉的实物的过程，并首先探究物体的描写方法在这过程中起着怎样的作用。

要从这观点来分析材料，可把线条画和立体画给儿童看，借以比较；其所得的结果以及儿童在这方面所发表的意见，是很有趣味的。

令学生根据轮廓画和立体画而塑造，这实验的结果，用数字表示如图44。

研究图中的材料，可知给儿童看轮廓画之后，他们的塑造大多数是平面的；反之，给他们看同一形状的立体画之后，他们的塑造就大多数是立体的。只有无线电扩音器在这点上是例外。这显然是因为这东西比起别的东西来，较容易由轮廓画感觉其立体相。

这些材料使我们得到如下的结论：图画的描写方法(在这里是指明暗)在儿童确定图画内容的过程中，起着显著的作用，它能帮助儿童看出物件的立体相。儿童所发表的意见表明着：他们对于图画中的立体表现的方法的感觉是不同的。分析这些意见，可以确定儿童对画中物件的空间关系的理解过程的发展中的一般倾向。让我们先来分析对实物的轮廓形和立体形分不清楚的儿童们的见解。

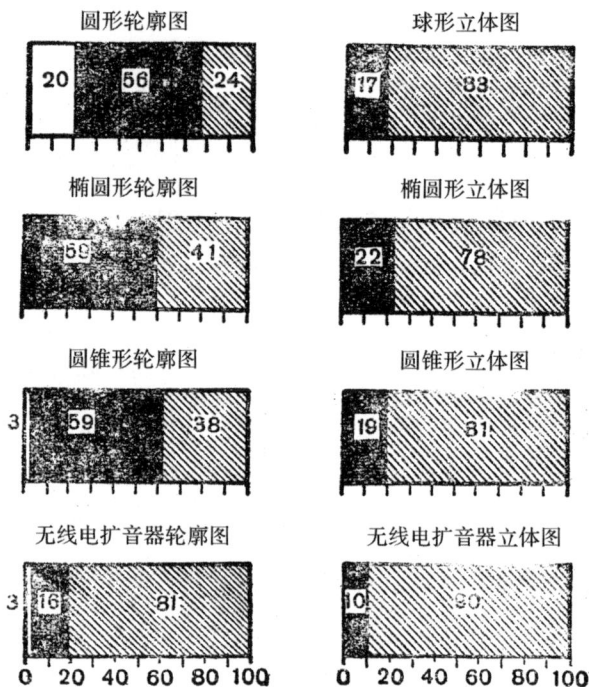

本图中所用记号：

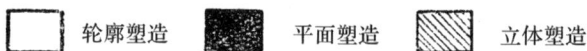

图 44

通过用塑造把形状客观化的方法来测验儿童对画中物件的立体感的结果

（这些材料是一二三年级合并而成的,数字表示百分比）

在图画中,对物件的形状可以有两种感受法。一种是把它看作平面物的线条轮廓画；另一种是把它看作立体物的立体画。在给儿童比较的两幅图画中,基本上具有这种差别。

有一部分儿童看不出这差别,他们在感受时不去分析这些特征。

现在把对八岁的一年级学生的实验记录在下面：

实验者(把画着圆形的画给学生看,问他):这里画着的是什么?

小学生:圆形。

实验者:你给我照这形状塑造一个东西,照你所设想的样子。

小学生用黏土塑造了一块平面的圆板。

实验者(把画着圆球的画给学生看,问他):这里画着的是什么?

小学生:这是圆形。

实验者教他照画中的物件塑造。学生又塑造了一块平面的圆板。

实验者(把第一图和第二图一起放在学生面前,问他):第一图中所画的东西和第二图中所画的东西有什么分别?

小学生:这个是白的,大些(第一图);这个是灰的,小些(第二图)。

实验者:那么塑造起来,它们的形状应该是一样的还是有分别的?

小学生:一样的。

在同样情形下,另一个一年级学生把两幅画都称为球,两次塑造都是立体的,问他两幅画有否区别,他说:"一个球是白的(第一图),另一个球是黑的(第二图)。"

另有一些学生在类似的情况下这样区别这两幅画:"这两幅画是一样的,不过第二幅画带有黑色。""这一幅画是和那一幅一样的,不过浓淡不同。"

这时候儿童所表示的意见就和他们的行动相结合——他们依照物件的立体特征替两幅画做了同样的两个塑造。由于两幅画的轮廓形状相同,所以我们可以推想:儿童是因此而把两幅画法不同的图画看成表现同一实物的。同时,儿童虽能看出体积描写的手法,但他们不把它理解为空间关系,却把它理解为物体的纯粹表面的深淡特征。在他们的观念中,明暗和把明暗当作体积表现的信号的意义之间,还没有建立起条件联系来。

巴甫洛夫这样地说明图画中立体感觉的条件反射的性质:"从凹凸而来的皮肤机械性的和运动的刺激,是最初的、基本的刺激;但从凹凸的明处和暗处而来的光的刺激,是信号的条件刺激,这种刺激只在后来因为和第一种刺激在时间上符合,方才获得其真正的意义。"[1]在现在这情形中,儿童还没有建立这种条件联系。这部分儿童之中主要的是一年级学生。

另一部分儿童,在画中辨认物件的时候能够初步区别立体相,不过暂时只是视觉的,还不能把明暗描法当作物体的立体表现方法而用语言来说明。举例如下:

(一)七岁的一年级学生(瑞尼亚)。

这学生称圆形的轮廓画为"圆片",塑造一块平板;称球的立体画为"皮球",塑造一个球。问他第一图和第二图有什么分别,他的回答是:"这(第二图)是皮球,它是滚圆的;但这(第一图)是圆片,像一个饼。"

问他:"你说说看,为什么你觉得这个是皮球(第二图)而那个是圆片(第一图)?"他不回答。

(二)八岁的一年级学生(波利亚)。

这学生称圆形的轮廓画为"环",塑造一个圆环;称立体画为"球",塑造一个球。他比较两图,说:"这个是球,是滚圆的;但那个中央是空的。"要他说明为什么他觉得一个是环而另一个是球,他不回答,他不能说明。

也有这样的情形:儿童看了第一图的轮廓画难于确定实物,不知道

----

〔1〕 巴甫洛夫:《大脑两半球机能讲义》,一九二七年版,第一三二页。

画着的是什么东西(例如圆锥形)。看了同一圆锥形的立体画,儿童恍然地欢喜地认出了这是尖顶帽,或者小碗,或者玻璃杯,但是不能说明他们为什么这样想。

由此可知儿童在图画中所感受的不仅是轮廓形状,而又是物体的体积。儿童对于同一形状的不同画法(平面的和立体的)作不同的认识,这情形就证明着这一点。但是他们对于图画的不同的理解,还只能通过画中的物件来说明。在现在这情形之下,儿童还不能把立体描写的手法理解为实物的空间关系的表现,还不能用语言来说明这一点。这部分学生还在过渡期中,其中包括一二年级的和三年级的学生。

下面所说的一部分学生,已经提高到画法理解的初步阶段上了,即已经懂得这种画法是实物的空间关系的标志,是立体形状的标志。举例如下:

(一)七岁的一年级学生(尤拉)。

他看了圆锥形的线条画,不能确定这是什么东西,就塑造了一块三角形平板;他称圆锥形的立体画为"小碗"。

实验者:你为什么认为这是小碗?

小学生:因为它像是圆的。

实验者:为什么你认为它是圆的?

小学生:因为这个地方黑了,看来就像圆的。

(二)八岁的二年级学生(瑞尼亚)。

他把圆形的线条画称为"圆片",塑造了一个饼;称立体画为"球",塑造了一个球。问他第一图和第二图有什么分别,他回答道:"这里画得凸出的,因为颜色在边上很浓,渐渐地淡起来。"

有一个二年级学生说明两幅圆形图的区别,说得很好:"这里涂黑色,黑色渐渐地淡起来,就表出滚圆的样子。"

学生所发表的像这样的意见,还有不少可以列举,例如:

"这是一个球,因为这里明亮,和真的球上一样。"(二年级生)

"有黑色的,要塑成滚圆的样子,所以这个是滚圆的东西,而那个是一块平板。"(二年级生)

"它是这样的(装出圆形的样子),因为这里有反光。"(二年级生)

"这里有阴影,所以它是滚圆的。"(三年级生)

"它是滚圆的,因为这里有阴影。"(三年级生)

儿童所发表的这一切意见,说明了他们的合理的图画感受的初步阶段。在这情形之下,立体描写的手法,不仅在辨认画中物件的过程中已被感到,而且又逐渐被正确地感受为实物的空间关系的表现法了。特别可以表明这一点的,是这样的情形,即儿童有时观察两幅图画(轮廓画和立体画)而不能确定它们的实物内容。他们看了两幅图画,都说不知道画着的是什么,然而他们的两种塑造做得不同——依照所画的样子,一种是平面的,另一种是立体的。二年级里有一个学生这样地说明他的塑造:"画里面有黑色的,必须塑得滚圆。"

做这实验的时候,我们也碰到对于描写方法歪曲理解的几个有趣的实例。

(一)九岁的三年级学生(H)。

他看了描写球的图画,说:"这是一个像圆球一样的东西。"便塑造一个圆球,但在图画中明亮的地方塑一个洞。

实验者:你塑的是什么?

小学生:有一个洞的圆球。

实验者:你看见什么地方有洞?

学生指点图画中最明亮的凸出的地方。

还有几个学生在看别的图画时也犯同样的错误。

(二)一年级的两个学生(Π 和 K)。

在实验课上令学生塑造一个水平放置的立体描写的立方体,这两个学生都塑造了一个中空的器皿,形似箱子。问他们在画中什么地方看见是凹进的,他们指点这平行六面体的最暗的右侧。

实验者:这里画着的是什么?

小学生:不知道。

实验者:你怎么知道这里是凹进的?

小学生:因为这里很黑,好像是空的。

必须郑重指出:这种对描写方法歪曲感受的错误,与儿童对画中实物的辨认的困难有关。儿童不认识画中所描写的实物,而只看见他所不能确定的形状,那时候就会发生这种错误。

根据上述的、儿童对立体描写方法的感受力的分析,必须指出下列几种基本原理:

(甲)立体描写的手法,在某种程度上,已经是低年级多数儿童在辨认画中物件的过程中所能感觉到的了。这种手法帮助儿童更充分地在他的形象中反映实物的空间关系。

(乙)低年级的儿童并不个个都能够在画中依据描写手法而正确地感知其立体相。有时对描写手法发生歪曲的理解。

(丙)儿童在感受图画时有上述的错误,是因为他们缺乏正确的图画观赏习惯,因而也缺乏适当的条件联系。描写手法对他们说来还没有成为现实的空间关系的条件信号。这种现象的起因,在于学校对儿童的图画感受的教学工作做得不够。

　　我们所获得的材料又显示出儿童对轮廓画的感受的几个特点。我们看到:儿童在口头以同一意义来说明的轮廓画,往往具有各种不同的实物意义,因此又具有不同的空间关系。例如,大多数儿童称圆形的轮廓画为圆形,而塑造的时候把它塑成一块圆平板,一个环,或者一个球。儿童在感受圆锥形和无线电扩音器的轮廓画时,也表现着这种特点。从这些事实得到一个结论:各种实物的简略的轮廓画,有时可能被理解为多种意义,而这多种意义并不常常反映在实物的口头称呼中,却反映在形象中。这一原理,在儿童的图画观念的形成上具有极重大的意义。

　　在各种著作中可以看到这样的意见:简略的轮廓画容易使儿童理解,儿童容易由此认识他们所熟悉的实物。照我们所获得的材料看来,为了要教小学的儿童在画中认识他们所不熟悉的实物,用轮廓的线条画是不适宜的。为了这目的,最好采用立体画,根据立体画而塑出的形象一定是只有一种意义的,精确的,完全的。

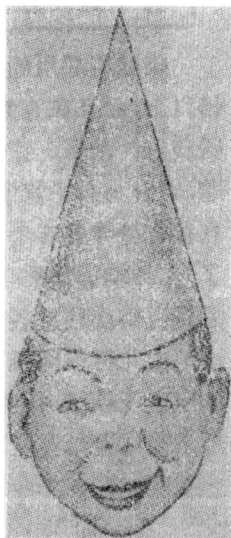

　　图画中的立体相是在儿童对实物本身的认识过程中被感受的——我们根据这一原理,又做了一个补充的实验,即给儿童看同上的几种轮廓画,但这些轮廓画不是单独的,而是配合在某种主题中,表现出一定的内容意义的。

　　我们把下列的轮廓画给学生看:

　　(一)拿着气球的女孩子(圆形)。

　　(二)苗床上的王瓜(椭圆形)。

　　(三)戴尖顶帽的小丑的头(圆锥形)。

　　现在举戴尖顶帽的小丑的头为实例(图45)。

图 45

教儿童用黏土塑造的,只是图中我们所注重的东西(球、王瓜、尖顶帽)。

先教儿童依据单独的轮廓画而塑造,次教儿童依据配合主题的轮廓画而塑造。把同一物的两次塑造比较起来,获得如下的结果(表四)。

表四　做立体塑造的儿童的百分比

课　　题	依据单独的轮廓画	依据配合主题的轮廓画
圆　　形	24％	92％
椭圆形	41％	71％
圆锥形	38％	100％

虽然所采用的是线条画,但有几次立体塑造的数目增为两倍以上,而且在有几个课题中,超过了依据同一物的立体画的立体塑造的数目。这实验证明了:画中的物体配合了有意义的主题,便容易为儿童所认识,儿童对它的意义的理解更为统一,而且符合于作画者所客观地表现出的东西(主观解释的人数减少了)。把轮廓画配合在有意义的主题中,又可大大地避免儿童把它表现为多种意义的形象。

由此可以获得重要的实际结论:单独的物体最好用立体画法来表现,而配合主题的物体(这是容易凭内容而理解的),则也可拿轮廓画给儿童看。这原理对于直观教材、教科书和幼年儿童的读物中的图画,是同样地具有意义的。

这实验中所必须解决的最后一个问题,是用以指所画的物件的那个名称对于图画的立体感觉有何种影响。

为了这目的,我们拿同上的几种单独的轮廓画给一年级学生看,但实验者说出我们所希望儿童在画中看出的实物的名称;然后教儿童塑造画中所描写的物件。

所出的课题如下:

(一)给儿童看圆形,说:这是皮球。

(二)给儿童看圆形,说:这是环。

(三)给儿童看椭圆形,说:这是王瓜。

(四)给儿童看圆锥形,说:这是尖顶帽。

(五)给儿童看圆锥形,说:这是圆锥形。

前四种实物名称儿童都很熟悉,但第五种(圆锥形)一年级的儿童不大懂得了。这实验的结果,形状符合于实物名称的塑造的数目如下:

(一)圆形——皮球——90%

(二)圆形——环——90%

(三)椭圆形——王瓜——100%

(四)圆锥形——尖顶帽——90%

(五)圆锥形——圆锥形——30%

这些材料表明着:欲使儿童正确地认识物件(由此而正确地感受画中的立体相),实物的名称是具有重大的作用的。但名称只有用于儿童所认识的形象的时候,才能发生作用。倘名称不能唤起儿童明确的观念(例如上面的最后一种),则单靠名称仍是不足以使儿童正确地感受画中的空间关系。

总括上文所述,我们得到基本的结论如下,即帮助儿童正确地认识画中物件的是:

(甲)教师作分析性的和概括性的谈话;

(乙)把画配入有意义的主题中;

(丙)儿童有正确感受画中立体描写手法的能力。这种能力是在教学过程中培养的,是在相应的条件反射关系的建立过程中培养的,那时立体描写手法渐渐变成表示现实的空间关系的信号了。

图画中立体感教学的实验

低年级的图画观赏教学法,一般都没有拟订出来。我们考虑到这种情形,决定对一年级学生做一次关于儿童感受画中立体描写手法的教学的实验。

为了这目的,我们把一年级里的十个儿童编成一小组。教这十个学生于散课后仍留在教室中。我们给他们上了六课,又举行了两次测验,以检查这实验工作的效果。测验的工作在实验小组里是在同一种作业的开始以前和结束以后施行的。此外,总结性的测验又在没有经过实验的另一组程度大致相同的一年级学生中施行。

教师的任务,是教儿童观察画中的物件时不仅观察其轮廓(儿童往往是这样看画的),而又观察其体积,并且要他正确地观察,使他因此而对图画获得符合其客观内容的正确的认识。

在给儿童上课时,采用如下的方法:

(一)依照画中物件而做塑造。这方法在课业中采用得最广。采用塑造,第一是因为:它能表现真实的立体形状,可以帮助儿童构成空间的真实的形象。第二是因为:这是表现儿童对物体的体积观念的一种最良好的、直觉的、客观的方法。在谈话中,只靠言语或图画的帮助,难于说明怎样把平面上的立体描写转变为真的立体形状;但利用塑造,就很容易直观地达到这目的了。塑造在现在的课业中,不应该被视为儿童的立体造型艺术的教学,而应该被视为图画中立体感教学的一种实验方法。这是帮助儿童在真的立体物和画中立体描写手法之间建立条件反射联系的。

(二)用实体镜(стереоскоп)观察图画。儿童用实体镜观察图画的时候,教师须加以说明,这时他可直观地指出画中的立体相,即指示儿童应该把画中的物体看成什么样子。

儿童在实体镜中观察照相的时候,兴奋地说:

"这个球滚滚圆的,和真的一样。"

"花和真的一样,都是凸出的。"

"人像是活的。"

"树木滚圆的,简直是在向我们移近来。"

"东西都好像大了些,好像凸出的。"

"一切都像真的一样,而且近了些。"等等。

儿童感受到了画中的立体相,立刻就觉得画中的物件像现实的、"真的"、"活的"一样,这是很有趣味的现象。

(三)拿真的实物来和立体画对照比较。

(四)拿同一物的两幅图画——平面画和立体画——来对照比较。

(五)从立体感受的观点上分析图画。

这种课每星期上一次,儿童对此感到很大的兴趣。

作为课业教材的,是用由明到暗的阴影来表现立体相的图画。塑造用的图画,选用了形状不复杂的。以前举行的塑造实验证明着:儿童在画中由轮廓感知形状,是容易的;他们所最感困难的,是画中用明暗推移来表现的立体要素(凹凸、深注等)的感受。因此,我们就为这课业选择了含有这种要素的图画。

这样,对儿童的实验课业依照下列的计划而施行:

第一课——依照有凹凸的和无凹凸的物件(番茄、南瓜、苹果、王瓜)的图画而做塑造。

第二课——依照有凹凸而同时又有深洼的物件(小桶、手桶、勺子、墨水瓶)的图画而做塑造。

第三课——依照有深洼和穿通的洞的物件(没有底的匣子和有底的匣子、管子、螺钉帽)的图画而做塑造。

第四课——用实体镜看照相(列宁格勒及其郊外的景色),谈话。

第五谋——用实体镜看照相,塑造两面凸出的物件。

第六课——比较实物及其图画,比较同一物件的平面画和立体画而作谈话。从画中物件的立体表现的观点上分析若干幅图画。

塑造所占有的时间最多。

塑造课是这样施行的:在黑板上挂一幅图画,和儿童　起看画,确定画中所画的是什么东西。此后不再用任何说明,就令儿童用黏土塑造这东西。然后女教师从立体描写手法的观点上分析图画,同时把儿童的正确的和错误的塑造品给大家看,又教儿童重新塑造这同一实物。然后把这幅图画从黑板上除去,而挂上与此相似的另一幅图画(例如在番茄之后用南瓜)。说出了画中物件的名称,再令儿童用黏土塑造这物件。后一次塑造是测验性质的,即检查儿童对教师的说明的理解如何。

依照这样的顺序而施行课业,使我们能明显地看出:仅仅说出实物的名称时,儿童是如何感受画中的立体相的,在详细分析立体描写手法之后,即经过教师说明之后,儿童又是如何改变他的感受的。

各种课题的塑造课的总结果,列举在表五中。

表五　塑造课中儿童完成各课题的指数(数字是绝对数)

图画的名称	塑造的性质	正确的立体塑造	不正确的立体塑造	总　计
番茄图	仅说出画中物件的名称	—	9	9
	说明描写手法之后	5	4	9
测验性的课题——南瓜		5	4	9
小桶图	仅说出画中物件的名称	2	8	10
	说明描写手法之后	9	1	10
测验性的课题——墨水瓶		6	4	10
有底的正方形匣子图(有五面)	不说明	3	6	9
	说明描写手法之后	9	0	9
无底的同一匣子图(有四面)	不说明	5	4	9
	说明描写手法之后	9	0	9

这表中的材料表明着:教师对儿童说明了图画的立体描写手法之后,儿童塑造的立体表现显然地进步了。这证明着:这样地说明图画中的立体描写法,是一年级学生所能完全理解的。

全部课业开始以前和结束以后在该小组中所施行的测验的结果,更明显地证实了课业的效果。

两次测验所用的塑造,依照同样的图画,这些图画是儿童在上课期间所未曾学习过的。测验的时候,给儿童看下列各物的图画:

(一)体操用的哑铃的轮廓画;

(二)体操用的哑铃的立体画;

(三)立方体的立体画;

(四)瓜棱形的碗的立体画;

(五)有凹凸的绝缘体的立体画;

(六)有深洼的蚂蟥钉的立体画。

这些测验的结果,揭示在图 46 中。

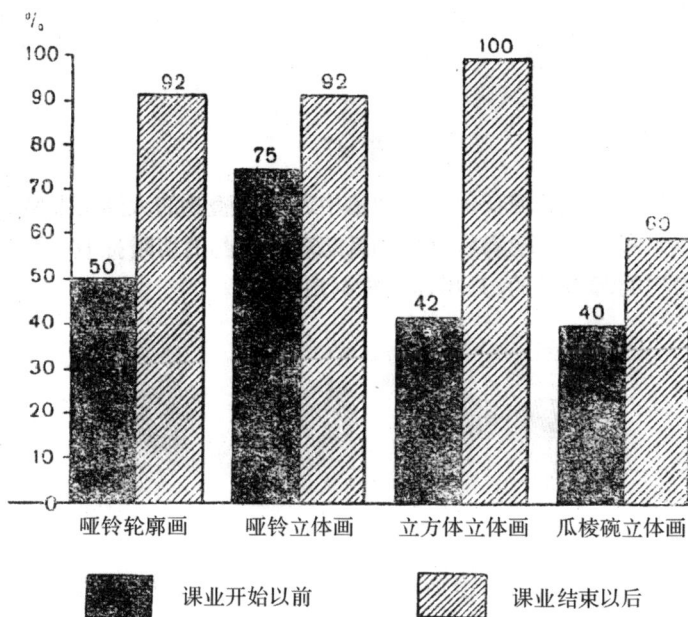

图 46

实验小组中课业开始以前及结束以后测验的结果

(数字表示符合画中物件的空间关系的正确的塑造的百分比)

测验的结果表明着:儿童在这样短期间的练习之后,对画中物件的立体感竟有了显著的进步。

更有意义的,是在测验的结果中,可以看到参加这实验小组的儿童和不参加这实验小组的儿童的差异。这测验的结果揭示在图 47 中。

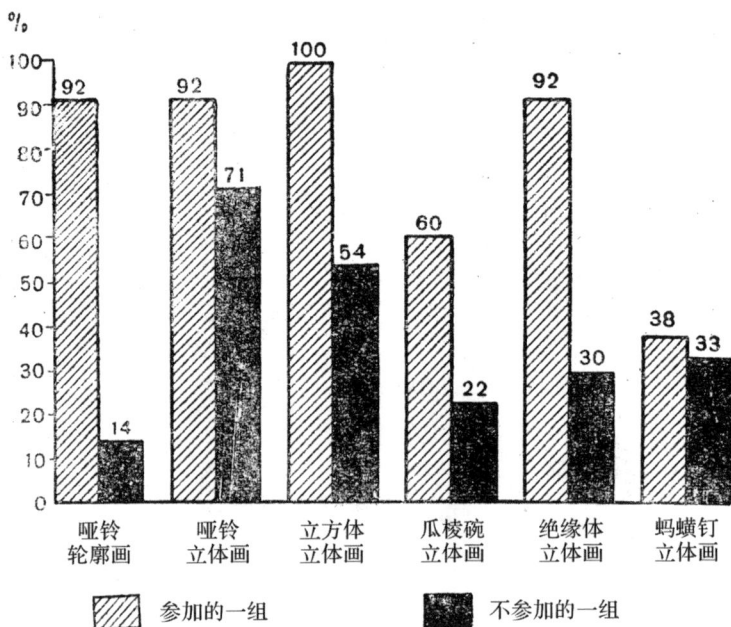

图 47

一年级的两组学生——一组参加看画塑造,另一组不参加——
的测验结果(数字表示符合画中立体相的正确的塑造的百分比)

这些材料证明着:儿童懂得了立体描写手法之后,其对图画的立体
感要正确得多。

前章中所部分叙述过的一系列原理,可以在从课业过程和测验所获
得的材料中得到证实和发展。例如,分析学生看立体画(不说明描写手
法)而做的塑造,可以看出三种形式的错误。

(一)儿童把塑造做成平面的,有时竟塑成线条而表出轮廓。

在这些情况下,他们把实物或是塑造成一块平板,或是塑造成一个轮廓形的框子;有时改变了实物的形状,把从两方面或三方面表示实物的凹凸的明暗变化塑成了一个平面,这就是说,把实物塑成了展开的样子。做这样的塑造的,正是在个别实验中对形状(线条轮廓和体积)不能分辨的那些儿童。这些儿童不能在画中通过描写手法而感受立体相。

下面所揭示的是哑铃和瓜棱碗的照相,给儿童看的画便是画着这两样东西的(图48),还有一图便是这些儿童所做的塑造(图49)。

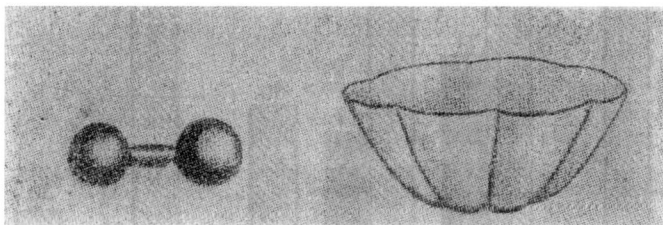

图 48

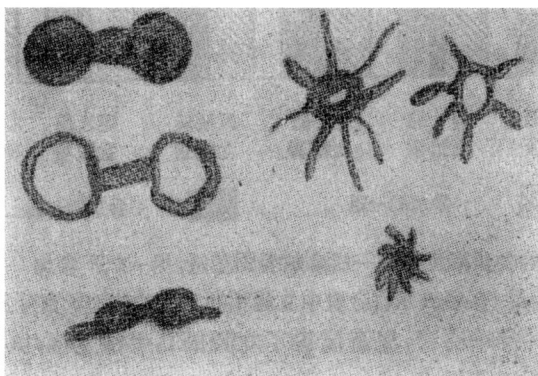

图 49

(二)儿童在塑造中表现出实物的立体相,但是只笼统地塑造一个大体形状,没有表出凹凸的细部分。他们认识这东西,但是只笼统地感受它的形状,看不到它的细部分。

例如把番茄塑成浑圆的、平滑的形状,像苹果一样,虽然给他们看的番茄图中分明画着各棱的凹凸。他们塑造的小桶和手桶是立体的,但是没有箍,而且不一定凹进去。他们把碗上的凹凸棱子塑成平的。而且立体物的大体形状也不一定准确(图50)。

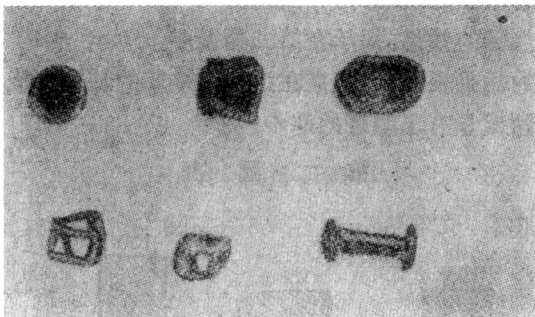

图 50

(三)儿童企图在他们的塑造中表现立体物的大体形状时,不仅依照图画中的轮廓线,他们又想表现凹凸的明暗推移,然而所表现的却是平的,只用线条来刻出。

在这些情况下,他们在圆形的番茄上用表现棱部凹凸的线条刻出平面的花纹。塑造小桶的时候,不塑造小桶上端和下端的圆形的箍,而刻出两条凹进的环形线。在瓜棱碗上,他们也用同上的平面花纹。诸如此类。

可惜这种花纹在照相上看不清楚,因此不能在这里揭示这种塑造的实例。

最后,图 51 的照相版所揭示的是学生的优良成绩的范例,这几种塑造十分正确地表现着他们在画中所感受的物件的空间特征。

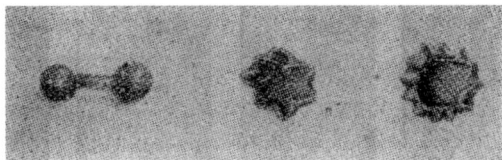

图 51

看了图画而做正确的实物塑造的儿童,在没有上过实验课的儿童中也有,然而很少。

犯第一种错误的平面塑造(图 49),通过几次上课之后,实验小组里完全绝迹了。第二种错误也差不多没有了。第三种错误大大地减少了,但还是存在着。

分析错误的结果,显示了儿童对画中物件的立体感的一般发展途径的概况。

幼年的儿童在画中所看到的决不是全部。他们首先辨认画中的物件。幼年的儿童看画,先辨认内容,然后辨认形状。当然,物件的轮廓是儿童在画中最初感觉到的特征。谢琴诺夫(И. М. Сеченов)早就指出过:轮廓是最初的、一般的性状,这是形象从背景中显出的初步。在画中,轮廓最先被当作实物的整个形状而感受。画中立体构成的手法,儿童在这时期还没有注意到,或者不精确地感受到而已。因此,不论图画的描写方法如何,儿童常常把它理解为平面物的描写。

在其次的阶段上,儿童对于物件的大体形状,因有立体描写,故开始能在基本上正确地感受到,但所能感受的还只是这立体物的大体形状,而不能感受它的详细部分。在这时期，儿童还不能理解描写手法，然而已经能够感觉到平面画和立体画之间的差别，对它们作不同的认识，并能区别线条轮廓形状和立体形状了。但不能理解描写手法，妨碍着儿童对图画的正确感受的发展，故儿童所见的立体相还是不完全的、不精确的，有时是歪曲的。

到了再其次的阶段上，儿童能理解描写手法了，便开始自觉地不但注意其内容，而又注意其形状了。这可使儿童克服内容感受和形式感受之间的分裂，并且大大地提高他对图画的立体感受的程度。然而即使在这阶段上，由于图画是从一定的视点用固定的形式来描写实物的，所以要儿童感受物体的真实的、精确的、独特的立体相，在他们还是困难的。儿童不但开始正确地感受大体形状的轮廓，又开始正确地感受图画中的凹凸。然而他们的感受凹凸，只限于图画上所表出的这种投射状态。因此，为了要使儿童较完全地认识物体的立体形状，必须给他们看从最主要的几个视点描写同一物件的各种投射状态的图画。

我们在研究中所搜集的材料，表明着这样的情形：儿童看图画时，对于他们所熟悉的物件的立体相，是在辨认这物件的过程中感受到的。对于他们所陌生的或不大认识的物件的立体相，是由于下列三种关系而以各种不同的明了程度来感受到的：

（一）由于图画观赏的能力；

（二）由于教师的说明；

（三）由于图画的性质和笔法。

这些条件，对于儿童从图画中所获得的视觉形象的明了程度，也起着作用。

上文已经说过，教儿童认识空间表现的描写手法，可以帮助儿童获得对图画的正确感受。而对图画的正确感受,又可作为儿童在画中表现体积的重要训练。我们觉得:小学的图画教学法没有顾到这一点,不先教儿童观察物体的立体描写手法,使他们有所准备,而立刻教他们在图画中表现体积,是犯了严重的错误。我们可以想见:儿童倘从一年级起就作这种准备,则到了三年级,要他们依照教学大纲学会在图画中表现体积的技巧时,便可容易得多了。同时,教儿童正确地感受图画中的描写手法,可以帮助儿童从一年级起就正确地理解图画。

这种使儿童借描写手法的观察而感受画中立体相的教学,可由两种方法来达到:一种是在自然科或俄罗斯语文的各课中研究图画;另一种便是在图画课中设立这课业的专门教学。为了这目的,除了采用其他的方法以外,最好也采用这实验研究中所用的获得优良效果的各种教学法。

第八章　初等教学体系中的图画

　　小学中有成效的教学的很重要的条件之一,是学校课程中一切科目之间的密切联系。

　　图画教学在学校中大都是一开始就委任给专门教师的。事实告诉我们:在儿童的教学过程中,低年级的图画教师和班主任之间不常常保持充分的联系。在本章里,要研究经常联系的基本路线。为了教育事业的利益,在低年级教师的共同工作中是应该实现这种联系的。

　　小学的图画和其他科目之间的联系,有各种形式。

　　从一方面说,这种联系在培养学生各科共通的理解、能力和技巧时是不可缺的。

　　从另一方面说,各科之间的联系,在同时或循序地从各种观点来展开内容的情况下,可以表现在教材的体系的一致性中。

　　从第三方面说,图画和其他科目在儿童的美育中的联系,是很重要的。

　　最后,图画具有实际的用途,可以作为使学生容易学得其他各科的一种手段。图画被广泛地应用在学校课程的许多部门中,是教学中的直观形式之一。

　　现在我们要来研究初等教学中图画与初等数学、俄罗斯语文以及其他科目的联系。

现行的图画教学大纲及其教学实践,要求学生具有一系列的几何知识和算术知识。我们在以前所观察的图画课中,可以看到在一年级及以后各年级中,女教师从最初的几课开始就很广泛地应用关于空间位置、大小、尺度、方向和形状的各种概念。

我们不得不指出:图画课中所应用的有几种概念,没有充分顾到儿童的理解力。数量有限的钟点和数量颇大的大纲教材,使图画教师不能详细地解释这些概念。此外,教师往往认为儿童在算术课中或初等几何课中应该已经熟悉这些概念了。

几何学的重要任务之一,是发展儿童的空间观念。在现今,依照小学的教学大纲,几何知识限于三种题目:片段的长度(一二年级),直角形的面积和测量(三四年级),以及直角平行六面体的体积(四年级)。在低年级中研究尺度时,儿童获得了关于长度、阔度、高度的观念,初步认识了若干种几何形状(正方形、矩形、圆形)。只在四年级里计算体积的时候,才教儿童认识几何形体。

在一二三年级的算术课题及习题的集子中[尼基丁(Никитин)、波略克(Поляк)和伏洛基娜(Володина)所编的],关于长度的课题很少。这说明着儿童对于尺度的实习是不够的。例如在二年级里,关于空间尺度的课题只有百分之二点四,在三年级里,只有百分之八点二。了解一下同上的几册教科书中的课题,可知在一二三年级里没有可以在同一物体上确定长度、阔度和高度的课题。教师教学生关于物体的立体形的观念,普遍只在四年级里学习体积的时候。

这样看来,教学大纲所规定的数学知识,不能满足图画的要求,因为图画在许多地方是超过几何学,有时又超过算术的。例如:一年级第一学季中教学生划分部分,三年级里教学生研究体积表现,在小学图画全部课程中教学生认识各种几何形状和几何形体,测量其长、阔、高的比例。

由此可知,照现在的情况,不是数学培养儿童各种空间概念,而是图画在其教学过程中给儿童以若干几何知识。但各科间的相互联系不够,在学生的知识上有不利的反映。这种情况是不能被认为正常的。图画和初等数学之间,应该在实践上和在教学大纲上都建立相互联系,并且首先要使学生获得两种科目所共通的各种概念和技巧。而在图画教师方面,也必须在图画课中加强注意于学生的空间概念和几何概念的培养。

在图画和俄罗斯语文之间建立正确的相互联系,是很有意义的事。尤其是在初等教学中,这两门功课具有种种的互助作用。例如在第一学年的开始,对于书法课和图画课,都必须养成正确的工作姿势,以及掌握铅笔及线条的初步技巧,因此,必须有发展手的动作和视觉与运动的配合的专门训练。这训练工作可在书法课和图画课中通过前膊、手腕和手指的各种专门练习来施行。但试看学校的实际工作,这种练习大都没有按照统一的计划来施行,而是彼此孤立的。这里必须说明:这工作在这两种功课中原是各有其特点的(拿铅笔的方法、簿册的位置、簿册的式样——有格子的和无格子的等)。但同时也要求为手和眼的练习建立统一的体系,尤其是在教学的初期。

但图画教学和俄罗斯语文教学之间的联系,不止上述这一点。这联系还要深切得多。一年级儿童的全部教学过程,和他们的分析的思考力的发展相关联。语文学习是发展学生的语言、形成他们的概念——尤其是空间概念——的基础。学生在初学书法和图画的时期,由于学会线、空间方向、尺度、几何形状等的名称,显著地丰富了他们的词汇。

在儿童从阅读课中所获得的知识的基础上发展他们的观念,对于儿童画的改进具有重大的意义。这些阅读课为儿童的更完全、更明了、更富意义的形象的构成创造条件。因此,在儿童从阅读课中预先学习了某种教材之后,教他们作命题画或装饰画,是很适宜的。所以我们建议:有几课图画的题材,可以联系阅读的题材。例如把读过的文学的或历史的教材和绘画艺术的作品联系起来。这方法可以加深学生对艺术作品的理解,加强艺术作品对学生的审美的影响。

图画和初级自然科之间的联系,是很有裨益的。这两门功课,在观察力的培养上,在对周围自然界的爱和对自然美的理解的培养上,都应当互相帮助。自然科可以丰富儿童对自然界的观念,培养儿童观察周围的事物和现象的习惯,因此在某程度内可培养他们作写生画的技能。

在二三年级的图画教学大纲中,包含着大量的、儿童很感兴趣的教材,即叶子、花和昆虫的描写。前面已经说过,由学生按照教师所指定的课题来为图画课准备叶子和花,以便把这些材料分配给全班学生。然而这种很有价值的工作,没有和初等自然科的课业相关联而施行。按照自然课和图画课的共通计划而举行各种观察和游览,是很合适的。

图画在其美育的共同任务上,可以和唱歌相联系。教儿童认识民间音乐,同时又认识民间的造型创作,是可能的联系方式之一。结合歌曲和反映歌曲中的形象的图画,又是另一种可能的联系方式。这很可以加深儿童对艺术形象的理解,丰富他们的审美体验。

儿童的图画,是使知识具体化、深切化、易解并巩固的一种教育手段。教师为了种种教学法目的而利用图画,例如替读过的作品作插画,用图画来构成故事的纲要,用图画来描写远足中所见,用图画来说明新教材,等等。图画在这种情形下是直观教学形式之一种。

列宁格勒第二百零三小学的教师们这样地说明儿童画在他们所授的课业中的应用。女教师普罗科菲耶娃(Прокофьева)指出:"我在小学各班中都应用图画。在俄罗斯语文课中,儿童替读过的课文作插画。他们替一定题材的作文簿和叙述簿作封面画,替节日祝贺信(三八节、新年节等)画装饰的框子。在语法课中,为句子的分析作图式。在自然课中,用图画记录实验。在算术和几何学的课中,解答习题时作几何形体的图画和图式。"

女教师玛奴恰罗娃(Манучарова)在发展语言的课业中,广泛地应用图画。她指出:教儿童画图,可以帮助他们确定故事的主要思想,把故事划分部分。她在一年级里教"本族语言"(Родная речь)中的故事的时候曾应用图画。

女教师科玛罗娃(Комарова)也着重指出:用图画来构成故事的纲要,可以:

甲、更深刻地阐明其内容,区别其主要部分;

乙、使以后叙述故事时更加丰富。

此外,她实际地应用图画在语法课中,例如,学习有非重音字母的词的时候,教儿童用图画编词典,使他们容易记忆。

女教师波格达诺娃(Богданова)所发表的见解很有意义。她认为:作画过程的本身,能发动学生感受实物时的积极性,使他们深究所描写的实物的详细点,更用心地观察实物,长久地记住它;而用图画来构成故事的纲要(目的是要使图画画得好),可使学生阅读故事时更加仔细。女教师波格达诺娃又在解答算术习题的时候应用图画。她说,有些习题

"只有借图画的帮助才能使儿童理解"。她教儿童把习题中的事件和人物画成图画。"我对儿童们说:闭住眼睛,试想象习题中的一切条件,然后画成图画。这可使儿童在解答习题时学会更有逻辑地判断。"

上述的和其他的许多教师的见解,都把图画当作使学生容易掌握其他知识的一种方法,当作促使学生更好地观察、思考、理解并记忆教材的一种教育手段。

我们还须指出图画对别种科目的另一种意义。图画课不仅是教儿童描绘而已,同时又教他们观赏图画。这可训练他们在别的课业中更正确、更充分地认识图画。

直观教学,如众所周知,是小学教学中所广泛应用的。为欲形成儿童对于他们所陌生的事物的观念和概念,常常采用直观教学为基础(自然、地理等)。教学生不仅从内容方面而又从形式方面正确地感受图画,是理解比例、体积、透视法、运动等的条件之一。

在结束时,我们还须指出学生在课外的社会工作中实际应用图画的几种形式。在第二百零三小学里,图书馆在这方面做了很大的工作。图书馆里造成了爱好美术的学生的积极分子,他们担任着极多样而极有趣味的任务。例如在图书馆里组织了用图画来宣传新书的工作。图书馆中每次收到新书(儿童读物),便替它绘制艺术的封面,把它放在架子上。这些封面是由学生自己绘制的。他们又为壁报、杂志、纪念册、宣传画作美术装饰,为图书馆所组织的与作家会面的文艺晚会作插画。

上述的一切,指示着一种线索,这种线索有机地把图画与学生的教学和教育的统一体系的一切环节联系起来。图画教师必须更深入地研究学校教学大纲的内容和学校教学的全部过程,密切地联系小学其他教师而建立自己的工作。图画教师和其他教师的密切联系,可以保证教学工作中的连贯性和系统性,可以加深学生描画方面的知识,可以巩固他们的描画技巧,加强造型艺术对儿童的教育影响。这一切,可以帮助我们更好地完成图画科在学生共产主义教育事业中所负的重大任务。

临末,我衷心地感谢图画教师库捷波娃在本书编著过程中所给予的帮助。

中小学图画教学法

[苏联] 孔达赫强 著

丰子恺 丰一吟 译

附　言

　　本书原名"Методикапреподаваниярисунка в среднейшколе",直译应为"中等学校图画教学法"。苏联的中等学校有十年制和七年制,其程度相当于我国的中小学。为了使读者对本书的内容易于领会及结合实际教学起见,姑改译为"中小学图画教学法",是否有当,尚希读者指正。

译者

一九五三年一月

目　录

第一章　图画教学简史

伟大的十月社会主义革命给我国带来了巨大的转变。革命掌握了生活的各部门。国家的经济生活和政治生活被彻底地改造了。革命又反映在科学和艺术中。

人民教育也得到了改造:在另一种原则的基础上开始建设了新的学校,因为旧的读死书的一味严厉的学校,无论如何不能为无阶级社会的建设而服务了。

还在一九一九年,列宁在第一次学生共产党员代表大会上的演讲中就曾经说过:"青年人准备着去学习建设新的学校,这是重要的事。"[1]

列宁几次三番地揭穿革命前的学校的阶级性,并注意这阶级性的可憎的外貌。同时列宁曾经指示:"……必须区别清楚:旧的学校里所有的东西,哪几种对我们是有害的,哪几种对我们是有益的,又必须能从中选出那些共产主义所需要的东西。"[2]批判地接受过去的文化遗产。

我们的国家,替世界产生了不少优秀的科学工作者、技术工作者、艺术和教育工作者。全世界的进步人们,说起他们的姓名时,都表示真心的敬仰。

---

〔1〕　见《列宁全集》第三版第二十四卷第二六三页。
〔2〕　见《列宁全集》第三版第二十五卷第三八六页。

优秀的艺术家和教育家们,像列宾(И. Е. Репин)、克拉姆斯科(И. Н. Крамской)、其斯佳科夫(П. П. Чистяков)和乌欣斯基(К. Д. Ушинский),他们的教育学的见解,对于图画教学法的研究,都表示非常的关心。

在教育学的历史中,初次述及图画教授的需要和意义的,是古希腊的哲学家亚理斯多德。他说,必须用三种艺术的表现方法来教养年青的人们,即"色彩和形状的表现方法、声音和文字的表现方法、调和和节奏的表现方法"。亚理斯多德所列举的方法,指示青年人必须具有多方面的修养。

接着代替古希腊的文化的,是具有另一种教育学观点和教育学任务的中世纪文化。为了适应新的社会制度,教育的任务便用另一种方式出现。"色彩和形状"的意义,像其他的青年教养方式的意义一样,被缩减了。

图画教授在中世纪的修道院学校的约束之下向前进行着。绘画不再是教学的手段,它已经变成一种为特殊职业而设的课业了。

中世纪的教育学含有宗教的特质,它负有实现教会任务的使命。修道院学校除教授读、写、算之外,同时又培养着修道院所需要的专门人才,这些专门人才便是那为繁殖宗教文学的抄写员、密画[1]和壁画的技师。更进一步,由于手工业的发达,密画家的工作获得了独立的性质——更出现了一种专门画家,这些画家有他们自己的门徒。手工业蒸蒸日上的发达,迫切地要求着图画教学,但是,那时候的图画教学的性质,只是狭隘的职业的准备而已。

图画教学的方法,是在长期实践中渐渐地获得的。

---

〔1〕 俄名 миниатюра,英名 miniature,一种精小的绘画。——译者注

　　还在埃及和古希腊时代,就订制了一种标准(каноны),图画创作和教授都依据这种标准。在希腊,合乎这种标准的,有著名的艺术家米隆(Мирон)和波利克雷特(Поликлет)的作品。例如多利佛尔(Дорифор——长枪手)的雕像便是希腊艺术盛期的典型作品。

　　对图画教学法有大贡献的,是文艺复兴时代的大名家。图画教学法的问题,在伟大的学者和艺术学家辽拿特·达·芬奇(Леонардо да Винчи)、建筑家和艺术家雷翁·巴提斯塔·阿尔柏提(Леон Баттиста Альберти)、艺术家成尼诺·成尼尼(Ченнино Ченнини)和其他名家的著作中,最初循序渐进地被阐明着。

　　这些名家对于各种艺术事业都很博学,他们把各种专门事业结合为一体,他们的思想非常深长——这些特色使他们的论见具有很大的意义和重要性。他们的关于图画教学法的见解,直到现在仍不失却其意义。

　　文艺复兴时期的名家们的最伟大的功绩,是他们所发现的写实主义的绘画法则,这就是在平面上作立体空间的形状的表现,也就是透视法的表现。

　　当时的图画教学法的基本原理,是在专门艺术家的作品和他们的论见的影响之下,以及教学的理论与实践的基础上形成的。

　　在曾经发表关于图画教学法的论见的一切名家中,拥有荣誉地位的,是明确对旧传统作斗争的新时代人物辽拿特·达·芬奇。

　　辽拿特·达·芬奇认为图画教学必须以写生为基础。他对陈腐的教学法的保护者展开了论争,并守护着新的阵地。辽拿特·达·芬奇写道:"反对者说:倘要成为一个大能手而能制出许多作品来,最好在最初学习的时候就按照各名家所画在纸上或墙上的各种作品而照样摹写。"他又说:"由此可以获得迅速的成就和良好的技能。对于这个反对者的见解必须这样答复:不错,这种技能是良好的,假使它是在精深的名家的良好的作品中获得的话;但因为这样的名家非常少,竟难以找到,那么,与其去追求那些恶化地模仿自然的范本的人,而获得一些可怜的技能,不如直接去追求自然物来得可靠了。因为,能够求得源泉的人,是不应当舍本逐末,去求壶水的。"[1]

这样说来,自然便是源泉。这位伟大的名家劝告大家,要经常到处观察在街上的、在广场上的、在田间的人们的各种"自然姿态"。"回家之后,就把这些回忆画成完全的形体。"[2]辽拿特·达·芬奇的凭记忆作画,正是掌握知识和技能的方法,正是发展视力和视觉记忆的方法。

成尼诺·成尼尼生在辽拿特·达·芬奇以前的时代。他曾经写过《绘画论》(Трактат о живописи)一书。

在一切其他的绘画法中,成尼诺·成尼尼特别推崇写生。"必须注意:领导你通过凯旋门而走向艺术的最完善的领导者,便是写生。写生比一切范本更重要;请你常常热心地信托它,尤其是当你要在图画中获得一些感情的时候。"[3]

雷翁·巴提斯塔·阿尔柏提对于自然的范本,即真象,赋予很大的意义。"为了不使自己的努力和工作徒然浪费,必须避免某些呆子的习性,这些呆子沉醉于自身的天才,竭力想以绘画出名;他们所信赖的只有自己,他们没有任何用视力和智力来模仿的自然范本。这样的画家,不是好好地学画,而是陷入于自己的错误中。"阿尔柏提把他所提示的

---

〔1〕 见《辽拿特·达·芬奇选集》第二卷第一九九至二〇〇页。

〔2〕 见《辽拿特·达·芬奇选集》第二卷第一九九页。

〔3〕 见成尼诺·成尼尼著《艺术论》(Книга об искусстве)或名《绘画论》第三七至三八页,一九三三年莫斯科版。

写生画法作了如下的结论:"……一个人倘使能习惯于从自然界借用一切,那么他以后无论画什么东西,就都像从写生而画出来的一样。"[1]根据他这段话,可知写生比一切范本更为重要;真象是绘画的源泉,画家必须模仿它。只有写真才能得着一种经验,获得了这种经验,以后他所画出来的一切东西,将同从写生而画出来的一样了。追求真象,是图画教学的基础。

这种一定不易的原理,在专门的图画教学中支配了四百多年。它也在普通学校图画教学上留下了一个痕迹。

在俄国,普通教育的学校在承认自然写生为图画教学的基础之先,曾经经过一段很长的道路。以写生为基础的图画教学法,经过了一番斗争,才在学校教学中获得了自己的地位。写生画法凌驾了其他画法而取得胜利,是由于十九世纪先进的写实主义造型艺术的影响。伟大的艺术家——菲陀托夫(П. А. Федотов)、克拉姆斯科、其斯佳科夫、列宾、伐斯涅左夫(В. М. Васнецов)、苏利科夫(Суриков)、谢罗夫(В. А. Серов)、列维丹(Левитан)等,创作了许多优秀的俄国写实主义绘画的作品。后来的俄国艺术家和教育家们,都受过这些作品的熏陶。俄国的绘画,是和俄国的教育学思想、实验教育家和心理学同时发展的。因了后者的发展,俄国的教育学思想的优秀代表们方能正确地在学校里建立了以研究真象为基础的图画教学法。

最初把这种图画教学法实施到学校的教育计划中去的时候,有两个原因决定着它在学校中的发展:其一,是专门艺术和先进的传统所给予

---

〔1〕 见佐尔哲·伐萨利(Джордже Вазари)著《雷翁·巴提斯塔·阿尔柏提传记》第五九页。

的强大的影响;其二,是前进的教育学对于一般教育的看法。

最初阐明教学观点的是伟大的捷克教育家杨·阿莫斯·科明斯基(Ян Амос Коменский)。在《大教授学》(《Великая дидактика》)一书中"教学容易成功的原则"这一章里,杨·阿莫斯·科明斯基叙述着建立教学所必须具有的原则:

(一)教学时必须从较一般的进入到较专门的;

(二)从较易的进入到较难的;

(三)不可使学生负担分量过多的学习材料;

(四)一切必须稳步前进,不可匆忙;

(五)不可强迫学生接受不适合于年龄和教学法的一切学习;

(六)一切课业必须用直观感觉的方法传授;

(七)追求直接的效果。[1]

杨·阿莫斯·科明斯基认为直观教学是教学的基本原则中的一个共通的原则。他所列举的原则中包含着一条对图画教学极为重要的原则,即"从一般的进入到专门的";还有一条同样重要的原则,即"从较易的进入到较难的"。科明斯基的这两条原则,是教学自然进程的结果。要使教学得到成功,科明斯基认为"稳步前进,不可匆忙"这一规则是必要的条件。最后,追求直接的效果,按照杨·阿莫斯·科明斯基的意见,可以帮助学生,使他们容易理解课业。这许多规则,在现代的教育学上,仍不失去其意义。

杨·阿莫斯·科明斯基的关于直观教学法的要求,是把学生的直观感觉列入于教学过程中。他初次提出了一条很重要的规则,可惜这条规

〔1〕 见杨·科明斯基著《大教授学》第一六一页,国立教育书籍出版局一九三九年版。

则常常被人所忘记,这就是"不可强迫学生接受不适合于年龄和教学法的一切学习",这就是说:教授时,必须顾到学生年龄的差异,而应用各种不同的教学内容。杨·阿莫斯·科明斯基虽然没有把图画课包括入初等学校的计划中去,但是后来当图画课被列入于初等课程中的时候,他的《大教授学》一书,曾影响于图画教学法的发展。

　　最初发表关于图画教学必须与普通科教学具有同样的重要性的意旨的,是英国的教育家洛克(Джон Локк)。洛克在他的著作《教育思想》(《Мысли о воспитании》)中,从年轻人对将来实际事业的准备的观点出发而研究图画的意义。洛克的见解,分明是抹杀了图画教学的一般教育任务,而变成了一种狭隘的实践主义和事务主义了。

　　首先发表关于图画的一般教育意义的论见的,是优秀的法国哲学教育家卢梭(Жан-Жак Руссо)。卢梭把图画视为重要的教育手段。他认为:感觉器官对于识别周围的事物和现实的现象,是很重要的,因此必须使它发达。在这一问题中,他完全重述杨·阿莫斯·科明斯基的一条规则:"一切课业必须用直观感觉的方法传授。"卢梭认为:图画是发达感觉器官的课业,图画能助长观察力。卢梭认为:各课业必须在自然界进行,因为和自然界交际,能培养对自然界和它的美的爱好。卢梭由这一般原理出发而叙述到图画教学法。他强调了感觉的锐敏的发达和劳动习惯的培养的必要性。"孩子们是伟大的模仿者,"卢梭写道,"他们都喜欢描画:我希望我的孩子(即爱弥儿——原注)学习这种艺术,不是为了学会艺术的本身,而是为了获得视力的正确和手法的敏捷;这就是说,重要的不是要他懂得各种学业,而是要他获得这种学业所给予的感觉的锐敏和身体劳动的习惯。"继而卢梭又这样叙述自己的教授法:"因此,我警诫着,不要替他(爱弥儿)聘请教他从模仿品模仿、从画幅临摹的图画教师。

我希望他除了自然本身之外,没有其他的教师;除了物体本身之外,没有其他的范本。我希望摆在他眼前的是原物,而不是描着画的纸张。我希望他照着房子画房子,照着树画树,照着人画人,这样,便可习惯于观察物体和它所表出的形态,而不致背弃了真实的东西而作虚假的死板的摹写了。"然而,卢梭不看重这学生的智力发展:"我的意旨只不只是要他认识各种事物……"他写道,"几何学在我的孩子不外是一种使用规尺的技术:他不应当把几何学和图画混在一起,作画是不能使用这些器械中的任何一种的。"[1]

这位法国哲学教育家的这些论见,替教授法开拓了一条明确的道路。首先,卢梭叱责了以摹拟为基础的教学方法。在这一方面,他展开了文艺复兴时代诸名家所发表的意旨,把真象认为绘画的唯一的范本而向前推进。这样,就渐渐地建立了图画的一般教育任务:图画能助长学生的观察力,使学生认识事物,发展学生的感官。

在俄国,十九世纪的优秀俄国艺术家和教育家们的发表,给予图画教学法的发展以极大的影响。虽然这些发表是断片的,却可以根据它们而断定对于图画教学法的见解的主要倾向。

特洛比宁(В. А. Тропинин)对于真象的观察十分重视:"……无论你在哪里,必须时常不断地凝视真象。""我(特洛比宁)劝告你们,必须常常作写生的描写,而且要尽可能模仿得正确。"

特洛比宁和其他的名家一样,认为最好的教师是真象、是自然。他说:"我对自然感激不尽。"[2]

---

〔1〕 见卢梭著《爱弥儿》,第一三零页,学校与生活出版社,一九一二年圣彼得堡版。
〔2〕 见《艺术家论艺术》(《Мастера искусства об искусстве》)第四卷。

十九世纪诸画家——其斯佳科夫、列宾、希耶(Н. Н. Ге)等——都十分重视真象。

列宾常常在年轻的谢罗夫面前摆些常见的物件作为静物,而叫他"照样"描写。

希耶十分重视真象,同时他认为必须发展观察力和记忆力。他劝大家每天凭记忆而描写所遇见的一切东西和引人注意的一切东西。"你将要看到,"他写给他的女学生托尔斯泰雅道,"观察的能力是多么强大,你凭着记忆就能把见过的事物描绘得十分详细。"

在他写给基辅艺术学校学生的信中,他也发扬着这同样的意旨:"我凭着记忆把《彼得一世和阿列克谢》这幅画的全部背景,连着壁炉、墙檐和明暗,都带回来了。我到这房间里只去过一次,而且是故意只去一次,因为是要防止分散我所已经获得的印象。"[1]

优秀的俄国艺术家,六十年代的理想写实派的先驱者菲陀扢夫,十分重视观察和视觉记忆的意义。"儿时所感受的印象和我在生活的最初期所受得的各种观察的累积,如果允许这样比拟的话,是我的天赋的主要的基金。"[2]

俄罗斯共和国的功勋艺术工作者乌里亚诺夫(Н. П. Ульянов)在他关于谢尔盖·阿列克谢也维奇·科罗文(Сергей Алексеевич Коровин)的回忆录中指出:科罗文的教授方式是趋向于自觉的图画教学的,"透视法研究和记忆画,在他的教学方式中占有极重要的地位"[3]。

---

〔1〕　见《艺术家论艺术》第四卷第四三九页。

〔2〕　见《艺术家论艺术》第四卷第一六七页。

〔3〕　见苏兹达列夫(П. Суздалев)著《谢尔盖·阿列克谢也维奇·科罗文》,艺术出版局,一九四八年版。

由此可见十九世纪的俄国优秀艺术家,俄国写实主义优秀传统的忠实者——特洛比宁、菲陀托夫、列宾、谢罗夫、希耶、谢·科罗文等——都认为真象是图画教学的基础,同时他们又很重视观察力、记忆力和想象力的发展。

优秀的艺术家和教育家其斯佳科夫的见解是十分重要的。在今日,当学校的图画教学必须坚决克服形式主义的时候,其斯佳科夫的见解具有更大的意义。

其斯佳科夫不但是一个优秀的艺术家,同时又是当时艺术学院的杰出的教授。这个艺术学院里有许多著名的艺术家,像波列诺夫(В. Д. Поленов)、伐斯涅左夫、谢罗夫等。作为教育家的其斯佳科夫,不但关心艺术学院里的专门教育,同时也关心普通学校里的初步图画教育。

在一八七一年举办的第一次中等学校学生图画竞赛中,其斯佳科夫热心地参加了检阅评定图画的工作,并颁发奖金。

艺术学院的记录和其斯佳科夫个人的记录都指出:在艺术学院委员会的刊物上,发表着图画的总评定,并作了一个中等学校图画课的设置的结论,同时又指出了教学所必需的方向。委员会对于普通学校里的教学的见解,基本上反映了其斯佳科夫的观点。

其斯佳科夫认为:普通中等学校里的初步图画教学的顺序和方法,必须适合于作为学生将来各种事业的“准备”。从上面的见解就可看出:其斯佳科夫对待图画科是和对待别的普通科目一样的。

中学图画教学所必须依据的纲领,按照其斯佳科夫的规定,必须是这样的:“图画学习,严格地说,应当始终依据自然。”

其斯佳科夫反对“描写事物时,必须学得公式的方法,而根据抽象的观念”的主张。

"在初等学校里，"其斯佳科夫写道，"就可以教写生画，把所看见的东西照着所看见的样子而描写。作画时，必须用心地画出原物——即对象物——的轮廓，并用心地把自己所作的画和原物相对照。"这就是说，把画和原物相比较。

其斯佳科夫充分了解：教授的内容和方法，应当适应学生的年龄和他们的一般发育。他写道："最初教学生描写几何图形和几何形体的时候，因为这些都是十分抽象而枯燥的，所以应当在学生周围的事物中找些类似这些几何形体的实物来教他们描写，作为调剂。"

其斯佳科夫在他自己的笔记里，把真象对于绘画的特性作了一个精确的定义。他写道："研究了真象，我们才能理解人类周围的任何种类的事物。"

其斯佳科夫反对摹拟画法，其原因就同我们所知道的一样。"应当承认：一般学校的图画课中常常教学生从范本临摹，是一个最大的缺陷。因为这种教法会使学生们养成欢喜根据范本而描画的习惯，专为完成一幅图画而徒然浪费许多时间，损害了真正的图画学习的意义。"其斯佳科夫十分重视对形状和比例的识别和判断。他所谓"绘画养成判断力"，不仅指示绘画的方法，同时又指出了绘画对于学生的观察力和思考力的发展的重大意义。

伟大的俄国教育家乌欣斯基十分重视观察能力。他对于儿童智力发展中的观察能力做了这样的研究："凡是活的、有目的的教育，都是替孩子准备走上生活之路的；生活中最重要的是能够从各方面观看事物，并从这事物所处的环境的各种关系中观看。世人所谓不平常的或伟大的智力，假使我们更深刻地研究起来，我们便可见到：这智力的主要点便是这样一种能力，即在现实中观察事物，全面观察事物，连同事物所处的环境中的各种关系而观察事物。教育倘要发展孩子们的智力,就必须教练孩子们养成这样的观察能力。"[1]

乌欣斯基的见解对于我们尤其可贵,它证实了艺术家们关于一般智力发展中的观察力发展的重要性的这一思想。

乌欣斯基认为:观察力对于思想的发展,即对于一般教育,是很必要的。他又指出观察的方法,即必须从孩子们的思想特性出发而教他们观察。

"也许可以这样说,"乌欣斯基写道,"孩子们是凭形状、色彩、声音和一般感觉而思考事物的;假使有人想强迫他们凭其他方法来思考事物,那么,他便是无理地、有害地胁迫着孩子的天性。由此可知,必须授儿童以形状、色彩、声音的初步教育——换言之,就是使教育尽可能适应儿童的各种感觉,这样,我们的教育才能成为接近儿童的,而我们自己才能走入儿童的思想的世界中去。"[2]

乌欣斯基关于儿童思想的具体性质的见解,和艺术学院委员会[3](在一八七二年)所发表的关于学校图画教材的意旨互相呼应。这意旨便是:必须使学生就他周围的现实中选取事物而作写生描绘。

这种具有共通性的关于教授法的见解,一直继续了几世纪之久。

艺术家们的见解和教育的古典主义者们的见解是相一致的。这些见解和关于儿童与少年的思想特性的科学心理学的研究,都帮助了当时学校里的图画教学法的发展。

---

[1]　见《乌欣斯基选集》第二卷,一九四七年莫斯科版。

[2]　见《乌欣斯基选集》第二卷,一九四七年莫斯科版。

[3]　参加委员会组织的有其斯佳科夫、克拉姆斯科等。

第二章　学校图画教学法

俄国的普通学校大都开办于十九世纪初。

十八世纪时,俄国开办的第一批学校都是专门学校——例如:陆军幼年学校,贵族女子学校,以及二十五个州所开办的培养未来的县学校教师的许多国民学校;一八一一年在沙皇村开办了高等专门学校,十九世纪初开办了中学校,一八零四年设立了第一个师范学校。在上述的一切学校中,都有图画课。县学校里(两年制的)的图画课每班有四小时,中学校里的图画课按一八零四年的规定是每班一小时,一星期共有四小时。其后,按一八二八年的规定,中学校里初级五班的图画课每星期共有十小时。

在十九世纪后半,中等学校的教育计划重行修改。这时候沙皇政府不得不接受日渐发展的工业的要求,因而中等学校的创办就大大地扩展了。和古典的中学校同时,又出现了实科中等学校。实科中等学校里所注重的是物理、数学、自然、化学和图画等科目。

学校的广设和上述各种科目的数量的增加,给沙皇政府带来了危机。因为这些学校和科目鼓励学生用批判的态度来对付落后的停滞的文化,而破坏独裁政治的基础的问题也就日渐尖锐化了。

俄国资本主义的发展,迫令沙皇政府再度决议关于学校制度的问题。一八七一年批准了实科中学的章程,这些学校于一八七二年开始创立。

在新的学校里,数理、自然等科目加强的时候,图画课也分得了更多的时间。在以后的数年内,图画课的数量虽然被减少了,但在实科中学的每一班里,每星期仍有图画课两小时(按一八九六年及一九一一年的规定)。

根据艺术学院的希望,为了使图画教学顺利进行,在实科中学和普通中学里,都另辟专用的图画教室。这些教室里有适于作画的光线和设备。普通学校日渐增设,教育经验日渐累积,同时,图画教学法也得到了改良。一八一一年沙皇村高等专门学校的章程中曾经发表对于特权学校的一个典型的宗旨,即"对于美术……不可有任何的一般法则。"然而,在一八三四年就出现了第一本教授参考书,即萨波希尼科夫(A. Сапожников)的《图画教程》(《Курс рисования》)。在这本书里,作者阐明着一般教育学和教授法的一系列法则。事实证明了:法则是可以有的,并且是必须确立的;而且假使这些法则是从经验中得来的结论,那么,更能帮助图画教学达到成功。

从十九世纪直到伟大的十月社会主义革命的一段时期中,沙俄的学校里一直采用着各式各样的教学方法。从这些教学法里,产生了下面的各种图画教学法,这些图画教学法就扩展在各阶段的学校里。

临摹法

在十九世纪初,当普通学校里已经设置图画课的时候,图画教学法还没有充分的经验。绘画技术和绘画知识的体系,是由专门的艺术学校制订的。当然,这就是把专门学校的初步教学法借用到普通学校中去。

这便是没有顾到专门学校的学生和普通学校的学生的年龄上的差别、一般发育的差别和知识的差别,而把专门的教学方法机械地搬到普通学校里去。在专门学校里,临摹法在当时也许有可以存在的理由(因为专门学校的任务关系);但在普通学校里,它是绝对不应该采用的。

进专门的艺术学校去学习的青年,都是具有充分的准备知识的,至少是在图画方面;而且对于他们所选的专科,他们一定是具有天才的。因了这种关系,专校的初级班里都容许采用临摹法,以便使他们获得一些技术的经验——描绘技术、构成技术等。至于普通学校的学生,他们在入学前,大都是没有任何一般的或专门的图画修养的,所以不应当教他们学习临摹。

普通学校里为了要采用临摹教学法,就须改变临摹的方法,结果出现了在纸上打格子的方法和其他各种"描画"的方法;这所谓"描画"与绘画的本质其实毫无共通之点。这描画已经变成了机械的工作,这无非是把打着格子的原图搬运到学生的练习本中的相当的格子里来罢了。这样,当学生用心地从一个格子画到另一个格子而为自己的图画填满所有的格子的时候,他往往不知道自己正在画原图的哪一部分,甚至不知道自己正在画些什么东西。他的工作就是用各种各样的线条来把一个一个的格子照样填满。专心于这工作的学生,计算着格子,并注意地检点:交切于原图的格子的线条和交切于画纸上的格子的线条是否一致。学生虽然苦心地描着,诚实地学习他的课业,然而他并没有获得独立的绘画技术,因此他的描画也不会得到成功。可知临摹教学法是决不会成为唯一的图画教学法的。在临摹画法之后,学校里便采用写生画法,也容许描写记忆画。

为什么临摹教学法不能使学生获得绘画技术呢?

要回答这个问题,我们必须先来研究平面绘画的本质。

无论何种绘画,其任务都是在平面上表现出现实物体的特点,即构图、形状、色彩、其他事物对它们的关系和画者对它们的关系。在平面上可以描绘的不只是实际存在的事物,也可以描写想象中的事物,例如风景、人物、动物或创作者的意匠的具体化等。一切现实的物体都是立体的,它们存在于空间。这对于初学画的人,实在是一种主要的困难。其困难就在于此:画者所有的是一张平面的纸,而要他在这平面上表现出立体形的——具有长、阔、高三面的——现实的物体来。立体形的物体的每一点(和每一面)所处的空间关系各不相同,其对观者的关系也各不相同。

由此可知,绘画的本质是把物体的立体形和物体的其他的特点——大小尺寸、色彩、空间的位置——表现到平面上去。绘画的特性也就在于此。因此,为了要学成绘画,学者必须有系统地、逐步地练习在平面上画出立体事物和空间关系。

临摹的性质就完全不同:临摹的时候,画者所对付的是画在平面上的东西。在他面前摆着一张打好格子的纸(平面),他机械地把别人所画就的绘画搬运到这个已经打好格子的平面上来。用这种方法描画,学生不会获得在平面上画出立体事物和空间关系的技能,不会获得透视法规则——即绘画的基础——的知识。

把临摹法分析地研究起来,便可知道这是每次作画非有蓝本不可的一种画法。假使学生有蓝本,他就能作画;假使没有蓝本,他就束手无策。临摹法是和绘画的本质相矛盾的,它养成学生被动的习惯,它违背了发展学生的独立性和主动性的基本教学原则。因此,在教学上,临摹教学法是不应当采用的。

　　然而,不可把临摹和模仿混同。在初步学习的时候,为了要获得技术的熟练——特别是在最初的课业中——却是容许模仿教师的画的。有时我们也应用和临摹法相近似的方法。例如:孩子们学习作画的时候,模仿着老师画在黑板上的图样的构成法;或者在作水彩画的时候,模仿着老师的示范而把颜料均匀地涂在所规定的画面上。像这种模仿,都是具有很大的教育意义的。它们指示学生应当怎样作画,或应当在怎样的顺序下作画等等。对于年龄较小的学生,这种画法尤为重要,它可以发展他们的手指的动作,使他们在画各种线条的时候手的动作和视觉相呼应。孩子们应当看着老师在黑板上一笔一笔地画出来的范本,而在自己的练习本里尽可能正确地把它复画出来。他们模仿着老师而作画,就会渐渐支配他们的手指的致密的动作;他们渴望着模仿得正确,也就发展了他们的目测能力。显然的,这种作画的任务和它的方法,和前述的临摹法是大有区别的。这区别就在于此,学生临摹现成的范本作画,其工作是机械的;反之,模仿老师作画,可以看见图画是怎样逐渐画成的,还可以听老师的讲解,因此他所获得的方法是具有教育上贵重的意义的。这种画法可以帮助学生,使他们借模仿而得到必要的技术。

　　临摹法在画平面画的时候(在有限的数量内),是可以采用的,例如构成均齐的图案模样的时候便是。但是应当防止广泛地应用临摹法。必须注意:临摹法的采用是有碍于在平面上描绘立体和空间的技术发展的;它教儿童在描画中养成了被动的习惯,剥夺了儿童在工作中的独立的主动性,限制了儿童创作力的发展。从上述各点看来,必须确认:教儿童和少年作画时,最好不采用临摹法。

　　已经会画的成人,有时不妨临摹,作为掌握绘画技术的手段。在这种情况之下,临摹是对人有益的。已经成为大名家的列宾和谢罗夫也曾临摹过去的大名家的作品：列宾临摹累布朗特（Рембрандт）和科累佐（Корреджио）的作品；谢罗夫临摹提香（Тициан）和未拉斯开斯（Веласкез）的作品。然而他们从来没有认为临摹是教学法之一种。这两位名人的教育事业和他们的创作方式，都是完全以研究真象和写生为基础的。

临摹法被机械地从艺术学校搬到了普通学校里。当各艺术学校最初创立的时候，它们设立了下列的各班级，即范本班、头像班、人体班和写生班，以及又设立技术班。

在范本班里，学生的课业是临摹各种当时被称为范本的图画，因此就称这班为"范本班"。在其他的各班里，则都是画写生画的。

到了十九世纪末叶，临摹法究竟是否有益，连艺术学校里也发生疑问了。艺术学校里的俄国绘画写实主义传统便不能长期地和临摹法相融洽了。例如莫斯科绘画雕塑建筑学校的范本班的教授科罗文和卡萨特金（Касаткин）就不理睬官方所定的纲领；他们不承认临摹法，而在学生面前摆设了实物模型。

几何画法

随着艺术学校之后，普通学校对于临摹法的是否有益也开始怀疑了，于是临摹法从一年级起就被排斥。在十九世纪末叶，以写生为基础的绘画法在普通学校里获得了广泛的展开。在好几次学生绘画竞赛展览会中，我们可以看出当时普通学校里的教学法的发展。在这些展览会中，临摹画越来越少了，大多数的图画都是写生的。审查这些学生图画作品的，是艺术学院的委员会。他们为了这些写生图画而把奖品（银质奖章）颁发给学生们，以资鼓励。在一八七一年，艺术学院也颁发同样的奖品,以赞助写生画法,而帮助根绝普通学校里的临摹法。在第十四次的竞赛会上,艺术学院的委员会就根据自己的决议而定出一系列的教学法的规则来。这些规则直到现在仍不失去其意义。这些规则述及写生画法的意义、写生模型的复杂性、图画的背景装饰和独立劳动的必要性等等。这样,普通学校就走上了以写生为基础的教学大道了。然而,那时对于真象的理解是另样的,和现在我们对于真象的理解全不相同。首先,他们把几何形体当作主要的对象。他们所写生的东西,是用金属丝做成的几何模型,用石膏铸成的或用木头做成的几何形体,以及以几何形体的要素构成的浮雕装饰,然后再画檐板、柱础等的部分建筑装饰。对于能力较强的学生,实科中学的高级班章程中规定着画古代的头像。

从章程的内容可以看出,当时的基本教材都是几何形体:在初级二班里画线条、图形和由这些所构成的装饰物;在较高的班次里则主要的是描写立体几何形体。

以几何形材料为基础的教学方法就被称为几何画法。这一个名称所指说的不是教学的方法,而是教材的内容。

旧时代的学校,即以教学几何形为基础的学校,是根据着怎样的思想的呢?这些思想,从教学的和专门的观点上解释起来,其价值又是怎样的呢?

关于几何学的画(图形和形体)应当作为教学基础的意旨,是由下面的两个原则出发的:(一)一切现实的物体都可归入一定种类的几何形体或几何图形中,由此可知,描写几何图形和几何形体的技能,是使图画教学得到成功的必要条件;(二)绘画是要求真实和正确的,而几何学正是一种正确的、数学的练习,几何图形的构成可以计算得出,可以测量并检验其正确与否。

这些思想,其本身是不会受到反驳的;因为学习的时候,的确需要达到正确。而且,在大多数的物体的形状中,的确能够找出各种几何形的基础来。然而,这种几何形的教学法被采用了一个长时期之后,结果不得不被拒绝了。几何画法的赞助者们,一向采用着这画法,现在自己也开始脱离这种以几何形为基础的教学方法了。

在革命前的学校里,在教学的实习中,先进的见解被坚持采用,而教育部的官定的纲领反被蔑视了。(其斯佳科夫对于教学法的见解,在伟大的十月社会主义革命以前是不被官方所认可的。)十九世纪末叶,艺术学院的毕业生把现实事物的写生画法导入普通学校中。官定的关于图画科的纲领,差不多有半世纪之久没有变动,可是教师们都逐渐脱离了它;到了十九世纪末叶,初步的图画教学法中也逐渐少用几何构成和几何形体,而大量采用日常的和自然界的或其他的现实事物为对象了。

教学法中发生这样的变迁,当然不是没有原因的。这变迁是由艺术学院委员会的见解——首先是其斯佳科夫的见解号召而发生的。几何画法的主要缺点,是因为幼年的孩子们的特性——他们的感受力、思想和他们对于事物的态度——是另样的,和几何画教学法所具有的完全不同,正为了这个原因,几何画法就被以描写现实事物为基础的写生画法所代替了。研究起孩子们的特性来,便可知道:各种线条和各种图形,乃至各种几何形体,都太抽象,所以不能使孩子们理解。关于这一点,其斯佳科夫曾经这样写过:"最初教学生描写几何图形和几何形体的时候,因为这些都是十分抽象而枯燥的,所以应当在学生周围的事物中找些类似这些几何形体的实物来教他们描写,作为调剂。"

现代心理学告诉我们:年幼的学龄儿童的思想,是和少年及较年长的学生的思想有区别的。年幼的儿童的思想含有具体的性质。抽象的观念和形状,虽然也接近于具体的事物,可是它们不为儿童所理解。例如一个圆球,把它当作一个几何形的圆,便不为儿童所理解;把它当作一个皮球,便是儿童的理解力所能完全接受的了。年幼的儿童要表现出自己的意旨的时候,常用具体的事物来同各种抽象的图形作比较;少年们却和他们相反:要描写具体事物的形状的特性的时候,常以抽象的形状来同它作比较。

年幼的儿童看见纸上画着一个长方形,长方形里面画着两条互相垂直的线条,他便说:"看呀,这像一个窗子。"少年就不然,他要说明一只灯罩的形状的时候,便说:"我们的灯罩是这样的。"说着,他就在空中用手画着,解释道:"两个底面一样大小的圆锥形,底面和底面相连接起来。下面的一个圆锥形的高度比上面的要低些。"

几何画法之所以不得不被拒绝,是其教材内容不适合于儿童的思想特性的缘故。几何形体不能引起作画的兴趣。孩子们在家里的时候,欢喜描写他们周围所喜爱的一切事物;他们是欢喜作画的,可是,进了学校以后,如果要叫他们长时期画直线和曲线,画他们所不能理解的几何图形和几何形体,那么他们就大大地失望了。作画时滥用几何形体,也会使少年们感到失望。

我们知道,年幼儿童作画的题材是最多样的;甚至成年人常因其过于复杂而感到难画的东西,他们也要描写。他们描写这些东西的时候,是完全靠自己的能力而描出的,或者是略微听取成人们的指导而描出的;往往有成人们所认为是错误的地方,孩子们却觉得完全是正确的、容易理解的、合逻辑的。成人们是有知识的,所以能够把缺陷指出给孩子们看,而孩子们所关心的,所感到兴趣的,只是画的题材、作用和色彩的鲜明。所以,学校里的教师应当教导孩子们,培养他们明确的知识和描画的技术。教师不可破坏教育的系统和顺序,只可在孩子们的工作中启发他们的兴趣,但在教授时又必须顾到孩子们的年龄的特性,教材对于他们的接近与否,以及这教材描写时的困难与否。

用几何画法来教授儿童,其主要的缺点是没有注意到儿童心理的本性。

很明显的,违背儿童本性的教学法,是不会得到确实的效果的。知识和技术中的本质的缺陷,不但使孩子们,也使家长们和教师们起了疑问:这样下去,是否可能学会绘画?

几何画法往往容易和临摹法相混杂,而临摹法却是一种教儿童养成被动地临画的习惯的画法,临摹法会破坏儿童对于自己的能力的信心,会毁灭儿童独立描写事物的可能性的信心——假使我们注意到这一点,那么我们就可明白,为什么几何画法不能成为一般性的图画教学法。

可惜到了现在,这种画法仍旧在学校中通行着,这是因为一般图画教学的可能性虽然已经证实,而学校的图画教学还没有获得显著的成效。事实告诉我们,所有的孩子们,没有一个例外,都是能够学会绘画的。

怎样的条件能使普通学校里的图画教学达到成功与普遍呢?

要使图画教学达到成功,其教材的内容和性质必须适合于儿童的感受力、儿童的一般发育和思想。除了内容之外,教学的方法也应当适合于儿童的本性。

然而儿童的本性不是没有变动的。因了其成长和身体发育程度的不同,儿童的思想和观念常常发生变化(即教育)。前面已经说过,懂得用抽象的形状来思考事物,是少年人的年龄的特征。因此,对于这种年龄的人,在描写现实事物之外,是很可以而且很需要教他们同时作几何形体的写生的；因为这可以帮助他们获得一种技术，来描写任何具有几何形体——圆柱体、球体、立方体等——的要素的形状。但是应当注意普通学校里图画课时间的支配，不可使几何画占据过多的时间。从各方面看来，图画教学是应当以描写现实事物的写生法为主要基础的。现实事物所包括的是动的或是静的自然物、日常所见的事物、生产物、学校的参考品等。应当教学生作写生画、作记忆画、作想象画，使这几种绘画法互相补充。

写生画、记忆画和想象画

在我国，以写生画为基础的图画教学法，在十九世纪最后的四分之一的时期中，已经广泛地被采用了。

要知道这一个改革的情况，可参看图画教师们的有关于一九　·　年学生图画展览会的各种言论。

教师古达列夫斯基(В. Гударевский)关于学校图书教学法曾经这样记述："展出的画幅中，有所谓写生的画法，这是一种很好的彻底的现代画法。但同时又有一种老式的几何画法——是一种抽象的，甚至可说是古风的画法；这种图画有的是打格子的，有时是照范本描出来的，在这里看不到一幅写生的画……这种画法不能唤起观者的共感。"[1]

另外一位教师——维诺格拉多夫(Д. А. Виноградов)——关于图画教学法发表了下面的话："学生图画作品展览会证实了写生的图画教学法具有确实的效果。"教师齐霍次基(Ф. Ф. Цихоцкий)写道："所有的学

---

〔1〕　见波萨次基(Посадский)著《华沙学校地区学生图画展览会》，一九一一年版。

校都注意到了学生的观察力的发展,以及对于所画的物体的明暗和色彩的识别力,因此都转向写生画,描写他们生活中的实物了。"

在其他的地区,也注意到了同样的情形。在基辅女子中学里[教师是波马卓夫(С. С. Помазов)]采用了写生画法作为教学基础。同时,由于女子中学的规定,装饰画和实用画也被采用了。

在卡拉实科中学里[教师是菲多洛夫(В. Г. Федоров)],和写生画同时,也采用记忆画和想象画。在较高的班次中则采用人体写生。

此外,像各学生图画展览会所示,各处学校都不顾及官方的纲领,而在各级中设立了水彩写生画课。

一八七一年,在彼得堡的艺术学院里,举行了好几次俄国普通学校学生图画竞赛展览会。艺术学院的委员会审阅中学校和其他学校的学生图画作品,同时,在一八七一年至一八七二年间,为各校的图画改良订制了"实际的标准"。

委员会指出:"图画教学是发展儿童观察能力和思考能力的最重要的科目,所以在普通学校里,图画应当和其他的教学科目占有同样重要的地位……图画要在普通教学法中表现它的充分的效果,只有当它的教学法得到合理的发展的时候。换句话说,要使学生看见呈现于他眼前的形体时,能够把它们描写成最正确的最有特性的轮廓,而且能找出它们的相互关系,这时候,图画才能表现它的充分的效果……"

委员会曾这样指示:"应当从头至尾教写生画,由此可以了解环境中的一切事物[1]。"

---

〔1〕 这意旨可能是克拉姆斯科和其斯佳科夫发表的,他们两位在一八七一年至一八七二年间都参加了艺术学院的委员会。

在一八七一年时所送到学院里来的学生作品,据委员会表示,尚有"脱离正路"的倾向,可是到了一八九四年,由列宾、马科夫斯基(Маковский)、其斯佳科夫、列莫赫(Лемох)、波特金(Боткин)等所组成的委员会,审阅各校学生的图画作品后,认为:"这些学校的教授的一般倾向都能达到显著的成功。大部分学校的图画教学都表现得非常正确……委员会认为非常可慰的事实,便是在俄国的最辽远的边疆,图画教学也表现得非常正确。"继而,委员会就颁发奖赏。在得奖的作品中,我们可以看到静物画、风景画、室内图、头像和石膏头像,这一切都是写生的作品。[1]

在二十世纪初期,写生画法曾被称为实物画法或"美国"画法。这名称的意思,是表示这方法是从外国来的。把教授法称为"美国的",分明是歪曲事实。

我们都知道,"美国"画法是在一八九七年世界展览会的沙龙中才初次出现的。而在俄国,远在"美国的"实物画法之先,即一八七一年间,早就存在着以描写现实事物为基础的图画教学法了。而且图画教师们应用这种画法,早已得到成功,因此,权威的委员会也珍视它为"十分正确的教学方法"。由此可见,在俄国的普通学校里,把写生画法作为主要的图画教学法,比美国要早得多。

"美国"画法这个名称,完全是由崇拜外国的自卑心理所产生的。这是很明显的,没有艺术教育传统的美国,即使是在普通学校的教育上,也创造不出新的东西来,创造不出自己的东西来。在一八九九年,美国人

―――――――――――

〔1〕 见"一八九四年十月三日人民教育部各校第十四次图画竞赛会艺术学院审查委员会的记录"。

自己曾经这样记载:"在美国儿童的初步教育中实施艺术教育的问题上,给我们(即美国人——原注)以鼓励的推动的,是俄国,是展出于前述的纪念年的展览会中俄罗斯部门中的斯特洛加诺夫学校的五金手工实物教授⋯⋯美国工人在工业各部门中具有熟练的技艺,当归功于学校中的图画课业的实施。"[1]所以,这所谓"美国"画法,实际上反而是美国从俄国图画教学经验中借用去的。

---

〔1〕 见克拉克著《艺术与工业教育》(*Art and Industrial Education* by Isaac Edwards Clarke),第十四册第二八页,一八九九年纽约版。

第三章　　苏维埃学校教学法的发展

伟大的十月社会主义革命给学校提出了一个任务,要学校教育未来的一代,训练他们准备着参加共产主义的建设。

苏维埃学校的新气象,是其劳动学校的特色,这些发展学生的独立性、积极性、自动性和创作性的学校。

为了实现这些任务,学校的生活被完全地改造了。这一改造涉及学校的组织、管理、教材的内容和教授的方法。

第一个纲领,是一九一八年教育人民委员部所颁布的。在这纲领中指出:"学校造型艺术的教授方法必须以儿童创作的分析为基础。"在《劳动学校的艺术》这一集子里,我们也可以看到同样的发言:"现代的教学法,是以研究儿童心理和儿童画为基础的,避免强迫性,并对于儿童创作进行广泛的、全面的了解,重视每一个儿童的个性。"[1]

和创作的课业同时,纲领上规定,写生画和造型艺术作品的研究,应占重大的地位。艺术作品的研究,是和学校的任务相配合的,它能帮助未来一代的各方面的发展。

至于说到写生画的教学法,他们提倡专门性质的画法,在绘画中完全反映出形式主义来。他们破坏了我们学校里的教育原则中的一条(即

---

〔1〕　见《劳动学校的艺术》,新莫斯科出版局一九二六年版。

循序渐进),而给学生一种使他们极感困难的课业。例如,教学生描写"调子的强度","颜色、绘画材料和表面装饰细工的构成",教学生研究"装饰画的传统……关于绘画职业的专门知识"等等。

上述的缺点(即困难和过度),都是因为新的苏维埃学校还是初次建设而缺乏建设经验。谈到这些缺点,必须指出十月革命后的文件在图画教学法的发展中的巨大的意义。

第一批十月革命后的文件的优点之一,是扩大对现实环境中的现象的观察和描写的范围。学校和生活的联系,也反映在其次的时期中,即在按照全国学术工作者会议的纲领而建设教育的年月中。

按照新纲领的意旨,学校的基本任务是结合(即综合)教材和联系生活现象。学校应当避免各学科间的分裂,应当在自然中,在劳动事业中,在团体中,确立互相联系的制度。全国学术工作者会议认为,结合(即综合)的教授法,能为儿童立下唯物论的基础,并能为他们说明现实环境中的现象。

然而,对于全国学术工作者会议的纲领,学生们觉得很难理解,因为这纲领对于各种学科,没有给予有系统的知识。对于这纲领,连各科的教师也感到困难,其中包括图画教师,他们当时也必须参加综合材料的"研究"而教授图画。在这时候,常常发生模糊的疑问,究竟图画教师应当站在怎样的岗位上来从事综合的工作?当时图画教师的工作,大抵只限于观察自然界的现象和自然界中所发生的变化,而凭记忆和想象把它们描绘出来。在这时期(即实行全国学术工作者会议的纲领的时期),主要的图画教学法是作"自由画"。自由画是以观察和画说明图为基础的。这种创作画法当时是小学校初级班次的典型画法,在小学校的较高班次中,占有很大的地位的,却是写生画和装饰性质的课业。

结果，因了缺乏各国民教育机关的应有的监督和领导，学校里开始广泛地采用"自由画"，长久被人忘记了的临摹法也复活了。这些方法的采用，对于学生的图画学习是很有害的。

"自由画"法是资产阶级的自由教育的理论的产物。这种理论，是在二十世纪初期侵入到俄国来的，在我国学校初开办的数年中，图画教学曾受到它的一些影响。所谓"自由画"，其本质就是把依照实物而写生的画法代之以自由的画法，即根据儿童自己所挑选的题材而作画的方法。然而，到了自由的题材不能适应教学的目的，而且超过了儿童的可能性的时候，这种课业所产生的效果便十分微弱了。赞成"自由画"的原则的教师，是不应当参与或帮助学生的工作的，因为假使参与或帮助了，他便是自己破坏"自由"，即破坏该画法的基础了。

此外，在教自由画的时候，不可能给学生以实际的帮助，因为每一班的学生很多，而他们所画的是各式各样的不同的题材。这样看来，"自由画"所引起的危害就很明显了，所以后来所定的纲领，就限制了它的时间。写生画的意义渐渐增强了，但是，在一个很长的时期内，还受到自由画的有害的影响。学生们在描写简单的日常事物或描绘其他科目中所必需的说明图时，往往觉得束手无策。因了这种不正常的现象，学校便提倡了"设计教育法"。

只有联共(布)中央的干涉才把学校从最后的崩溃中拯救出来。联共(布)中央在一九三一年九月十五日的历史性的决议中，指责了"学校的衰亡"的反列宁理论，并指出：企图在学校的全部课业中提倡所谓"设计教育法"的，是真真的引导学校走向毁灭之路。

联共(布)中央指出："目下学校的根本缺点，是学校里的教育不能把广大范围的一般知识给与学生，对于为工业学校和高等学校培养精通各科的基本知识(物理、化学、数学、语文、地理等)的高等文化人才的问题，不能获得满意的解决。因此，学校的工业技术教育便成为形式性的，而不能培养儿童，使成为全面发展的、理论与实际一致的、精通技术的、社会主义的建设者。"

联共(布)中央指出了学校的根本缺点以后，便向教育人民委员会提出，要求他们修订纲领，并"采用确能保证按照新纲领而实行教学的各种方法(对教师进行指导，颁布适当的指示等等)"。

至于教学的方法，联共(布)中央这样指示："在苏维埃学校里，应当采用有助于培养主动的、积极的、社会主义建设的参加者的各种新教学法；必须展开斗争，反对轻率的、空洞的教育计划和不预先检查实际的教学法的盛行。"

一九三二年，联共(布)中央在关于中小学教学纲领和教学制度的决议中，关于教学工作的组织体制和学校制度的巩固，作了极周详的指示。这决议中指出：学校教学工作的基本形式，应当是各科都具有一定的学生成员；并指出：在教授过程中，必须采用多样的教学法。

其后，联共(布)中央更作详细的指示，这些指示在目前成为苏维埃教育学的基础："教师应当有系统地、有顺序地讲述他所教授的学科，用种种方法来训练儿童，教他们习惯于研究教科书，阅读其他书籍，独立地作各种书面课业，到研究室里、到实验室里、到实习工场里去工作；与这些基本的教学法同时，应当广泛地采用各种实验，又常常举行各种旅行参观(到工厂去，到博物院去，到田野去，到林中去，等等)；同时，教师应当用各种方法来帮助儿童解除他们学业中的各种困难。必须有系统地训练儿童，使他们具有独立工作的习惯；广泛地做各种课业的实习，配合着各种知识的一定进程的掌握的程度(解答问题，做练习，制造模型，到实验室里去工作,采集植物标本,利用学校园地而实施教学,等等。)"

响应联共(布)中央关于学校的决议,中小学的图画纲领也被修订而改良了。新纲领确定了图画科的任务、教材的内容和教授的方法。新纲领是以写生画为基础的。但除写生画之外,也容许想象画和装饰画。特别可注意的是这纲领中的新立的项目——"艺术讲话"。"艺术讲话"的任务是要向学生介绍造型艺术的作品;这项目对学生的思想教育和政治教育,是具有极大的意义的。

图画科在学校中的任务

图画科是具有极大的教育意义的课业。

图画科对于未来一代的一般教育意义,自古以来就记载在文献中。

苏维埃的学校,因了一般教育的任务,在七年制学校中,分配相当的时间给图画科。要在国民经济的种种事业中工作,必须懂得绘画。技术员和设计者,发明家和医生,农学家和军人,在他们的工作过程中,都要利用图画来做明了的记录,利用图画来表达各种对象物的构造和形状。他们常常运用熟练的绘画技术,把他们所见的事物制成略图,或设想他们所没有见过的事物,想象还没有存在的机器的构造,而在纸上把它们画出。

这一切都证明了图画具有伟大的实用意义。关于这一点,曾经记述过的,有克鲁普斯卡亚(Н. К. Крупская)和加里宁(М. И. Калинин),优秀的科学工作者院士谢林斯基(Зелинский)和阿勃里科索夫(Абрикосов)及其他诸位。

克鲁普斯卡亚在她自己的作品中曾经几次三番强调图画对于未来

一代的共产主义教育和智力的、美感的发展的重要性。她指出图画对于
学生的想象力和创作力的发展的重要性。

加里宁在他自己的演说中指出：绘画和制图，因为它们对于工人、技
术员和工程师的实际事业具有极大的意义，所以在我们的学校里，应该
比现在更加重视它们。

加里宁特别强调地说：这学科由于我国社会主义建设的猛烈成长，
由于技术的发展和复杂的联动机的使用，应当具有十分重大的意义。照
加里宁的意见，绘画和制图，对于我国现代技术的研究和掌握，能给予很
大的帮助。

"我个人，"院士谢林斯基写道，"因为缺乏绘制图表的技能，常常感
到极大的缺憾。"[1]

教授阿勃里科索夫于一九三三年写道："……特别是我们医学工作
者，常常碰到这样的机会，即需要绘制图表、图型或小小的插图，来表达
出病症的经过情况、器官形态的变化、显微镜下的状态等等。可是，我们
大部分人对于这工作都是全然无能的。"[2]

教授罗札诺夫（Розанов）写道："想起我们的孩子们，每逢得到一张
纸片，就在上面乱涂那种幼稚的图画。我们平时常常忘记了或是很少注
意到我们自童年时就打下基础的那些技能的发展；这些技能到了我们成
年之后，对于我们或对于别人可能是有益的。"[3]

以战斗机著名的社会主义劳动英雄亚科夫列夫（А. С. Яковлев），在
他的优秀的著作《生活中的故事》（《Рассказы из жизни》）中写道："还有

---

〔1〕 见《科学和技术的战线》，第十二号，一九三三年版。
〔2〕 见《科学和技术的战线》，第十二号，一九三三年版。
〔3〕 见《科学和技术的战线》，第十二号，一九三三年版。

一件事使我对学校十分感激,即我们的学校里有很好的图画课。这图画课对于我以后的绘画技术有极大的帮助。因为当工程设计师设计某种机器的时候,他必须十分详细地设想自己的创作物,而且要能用铅笔把它在纸上画出。"[1]

在科学的各部门中工作的各种专门人员,常常运用到图画。在正确的教学布置之下,图画具有极大的教育意义。

当儿童和少年还在学校里的时候,他们就已经能在各种功课中利用他们的作画技术了。他们常常绘制略图,因为这可以作为他们的学习材料的明了的记录。同时,他们为了要表现事物,便很仔细地去观察它们。当然,这样的工作能使他们对于所研究的对象的概念精确起来,能使各种知识具体化;而且研究材料的过程,也会因了明了的制图而显著地简明化了。

因为描画对于儿童有天然的吸引力,所以制图的工作可以提高他们对于各课业的兴趣,发展他们的积极性,培养他们对于劳动和学习的爱好,巩固他们的知识。

图画也能培养其他的性能。例如培养工作中的组织性,策划工作的规律,逻辑地思考,因而能自觉地按照计划而进行工作;这些都是具有极大的教育意义的。

图画课业对于学生的经常要求,是有计划地进行工作。务使学生在工作时循序渐进并深思熟虑,这才能培养出有益的劳动技能,并训练其自觉地工作。

工作时有始有终的精神,对于儿童个性的培养是很重要的事。这种

---

〔1〕　见亚科夫列夫著《生活中的故事》,国立儿童书籍出版局,一九四四年莫斯科版。

精神是劳动教育的基础,它能逐渐发展工作时的坚毅力,并能加强儿童和少年的自由意志。

在图画教学的过程中,必须注意学生的思想发展。学生画写生画的时候,可把自己的图画和实物相比较而描写;但当他们画记忆画与想象画的时候,就必须加以思考,力求把描写时所必要的一切明显地表现出来。这种智力的紧张,能够发展学生的思考能力和表现所描写的事物或现象的能力,使他们理解图画和实物之间的异同,而把各种变化表出在图画中,并培养他们观察事物的特性的能力。儿童的神经器官受到了训练,同时他的思想也便发展起来了。

图画能训练并发展视力,这在教学法中具有极大的意义。但必须注意,所谓视力发展,并不单指生理上的发展,同时又指广义的观察能力的发展。

发展学生的创作能力,也是普通学校的任务之一。学校应当培养学生,使他们成为积极的、主动的、共产主义社会的公民。在科学和技术、艺术和生产的各部门工作中,甚至在农业的工作中,都需要具有创作能力的工作者。

在图画教学的过程中,如果这图画教学是具有充分的价值的,便能实现教育的任务。

在工艺教育中具有重大意义的是趣味的发展和美感的培养。

学校以每日的课业来培养着学生的情感,使学生能在现实环境中发现美,能理解自然界各种现象的特性,能领略凛冽的严冬、蓬勃的早春的美和春花怒放、秋叶凋零时的美。不可忘记:美感教育是共产主义教育的不可缺的要素。图画教学除了能发展上述的特性之外,又能培养学生,使他们成为有朝气的、愉快活泼的、具有坚强的知识的、善于克服困难的,并且顽强地奋不顾身地工作的年青的一代。

为了适应共产主义教育的任务,学生在图画课上研究造型艺术的作品,务求理解并爱好这一范围中的一切优秀创作。

造型艺术的作品,反映我们人民的英勇的历史,反映我们人民在内战中对资产阶级的斗争和胜利,描写伟大的革命领袖列宁和斯大林的形象,描写苏联人民在伟大的卫国战争中英勇的斗争和胜利。因此,学生研究造型艺术的作品,能够培养他们对于社会主义的祖国的热爱和忠实。

图画科的教育任务,基本上就是这样。

为了实现上述所述的图画科在学校里的任务,提出下列诸要点:

(一)教授图画的基础;

(二)培养对于现实环境的主动的、正确的感受力;

(三)培养美感;

(四)发展视觉记忆力、想象力、思考力和创作力;

(五)研究造型艺术的作品。

第四章　儿童画

　　教师能知道学龄儿童的发展的水准,图画教学就能够顺利进行。教师必须知道儿童所具有的作画技能,并理解他们的视觉感受力和观念的特性。

　　一切有关于儿童年龄的特性的,有关于对儿童的系统教育的准备的,教师都必须在课业开始之前加以研究。所以现在必须把学龄前儿童图画的特性提出来,详细地加以说明。

　　所有的儿童,除少数例外,都是在入学以前就会作画的;但是在最初,绘画对于他们只是一种游戏性质的东西。儿童模仿着成人,而用铅笔在纸上描写。铅笔所画出来的痕迹,使儿童看了十分惊奇,十分喜爱,于是,只要有机会,一切能够当作画面的东西,就都被他们描上了一种特殊的图画(图1)。

　　幼年的儿童,还不能够充分地支配自己的神经肌肉器官,他的手指还没有发育得好,还十分柔弱。因此,他们执铅笔是用五个手指的,他们描写时的运动是在肘关节上的——向右又向左,向前又向后。这时期的绘画,是由于孩子们看见铅笔能画出线条(痕迹),又对于自己的运动感觉兴味所引起的结果。由于这工作的结果,不但纸上、桌子上,甚至其他的东西上,都被盖上了这种特殊的涂鸦。一岁的儿童,还把铅笔当作玩具,而在一切能够当作画面的东西上"涂抹",但是过了一二年后,他就会描画了。

图 1　乱涂

　　儿童从直线的运动更进一步,就描写许多小圆圈,描满了整张纸(图2)。以后,再从描小圆圈进步到描写一定的事物;儿童喜欢自由地想象,他们把小圆圈加以一定的名称。画好了一个小圆圈后,儿童说道:"这是妈妈。"然后,为了使这名称更加确切起见,他在圆圈下加描了人体的各部分,这些部分是他认为描写一个"妈妈"所不可缺少的。小圆圈是一个头,按照儿童的意思,应当再描手、脚、眼睛、鼻子和嘴巴;至于其他的部分,是不重要的了。儿童描写人的时候,是完全照他自己的想法的:他描写人体的各部分,都是为了它们能起作用的缘故。两只脚能够把人移动,使他走路;两只手能够取东西,抓住东西;一双眼睛能够看见;嘴巴和鼻子是吃东西和呼吸所必要的东西。所有这些人体部分都是重要的,缺少了它们就不成为一个人。至于人的躯干,儿童不能够说出它的一定的用处来,在图画上描写躯干的必要性,在儿童觉得是怀疑的,于是他们不描躯干(图3)。

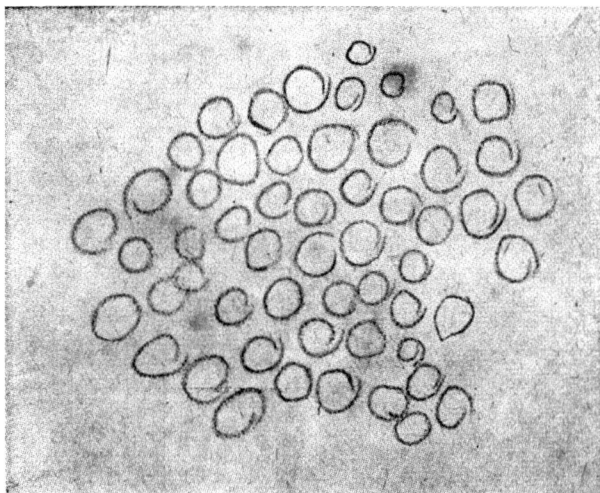

图 2　小圆圈

图 3　妈妈

虽然这是远在入学以前的事,而且在入学的当儿,儿童的图画将有巨大的转变,然而在学龄儿童中,我们也会发现他们只注意事物和事物部分的作用的倾向。在种种场合之下,研究儿童心理和儿童画的特点,是可使教师理解低年级学生的错误和图画的性状的一个关键。

注意到了这一特点以后,让我们再回过去看那张描着"妈妈"的图画。虽然儿童所描绘的不是他所看见的全部,但在他已经是竭力想把它描得完全了。他在"妈妈"头上画一些头发,但是把它画得直竖在头上了。当然,对于这种年龄的儿童,是不可要求过高的。但是在年龄较大的未入学儿童中,我们也会遇见一种怕"遮掩"的顾虑。这种顾虑,照儿童的观点看来,是这样的:假使把头发描得遮住了头,那么一部分的头就看不见了。儿童竭力要把图画描得完全,他们生怕事物被遮掩起来,并且怀疑:"怎么办呢? 不然头就看不见了。"

因为儿童的生长和他的观察力的发展的程度的不同,人的描写也就变了样儿。人的躯干被描出来了;手和脚也不再描得像棍棒那样,它们已经能够使人看了以后想起真的手和脚来了。人的手指也画得很完全,儿童已会考虑和计算了。

在一个女孩子(三岁六个月)的一张图画中,我们又可看到那种注意"作用"和顾虑"遮掩"的情形。在大衣的纽扣上缚着一个气球。那条线有着一定的任务,即必须拉住气球,不让它飞去。要把气球缚得牢,线必须在纽扣的周围绕好几转;因为不是这样,线就不能完成自己的任务。为了要表现出这一点,女孩子就画一条线,画成螺旋形一样地缠绕着纽扣的周围。这女孩子的意思,以为在图画里必须看得出这气球是很坚牢地缚在纽扣上的(图4)。

图 4　带着气球的男孩

　　学龄前儿童的图画的特征,是欢喜描正面的人像(图 5)。再迟一些,等到进了学校以后,儿童通常欢喜描绘侧面的人像,并且表示他们只会这样描绘。

　　在动物的描写中,也有同样的情形。儿童描绘动物的侧面,描得十分合理,例如描一只猫的侧面,四条腿,一条尾巴,都清楚地看得见;如果作正面描写,脚和尾巴等就很难表现出来了。但是,在描写猫头的时候,却和描写人像一样,把它描成正面的。他们这样描写,为的是要把一双眼睛和一对耳朵都描写出来。

图 5　正面人像

　　至于图画中的物体的大小关系和比例,所有学龄前的儿童都是不讲究的。例如有一个学龄前的儿童,在同一幅画中描写一个女孩子、一间屋子和一株树,虽然这三样东西所处的距离是完全同样的,他却把它们描得一样大小(图 6)。

图 6   女孩、房子、树木

学龄前的儿童描写空间时也很特别。儿童画中一般都是没有天空的。这一特点的产生原因,是因为学龄前的儿童,往往把一张纸看作地面,而在地面上描写道路,并把树木描成一行(图 7)、两行(图 8)或更多的行数(图 9)。图画描好以后,再在纸的上方的边缘上,描一些淡蓝色

图 7   排成一行的事物

图 8 排成两行的事物

图 9 排成三行的事物

的线条,这就算是天空;他们以为天空是在地的上面,和地不相接的。

　　但是儿童不是常常这样描写。有时也把天和地描成图10的样子。把地描成狭狭的一条,在地上画着一间具有儿童画的各种特点的房子,右边画篱笆和树木。在这一幅画中,占据大部分的,是从烟囱里迅速地喷出来的烟气和门的拉手。烟气是一所住宅的必要的特征,门的拉手又能起一定的作用。因此,儿童对于这两种东西特别加以注意,把它们画得十分显著。至于天空,按照儿童所想象,须描在图画的顶上,而且描成

图10　房子、篱笆和树木

和地面一样的一条;在天和地之间是空气,这种空气,依儿童的观点看来,是没有什么特性的。

在有房子的那幅图画中,我们可以看到,儿童描写复杂的事物时,有他的特有的公式。例如描树木的枝条,描成从整个树干的左右两旁分射出来的样子,或描成从树干的末梢作扇形放射的样子。同样,在小枝条的末梢描上叶子——每一枝条上描一张叶子(如图6、图10、图11)。

有时,儿童看出这样的描法和实物不一致,于是,他们把树梢全部描成圆形的样子,而在树梢一半的地方,从树干上描出树枝。

儿童描写树干,往往把它描成垂直的,而且向上缩小的样子。树干和树枝都不被叶子遮掩住。他们把叶子描成对称,一张对一张,差不多描满了整个枝条(图11)。

图 11　儿童画的公式

儿童竭力希望描写得完全,他们的图画是叙述事物和现象的一种特殊的故事。可以叙述而且需要叙述的东西,儿童就把它描出来。例如,在儿童画中有内部完全露出的事物,透明的墙,"切开"的房子,等等。在图12中可以看到一种意想不到的室内图的表现。这女孩子描写她自己的房间,把她所知道的一切都描出来。例如楼梯是导向二楼的,她便把它从地上画到天花板的水平线上。再上去有些什么东西,她就不知道了。她只知道在她的头顶是天花板,从天花板上挂下电线和电灯来。然后,她描两把椅子,一张桌子,桌子上摆着饭菜;

又描她自己,站在地板上。这位女孩子想把地板的表面明显地表出来,于是她描了许多水平的线条。桌子的面是描成平面图的,但是桌子的四只脚却完全描出在图画中。这女孩子要把她所描的事物完全表现出来,所以这样的描法是和她的愿望十分符合的。的确,儿童因为还不会把环境中的事物作写生的描绘,所以在这一方面常常发生错误;例如:桌子的四只脚可能描成五只,女孩子的手指描成六七根。但是这些现象,等到儿童学会了仔细观察以后,就会消灭的。在这年龄的儿童,主要的是要把有叙述意义的事物都描出来。在这点上,儿童自己认为是对的,他常常在图画中漏描了许多东西,却不忘记衣服上的纽扣,而且把它们描成正确的数量。

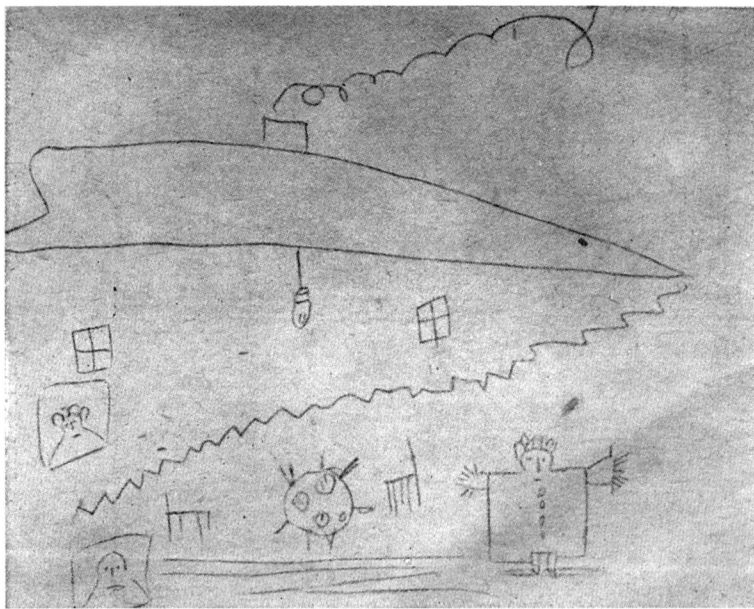

图 12　透明的房子

儿童描画题材的范围是广大的。人、房子、树木、动物和各种交通工具，都是儿童描画时的动人的对象。其中有一幅图画(图13)，就描绘着载重汽车、小汽车和电车。然而，儿童不单是描写车辆和房子，他们自己也是图画中的登场人物。就在这一幅画中，女孩子描着她自己带着洋娃娃和她的女朋友散步的样子。这一幅图画的构图，是学龄前儿童构图的代表。儿童把事物布置成两行，下面一行描上孩子和小汽车，上面一行描上载重汽车、有轨电车和无轨电车。像大多数的学龄前的儿童画一样，这幅图画中的女孩的描写也犯了比例的错误。

图 13　散步，街上的交通

根据所描的车辆，就可看到，虽然是学龄前的儿童，也具有着某种观察力，并能注意到复杂事物的特点了。有一个女孩子的作品《蔬菜贩卖摊》，也是学龄前儿童的很典型的作品。这幅图画中表现出：儿童的志望是想把主题表达得充分完全。为了表现得确切，儿童把事实上不能看见的东西都描了出来。蔬菜的女卖主站在柜台后面。柜台前面放着一只器物，里面装着王瓜。这器物好像是透明的，通过它的壁面可以看见王瓜(图14)。

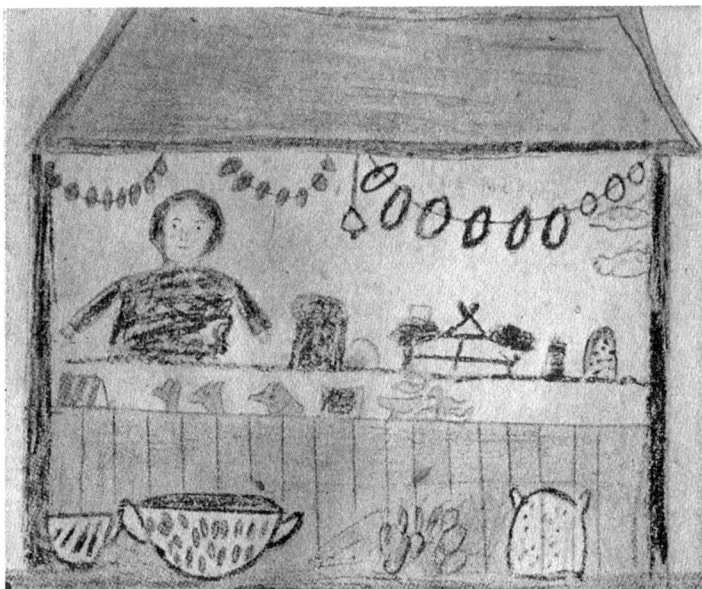

图 14　蔬菜贩卖摊

为了要明白地表出,儿童常把客车车厢的墙壁描成透明的。这样,便可表现出火车开行时车厢里所发生的事。

上面所叙述的,可以把它作成下列的结论:

(一)儿童的描画活动一般都开始得很早。有许多儿童一岁时就开始"描画"。无论是即将入学的或距入学尚远的学龄前儿童,差不多都会经常地、热心地描画。不会描画的儿童只能说他是例外。

(二)儿童描画的对象,是取自生活环境中的多种多样的题材。

(三)儿童在他自己的图画中,竭力要表现出他所认为有趣的和重要的一切。

(四)儿童在图画中十分注重具有明显的作用的事物(门的拉手、纽扣、人的头、手、脚等等)。

(五)学龄前的儿童在图画中,不喜欢使一种事物遮掩另一种事物。

(六)儿童把画面看作地面,而把近的事物描成一行,描在画纸下面的边上;在这一行的上方,他再描别的东西,也描成一行;这样,结果便把事物描成了一行、两行或更多的行数。

(七)儿童为了要把事物表现得完全,往往把它们描成好像透明的样子。

(八)儿童描写人物,开始得很早。起初他只描人的头和脚。渐渐地,因了观察力和经验的发展,儿童也开始描写人的躯干的其他各部分。

(九)儿童因了发育的不足和知识的缺乏,不能注意到事物的比例。后来,由于观察的累积和一般智力的发展,在儿童画中也渐渐起了变化,事物的描写也渐渐逼真了。

(十)儿童画的特点是色彩鲜明(因为不会观察事物)。学龄前儿童图画的奇特,证明了他们表现得不够明确和描画的无经验。

上面所列举的儿童画中的特点,几乎是所有学龄前儿童的图画所特有的。然而这并不是说,所有的儿童都应当这样描画,而不可照另外的方式描画。影响儿童的发展,特别是影响他们描画活动的发展的,是他们的居住地的环境和条件。有些条件能够帮助并加强儿童的一般发展,有些条件会妨碍并阻止他们的发展。不可把儿童的描画活动从一般发展的问题孤立起来研究。这两个问题是密切地相关联的,在两者之间存在着一种相互的关系。学龄前儿童的图画,反映出他们对于事物和环境的认识和观念。描画活动在正确的引导之下,是发展儿童的体力和智力的主要因素;它能训练儿童的思想,能使儿童实际认识他们所见的事物,并训练儿童,使他们善于思考,这是教学上十分重要的。

　　根据儿童的图画,便容易阐明有关于写实主义图画教学的一系列问题。所有这些问题,都是基本的教育结论。教师应当研究儿童画,并作出这样的结论。

　　过去的许多儿童画研究者,往往把儿童画脱离了教学任务而研究。

　　第一次做儿童画研究的,是艺术理论家里奇(К. Ричи),时在一八八二年。

　　有一天雷雨交作的时候,里奇躲在桥洞底下。桥洞壁上描满着儿童画。里奇忽然对这些图画发生了兴趣,以后,他就开始收集并研究儿童画。他把自己研究的成绩叙述在《儿童是艺术家》这本小册子里。

　　在里奇以后,还有其他的学者研究儿童画。有许多著作,都是以儿童画为题材的。但是所有这些著作,几乎全部都有这样的一个缺陷,即他们把儿童画看作某种预定的、先天的东西,而绘画的发展必须依照固定的道路而进行。这种见解的缺陷是很明显的。这种对于儿童描画活动的发展的见解,是反科学的生物进化论的结果。根据生物进化论,儿童画本身的发展,是重复成人艺术的历史发展上所有的阶段的。同时,按照生物进化论的赞助者的意思,作为决定性的要素的是遗传性。假使认为儿童画是重复人类所经过的阶段,而且"祖传的起源"[即遗传性,这是教授巴库欣斯基(А. В. Бакушинский)的说法]在儿童画的发展中起着很大作用的,那么,根据这一"理论",就不能干涉儿童的"创作",更不能实行教育了。只有听儿童去按照"祖传的起源"的传授而描画,按照生来的本能而描画了。生物进化论的赞助者对于教学的问题是不加以研究的,他们认为这类问题是多余的。儿童应当自己来度过这一发展阶段而走向另一阶段。

　　由此可知,这班研究者是站在资产阶级的反动的生物进化论的立场上,而制造出这个荒诞的结论,说人类的历史早已预定了儿童画的发展。

研究儿童画的德国学者基尔欣希德纳尔(Киршенштейнер)给自己提出了一个任务,即去阐明这样的一个问题:儿童和少年的图画,没有旁人的指导,没有教育,怎样发展? 这一问题是很有意义的。

前述的反科学的理论,在各资产阶级国家的教育家中,是拥有自己的赞助者的。在我国,巴库欣斯基对于这生物进化论也曾表示崇拜。

从我们的科学的教育学原理而论,可得如下的结论:遗传性对于儿童的发展是没有决定性的意义的;人的才能,是在教学和劳动的过程中产生并发展的;儿童生长地的环境和条件具有重大的意义,但同时又须注意,环境和条件并不是不变的因素。和资产阶级的教育学相反,我们认为,我们应当从儿童画的研究中,作出具有教学意义的结论。

儿童常常描画,就能熟悉他们的环境中的事物,熟悉这些事物的形状、色彩、大小等的多样性。熟悉环境中的事物,能扩大儿童的观察范围,而且借此可以帮助儿童的智力发展。在描画过程中,儿童一方面掌握着自己的筋肉器官,另一方面,他们的体力也得到发展。儿童对于描画的自然吸引力,不断地增强着。儿童渐渐开始积极而热情地理解周围的事物,他们的眼界渐渐扩大,他们描写的内容渐渐丰富了。

只有在对儿童的描画活动的正确指导之下,无论在入学以前或入学以后,儿童的描画活动才能获得巨大的教育意义。

从前面列举的图画中,可以很明显地看出图画学习的发展的意义。这些图画是某一学龄前儿童所描的,这儿童的家长,曾经鼓励这儿童对于描画的自然倾向,并在某范围内指导他,注意他的描画能力的发展。这儿童在三岁时所作的一幅画,和在同一年龄的其他儿童所作的画没有什么可区别的地方(图3)。可是在四岁时,这儿童已力求表达人身各主要部分的比例了(图15);到了七岁上,已经表现出人的特点(图16)。同是这个儿童,在八岁上,描写空间时,已经没有把事物描成一行的习惯,而且开始描出这一事物被另一事物遮掩的样子了;他的远处的事物(干草堆)画得比近处的事物小些,这就表示,他已经懂得透视法的现象了(图17)。最后,这儿童画了一幅复杂的城市风景,他制作这幅图画完全是自力的,他留心着这许多对象物的大小尺寸的关系(图18)。

图 15 正面的女孩

图 16　侧面的男人

图 17　房子和干草堆的透视画法

图 18 城市风景

　　从儿童画的研究中,我们作出下面的教育学结论:对于学龄前的儿童,必须鼓励其学习作画;必须供给儿童所需要的画具——铅笔、纸张,乃至水彩颜料;儿童需要教师的指导和使用画具遇到困难时的帮助;必须助长儿童对于自然界观察的发展,使他们入学之后能更有效地接受循序渐进的,有系统的,顾到年龄特征、发展水平、思想特性的已有的知识及技能的图画教学。

第五章　图画的第一课

　　我国的学校里,因了儿童对于作画的自然倾向,并注意到图画的伟大教育意义,所以从一年级起,即从七八岁的儿童起,就开始有图画课。这制度和革命前学校的制度大不相同,在革命前的学校里,图画教学要迟两年才开始。在着手进行课程时,必须先说明怎样培养儿童进行系统教学。为欲说明怎样培养儿童,必须注意两要素,即他们的一般发展和他们的作画技能。知道了怎样去培养儿童以后,就不难解决图画课业的内容问题了,例如:从什么开始教授,用什么材料进行课业。儿童对于周围的环境和事物的认识和观念,一般是不甚清楚明了的。这些认识和观念,基本上是由偶然的、刹那的感觉所形成的,这些感觉互相交替更换着。

　　图画教学的主要任务之一,是矫正儿童的视觉感受力,发展儿童对于事物的形状和色彩的理解力。只有在这基础上,才能建立起一般的图画教学,尤其是在初级班里。所有的儿童,在入学以前都能作画;他们每天看见许多事物,观察各种不同的现象;有时,他们也颇能理解他们所见的事物,但在基本上,他们的观察是无组织性的,而他们的作画技术,大多数都是入学前自动行为的结果。我们观察一下一年级生的图画课之后,就不难看出他们的基本技术的缺乏了。学生作画的时候,差不多全把身子十分倾斜地俯向课桌面上,他们离开图画纸那么近,仿佛他们全是近视眼。试看他们正在描画的那张纸或那本练习簿的位置,试看大多数儿童的铅笔使用法,就可知道:他们缺乏使用铅笔、画笔或其他画具的基本知识。

从第一课起,就必须注意画具的基本使用法,并留心注意绘画规则的实行。学生应当理解遵守各条规则和方法的必要性。教师必须向他们解释,并实际做给他们看:应当怎样坐,怎样执铅笔和画笔,怎样在作画过程中使用它们。这样,他们才能改去入学前所养成的不良习惯。

作画时学生身体的位置

作画的时候,学生应当挺直身子坐着,不可把头过于俯下,患近视眼的学生,应当戴一副眼镜。挺直身子坐着作画,可有这样的优点,即学生这样坐着,能看见全部画面,能看见他们所描写的整幅图画。挺直而坐,能使他们的构图正确,能使他们正确地看出图画的全体和部分的比例;如果作画时眼睛和画面距离太近,这就不能画得正确了。

学生作画所用的纸是不很大的,因此,要使画面离开得较远,只要教他们惯于挺直身子坐着,并且教他们时时用手拿起画册,垂直地伸向前面,这样,可使学生在最大的距离上观察自己的图画;在教室的条件之下,这已是尽可能的最大的距离了。普通的教室都不很大,而学生的数量又很多,因此,不容许学生为了从较远的距离观看图画而站立起来;但是,如果儿童作画时,挺直身子坐着,而不俯伏在课桌上,那么与画面之间的距离,也很够远了;须知俯伏在桌上作画,别的且不说,单说对于视力和对于胸腔的正常发展,也是有害的。

作写生画的时候,因为常须观察实物,所以把身子挺直而坐,尤其重要。许多教师都这样申诉,他们说:学生们"不看"实物;他们只对实物看了一两次以后,便"自作主张"地作画;几乎一直到下课,他们不再去注意实物了。这是因为没有顾到这情况:经常俯伏在桌上,而要时时把头抬起来观看实物,在学生是觉得不很方便的事,或竟可说是很不方便的事。假使有习惯于俯伏在桌上作画的学生,而要他时时挺起身子来,抬起头来观看实物,他一定立刻就会感到疲倦的。由此可知,身体位置的正确,是很重要的,位置正确,才能使图画课有组织地、有目标地进行,才能节约学生的体力,不使它徒然浪费,最后,又能培植学生对于将来学习所必须具有的习惯。

除了必须挺直而坐以外,还须训练学生,教他们执铅笔的时候,手指离开铅笔尖远些;作画的时候,不要使左手遮住画纸;右手描写时,常从左画向右,可使手不遮掩画面。假使学生执铅笔的时候,手指离开铅笔尖很近,那么,他就不得不弯下身去,把头偏向左面,因为只有这样,他才能看见铅笔画在纸上的痕迹。况且手指离铅笔尖太近,他所画出来的线条往往是生硬的、短短的,而不能画出流畅的、长的线条来。必须教学生自由自在地执铅笔,即不要把手指压得太用力。执铅笔必须用三个手指:大拇指、食指和中指。三个手指所费的气力,只要能把铅笔拿住,不使它脱落就行了。作画时,学生按照需要而移动每个手指或手关节,有时减轻铅笔的压力,有时加强铅笔的压力。要使铅笔在纸上的压力加强,学生可把铅笔拿得紧一些;反之,要描写不加压力的事物(例如作细线条)时,便用三个手指轻轻地扶住铅笔。同时又须注意三个手指扶住铅笔时的地位:中指在下面,食指在右面,大拇指在左面(这是右手执铅笔的样子)。

画册或画纸的地位

学生坐在教室里作画时,画册在课桌上的位置也很重要。

在低年级的学生的图画中,常常可以看到歪的墙垣,倾斜的树木,摆得不稳固的或就要倒下来的物体。仔细加以观察,就可看出一般都是向右倾斜的。解释这一现象,有下列原因:儿童在平面上描写从上方向左下方的线条,比描写相反方向的——即从上方向右下方的线条——来得容易;儿童描写倾斜的线条,比描写垂直的线条来得容易。但这现象不是主要的原因,我们还得指出,其主要原因是儿童在写信时,知道必须把信笺簿放得歪斜些,所以在放画册时,也把它放得歪斜了。这一原因,是许多教师都不注意到的。画册位置的歪斜,和初学绘画者画倾斜线的比较容易,这两个原因使得图画中的事物有将要倒下来的样子。为了使学生从最初学习起就能正确描写水平线和垂直线,必须向他们说明:放置画册时,应当使画册的下边缘和课桌靠身的边缘相平行,而不使画册的两角中的任何一角远离桌的边缘。画册两侧面的方向,也应当和课桌的两边缘相平行而一致。把画册放成这样的位置,便可利用画册的长方形的四边作为方向的标准,而把实物中的垂直线和水平线同它们相比较。假使把画册放得歪斜,学生便不了解:为什么要把房子或是墙垣画得歪斜些,即画得和歪斜地放在他面前的画册的各边相平行?关于这一点,在初级班里必须常常提醒学生,否则学生就会像上其他的课一样,把画册放得歪斜了。儿童习惯了把画册放得端正,才能掌握水平线和垂直线的检验方法。

橡皮的使用

开始上图画课时,必须向学生说明橡皮的用途,并且告诉他们应当怎样使用橡皮。去观察一下低年级学生上图画课的情形,便可知道,儿童最喜欢橡皮,常常使用它。作画技术的不足,对作画的判断力的缺乏,以及对橡皮的使用法的无知,使儿童在作画时很快地(即很大胆地)描成,而又很快地揩掉。揩掉之后,他们又重新开始画,画得不好,又重新把它揩掉。这样,一直要画到最后一次才满足;有时甚至为了这幅图画画得稍不满意,便把它全部揩掉,重新画过。儿童还不知道只要部分的修改就可以把一幅图画修改好的。他们只要对一幅图画有一点不满意,就对这图画的全部都不满意了。由此,就发生了滥用橡皮的现象。我们常常可以看到,学生们一面作画,一面手里拿着橡皮,作准备揩擦的样子。

必须向儿童说明:作画的基本用具是铅笔和纸张。假使学生在作画时发现他有许多地方画错了,他应当先把它们改正,然后再把多余的线条揩去。学生只许在作画完成的时候使用橡皮,因为那些画错了的线条能够使他知道,应该怎样修改这图画:例如把物体画得太阔了或是太狭了,太高了或是太低了等等。要求儿童在作画时不用橡皮,也十分具有教育的意义,因为假使容许儿童作画时揩擦图画,他们就不用心描写了。他们知道,如果画得"不成样",可以把它揩掉,重新画一次。所以教师必须要求学生用心作画,只许他们揩掉图画中画得不正确的线条。在较低的班次里,要求儿童不用橡皮而作画,会使他们感到困难,可是,在较高的班次里,必须严格地向学生要求,叫他们当图画在基本上还没有完成的时候不使用橡皮。在特殊情形下,必须禁止使用橡皮;真有必要的时候,才准许使用橡皮。当然,禁止并不是有效的教育方法。最重要的,还是要学生懂得:使用橡皮,对画面可能有不良的影响,所以不要常常用到它。关于这一点,很容易举出实际的例子来证明,例如多用橡皮揩擦后,画纸的表面失去了自然的色泽;而且,在用橡皮过分地"加工修改"了的纸上,颜色不易涂得匀净;通过颜色,又很清楚地可以看到铅笔所画出的线条的痕迹。这一切都是过度使用橡皮的结果。学生因为有了橡皮,便把线条画得很粗,画得很用力。

所以,在开始学习的时候,容许使用橡皮,以后,学生渐渐获得了实际经验,就必须限制橡皮的使用。铅笔、纸张和颜料才是作画的基本用具。画具中的橡皮,只有在某种场合下,当图画已用铅笔画成或即将画成时,才可以使用。

对于其他画具的珍视和爱惜,也必须加以注意。从图画的每一课开始,学生就应当知道:为什么不可把图画(或画册)卷成圆筒形;应当怎样爱护它们;怎样使铅笔芯不折断;为什么不可用铅笔敲击(像敲鼓一样),不可使铅笔落在地板上,尤其不可在传递或放置的时候抛掷铅笔。关于这一切,教师都应当讲给学生听,并找机会做实际的例子给他们看,例如:铅笔掉到地上,会有怎样的结果;把画册卷成圆筒形,又会有怎样的结果。最好把笔袋介绍给学生,因为笔袋可以预防铅笔和画笔的折断或损坏;还可以把硬纸板介绍给学生,因为硬纸板可以保护画册和图画。

有些学生往往在图画课上带来直线尺和三角板(甚至在一年级里也有这种情形)。对于这种学生,必须向他们解释:在图画课上是不应当使用这些用具的,因此,不可把这些用具从课桌里取出来。

第六章　学校图画课的内容

在现时,按照学校的教育计划所规定,从一年级到六年级都有图画课。

儿童在七八岁时入学后,便开始有系统地学习图画。他们在学校里作画一直要画到十四岁。在这一段时期中,学生的身体经过成长,儿童渐渐转变为少年。和身体的成长同时,学生的智力也得到了发展。

幼年儿童的思想还含有具体的性质。少年的思想性质就不同了,他们的思想渐渐有抽象的倾向了。在教育过程中,必须顾到儿童和少年的这些特性、学生的性质的转变,确定他们所容易接近的知识和技术的范围,确定教材的内容和图画教学的方法。

联共(布)中央在一九三一年九月五日的关于学校的决议中,对于学校的教学任务和教学方法作了这样的决定:"为工业学校和高等学校培养精通各科的基本知识(物理、化学、数学、语文、地理等)的高级文化人才——这是普通学校的基本任务。"中央委员会指出:必须采用各种经过实际检查的,"有助于培养主动的、积极的、社会主义建设的参加者"的教学方法。

按照联共(布)中央对于普通学校的指示,研究图画教学法时,必须注意下列诸要点:(一)图画教学的任务;(二)图画教学的内容;(三)图画教学的方法。

　　为了使教学顺利进行,教师应当明了图画教学的总任务,明了本级的任务,以及在总任务中的个别课程的地位。为了更明白地了解这一点,我们来举一个例子——例如最初的图画课中的一课:"描写几只不很大的杯子,并把它们着上各种颜色。"首先,教师应当有一个实际的认识:为什么他要教这一课? 学生可从这一课得到怎样的技术经验? 这些技术经验在将来的学习中具有怎样的意义? 在以后的诸课中,直到学校最后的一课图画课,这些技术经验应当向怎样的方向发展?

　　按照联共(布)中央对于普通学校的指示,教授图画时,必须教学生基本的图画知识,即教他们就环境中的事物作合乎透视法的正确的描写。与这同时,学校应当以专门的技术武装学生,必须有系统地发展他们的观察力。在学生的一般发展上,具有重大意义的,是能观察事物的构成、形状和色彩的特性。

　　图画教学必须注意记忆力的发展。没有良好的记忆力和想象力,正确的描写是不可能成就的。往往有人怀着一种错误的见解:他们仿佛以为充分学习写生画,为的是要在这上面成为一个内行的人。在第三章的"图画科在学校中的任务"一节里所列举的亚科夫列夫的著作的摘录告诉我们:一位工程设计师常须想象一件事物(还没有存在的机器的详细情状),然后把他所想象的画出来。

　　写生画是构成图画基础的、助长视觉记忆力和想象力发展的主要的一种课业。但写生画没有它本身的目的,它只是教学的一种方法,只是使人掌握写实主义描写的一种方法。

　　除了发展记忆力,发展想象力,以及发展能依靠记忆和描写表现出地方、事件或行为的能力以外,还须发展创作的能力和生动的表现力。有许多学科,没有生动的表现力,就不能有充分价值地研究它们。例如文学、地理、历史,就是属于这一类学科的。

概括地阐明了图画教学的任务以后,我们便来研究课业的内容,在学校中所必须研究的教材和各班的教材的顺序。这是教学方法中最复杂的一个问题。质言之,必须从我们周围的无限量的对象物中,选择出一定的对象物来,而且其数量必须受极大的限制,务使其适合于图画教学纲领上所规定的时间支配。学校教学计划规定图画教学的时间为二百零八小时。在这二百零八小时中,写生画、记忆画和想象画约占一百六十小时,装饰画和造型艺术讲话约占四十八小时。

从上面列举的数字看来,可知图画课的时间是很有限的;因此,教师必须有效地支配它,务求保证学生能获得图画的基础。故在学校里,事物的研究和描写应当在一定的顺序中进行。不要描写无目标的普通事物,应当研究并描写后来可以形成我们的视觉感受力的诸要素。我们要完全理解我们周围的现实事物。一切要素都同时不可分离地影响我们的感受力。为了要明了应该用怎样的方法来进行学校的基础图画教学,就必须知道:要教会学生描写的正确的图画,是由哪些要素形成的。研究这些要素并描写它们,便是图画教学的内容。

绘画的要素

我们观察某种事物,例如观察一只苹果,并把它的特点描写出来,我们就可确认:苹果的形状能令人想起皮球、圆球、橘子、西瓜等物。使这些物体联系起来的,是它们的形状(这是我们从图画观点的看法)。我们很容易看出,这些物体,或多或少,都是接近圆球形的。因此,我们可以称它们为球形物体。要能够描写任何球形物体,只要把这一类的物体正确地画过一两个后,便已足够了。

从圆筒形的物体中,也可找出同样的统一性来(酒杯、玻璃杯、平底锅、罐头等)。这些物体在基本上都具有圆筒的形状,使它们联系起来的,也是它们的形状的共通性。

让我们再看来属于圆锥形、长方形和角锥形的物体,我们便可找出第三组、第四组和第五组的物体来。除此以外,在我们的环境中,又可看到一些属于中间形状的物体。当然,首先必须学会描写的,是和基本的形状相接近的物体;以后,再描写在这些基本形状上加了各种变化而区分出来的物体。

为了教学的方便,必须分类并限制物体的数量。这样,才能使普通学校里的学生对于形状的研究和描写成为完全可能的事。

以上,我们只研究了形成绘画的诸要素之一种。除了形状之外,现实的事物还具有色彩和映照在物体上的光亮。物体一般都是被照明的,这便引起了新的现象——调子。调子就是光亮、阴影、半阴影、反射以及对比的现象。光亮和阴影的现象,影响着色调,有时使色调减弱,有时使色调加强。

当然,上面所说的,并没有把在平面上表现的绘画要素详尽地列举出来。除了形状、色彩和调子以外,物体还有一定的表面的性质(即描画时的笔法);物体有的是平滑的、光辉的,有的是粗糙的、无光的,有的是柔软的、天鹅绒似的,有的是坚硬的。

此外,还有两种要素,也是必须加以注意的,即大小和空间的关系,这就是正确的面积关系和在空间的位置远近及大小的关系。

普通学校的图画教学任务,是要使学生获得描写物体的形状和构成、明暗和色彩、面积大小和空间关系的知识和能力。笔法以及光和色的复杂现象的表现,是不列入于普通学校的教学任务中的。因为这些表现法在普通学校的学生是难以接受的。

课程纲领构成的原则

现在,让我们来研究一下构成课程纲领的基本原则。

原则一——教材配置的顺序和系统。这须按照下面的方式实行。在一二年级里,宜使学生获得对于形状的理解力。在最初教授时,应当用平面的物体作为描写的对象物,而且这平面的物体放在学生面前时,必须避免透视法的缩形。例如纸夹、皮包和具有各种各样形状(圆形、椭圆形、长形、尖形、箭形)的植物的叶子,都是宜作教材的平面物体。

以后,再在这基础上更进一步而教以立体物的描写。因此,第一、二年级的图画教学,可说是预备教学。

立体描写中的顺序,是按照课业和教材内容的正确规定而进行的。课业和教材则建立在一定的教学阶段上。

最初应当教学生描写长方形和圆筒形的物体(或个别的,或两种组合的),然后再描立方体和球形的物体,以及较复杂的结合形的物体。与描写这些物体同时,可以按照学生所获得的知识和技术的逐渐增进,而教他们描写植物界和动物界的事物,最后,可教他们描写人像(教学生做模特儿)。

装饰画、记忆画和想象画,也须注意其教学的顺序,注意其知识发展的系统,注意其对别种绘画法——尤其是写生画法——的有机联系,例如技术经验的发展,独立性和创作力的发展。

原则二——纲领的科学性。过去时的图画教学,昭示我们不少的实例,即那时的绘画已变为一种丧失了明显的教育意义的课业。多多益善地教学生描写各种事物,结果使人觉得绘画的任务仿佛就是描写事物。知识和技术的系统已被教师所忽视,他不能按照系统而实行。随便选取对象物,破坏了教学的任务。

普通学校的学生要掌握图画的基础,应当理解透视法描写的基本规则,而且能自力地应用它们。此外,课业的内容和教学的方法应当注意,务使学生能实际应用他们所获得的知识和能力。这正是保证理论和实际联系的一个要点。

原则三——在科学心理学的基础上,在关于各种年龄的学生的思想特性和感受力的教育学的基础上建立教学。从这一条原则出发,可以制定纲领的材料,使教材接近于全体学生的理解力,并保证理解力的巩固。

教学法的原则与绘画

建立在教育学上的教学法诸原则,是普通学校图画教学法的基础。

让我们来研究在图画教学中具有重大意义的几条基本原则。这就是:一、知识和技术掌握的自觉性;二、学生在学校或家庭中学习时的积极性;三、直观教学;四、各种教学法的采用。

一、知识和技术掌握的自觉性

知识和技术掌握的自觉性,是重要的教学原则之一。确定理解教材,便是知识和技术自觉掌握的结果,这对于教学中的形式主义的克服是必要的。往往有些高年级学生,当他们描写茶杯、酒杯、水桶一类的事物时,即描写他们还在三年级时就学过并画过的那些对象物时,还画出不少的错误来。

　　这是因为以前的教学是形式的教学,而没有明了地启示学生这一点:即茶杯、酒杯和许多其他事物都具有同样的形状;这些事物所具有的共同的特点,没有为学生所掌握。假使他们描写一只酒杯时,不和其他的事物相对照比较,不理解许多事物的形状的统一性,那么,他们的知识和技术便是表面的、形式的了。假使学生在描写简单的事物时描出了错误,那么,这一现象的发生,是在教学过程中没有引导学生自觉地认识该物的形状的特性和与他物相比较时的特性的缘故。假使教师懂得教授法而具有教育修养,就很容易教学生自觉地认识事物的相似点(就是使事物相接近的特点)和相异点(就是区别事物或使事物成为各异的特点)。比较——这是获得知识的最正确的方法。"世间的一切,"乌欣斯基写道,"我们都是以比较的方法而认识它们的。假使我们看到一种新的事物,而不能把这种事物和任何其他事物相比较,不能把它和任何其他事物相区别(假设这样的事物是可能有的话),那么我们关于这事物就不能发生任何一种思想,关于这事物就不能说出任何一个字来。"[1]

　　乌欣斯基所说的"比较"和"区别"的能力,在图画教学中一般地具有重大的意义。因为看的能力便是正确的绘画的基本条件,观察也是学生的智力发展的基础。按照乌欣斯基的意思,周详地观察事物,并确立它们对于其他事物的关系,是伟大的智力的特征。对于乌欣斯基这一见解,在图画教学的过程中,也应该牢记。要使学生自觉地绘画,必须发展他们的观察力。没有观察,就没有明了的观念;没有明了清楚的观念;就没有绘画。

　　我们需要的是正确的、能理解的绘画。欲使学生所学得的技术成为

---

　　〔1〕　见《乌欣斯基选集》,第二卷第四三六页,国立教育书籍出版局版。

他们的财产,就必须从他们心中所发生的明了清楚的观念中作出这样的结论来,即(一)该事物的机能形态与其他的事物有许多共同之点;(二)事物形状的构成属于透视法表现的一定的规则。因此,透视法规则的掌握和应用,结果变成了普通学校图画教学的任务。

二、学生的积极性

为了能自觉地理解教材,学生在上课期间必须表现出积极性来。例如:一面听教师讲解,一面积极地观察、思考并描绘。绘画的时候,思想的活动应当接连不断地进行。但这只有在这样的场合下才有可能:即教师采用各种教学法,结合各种官能——视觉、听觉等。教师因了采用各种教学法的力量,便能唤起学生方面的积极性,使他们有效地工作。

要在学习(或工作)中培养学生的积极性,必须在教学过程中给予不断的指导、帮助,并提出各种问题,这些问题组织学生的感受力,并引导学生注意那些成为该课的任务而被学生所忽视的现象和特性。

在培养学生学习时的积极性和方向性的工作中,具有重大意义的,是对于课业作极周详的思索。有时,教师往往不必要地重复着解释,他以为这样可使学生理解得更清楚。然而教师没有知道,重复并不是常常能产生出优良的结果来的,有时反而松懈了学生的注意力。学生知道教师有重复讲解的习惯,他们听讲时便不再注意了。他们想:他们一定会有再听一次的机会,那时他们便一切都明白了。

因为普通学校的图画课受着时间的限制,所以对于功课的周密考虑和时间的严格支配是十分必要的。在这时间内,教师不得不紧张些,而学生必须养成专心努力的工作习惯。

不可忘记:课业的内容和教学的方法都必须能唤起学生对于课业的

兴趣,这才能帮助培养他们更大的积极性。

三、直观教学

图画教学是以写生画为基础的,即以描写作画者所直接感受到的实物为基础。这样的教学就称为"直观教学"。所谓直观教学,包括直接感受到的事物和描写这些事物的画幅。

这两种直观教学,按其本质而言,在绘画中都是十分优秀的。实物写生是图画教学的基础,但利用画幅的教学也有它的意义。关于这一点,为避免误会起见,必须加以说明。事实上,我们可以看到两种极端的情形:第一种——教师只教学生作实物写生,而不敢利用画幅来作讲解,连他自己画在黑板上的图画也不敢利用;第二种——教师完全不用实物写生,而十分重视现成的画幅(图表、图样),几乎经常应用它们。这两种极端现象的发生,是因为教师忘了绘画的特性——在平面上作立体事物和空间距离的表现。

照上述的绘画的特性说来,以现成的图表和图样为基础的图画教学是不容许的。至于教学的方法,虽然是以独立描写写生画、记忆画和想象画为基础的,却也容许采用现成的图表,或画在黑板上的图样,以便明了地解释课业内容的全部或各部分,明了地解释各种规则。

按照直观教学的原则,为了训练各方面的感受力,需要采用各种直观教学,例如:用实物,用黑板画,或用画幅,借以指示图画完成的方法。

如科明斯基所指示,直观教学还要求学生用各种感觉来感受,他说:"这对于学生应当是一条黄金一般贵重的规则:对于一切事物,应当尽可能用各种感觉来感受它们。这就是说:看得见的就用视觉感受,听得见的就用听觉感受,闻得出气味的就用嗅觉感受,有滋味的就用味觉感受,可接触的就用触觉感受。假使某些事物同时能用数种感觉来感受,就让它们同时诉于数种感觉。"[1]照这规则说来,对于实物的感受,可能不仅是视觉;欲使学生感受实物的立体形,也可借用触觉的帮助。

四、各种教学法的采用

为了弥补普通学校工作中的缺陷,联共(布)中央在一九三一年九月五日和一九三二年八月二十五日的关于普通学校的决议中,对普通学校的任务、教学工作和教学方法作了明确的指示。

关于教学的方法这一问题,联共(布)中央指出,必须在教学过程中采用经过实际检验的各种教学法。各种教学法的采用,应当视教材和材料的内容而决定。在一种课题的范围之内,必须采用多种的教学法。应当关联于学生作写生画或记忆画时的题材与任务,而采用各种教学法。

有时,教师只是口头解释,并借此检查学生对于以前几课的理解的程度。有时,口头解释和黑板上的说明同时并进。教师常常讲述理论,借此养成学生对于自然现象独立观察的能力。但他也可用另一种方法进行这种工作,即带学生到公园或树林等地去远足或游玩。在公园或树林里,学生们可在教师的直接指导之下观察各种自然现象。教师可教学生(高年级生)自己摆设写生模型,并注意察看他们所摆设的模型,是否摆得正确,即他们是否懂得图画课的意义,他们是自力地配置模型还是机械地模仿以前的摆法。

采用各种教学法,可使课业生动活泼,可提高学生对课业的兴趣,鼓励学生的积极性,最重要的,还能帮助学生自觉地、巩固地掌握教材。

---

[1] 见科明斯基著《大教授学》,一九三九年国立教育书籍出版局版。

第七章　　写生画

生活环境、各种现象和各种事物的表现,都必须以写生画为基础。

在写实主义艺术盛期的所有阶段中,实物一向作为艺术家们的教学基础,作为他们的创作方式的基础。其斯佳科夫、列宾、谢罗夫、列维丹、科罗文、卡萨特金等,都认为写生画是教学的基础。这一原则当然不仅限于专门图画教学,而也有关于普通学校里的初步图画教学。

普通学校的教学经验告诉我们,绘画的基础,主要是从写生画的课业中获得的。

所谓写生画,就是描写直接存在于作画者面前的对象物。任何单独的事物、组合的事物、风景、室内状态、人体,都可作为绘画的对象物。被描写的对象物,因其形状和构成的不同,因其大小和色彩的不同,可能是十分多样的。但是这些事物不能随便取一种来教学生描写。模型的选择和配置都必须顾到合乎目的这一原则。

普通学校的绘画应当不是一般性的绘画,而是有一定目标的绘画,富有这目标所规定的意义。

在普通学校图画教学的全部过程中,有三个问题常常摆在教师面前,这就是:教些什么? 以什么为材料而教授? 怎样教授? 教授的内容和方法是随着学生所获得的知识和技术的不同以及他们的一般发展程度不同而变化的。例如:二年级生所不易理解的,三年级生便能理解。

和专门图画教学,即成人的图画教学比较起来,初步图画教学法在这方面也有其复杂性。教师必须熟悉从一年级起直到最后一级的图画教学法。同时,必须注意这六年教学期间学生的感受力所发生的巨大转变。

写生画具有很大的一般教学意义。写生画有助于儿童的观察力和儿童的思想的积极性的发展。儿童在观察的过程中,渐渐学会了将一物与另一物相比较,看出事物的相似点和不同点(就是使事物相接近的共同的特点和使事物成为各异的区别的特点)。

"世间的一切,我们都是以比较的方法而认识它们的。"这是乌欣斯基的话。这一条很确实的规则,对于儿童是十分适用的。事实确是如此。请试把一只苹果的形状的特点解释给一年级学生听。无论你怎样详细地解释,假使你的说明只限于这一只苹果,你总不能使学生对于苹果的特点具有一个明确的观念。但假使你同时又指出另一只具有别的特点的苹果,两相比较,苹果的形状就会明显了。长方形的事物也是同样情形的,例如教室日志和书本、纸夹和练习本等。

这方法的好处,是能使儿童习惯于比较和分析。由于观察和分析的结果,儿童就接受了一个任务,即必须把图画绘得同摆在他们面前的实物完全相似,这就是说,所描写的不是一般的苹果或一般的酒杯,而是具有它独特的特点的苹果和酒杯。

在绘画的初步阶段中就教学生观察实物,这样才能决定教学的成功,而产生出对于事物的正确判断,例如对事物的形状、构成、色彩等的判断。

当你走进正在上图画课的教室里去的时候,如果你看见学生们俯身在画纸上消极地作着画,而几乎不观看实物,那么你就已经明白知道,学生对实物的关系是怎样的,他们的观察能力是怎样的了。你甚至用不着逐一察看他们的图画,就能作出一个关于他们的绘画能力的结论。反之,如果学生热心地观察,并时时把自己的画幅与实物相比较,那么,这就是说,学生已能掌握要点,习惯于观察和分析实物了。

关于着色的工作也是同样的情形。儿童很容易确定事物的基本色彩,即他们所容易看到的色彩,例如王瓜的绿色、柠檬的黄色、番茄的红色等等。他们要看出色彩的特性,只有依靠一物的色彩与另一物的色彩的比较;这样,对于实物的色彩才能更清楚更具体地看到。全靠比较,他们才能绘出十分接近于实物的图画。

由此可知,从初步就奠定图画教学的正确的基础,图画课方能获得很大的教育意义,方能使学生的视觉感受力确立起来,丰富起来,正确起来。况且观察的能力,能影响儿童的思想的发展和个性的形成。

教师必须经常牢记观察和分析的能力的一般教育意义,并且注意这两种能力在图画课中的不断发展。

写生画第一课

写生画的任务,是教学生能把我们周围环境中的现象和事物作写实的描写。因此,教学生实际地熟达透视法的表现,这应当是图画课的基础。

但是透视法的描写是需要某种准备的。这种准备,在初步教学时,就是教学生观察实物,认识事物的实际的形状和所见的形状之间的差别,注意事物的大小关系,并把这一切表现在自己的图画中。年幼的学龄儿童,常常在图画中把事物按照他自己所想的样子描写出来,而不按照他所看见的形状。欲使儿童描画时不用这种方法,而采用写生画法,就必须经过有系统的教学。儿童描画时不依照实物写生,而只是表出他们自己所想的样子,这并不是他们的过失。

儿童描写一把茶壶的嘴和把手时,即使并不看见实物,他们也能合逻辑地描写出来。他们希望显著地描出事物的构成和事物的能起作用的部分。在教室设备的条件之下,实物往往不能照儿童所希望的使他们看得十分清楚,因此儿童往往不照透视法作写生画,而转变为记忆画和想象画。

下面的实际情形可作为例子。在某学校里,画写生画时,摆了几把茶壶作为模型。这是二年级学年开始的时候。虽然茶壶有好几把,而且分置在教室里好几个地方,使每一个作画的人都能看到它们,可是有一半学生都说"一点也看不清楚",因此他们不知道怎样画法。

图 19   茶壶

"怎么会看不清楚呢?"老师就问一个学生,"你看得见茶壶吗?"

"看是看见的,"学生回答,"可是从这儿望过去,我一点也看不清楚。"学生说话时,把"从这儿"三个字的声音特别提高些。

从那个学生坐着的地方望过去,茶壶的把手是缩形(即变成了一条),而茶壶的嘴几乎完全看不到了。

但学生的话并没有突然难到这位老师。她立刻就领会,这是怎么一回事;她便吩咐那些能看清楚茶壶的全部的学生先看着茶壶而作画。然后,她把茶壶转一个方面,使其他的学生也能完全地看清楚,即能同时看到茶壶的把手和嘴。

学生便安静下来,开始作画。在一课之内,老师要把茶壶旋转好几次,务使每一个学生都能看到茶壶的把手和嘴(参看学生作品图19)。

同是二年级里,到了学年终了的时候,这一类的实验所产生的结果就完全不同了。学生不再说他们一点也看不清楚的话。他们所感到困难的已是另一件事——缩形的描写法。他们知道,写生模型的位置可能是"不利的",也可能是很看得清的,但是他们都照样地画,而且都画得不坏。因为一年来的图画教学和观察力的磨练,已经使他们能够解决十分复杂的课题了。

然而必须注意,这一类的课业对于二年级生是不很适宜的。

在一年级和二年级里,不可要求学生描写透视法的缩形。因此,起初必须把事物摆成正面的,使它没有透视法的缩形。同时,实物本身也必须是"平的",或具有极少的体积的,这样,学生才能观察事物的基本形状,观察事物的阔狭和高低的关系而作画。下列的平面事物可作为作画的对象物,例如:新鲜的和干燥的各种形状的叶子,以及纸夹、教室日志、皮包等。必须注意,学生作画时,教他们不要像通常作画时那样匆忙和

"闪电式"的样子。因为这样作画会养成学生工作时不用心和不准确的习惯。

"作画必须有顺序",其斯佳科夫不止一次地这样指示。他的意思是说,图画课要在一定的、经过周密考虑的计划下循序渐进。

第一,其斯佳科夫认为重要的,是"教学生观察实物"。其次,基本的一点,是观看形状。在初步教学中,教学生观看形状,并不是简单的任务,因为在描写简单的平面事物以后,必须更进一步而描写立体的事物。从描写平面的图形(例如紫丁香的叶子)更进一步而描写立体的形状,在学生是一种很剧烈的转变。最初几课,必须使学生进入在平面上描写立体形状和空间的时候,不感到什么痛苦。这一转变,在这样的情况下才可能进行:即一二年级的图画课已经发展了学生的观察力,以及对于所见的事物的分析和理解的能力。

在初步教学中具有重大的意义的,是使学生看出共通的形状,然后表现出各部分之间的联系和比例。其斯佳科夫认为:对于初年级的学生不可要求其正确,正确是要在十分长久的坚持的工作之后才能获得的。因此他认为:在普通学校里必须使学生能"观察实物并描写眼前所见的形状,不加造作","看见什么,就按照所看见的样子描绘下来(移写下来)"。渐渐地,"观察实物"的能力得到了发展,才可要求学生画得正确。

在一二年级里教学生描写平面事物,使获得初步技术;以后,在其他各级里,就可把立体事物的描写作为主要的课业了。

一二年级的图画课的任务,是描写立体事物的准备,是十分重要的。但必须注意:在这两级中的图画教学,必须是正确的,按顺序的,并能培养学生对实物的积极性的,这样,才可能更进一步而转向立体事物的描写。实在说来,在转向立体事物的描写之后,才是图画教学的真正的开始。

立体事物描写与平面事物描写的本质上的差别,是对图画的处理法的不同。

在初步的图画教学中,学生的任务是确定实物的面积,并把它在纸上作平面的描写,这就是说:学生仅运用到"大"或"小"的观念。到了后来,学生就从实物的平面描写渐渐转向立体描写——描出其深浅和体积。

在作平面描写的时候,学生的注意力完全集中于观看实物的形状,他一面画,一面观察物体的周围,注意它的轮廓。这样,他所描写的实物本身的平面性,仍确定在平面的描写上。

到了转向立体事物描写的时候,对于实物的处理法就不同了。其任务是要在平面的画纸上画出立体来,表出它的别种性质来。

当然,学生接受对于实物的立体形和立体描写的观念时,不应该是抽象的,而应该是以实物的观察为根据的。学生获得这些观念,应当用直观的方法,即用比较和确定平面形和立体形之间的差别的方法。

例如一个圆球的形状,要使学生掌握其立体相,只要把平面形和立体形给他们比较而观察,例如一片厚纸板剪成的圆形和一个同样大小的圆球,或者一个长方形和一个圆柱形,厚纸板剪好的水壶和真的水壶。

更进一步,除了圆形和圆球的实物之外,又必须把图画中的圆形和圆球形指示给他们看,说明图形描写和圆球描写之间的差别。教师一面讲述圆形描写和圆球描写之间的差别,一面根据实物和图画而说明作为立体表现的手段的明暗法的重要性。

学生获得了相当的知识和技术以后,教师必须指导他们理解并描写明暗的现象。他们要自觉地描写这些现象,必须了解因光线的来源和物体形状的不同而发生的光线放射的规则。

以后,学生应当观察并掌握明暗调子的定义:明调子,是直接向着光源的部分;暗调子,是与明调子相反的部分;半调子,是对光源的方向保持其他各种关系的部分;反光,是被反射的光线所照亮的部分;辉点,是明调子范围中强烈地反射出光线来的部分。除了上述的物体本身上的明暗以外,还有从物体落到桌子上或写生模型台上的阴影,也必须加以注意。

对于这一切现象,学生都要在教师指导之下观察并理解。但必须注意,这些观念和定义,教师应当用学生能力所及的方法来教导他们;在作画过程中,教师应当常常检查学生的理解情况。在实际工作时,教师可在图画中很明显地看到,学生怎样实际地掌握并应用每一条规则。

要正确地进行课业,单是理解现象是不够的。又必须使学生懂得:应当怎样在图画中表现明暗调子,其顺序如何。

从实物最明的部分到最暗的部分,其间有许多阶段,因此必须把表现明暗的方法详细地解释给学生听。首先,他们应当知道描写立体物是非有明暗不可的。开始作画,必须按照一定的顺序,即从全体及于部分。最初,应当用形状简单的事物,使学生注意观察其明暗的关系;同时,必须使他们分别明暗程度的三种基本等级:明调子、半调子和暗调子。

学生渐渐掌握了这些关系之后,便可逐步发展他们的观察力,引导他们研究反光、辉点和从物体上落下来的阴影。

由此可知,立体物的描写,在这教学阶段上,大约十岁的儿童已能学得了。

有些人认为:要用明暗法来描写物体,必须有长久的预先准备。但这是错误的想法。这种观点,在从前曾经很普遍,但这使得立体事物描写的开始愈来愈迟,到了后来,按照学校教学计划,已经没有它的时间了。

立体物的描写是学生所容易学会的,因为这种画法能提高学生对于课业的兴趣。能在平面上画出立体形——单是这一点,便使学生爱好入迷。他们觉得纸面上发生了新的性状——立体和深度。这些性状是他们以前所不曾知道的。

立体物描写的要点,是观察物体的全部,用视力掌握它的立体形。最重要的(尤其是在起初的时候),是全面观察实物,以求理解其立体形。同时,又必须从一定的观点观察实物。从一定的观点描写实物,学生便可在图画中专心表明物体的构成、形状和比例了。

全面观察是十分必要的,它能使学生理解"事物怎样存在",并能在图画中表出"它怎样出现在我们的眼前"(其斯佳科夫)。

儿童和少年,都欢喜线条的描写,更正确地说,都欢喜轮廓的描写。这是十分合理的现象。因为学生绘画的用具,一般都是铅笔。学生从铅笔画出来的,首先是线条,于是他们就用线条绘画。这样看来,学生对于线条描写的爱好,是十分自然的事。当学生还没有学会立体描写的时候,他们对于实物是不会有别的看法的。

学生有了像铅笔这样的工具以后,他就观察实物,把注意力集中于实物上,却仔细观察它的表面的接界处。他认为他应当用线条来表出这界线。因此学生作画时,往往先绘物体的外形,即轮廓线,然后用线条来涂满暗部。可是当他"勾轮廓"的时候,因多次的修改,往往把轮廓画成"铁丝"的样子。这样的画法,是离开了立体描写而走上不正确的道路了。因此,必须预防这样的机械的轮廓描写的发生。要预防这一点,可用种种方法。

首先必须向学生指出:线条的描写和明暗的描写一样,都应当是立体性的。

学生用线条描写立体形的时候,不可使轮廓的线条从物体的面积上分离。要知道这线条是属于这面积的。线条必须和实物的形状相一致。例如学生描写一只酒杯的时候,可以看到一个透视法的圆形,这圆形所表出的形状和实际的形状完全不同。以描写圆柱形为例,教师可向学生说明这圆柱的圆周及表面的线的性状,以及用线表现立体形的可能性。这样的绘画,可作为水彩画的预备图。在这时候,学生应当注意在图画中表出立体形来。

在立体描写中,自身不能表现立体的、脱离立体的线条,不应该占有地位。

往往甚至采用了正确的教法,仍不能立刻阻止学生把物体勾轮廓。这时候必须采用另一种画法,使学生不能从物体的边上着手描写,不容许他们在画中勾轮廓。

用毛笔(单色的)作画,可以帮助学生正确地遵守下列的条件:

(一)立体物写生,开头不用铅笔之类的轮廓线。

(二)不要用毛笔的尖头来描写,必须用毛笔的全部阔度来描写面积,使学生不至于用线条来勾轮廓。

(三)从实物的中央部开始描写,渐次及于边上。

这样的画法,第一次试验也许不能成功。然而这样的试验并不是无益的,因为它能帮助学生脱离一般的勾轮廓的习惯。

做过了仅用毛笔的描写练习之后,学生便知道:在符合实物的图画中,轮廓应该是不显著的,它不应该使人注目。必须使学生注意:在某种情形之下,物体和背景的明的部分,轮廓很不显著,或竟断断续续,有的地方没有轮廓。这可以帮助预防他们用轮廓来包围物体。必须使学生在实物中看到这现象,而在图画中照他所看见的描写。必须使学生观察实物时能看出它的立体形,而感知它的全部。

应该要求学生常常把图画同实物相比较。只有把实物全部和他所描写的相比较,才能看出其间的相似和相异。实物的各部分,当然是应该检视的,但不可孤立地检视,必须和全体一并检视。观察物体的某一部分时,务须与全部同时观察;描写物体的一部分时,务须与全部比较而描写。

必须指出,毛笔画并不是避免轮廓描写的唯一的方法。为了要避免轮廓描写,不妨画活动的模型,例如家畜和家禽等常动的东西。因为这些东西是不可能描写轮廓的;所以逢到必须描写活动模型的时候,势必不画它的轮廓,而画它的面积,由此可以理解形状和面积的性状。

这种画法是值得推荐的,因为它能使观察和描写的过程积极化,能使物体的形状和构成精确起来。活动模型(鸡、鸭、家兔等)的速写,到处都可进行,例如在教室里,在家里,在参观动物园、集体农庄、国营农场等的时候。动的活模型,适宜于教高级班的具有修养的学生描写。描写活模型,可使记忆力发达,使观念精确起来,这在图画教学中具有重大的意义,在其他一切教学中同样具有重大的意义。

第八章　写生画课示例

前面已经说过,初级班的写生画有它的特殊点。对于这些初级班的学生,不宜教他们描写透视法的现象;他们描写物体时,必须画它的最能表出其形状的特性的一面。例如描写叶子,要描写它从上面望下去所见的形状;而画皮包、纸夹、练习本这一类东西时,要把它们垂直放置,使它们没有缩形,换言之,就是描写它们的正面。

须教学生注意观察物体,看出它们的形状和色彩的特点,比较它们之间的异同。必须对实物作全面的观察和研究,然后从事描写。

教初级班学生研究形状,须依照这样的顺序:最初描写各种形状(光边的或齿形边的等)的叶子,其次描写直角形的、椭圆形的东西,然后描写圆形的东西,最后描写更复杂的东西(例如带着球果的枞树枝之类)。

初学图画的主要任务,是发展观察力和目测能力,使学生获得关于形状和色彩的基础观念,教他们注意到形状、构造、比例、色彩而描写事物。

树叶的描写(柳叶、紫丁香叶、白杨叶)

为了教课,必须收集具有不同形状的树叶,例如柳叶、紫丁香叶和白杨叶。收集的数量,必须使全班学生每个人都可以得到同样的一张柳叶、紫丁香叶和白杨叶。上课时须使学生准备色铅笔。

收集树叶是儿童所喜爱的事。教师预先把叶子选择好,预备分发。为便捷计,教师可把柳叶、紫丁香叶和白杨叶夹在书页中间。在开始说明课题之先,把树叶分给学生,或者每人三张,或者每两人三张。然后教师令学生把树叶放在一张白纸上,使叶的形状可以看得清楚。

树叶分配完了,教师就开始说明课题。这说明可用比较的方法:柳叶的形状是长的,比较起紫丁香叶来,柳叶的阔度比长度狭小得多。教师使学生注意:柳叶的最阔的部分,几乎在叶子的长度的正中;而紫丁香叶的最阔的部分,却在叶子的下部,即接近叶柄的地方。柳叶和紫丁香叶的形状都是长的;而白杨叶比它们短而圆。

然后教师令学生观察叶子的柄和叶脉,再在黑板上表明作画的顺序。

表明的方法如下:

(一)教师在黑板上画出柳叶的主要叶脉,画成直线形(两半瓣叶子放在主要叶脉的左右两面)。

(二)在这直线上指定叶子的下端和尖端。

(三)指定叶子的阔度,用两根匀称的线条连接叶子的尖端及下端,画在主要叶脉的两旁。

然后教师令学生注意:他最初是故意用细线来描写的,因为有画错的地方可以改正;他就修改给学生看,然后把不需要的线揩去。他用同样的顺序把其余的两张叶子也在黑板上画出了。以后,教师就令学生描绘,先用细线画出叶子的中线(叶脉),画出两半瓣,比较一下,画得对不对。倘使画得太狭了,须加阔;倘使画得太阔了,须改狭。画完之后,把多余的及不正确的线用橡皮揩去。

　　从初学的时候起,就应该叮嘱儿童:不可用力压紧铅笔;必须使儿童在工作开始时就自觉地用细线来描写,不要以为第一次描出的线条是绝对正确而不需要修改的,也不要以为是完全不正确而必须立刻用橡皮揩去的。

　　必须使儿童习惯于把图画同实物比较,而看出其错误,使图画完全正确,然后用橡皮揩去不需要的线。这时候才可用色铅笔或水彩来描写。

　　必须指示儿童在纸上布置树叶的方法。关于树叶的布置,教师须在绘画之前预先指示儿童:纸上必须画三张叶子,因此要考虑布置,勿使三张叶子挤在一起,也勿使散乱无章。要正确地布置三张叶子,教师可令学生在纸上标出三点,指定三张叶子所应该描写的地方,照这三点确定每张叶子的面积,然后开始描写第一张叶子。

　　或者,教师自己可在黑板上画一个长方形,而对学生这样说明:"大家看,这是一张纸,我们要在这纸上画图;在开始画之前,先用点在纸上作记号,标明哪里应该画柳叶,哪里应该画紫丁香叶和白杨叶。你们大家在自己的画纸上这样指定了三张叶的地位,然后开始绘画。要画得大,必须使你们所画的叶子同真的叶子一样大。"

　　叶子的图画起初仅用铅笔画,后来用色铅笔或水彩来完成它。欲使儿童仔细地慢慢地画,正确地表现叶子的形状,教师可先向儿童说明,必须经教师看过之后,方可使用色铅笔或水彩。

　　因为儿童是欢喜色铅笔和水彩颜料的,所以倘使不规定顺序,倘使不要他们先给教师看过然后用彩色描写,则儿童势必很快地、草率地画了叶子的形状,以便早些用色铅笔或水彩来着色。

使用色铅笔不可用力压紧;必须教儿童不要把色铅笔画到越出叶子的轮廓外面来,在叶子表面涂色彩时,宜用同样的气力,要涂得均匀。只有在实物上看来色彩较浓的某些地方,用色铅笔可以着力。

这样说明过之后,教师便可令儿童开始绘画,而自己在教室中巡行,审察他们的图画,指出他们的错误。

到了一课的末了,在下课铃打出前两三分钟的时候,教师作一个全班作业的总结。先说了这一课的大体的成绩,然后选出个别学生的良好的画来给全班学生看,作为模范。并且简要地说明,这些画的优点在哪里。有时,画得不好的画也可选出来给大家看,并且指出其所以画得不好的原因:不注意,粗心,草率了事,或方法不正确等(参看学生作品图 20、图 21)。

图 20　各种树叶

图 21　各种树叶

各种物件的写生(纸夹、乐谱夹、皮包)

在开始说明时,必须分析所描写的物件的形状。

必须着重指出:这三样东西的基本形状都是长方形的,又必须指出其长和阔的关系。其次要指出这三样东西各有其特征:纸夹上贴有纸块;乐谱夹上有环子;皮包上有盖、环子、锁,底下两只角上还包着两个曲尺形的东西。

教师须教学生注意:乐谱夹和皮包的环子的两端,离开两侧边的距离是同样长短的;文书皮包的盖只盖住其上部,锁装在盖的中央。

纸夹上贴着的纸块,其两侧边离开夹的两侧边的距离也是同样长短的,而其离开夹的上边,比离开夹的下边更近些;这纸块是直贴的,不是斜贴的。

作了这口头的说明之后,教师再指示这三样东西的画法。他先在黑板上画一张长方形的纸,把三样东西在这纸上的布置法教给学生。然后指示画乐谱夹的顺序,画成普通提着夹的环时的位置。接着,又同样地指示出画皮包的顺序。在左面的半张纸上画纸夹,在右面的半张纸上画乐谱夹和皮包。

在说明的时候,三种东西必须安放在学生看得见的地方,而且依照学生描写它们时的位置而安放。说明之后,教师把他在黑板上所画的全部揩去,而令学生们各自开始照着实物描写;教师自己在教室中巡行,审察他们的画,指出他们的错误。

在这课题中,特别需要注意的是直线的描写和中央点的测定,例如乐谱夹和皮包的环的中央点位置的测定。

长方形物体描写时所发生的错误,往往是由于目测能力的不发达而来(例如锁没有画在正中央,环偏在一边了),也是手腕和眼睛不能相应的缘故。所以,画得不正确的原因,在一定程度以内,就是描写各种线条时技术的缺乏。

倘使这种错误有多数学生犯到,则教师宜在黑板上指示,并说明这些东西的画法。

为了要使学生自己看出错误来,教师可用某几个学生所画的皮包(或纸夹等)为例,而令学生自己找寻错误。

教师指出一个学生来,问他:"这张画里有什么不正确的地方?"

学生回答:"锁和环子的地方画得不对。"

"锁应该移向哪里?"他问另一个学生。

"移向右边。"这学生回答。

"环子应该怎样描写?"教师问第三个学生。

"环子应该移向左边些,画在中央。"

"不错。你到黑板上来画,指出锁和环子所应该画的地方。"

这样,全班学生就都明白了错误的地方,大家都注意地看着怎样改法,于是,全班的错误,都可自动地积极地改正了。儿童的目测能力也就渐渐地发达起来了。

以后,教师可令学生们自己留心观察图画,努力改正其中所有的错误。

这方法可用以改正其他的错误:例如环子太大了,皮包的形状歪斜了,曲尺画得不正确等。

各种形状和各种色彩的苹果

从平面物件(树叶和夹子)描写转入立体物件描写,重要的是要理解形状的特性。一年级学生对于物件的形状还没有明确的观念。在他们看来一切苹果都是圆的。只有拿它们来同正确的圆形相比较,方才可以看出这只苹果虽然也是圆形的,但同正确的圆形(例如皮球)相差甚多。首先必须确定:苹果的形状有长的或者扁的,其表面上有凹进的地方,不是全部浑圆的……

要使儿童明确地看到苹果形状的特点,最好选出两只形状和色彩都不相同的苹果来,一只是长形的,另一只是扁形的。

比较了形状不同的两只苹果之后,儿童便知道:现在所描写的物件(即苹果)的形状,须留心观察,才能理解其形状的特点,而正确地描写它们。

口头说明之外,教师还可在黑板上画出长形的和扁形的苹果,然后把它们揩去,使学生独立地写生。

课题的说明完了之后,教师把两只苹果放在大家看得见的地方(最好在教室各处的写生台上多放几只苹果,使每个学生都能够清楚地观察),令学生开始绘画。

开始绘画,用普通铅笔。教师检看过这些铅笔画,对它们的缺点作了必要的指示,然后令学生用色铅笔完成它们。

色彩也可用比较的方法来确定。

必须顾到:儿童们大都机械地把苹果着色。他们常常把苹果画成红色,其实有时那只实物苹果完全不是红的,却是黄的或黄绿的,或者只有一半是红的。

选择色彩时,必须特别注意,务使儿童在课业开始时就考虑到:实物是什么色彩,它在画中应当怎样表现。

蔬菜类写生(萝卜、甜菜、胡萝卜)

在这课题中的实物的选择,使教师容易说明课题,使学生容易把握形状的特点,容易画出所指定的实物。

这些实物的形状虽然似乎复杂,但是儿童很能处理这课题。因为实物的形状由于对照和比较的作用而显得很明了。

教师把萝卜、甜菜和胡萝卜给儿童们看,教他们用心观察每一种东西的形状;并且对他们说明,在对比之下,这三种东西的形状有什么差别。大多数的儿童都能正确地指出各物的特点。

要使全班儿童都理解这课业,教师可在黑板上画图,一面伴着说明。

教师对儿童说明:萝卜的形状是很扁的,甜菜比它长些,胡萝卜更长,而向着根的地方渐渐狭小起来。

教师指示儿童:必须先用铅笔正确地画出它们的形状,经教师看过,认为正确了,然后可以着色。

除了正确地在纸上布置这些实物以外,又必须表出这三种东西大小的比例。

对于儿童的图画中的错误,可以个别地矫正;也可以口头向全班说明,必要的时候可在黑板上说明。

照例,在将近下课的时候,教师可把画得最成功的图画给全班学生看,并且说明他的优点在什么地方。

把成功的作品给全班学生看,可以鼓励学生用功。为了鼓励成绩优良的学生,必须把他们的作品揭示出来,并且指出他们成功的理由。但不宜常常揭示同一学生的作品。

类似这课题的,还有下列各种实物可用:(一)番茄、李子;(二)小桶、小铲子、小球;(三)苹果、西瓜。在"苹果和西瓜"的课题中,无论作记忆画或写生画,都要使儿童第一注意物件大小的比例(苹果小、西瓜大),然后注意它们的形状和色彩的特点的描写。

对二年级的学生,比对一年级的学生要求更正确的描写。给他们画的东西,也必须是形状更复杂的东西。

要使学生的工作进步,必须渐渐增加写生画的时间。因此,一小时内画两个或两个以上的实物的(在学年开始时),应该渐渐改为在一课(四十五分钟)内画一个形状较复杂的实物,或者画两个形状较简易的实物。

　　有时可令一部分学生仅用铅笔描写,从开始到完成,都不用色铅笔或水彩颜料着色。这可使多致力于形状的描写,而使图画更加完美。

　　必须注意培养儿童正确地、自由地应用画具——铅笔、水彩画笔——的习惯,又须教儿童少用橡皮。作画必须用细的轻浮的线条,只有在图画完成或近于完成的时候,才可用橡皮揩去不正确的线条。同时,应用水彩颜料时,必须用得鲜洁明快。

　　对于图画的完成,尚有一个要求:图画和纸的大小比例必须相当,纸上的布置必须正确。在比例相当、布置正确的原则下,图画应该尽量画得大。例如蔬菜和水果可以画得同实物一样大小,或者比实物略小些。布置画面的时候,不应该有这样的现象,即所画的东西挤满在纸上,甚至画出边去;或者反之,画得很小。教师可以渐渐指导学生领会画面的合理布置,及图画对实物、对所指定的画纸的相应关系。

　　要使儿童渐渐习惯于画出适当的大小,教师必须在说明的时候常常提及这一点,并指示他们纸面的最适当的应用法。

　　开始时可教他们想象把纸分为两半,在每一半中画一件东西;或者分成三部分,而在一张纸上画三件东西。这样把纸面划分,可使儿童习惯于有计划的工作,而渐渐引导他们理解绘画的构图。

有叶的树枝及针叶树枝写生

　　小的白杨树枝、白桦树枝、枞树枝或松树枝,可以取作绘画的模型。

　　给每一个学生一个小树枝,或者给每两个学生一个树枝(放在桌上),教他们画出来。

在这课题中,须使学生注意树枝的特殊的构成:它的小枝条如何生法,它们的长度如何,叶子的形状如何。

观察小枝条的时候,须注意叶子的各种生法,对生的还是互生的。

然后注意叶子的大小,是否每张叶子一样大小? 以后,再注意其形状的特性。在研究形状的时候,必须注意叶子形状的均齐和不均齐。

描写针叶树枝,最好这针叶树枝带有球果。这时候教师可使学生注意针叶的长度,球果的位置和球果的个数。

教师先教学生注意树枝、叶子、针叶和球果的颜色,注意球果的构成和形状。然后教他们开始描写。

起初画出树枝的大体方向,树枝的形状(直的或曲的),然后拟定小枝条的地位,而描写叶子。

全部都用铅笔轻轻地画成后,才着手用水彩颜料描写。教师必须预先关照学生用毛笔的尖端来描写,这样才能画出细的树枝,画出小枝条以及叶子的边缘和叶脉。

将近下课的时候,教师作一总结,如前课所述的一样。

画过了蔬菜、水果、树枝、菌类和其他同样复杂的东西之后,便可进而描写形状更复杂的东西,而逐渐提高对于图画的要求,要他们对于形状和色彩作更正确的表现。

安置实物的时候,须尽可能避免其缩形。必须使学生能清楚地看见实物,拿自己的画和实物比较,并且能习惯于照所看见的样子而作画(参看学生作品图 22、图 23)。

图 22　有球果的针叶树枝

图 23　针叶树枝

第九章　立体物写生

　　三年级的儿童已经有了观察的经验,能够看出物体的形状,能够作比较,并作出必要的结论。此外,三年级学生大都已经获得了使用铅笔及毛笔(着色用)的技术经验。有了这一切,他们便能更进一步而作立体物的写生了。

　　三年级一开始,图画课就须正确地遵守写生时的规则。作画的人从开始到完成,不可变更自己对于实物的视点,不可把身体偏左偏右,不可站起来看看坐着时所看不见的部分。他必须坐在自己的座位上描写他所看到的状况。换言之,就是学生必须从一定的视点而写生。

　　学生作写生画时,应当理解实在的形状和所见的形状之间的差别。因了从各种不同的位置观察实物,而所见的物体的形状也就发生变化。观察所见的形状而把它描写出来,结果便使学生理解了所见的形状对画者的视点的关系,或者所见的形状对物体在空间的位置的关系。写生画最初用的模型,是圆柱形的东西。因为圆柱形上所见的形状的变化,比别的形状的东西上的变化容易被学生看到而描写出来。

　　学生应该从地平线的各种位置上观察实物,以便理解透视法。实物放置的地方,比画者的视点低。这样,可使学生清楚地看见圆柱形上端圆形的变化——透视法。因了教师的说明和各种圆柱形物体的观察和描写,学生就渐渐掌握了这形状而能在画中作透视法的表现了。

除了描写个别物体以外，同时又可教学生描写不很复杂的组合物体，借以发展他们的绘画技术。须向学生说明，个别物体和组合物体的差别，不仅是数量上的差别而已。

组合物体作一定的布置而存在于空间。各物体对画者的关系，或者同样距离，或者不同距离——有的离开他近，有的离开他远。

学生渐渐懂得了描写近的东西和远的东西的方法，而在画中表出物体在空间的布置，它们的大小关系和它们的形状。

课业的顺序经过周密考虑而实行，可使学生容易获得必需的技术，例如：

（一）描写个别的圆柱形物体；

（二）描写个别的近于圆柱形物体；

（三）描写两个圆柱形物体的组合，其位置离开画者同样远近；

（四）描写两个近于圆柱形的物体的组合，其位置离开画者一近一远。

为欲减轻课业，圆柱形物体（及其他近于圆柱形的物体）的描写可以仅用铅笔，而别的实物（例如蔬菜和水果）则用铅笔和颜料来描写。

为了研究透视法现象，可从各种高度上对圆柱形物体作写生画，借以表出圆面的缩形的各种程度，而确定实物上所见的形状对于画者的视点的关系。别的事物的写生，其任务在于学习观察，看出复杂物体的基本形状、部分形状和它们的关系。属于这种事物的，如飞禽、大形的昆虫（蝴蝶、甲虫、蜻蜓）和盆栽植物。

圆柱形物体写生

　　酒杯写生,是儿童第一次遇到的立体物写生,第一次遇到的透视法的圆形。

　　这课题的说明法如下:教师令学生注意观察为作画而设置的酒杯。他告诉学生:酒杯的上端实际上是圆形的,但是望见的却是缩狭的圆形(这时候便在黑板上画出圆形及缩狭的圆形)。倘把酒杯放得更高些(教师一面说明,一面把酒杯提高),那么所见的圆形就更狭些;反之,倘把酒杯放得更低些,或者站起来看,那么所见的圆形就更广。教师说明的时候,可把酒杯放在各种高度上,或者令学生站起来看,坐下来看,使他们确信所见形状的变化。

　　教师在黑板上画出圆形来,并且说明:这圆形是由匀整的曲线围绕而成的,所以不可把左右两端画成两个尖角。其次说到酒杯的表面和环子,教师令学生确定:酒杯的高度和阔度哪一个大? 环子的形状是像问号那么弯曲形的,还是有角形的? 讲到环子的时候,教师就把环的形状及大小加以说明。这是为了预防学生绘画时发生可能发生的错误,并且禁止他们作公式化的描写,而引导他们注意观察实物。

　　课题的说明,以指示作画的顺序为结束:

　　(一)教师指出酒杯的高度和阔度;

　　(二)然后指出缩狭的圆形的阔度,用垂直线来表明这阔度;

　　(三)用弧状环绕的曲线画出酒杯的上端;

　　(四)画出酒杯的本身及杯底的半个缩狭圆形的曲线;

　　(五)指出环子所生的地方,及环子的阔度;

(六)描写环子的形状。

教师令儿童照这顺序作画,但须预先用记号规定酒杯在纸上的地位。

画酒杯时,必须令学生努力表出其立体相。教师可视察儿童的图画,作必要的指示,使他们改正错误。

教师又须令学生注意所画的酒杯上的光线。光是从左方射来的,所以酒杯的左方比右方明亮。酒杯的里面也有明的部分和暗的部分,但其地点和外面相反:右方明亮,因为是向着光线的;左方较暗,因为是背着光线的。在环子上,也可看出明的地方与暗的地方。

倘有必要,教师可在大的纸上画出酒杯的明暗表现法,揭示出来,使全班学生都看到。教师令学生注意:酒杯上的明部与暗部,必须和画中的明部与暗部相一致。说明之后,就令学生完成他们的图画。

各种均齐形物体写生(水壶、咖啡壶)

描写长度大于阔度的物体的时候,必须把画纸直放,使物体可以画得大些。物体在纸上的布置,须特别加以注意。儿童们画过小形的东西之后再画大形的东西,往往把大形的东西也画得很小。他们画水壶和瓮的时候,往往画得同酒杯和皮球一样大小。

所以描写大形物体的时候,必须教学生放大画中物体的面积。画小形的东西,例如酒杯、皮球、苹果,可以画得同实物同样大小;但画大形的东西,必须估计到画纸的面积。

画大形的物体,例如水壶、咖啡壶,必须把它们布置在画纸的中央,使它们占据纸面的大部分(参看图24、图25)。

倘是描写个别的物体,则规定在一张纸上画一种东西。

必须顾到一点:教师教儿童画得大些,他们便画得太大,纸张上画不下,以致物体一部分越出纸外(例如咖啡壶的嘴、底或环,参看图 26)。

图 24　水壶

图 25　咖啡壶

图 26　咖啡壶

要求学生画得大,同时须说明:所画的物体的轮廓要不接触画纸的边缘,不画出纸边去,才算是良好的布置。

欲使儿童正确地写生,必须教他们看出物体的主要部分和次要部分,看出物体的基本形态。换言之,就是使学生理解物体的主要部分的形状及其对部分形状的关系。

咖啡壶或水壶的主要部分,是盛咖啡或盛水的地方。

作画时,先在纸上安排了盛水部分的位置,画出了它的大体轮廓,然后描写其他各部分。这就是说:必须开始先画大体,然后及于部分。

规定了物体主要部分的地位后,便指定物体左右两部分的边际所在的地方,然后描写物体的大体形状。描写物体的部分——咖啡壶的嘴和环——的时候,必须顾到全体的形状。

儿童依照上述的顺序作画,就会习惯于正确地规定基本形体,看出物体的构造和比例,这便是写生画的基础。

水壶的画法,其顺序与咖啡壶同(图27)。

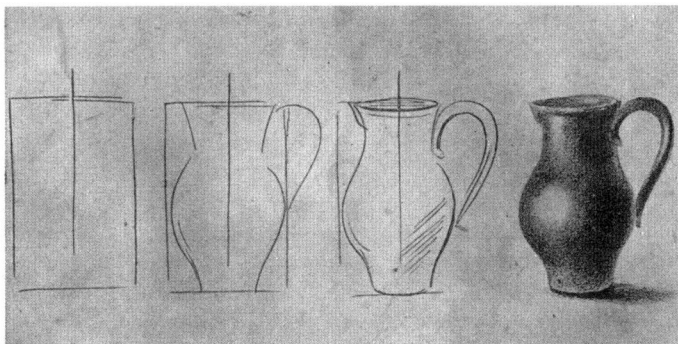

图27　水壶描写的顺序

须特别注意的,是正确地表出物体的形状的均齐性。

球形物体写生

球形物体的立体形,不能仅用轮廓表出。当我们观察皮球或苹果时,我们看到其表面有一定的立体形。我们能看到物体表面的立体形状,全靠有光暗。光线照在物体上,并不全部均匀地照明:直向着光线的部分,比较其他的部分为明亮。我们可在物体上分出明、暗、最暗的三部分。

明暗可以表出物体的立体形。倘没有明暗,则皮球变成了平面的圆圈,苹果变成了一个不正确的圆圈。

教师在黑板上画一个圆圈,拿出一个厚纸板剪成的圆片子给儿童看。然后画一个皮球或者一只苹果,拿出画着这些东西的图画(图 28、图 29)来给儿童看。对儿童说明:因了明暗的助力,我们才能感觉到立体形,又预先警诫儿童不可用粗率的办法来描写明暗,例如把半个圆形涂黑就算了。

图 28　皮球

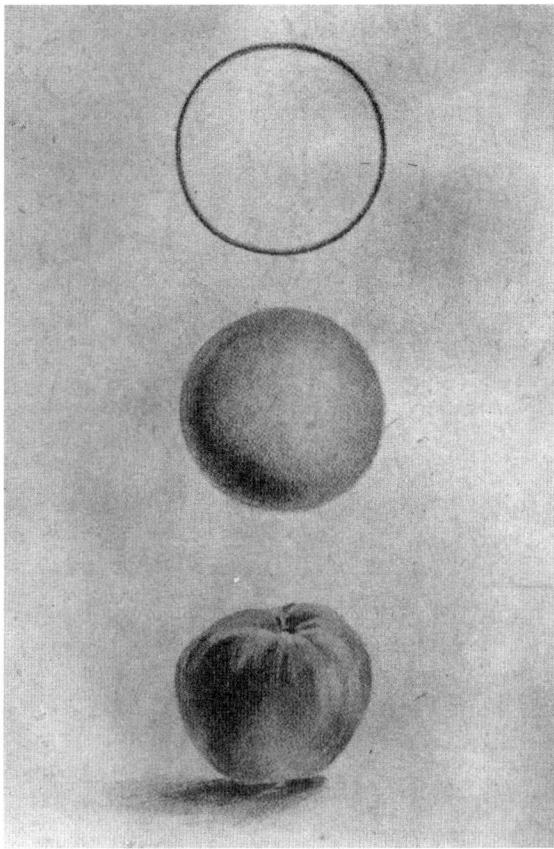

图 29　平面的圆形、圆球及苹果

必须发展儿童对形状的感觉,使他们能感受事物的立体形,使他们能自己懂得画中表现立体形的方法,懂得观察实物的必要性。只有这样,才能使他们对自己要求严格,而力求在图画中表出立体形来。儿童认识了所见的现象,便会渐渐地从轮廓形描写转向立体形描写。最初的课业可用苹果写生。

苹果写生

苹果描写的课题,其进行的方法如下:教师指定日期,教学生每人带一只苹果来,蒂向上,放在课桌上。教师令全班学生观察课桌上的苹果,并向他们指出,苹果的上部有凹进的地方,从这凹进的地方生出蒂来,苹果就是用这蒂生在树上的。

然后教师在黑板上画出苹果的大体形状,并且说明:凹进的地方不是位在轮廓线上的,而是位在比轮廓线稍低的地方的。蒂的下端位在比轮廓线低的地方,而上端则高出在轮廓线之上。

然后教师令学生观察:凹进的地方哪一部分明亮,哪一部分阴暗。

教师在黑板上作说明之后,就令学生观察所要画的苹果,看出它是长的、圆的还是扁平的,然后开始作画。

(一)用轻微的线条画出苹果的基本形状;

(二)找出蒂头的下端或凹进部分的最低点;

(三)指定蒂头的长度及方向(直的或斜的);

(四)看出苹果的明暗,哪一部分是最明的,哪一部分是暗的。然后描写明暗。

在作画的过程中,教师巡回察看学生的图画,指出他们的错误。

找出错误的方法,是多观察实物,拿图画同实物相比较。

教学生观察时,教师须给以具体的指示。例如关于苹果的形状,关于苹果的色彩、明暗和落在桌上的影子等。

教师向学生说明:在实物上,明暗和形状相关联;苹果的表面仿佛从光明渐渐隐没在黑暗中。画中从光明到黑暗,也必须逐渐转变。

教师指出从苹果上落到桌上的影子,教学生必须画出桌面,表示苹果是放在桌上的,不是挂在空中的。描写落在桌上的阴影时,必须与别的阴影相比较,以确定其明暗程度。

皮球的写生也是如此。皮球放在全班学生面前的写生台上。必须用较大的皮球,方可使大家从座位里望来,看得清楚。

教师说明皮球上的明暗时,令学生观察皮球的表面,细看其从明到暗的转变,并且注意:皮球上最暗的地方,并不在于暗的部分的边际上,而在于稍稍离开边际的地方。教师说明阴影的各种程度时,向学生指示:暗部分的各种差别,有的乃由于邻近的物体(墙壁、桌面)的反射光线而发生。

然后教师令学生观察阴影的形状,把阴影和别的暗部相比较,和皮球上最暗的地方相比较。务求图画中的皮球同实物一样地有立体感。

描写别的圆形的东西——例如南瓜、番茄、西瓜——时,必须令学生注意其棱沟部分,注意这些棱沟如何组合而显示出物体的立体形。

盆栽写生

这课题的目的,是欲使学生观察并在画中表出透视法的现象。盆栽的写生可以使学生练习观察新的对象物的比例、形状和透视现象。这课题的主要困难,在于植物的复杂的构成、叶子在空间的配置和因叶片转侧而发生的透视法现象。此外,儿童所感到困难的,是表出盆和植物的大小比例及画的构图。

为了顾到这些困难,所以初学盆栽写生必须选择简易的、叶片不多的植物,例如无花果。

为了避免依据习惯的公式而机械地绘画,教师必须在说明课题时详细分析植物构造、比例和叶子的形状。

起初向学生说明:无花果的茎的形状是很直的,一直向上生长。其次说明:茎上的叶子不多,一张一张地历历可数。这些叶子生在茎的四周:一张叶子的平面正向着学生的座位,另一张叶子向着教室的一角,第三张叶子正向着窗子,第四张叶子背着学生而向着相反的一角,第五张叶子的平面向着黑板……教师令学生注意:叶子所生的地方是分段的,最低的叶子生在茎的一点上,第二张叶子生在茎的另一方面的稍高一点上,第三张叶子又稍高……然后教师问学生:一切叶子是否同样大小?叶子的方向是否不同? 其不同在于何处? ……

再加说明:中间的叶子比其余的叶子更大,下面的叶子比其余的更为下垂;最幼小的叶子生在茎的顶上,它们差不多是向上生的,略现倾斜,其面积比其他一切叶子都小。

教师说明:作画时要把植物及其所生长着的花盆一同描写。比较花盆和植物的大小后,可以确定植物的高是盆高的四倍,大的叶子比盆的高度更长。

确定了植物的高度之后,须再和盆的阔度相比较而确定植物的阔度。观察的结果,植物从极左边到极右边的阔度,大约是盆的阔度的两倍。教师须指出,这阔度的关系不是一定的,是因画者的视点关系而有变更的。说明的时候,教师把花盆旋转,以证实这关系;然后再使花盆回复原来的方向。

分析过之后,教师问:"画无花果时,画纸应该怎样放置才适宜?"

确定了描写无花果的画纸宜乎直长放置以后,教师就来说明作画的顺序。他在黑板上画出一张长方形的纸,在这上面指定无花果的顶点和花盆的底边。然后,指定花盆的大小,并检查一下,花盆的高度和植物的高度的比例是否正确。用轻微的线条画出花盆和茎的大体,以及植物的左右两边的范围。然后在这范围内规定每张叶子的位置,画出叶子的轮廓。

教师继续描写,同时说明道:"我现在要画这一张叶子(指点实物);这张叶子的平面是正向着这边的,所以我所看见的比其他的叶子广阔。其次的一张叶子,其左侧向着坐在教室的这一部分的人,所以他们所看见的是叶子平面的缩狭形。但在别人看来就不同——较广阔。"描写叶子的时候,教师便说明每张叶子的描写顺序:起初确定它的方向,然后确定它所见的长度、阔度和所见的形状。说明时,宜特别注重叶子的透视法的缩狭形(图30)。

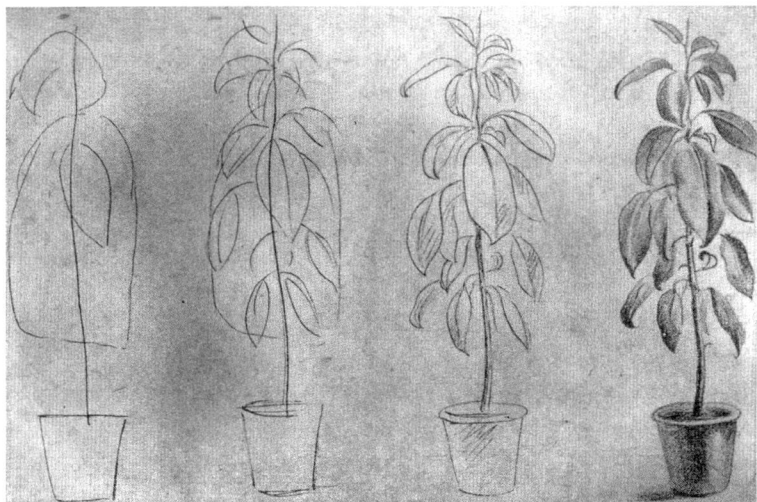

图30　盆栽描写的顺序

　　全部轮廓画完成的时候,教师令学生观察实物,注意照在这无花果上的光线:哪些叶子是照明的,哪些叶子是在阴暗中的。又须注意:光线照在一片叶子上,并不是全体平均的,有的部分较亮,有的部分较暗。花盆上的光线也是如此,必须找出花盆上最亮的部分和最暗的部分,以及从亮到暗的推移。

　　说明了课题,并指示了作画的顺序之后,教师问学生:"这无花果的画法大家都懂得了吗?"倘使大家懂得了,对教师的说明没有疑问了,便令学生开始作画。

　　在作画过程中,必要时教师可更向学生作补充的或重复的说明。

　　教植物写生时,须预先防止学生的一般性的错误。他们大都容易疏忽植物和花盆的大小比例、叶子的大小和叶子形状的特性。这一切错误,都会在第一次作盆栽写生时发生。这些错误发生的原因,在于不根据实物观察,而根据以前所熟悉的现成的公式。因这缘故,不论教师的说明如何详尽而清楚,有些学生仍会画出对植物失却比例的大花盆、一样大小的叶子,以及其他的错误形态。这些错误的发生,都是由于局部描写不顾大体。例如画无花果,他们忘记了所画的必须是种在盆里的无花果,而不是无花果和花盆两种各别的东西。

　　要避免这种错误,教师起初必须很快地在教室中巡视一番,看学生怎样开始作画,检查他们的工作有否一定的计划。倘使发现学生的工作散漫无章,不知道照什么顺序作画,则教师便须指示他们:教他们注意物体的基本形状,各部分的比例,各部分的配置和形状。第二次巡视时,教师指出他们的画中所犯的错误,教他们把画同实物比较,使他们确信这画必须修改。

　　比例的错误,可用目测的方法来矫正。目测是仅用眼睛来辨别大小的比例,不是机械的测量法。图画课中不可使学生惯用机械的做法。

叶子在空间的布置上的错误,以及各种透视法的缩狭形,都可用实观的方法来说明。教师可用手掌来代替叶子,做给学生看,告诉他们:这样,你可以看见手掌全部的阔度;换个样子,你看见手掌较狭了;再换个样子,你只看见手掌的边了。无花果的叶子,只有在它的平面正向着画者的时候,我们才能看见没有缩狭的实际形状。倘使学生画中的叶子画成了每张都正向着画者的样子,教师必须使他把叶侧转来,照实物的样子改画过。他可在画上用手掌做一个姿势,表示把叶子翻转来,使它不要正向着学生。或者指着一张画错的叶子,教学生指出这是实物上的哪一张叶子。有时竟会发现:实物中并没有这样的叶子,这叶子是学生自己想出来的。这时,学生立刻就能了解他"凭主观"而画出来的样子和真实的样子的不同了。

倘使学生把许多叶子画成左右相对(在同一平面上)的样子,教师可教他在实物上指出各叶的叶柄附着在茎上的地位。这时候教师可问学生:无花果茎上的叶子是怎样生的? 向左右两个方向生的,还是向各种方向生的?

课题结束时,把典型的图画——最佳的或最劣的——揭示出来,并附以简短的说明。

倘使画是着色的,则须分两课完成。第一课用铅笔起稿,第二课用色彩完成。教师须预先告诫学生,起稿要用轻微的线条,勿使铅笔线通过了透明的水彩颜料而显出来,因而污损画面(参看学生作品图 31、图 32)。

图 31　盆栽　　　　　　　　　图 32　秋海棠

组合物写生

开始写生时,用个别的物体。这可使学生学会表现物体的立体形,表现其各部分和比例。

但图画教学不能一直停留于个别物体的描写,必须教学生画组合物,表现出组合物之间的大小关系,表现出它们的形状和它们在空间的配置。描写组合物,这便是进一步的课业。

组合物写生的主要内容约有五点:

(一)图画在纸上须求得最适当的布置,即构图练习;

(二)表现出各物体在空间的配置;

(三)在画中表现出各物体之间的大小关系;

（四）各物体的形状和构造；

（五）各物体的色彩和调子。

其中最重要的，是在画中表现各物体在空间的配置（或远或近）的方法。

这课业必须由浅入深，由简单进于复杂。即最初的组合物写生，宜用两种平时熟悉的东西为模型，而教学生正确地画出其远近。第二步，用大小不同而形状相近似的两种东西为模型。然后用大小和形状都不同的东西为模型。

起初，布置两种东西时，一远一近，不相遮掩；后来，渐渐用遮掩的布置。

起初，教学生自己把图画和实物比较，以校正其错误。然后，教师在课业进行中巡视各人的图画。倘发现其没有大错误，便可更进一步，教他们更仔细地观察各物的关系——形状、大小、明暗的关系。

必须教学生用心观察物体上明暗的阶段：明、半暗、暗。禁止他们用机械的方法来描写明暗，即把物体的一半画成明的，另一半画成暗的；必须使他们自觉地描写，即根据对实物的观察而描写。

必须渐渐地教儿童理解物体上的反光现象。为了要说明反光，可用一张大纸或者一块白色的厚纸板，把它垂直地放置在物体的暗部的方面，然后立刻把它拿开。这样演习了两三回，反光现象便容易看到了。当白纸板竖立在物体暗部旁边的时候，这暗部中就出现了明亮的部分。教师向学生说明：物体上的反光平时不甚显明，现在因这白纸板而显明了。教师指出暗部中的差别，告诉学生，这差别是由于反光而来的，即由于各种东西——例如墙壁、桌面等——的反照而来的。

但须说明：在物体上画明暗（明、半暗、暗、反光），其目的是要充分表出物体的立体感,并不是要把图画涂黑。所以画暗部的时候,必须留心察看,竭力保持明部与暗部的关系。为了清楚地说明这一点,教师可在一张大纸上画出这关系,以表明描写的顺序。起初描写物体的形状,同时画出其大体的明暗,然后向学生解释:明部中和暗部中一样,都有较明的和较暗的地方,由明渐渐移向暗。

一、两个酒杯

教师在学生面前摆设两个酒杯,然后加以说明。最初他指出:坐在中央的学生,看见两个酒杯离开他们同样远近,但是其他的学生并不如此。坐在两旁的学生看来,一个酒杯远,一个酒杯近。

教师对坐在窗边的学生说:"在你们看来,这个酒杯(指点近窗的一只)较近。"又对坐在窗的反对方面的学生说:"在你们看来,那个酒杯(指点另一只)较近。"

教师起初照坐在中央的人所见的样子描写这两个酒杯,后来照坐在旁边的所见的描写。他先在黑板上画一个长方形,代表纸张,然后在这纸上画两个酒杯。画好之后,对他们说,这两个酒杯是同样远近的。

然后他描写对画者距离不同的两个酒杯,即坐在窗边的学生所看见的。第三次他描写坐在另一边的学生所看见的。

教师指出一个学生来,问他这三幅图画哪一幅中的酒杯是画成同样距离的。又指出另一个学生来问:"哪一个酒杯近,哪一个酒杯远?"再用同样的话问第三个学生。

得到了正确的回答后,教师又问:"我们怎样能够知道在这幅画中两个酒杯是同样远近的,而在那幅画中两个酒杯是远近不同的?"倘使学生难于回答,教师就作说明:要画同样远近的两个酒杯,须把杯底画得离开纸的下边一样远近。要画较近的酒杯,须把杯底画得离开纸的下边稍近;要画较远的酒杯,须把杯底画得离开纸的下边稍远。这就是说:凡画近的东西,须接近纸的下边,即画得低些;凡画远的东西,须离开纸的下边,即画得高些。

说明完结之后,教师揩去了黑板上的画,以防学生凭记忆而抄袭。

倘使两个酒杯对于坐在中央的学生是同样距离的,那么对于坐在两边的学生就一近一远。不但如此,也许近的酒杯遮掩了远的酒杯的一部分。这时候须向学生说明:遮掩的部分各人所见不同,有的人看见遮掩的部分小,有的人看见遮掩的部分大。

教师令学生注意:远的酒杯被近的酒杯所遮掩的是怎样的一部分。为了便于作画,教师可教学生把近的酒杯当作透明的东西看。这样,被遮掩的远的酒杯就全部画出。看见两个酒杯都正确了,然后用橡皮将被遮掩的部分揩去,这画就正确地完成了。

描写被遮掩的物体,必须十分注意于其形状的正确。用上述的透明的方法,可使儿童自觉地描写,逻辑地思考。这方法可以养成儿童布置物体的技能。因了透明的画法,儿童可以领悟:远的东西是放置在近的东西的后面的,两种东西是各自占有一定的空间地位的……

描写组合物,开始就要学生注意各物的大小关系。不但看出某物比某物大,或者某物比某物小,还在看出"大若干""小若干",而将图画同实物比较,检视其大小是否正确(参看学生作品图33、图34)。

图 33　杯子及铁罐

图 34　花盆和苹果

二、咖啡壶与茶杯

教师在写生台上布置组合物(一班中须用两三个写生台),然后作说明。他说:现在要写生的是两件东西,其中一件(咖啡壶)大些,另一件(茶杯)小些。咖啡壶的高度为茶杯高度的三倍。教师区别咖啡壶和茶杯的形状,教学生看出这两种形状的特点来。

然后教师在黑板上指示作画的顺序,以求正确地表现比例、形状和相互关系。

在黑板上作说明之前,教师先向学生提出纸的问题:直的好呢,还是横的好? 决定之后,教师在黑板上画一长方形,以代表纸;对学生说:"这是一张画纸,现在要把物体依照所见的形状而布置在这张纸上。咖啡壶和茶杯是并排的,但并不密接。中间的距离如何? 倘使我们要在这中间再放一只茶杯(他问一个学生),你想想看,不移开原来的茶杯,是否放得进去?"学生回答:"不,放不进去的。"教师确定地说:"不错。这中间的距离只有茶杯的阔度的一半,另一只茶杯是放不进去的。现在我们可以试把这两物布置在纸上。纸的这一部分上放咖啡壶,那一部分上放茶杯(教师用手掌指示地位)。指出咖啡壶的上端和下端的地位:壶盖画在这里,壶底画在这里。茶杯的底同壶的底相并,但茶杯的高只有壶高的三分之一。只要再决定了壶和杯的阔度,我们就可以知道两种东西所在的地方了。现在我们须得指定壶口和壶底的阔度,然后画出壶的两侧线,指定壶嘴的长度,大约规定壶嘴的形状。然后找出壶和茶杯的把手所生的地位,画出它们的形状。再画出壶的盖、底,茶杯的上端和底。两件东西的大体形状都画出了。现在只要加以修改,仔细地描写各部。做这工作时,必须留心观察实物,把画同实物比较。试看壶的环,弯的部分是在

中央,而下部是直线形的。"(图 35)

图 35　咖啡壶及茶杯(组合物)

　　说明完了以后,教师把黑板上的画揩去,令学生自力描写咖啡壶和茶杯。他说:"先用轻微的线条描写,确定了两种东西的大小关系和大体形状,然后描写各部分,同时画出物体的体积。"

　　儿童描画的时候,教师须巡视,看他们如何开始、如何描写,指出他们的错误。最初注意其大小的比例,然后注意其立体相。

　　教师指示学生:物体上有明的地方和暗的地方,向着窗子的一面明,另一面暗。然后告诉他们,由明到暗,有时是渐渐的,有时是突然的(因所画物体的形状的关系而定)。

　　随后,教师指示学生暗部浓淡阶段的画法。最初,明的部分留出白纸,其他部分都画上半暗的色调;然后由半暗画到全暗的部分。这样,可使学生不致机械地涂抹,即把明部一概留白,暗部一概涂黑;或者把暗部的边上涂得极黑(图 36)。必须警诫学生,不许用铅笔乱涂,又用手指摩擦,以求快些涂满。立体物写生开始时,就须向学生揭示良好的作品,指出其立体相的表现法。

图 36　错误的及正确的明暗描写

表现立体相的容易成功的方法,是描写暗部阴影时用线条的方向来表出其立体感。学生作画时,须掌握物体的立体形,依照它的形状而决定涂阴影时的线条方向。

画图柱形物体或近于圆柱形的物体时,暗部的阴影须依照该物体的表面形状涂写。画其他一切形体时,也须如此,阴影必须和立体物的形状方向一致,才能表出立体感。

第十章　高年级的写生画

高年级的图画课的任务,是发展学生在初级四年中所学得的知识和技术。这样,在七年制的学校中,学生在绘画方面可获得完全的知识和技术。

开始时,图画课要使学生认识他们周围的各种事物,使学生描写具有各种用途、形状和色彩的物件,由此获得基础的技能。在这基础上可以建立后来的系统教学,使学生理解各种透视法现象,并在作写生画或非写生画——记忆画和想象画——时应用到它们。同时,在高年级中必须发展学生的想象力。高年级的图画教学内容改变了,因此,教学的方法也改变了。这些改变与学生的年龄、思想、一般发育和绘画修养有关。初年级的图画课的方法是观察和描写现实的物体,即自然物和日常用物;高年级的图画课就有些不同:从初年级所主重的具体物件的描写移转到抽象的几何形体,使他们认识形状、远近法现象,而在这基础上完成具体物写生的全部任务。

教学生描写几何形体,使他们理解物体形状的特性,发展他们对于物体的形状和构成的明确的想象力;同时又教他们作想象画。例如:在画中描写物体的各种位置和切断面。

同时又须教学生作记忆画,作以前曾经写生过的东西的想象画。作记忆画时,亦可令学生观察实物,然后根据记忆作画,画成后再对照实物修改(参看第十三章)。

形的构成——从全体到部分——的基本原则,在这阶段中,也是图画教学必需的原则。

为欲发展在画中表现深度的技能,必须描写物体本身上的明暗和物体所生的阴影,表出物体表面的物质性的感觉。在高年级中,除表现明暗外,又须使学生理解反光的现象而把它充分在画中表达出来。

全班用的写生模型,同初年级一样,须在教室中多设数处,其地位须较学生的视点更低。小的写生模型可分别放在学生的课桌上。

圆柱及圆柱形物体写生

圆柱形物体描写,在初级班中也曾有过。然而把圆柱形当作一种回转的立体形而产生的法则,只有在七年制学校的高年级中才能理解。

在高年级中,形状及构成的分析,应该不仅说明某一件物体,并又确定形状构成的一般基础,而达到概括和结论。这样的说明,可以帮助学生理解各种圆柱形物体——玻璃杯、茶杯、酒杯等——的共通性。

要获得图画学习的基础,必须能够分析、概括,能够看出并理解作为周围物件的基本形状的几何形体。这意思并不是说用抽象的几何形体来代替具体的物件。使学生描写圆柱形、平行六面形、立方形和球形,其目的是要使他们能够由写生或由记忆,正确地独力描写任何简单的物体。

图画绝对不能转变为几何学,因此绘画用的对象物,应该是依照一定顺序而选定的现实物件。

教师向学生说明:在许多物件的基本形状中,包含着圆柱形,于是举

出具体的例子来。要向学生说明圆柱形
及其构成,可以指出:圆柱形是由长方形
回旋而成的(图 37)。同时教师还可指
出别种回旋形,证明直角三角形回旋起
来,造成圆锥形。然后再说明截圆锥体。
作这说明的时候,最好用实物来作证,例
如用圆锥形体、截圆锥形体、漏斗等物
(参看学生作品图 38 至图 40)。

　　这课业和以前的写生课不同,作画
用的圆柱形体须放置在学生面前的课桌
上。其目的是要使学生可以用手拿住圆
柱体,不但用视觉,又用触觉来感知它的
形状。这样,可以帮助学生更明白地了
解这物体的构造而作更正确的描写。

图 37　圆柱形——回转体

　　在作画之前,必须令学生全面观察这圆柱体。每一个课桌上放置一
个圆柱体。教师令学生观察它,注意它上端的圆形。然后教学生拿住这
圆柱体,慢慢地把它向上(垂直方向)提高,而察看它的圆形的变化。学
生一定会想到:为什么提到和眼睛一样高的时候圆形完全不见了。学生
一定能够自己解释这道理,且其解释多少是正确的。教师便根据他们的
解释而作出这现象的最正确的定义。"倘使把圆柱体稍稍放低一点,便
能够看见上面的圆形,虽然这圆形是很狭长的。倘使把圆柱体的上端提
到比眼睛高一点的地方,则圆形又看不见了。当圆形看不见的时候,圆
形远的一半隐没在近的一半的后面了。"

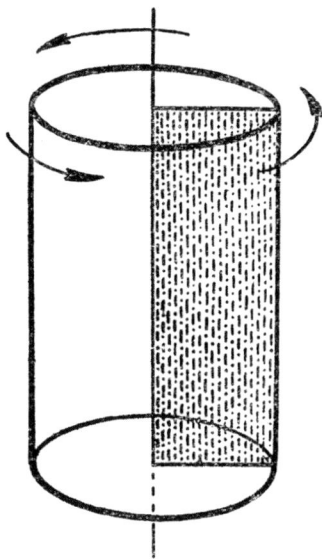

图 38   在各种高度上的圆柱形的罐头

图 39   各种位置的圆柱形（写生及想象）

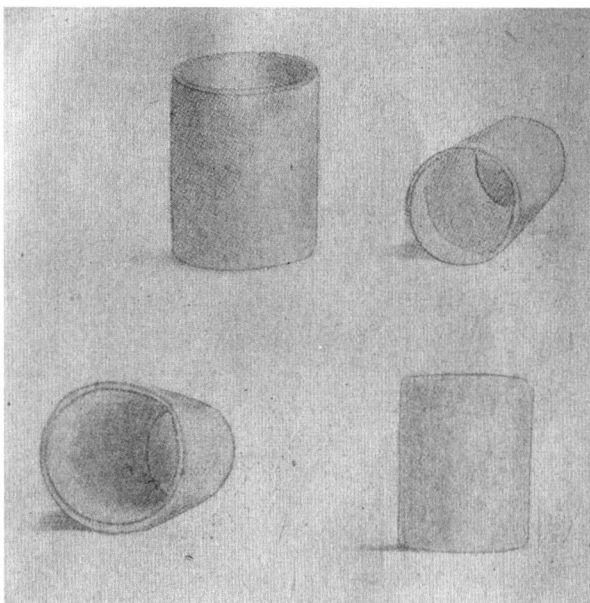

图 40   从各种视点所见的各种位置的杯子

　　教师令学生把圆柱体再提高来,直到看见下端的圆形时为止;然后再提高来,到不能再高为止。教师令学生注意:这下端的圆形是越来越广、越来越胖了。

　　为要使学生的观察不发生错误,教师可问学生:"什么东西变更了?是这圆形真的变更了,还是我们看起来变更了?"教师令学生放下圆柱体,对他们说明:他们所看到的变更,都是外形上的,实物并未变更。这变更是由于我们从什么方向观看而发生,从上面观看还是从下面观看。换言之,就是这东西放得比我们的视线高,还是比视线低。

　　我们所看见的形和物体放置的情形有关。圆柱体可以垂直放置,即如上文所说;但也可横倒来放,这时候圆柱体两端的圆形,可以正向着观者或斜向着观者。前者的情形,观者所见的圆形差不多没有变更;后者的情形,圆形缩狭了。对各种高度、各种位置的圆柱体观察完毕之后,便着手作画。先作圆柱体各种位置的写生,然后根据研究而作想象画。描写圆柱及圆柱形物体的顺序如下:

(一)描写位置比学生的视线低的圆柱体(图41甲)。

(二)描写位置与学生的视线等高的圆柱体(图41乙)。

(三)描写位置比学生的视线高的圆柱体(图41丙)。

(四)描写各种状态的圆柱体:把圆柱体横倒来,使其轴心水平放置。这状态的圆柱体可以作种种描写:轴心直对画者的,轴心斜向画者的之类。

(五)此后可描写垂直放置而加以变化的圆柱体:可根据想象而把圆柱体画成切开的,或者挖去一部分的(图42)。

(六)根据想象而描写圆柱形物体,例如对劈开的木柴,其一半直立着,一半横在它旁边。

(七)描写含有圆柱形的组合物,例如罐头和酒杯。

图41　各种高度上的圆柱体:甲,从上面看;乙,平看;丙,从下面看

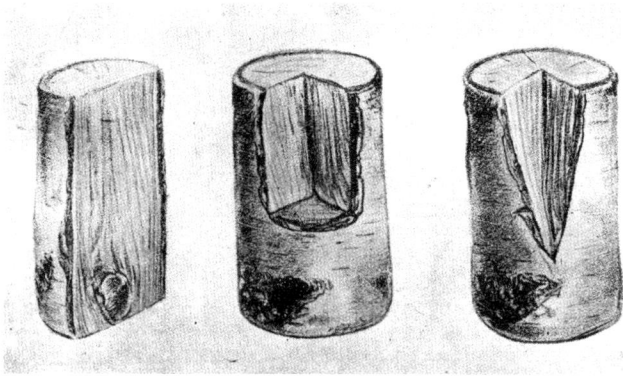

图 42   物体上切去一部分(写生及想象)

描写位置比学生的视线低的圆柱形或圆柱形物体时,与初年级的课业同样,须使学生注意圆柱形上端的圆形的透视法现象。须如其斯佳科夫所说"照它所呈现的样子,照它映在我们眼睛里的样子"而描写这圆柱形。

须使学生领会:这圆形并不变更,但我们所见的形状不同,有时狭,有时广,有时全圆,有时扁圆。这就是透视法现象。教师须使学生注意:圆柱形上端的圆形,必定比下端的圆形狭。

要正确地画出这两个圆形的广狭程度,必须把圆柱形当作透明物体描写。例如描写花盆、罐头、桶之类,必须先把它们底面的圆形全部画出,然后揩去其看不见的一半。

对于圆形所见的广度与物体的长

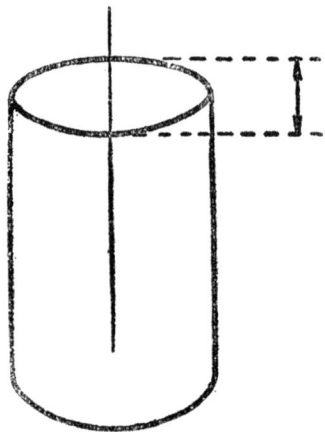

图 43   物体所见的形状
和它的高度关系

度的关系,须特别注意(图43)。同时又须比较物体的其他部分,例如花盆的阔度和花盆的高度的比例,口的阔度和底的阔度的比例。在高年级中,必须要求学生画得正确。但这正确也不能立刻达到。最初教他们用眼睛测量。后来目测的能力发达了,只要把图画同实物比较,看出其错误而加以改正。

圆柱形的轴是这物体的中心,圆柱形是围绕这轴而形成的。以轴为中心而确立其对称的形状,以轴为中心而确定圆形及其透视法的缩狭程度(参看学生作品图33)。所以描写圆柱形物体的时候,必须顾到轴的方向,然后可以正确地画出其各种位置来。

圆柱形的切断和挖出一部分,可以帮助学生的想象力的发展。此外,还可使学生明白物体的全体或部分的构造。这可以发展学生的空间观念,但也不可过分注重这件工作。这不是独立的课题,不过是把握立体空间形状的一种方法。

开始说明时,教师把放在学生面前的圆柱形画出在黑板上。教师须画出圆柱形的底,以便明显地表示切断面的构造。然后说明:要正确地描写圆柱形的切断面,必须决定切断这圆柱形的表面两条线,须确定其切断的方向。教师画出圆柱形上端的圆形中的切断线,然后教学生自己指出,这线在圆柱形的旁边及底圆上应如何表示。如果学生自己不能说出,则教师就在圆柱形的侧面画出切断面的前后两条线。在画这线的时候,教师问学生:"切断到哪里为止?"这是要使学生预想切断面的末端。把两旁的切线与底圆相交处的两点连结起来,便确定了切断面的全部。为欲使学生了解在圆柱形上所施的"手术",教师可令学生留下圆柱形的一半,而将其他的一半揩去。

第二次练习,可切去圆柱形的四分之一的体积,用两个垂直的切断平面来表出。然后作更复杂的切断,例如垂直地切下去,切到一半高度为止,再在这高度上水平地切进去,切到和垂直的切线相遇而止。把切去的四分之一的体积揩去,而单画其余的四分之三的体积。为了避免抽象化,可用具体的物体来表示:例如画一段圆木柴,画成两半,揩去其一半,留存一半;再把这一半切成两段,揩去其一段,画中只剩木柴的四分之一(图42)。

矩形立体物写生(平行六面体、立方体等)

矩形立体物写生比圆柱形物体描写要复杂得多,所以这课业规定在七年制学校的高年级中。

矩形立体物描写的主要困难,在于物体的面和角的变化。观察圆柱形物体时,无论从哪个方向看去,只要视点的高低同样,所见的形状也同样。但画矩形物体时并不如此,即使高低同样,从左面看来和右面看来所见完全不同。所以教这课的时候,最好在每一个学生面前放置一个物体,而且位置相同。这样,教师说明时便利得多。

现在我们来研究矩形物体描写的最合理的顺序。

最初,宜用小形的物件,以便放置在每一个学生的课桌上。待他们的技术渐渐进步了,然后用较大的物件。为欲使学生认识物体的形状和构造,教师令学生亲手把物体放在一定的位置上,因此他们不但用视觉来感知这物体,又用触觉感知他所要画的东西。最初可用火柴匣之类的小形六面体(图44)。其写生的顺序如下:先把火柴匣放成种种位置而写生,然后放在种种高度上而写生。这时候的主要的注意点,是要使学生自觉地组成六面体的形状。最初,因为物件的形体很小,不必十分讲

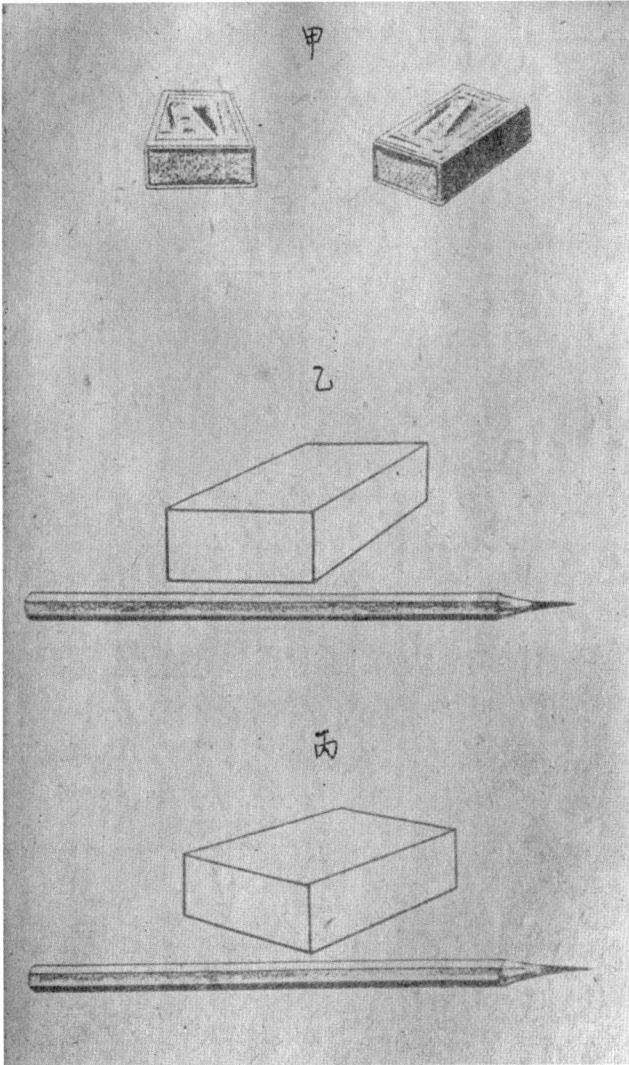

图 44　立方形物体描写中的错误检查

究透视法的缩形。等到画大形物体时(厚大的书、箱子、旅行皮箧等),透视法的现象就必须重视。以后,可渐渐应用构造更复杂的大形的矩形物体,例如凳子、书架、盖子打开的箱子、开着的窗子等。

这课业的主要点,是要表现比例、形状和画中的深度。必须使学生常常注意于物体各部分的大小,各部分的透视法缩狭程度,而正确地画出这状态,使图画与实物完全相似。

上述的写生可用速写法。在一课中,可使学生画五六张速写。

平行六面形物体写生

教师作解释时,须把这图画课中所用的术语教给学生。最初教师说明:匣子的形状是由六个面造成的。每相对的两面,必具有相同的大小。教师告诉学生:现在放在你面前的课桌上的匣子,其上面及下面是水平的,即同桌面、地板、天花板一个方向的;而其余的四面是垂直的,即同教室四周的墙壁和黑板同一方向的。

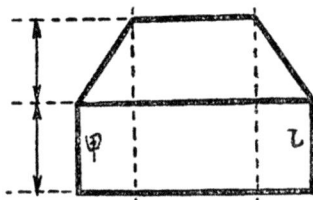

图 45　看见两面的匣子

教师说明了匣子的构造,便把匣子正确地放置在每个学生的面前,使垂直面的左右两个边柱(图 45 甲、乙)对学生距离相等。

这时候,学生在匣子上所看见的只有两个面:一个水平面(上面)和一个垂直面(侧面)。教师问:"大家看见两个面吗? 怎样的面?"然后令学生把匣子改换位置,使一个垂直面的一个边柱离学生近,另一个边柱离学生远,即斜角放置。放置好了,教师问学生:"你们现在看

见几个面?"学生回答看见三个面。教师说明:这三个面中有一个是
以前所不见的,于是在黑板上画出两图:见两个面的和见三个面的
(图45、图46)。画的时候,教师特别指出远离的边柱,这是在画中表
出深度的。然后教学生把匣子移转,使它回复原位,仍旧看见两个
面,问道:"什么时候我们看见两个面,什么时候看见三个面?"在学生
的答语中,可以考验他们对刚才的说明是否了解。倘都了解了,教师
就令学生作画,先画看见两个面的匣子;巡回指导了一下,再令描写
看见三个面的匣子。

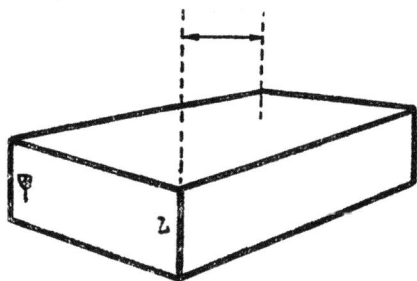

图46 看见三面的匣子

也许有个别学生描写匣子时感到困难,教师必须帮助他们。教师知
道哪几个是作画能力薄弱的学生,从工作开始时就得注意他们。最初要
解决的问题,是画匣子从何处开始。当然,要从匣子上大小不变的部分
开始。照现在的情形,匣子上大小不变的是接近学生的一个边柱(图46
乙)。匣子改变位置的时候,是以这边柱为中心而旋转的;所以这边柱周
围的面都改变形状和大小,而这边柱没有改变。我们就可以拿别的边柱
来同它比较。因这缘故,必须从这个边柱画起。这个边柱必须画得十分
垂直,其他的边柱同它一样垂直。教师须使学生从开始就能独立地辨别

垂直线。倘垂直面画得正确,则水平面的透视法缩狭形也就容易画出了。为要正确地画出水平面的缩狭形,必须用虚线把垂直面的边柱向上延长,在延长线上指定水平面远处边的透视法的高度(图45)。看见三面的匣子的构成比看见两面的复杂得多。在这位置中,匣子的面的直角发生了变化:有的直角变成了钝角,有的直角变成了锐角。在实际上,这些角并未变动,仍是直角;但我们必须把它们画成眼睛所见的样子。教师必须向学生说明:如图45所示,倘匣子的垂直面正向着我们的时候,其垂直面的四周都应当画成直角;其水平面的四角,靠近我们的两角须画成锐角,远离我们的两角须画成钝角。又如图46,垂直面倘不是正向我们的,而是斜向我们的,则其四角不是直角,两对角须画成钝角,两对角须画成锐角。

说明作画顺序的时候,教师在黑板上先画靠近我们的边柱,然后画出这边柱下面的向左右远去的两边和上面的两边;决定了匣子的长度和阔度,就画出远处的两个边柱。然后教师问学生:"这匣子是怎样放在桌子的水平面上的? 它的最远的一角是不是好像提起着的?"向他们说明:边柱的线要画成垂直的,其他的线则如你的眼睛所见,要画成向上斜的样子。在作画的时候,教师令学生把眼睛很快地从实物移到图画,又从图画移到实物,以便比较。为了便于校正画中的形状,须教学生把画册竖起,免得他们看见图画的缩狭形。

不可使学生采用各种实际测量法,须使学生练习用眼睛测量比例、形状及透视法现象。但可教学生应用辅助的线条,借以检验并校正画中的形状。例如图45、图46中,有垂直的和水平的辅助线,用以决定匣子远处的角的地位。

要使学生掌握矩形的画法,必须经过长期的训练。单是画两三次速写是不够的。必须画各种位置的匣子:侧形的、垂直形的,甚至斜置形的。懂得了匣子的画法之后,可使他们画别的长方形物体,例如各种位置的书,或者几本书的组合。矩形立体物的描写比别的东西困难,故必须使学生周期返复地练习,务使画得正确,而巩固技术。

现在我们要来研究矩形立体物描写的普遍易犯的错误。

描写看见两个面的匣子的时候,学生往往把上面的水平面画成垂直放置的样子,因此没有透视法了。那时教师把匣子翻起来,使水平面垂直放置了,然后问:"倘使上方的面画成这样,那么,旁边的面你看得见吗?"于是指示学生写生,必须照所看见的形状描写,必须照匣子平放在桌子上时所见的形状描写。于是把匣子放在学生面前的课桌上,问道:"上方的面怎样了?"学生答道:"低下去了。"教师说:"那么你也要画成低下去,照你所见的描写。你所见的面比原来的面狭,因为你是斜看的,不是从上面看的。"倘教师看见学生已经懂得了他的错误,就教他注意:靠近的两条横边,都比远处的一条横边要长些。再问他:"这是为什么?"

当学生描写看见三面的匣子时,往往犯更大的错误:(一)把垂直的边画成不垂直(图47甲、乙);(二)把两条边画成一直线,使垂直面变成了水平面的延长(图47甲);(三)把上方的面画成直角形,即没有透视法(图48甲);(四)大小比例不正确;(五)把近的垂直面画成与纸的边并行,而同时又画出旁边的一个垂直面的斜形(图48乙及图44乙)。这便是主要的错误,这些错误不是在画平面、画形状的时候发生的,而是在画线条的时候发生的。

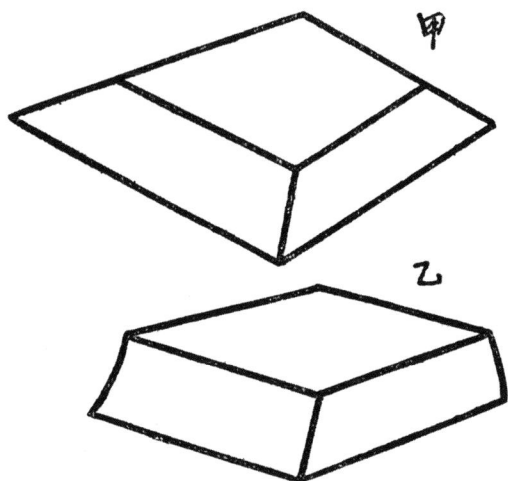

图 47　匣子描写的错误

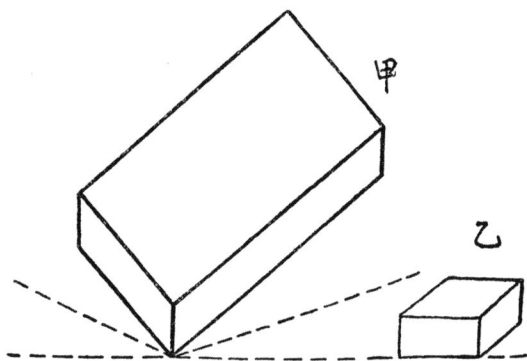

图 48　匣子角描写的错误

　　有时个别学生会犯到初年级学生所犯的错误,即画出实物上看不见的东西来。例如画出匣子上看不见的一面,把匣子打开,好像画平面图。但这种错误不久他自己能够看出并改正,或者请教先生。

现在我们要研究上述的五种错误。

(一)把垂直的边画成不垂直时,教师可令学生把图画同实物比较而找出其错误。倘找不出,教师就在画中指出一条不正确的边来,又在实物中指出相当的边来,要他比较。倘使他还不懂,教师把一支铅笔垂直地拿在手中,教他去同那条边比较,那垂直的铅笔就和那条边相一致。然后他教学生在画纸上辨别垂直的方向,这样,那条画错的边便可看出而改正了。有时,为了阐明错误,教师可问学生:"画中的匣子的边是怎样的? 你在实物中看见的是怎样的?"或者教他们观察实物而迅速地把眼睛移到画上。如此练习数次,学生便会发现其错误的所在。因为眼睛迅速地移行,两种形状会给他不同的感觉。

(二)把两条边画成一直线,使垂直面变成了水平面的延长。犯这错误,是因为学生只知道要把匣子的各面画出在一个平面(纸)上,而不懂得在同一平面上表出各面的方向。学生恐怕画错了垂直面的形状,因此把它同水平面连接起来。这时候,教师可对他说明:匣子的形状是由六个面围绕而成,这六个面相互之间都是直角关系的,所以垂直面的边一定是垂直的,必须画得十分垂直。这时候也可用垂直的铅笔来测量,以帮助学生理解。

(三)倘学生把上方的面画成直角形,这表示这面不是水平放置的,而是垂直放置的(图48)。但实际上匣子是水平地放在课桌上的,斜望过去,其上方的面不是直角形的,而是两锐角和两钝角组成的。这时候教师可把匣子竖起来,使上面正对着学生,告诉他:你所画的是这样的面,但现在并不这样,匣子是横卧在桌上的。然后再把匣子横放下去,教学生观察水平面的透视法现象。还可用另一种方法来确证:对学生说,你所画的匣子的上面,什么东西也不能摆上去;但你所写生的实物的匣子的盖上可以摆一块橡皮,或者一支铅笔。

(四)大小比例画得不正确,是没有把实物充分观察和分析的缘故。这错误另有一个原因:学生不懂得透视法,因而把缩狭的部分画得肥大,就破坏了全体的比例。要纠正这错误,宜使学生多把图画与实物比较。还有一个更客观的办法:在画中假设一根垂直线和一根水平线,画中的一切点,都在这两根线上去求切点,由此比较各部分的大小(参看图45、图46)。

(五)图48乙所示的错误,是最容易犯的。这是很明显的:倘一个垂直面与画纸并行(即匣子正置在学生面前),则两侧的垂直面一定都看不见;倘看见一侧面,这匣子一定不是正置,即其垂直面决不与画纸并行。这样的画法,在数学教科书、几何学教科书中常常见到,但在图画中是错误的。纠正的方法,只要把匣子正置在学生面前,即一个垂直面与画纸并行,然后教他观察。这时候他一定能看出:所见的只有两个面(一水平面和一垂直面),不会看见两侧的垂直面。这时候可用水平的铅笔来测量(图44)。

切断或挖去物体的某部分

为了检查学生对于写生画是否正确领会,必须附加一种课业,即研究物体被切断或挖去某部分时的形态。

切断或挖去物体的某部分,这研究可以发展学生对于物体的实体性及其在空间的形状的感觉。

欲使学生观察平放在桌上的匣子时,看出它的一面是水平的,其余的面是垂直的,教师可教学生想象把这立体矩形切去一段,其切断线须与某一面并行;把切断线画出在水平面上,再画出在垂直面上。

教师说明:必须想象切断面,是一个垂直的平面,所以垂直面上的切断线必须十分垂直。

切断的方法可以渐渐复杂起来:(一)把平行六面体切成平均的四部分,挖去其一部分,画出其余的四分之三个平行六面体来;(二)把平行六面体"井"字形地切成平均的九部分,挖去其某一部分或两部分,或者挖出中央的一部分;(三)切断时可兼用垂直的和水平的方向,例如先把这平行六面体从垂直方向切成平均的三段,然后再从水平的方向把它横切成平均的两片,即把全体切成平均的六部分,然后挖去其中的一部分(或者中央的,或者边上的)。

学生根据想象而画这种切剩的角形物体时,教师须令注意挖空部分的画法:或者是露出横断面的,或者是露出纵断面的,或者是露出一条隙缝的。画这些角形物体时,须取自由随意的位置,不可采用画机械图的形式。

描写没有实物而根据想象的图画时,往往容易采用机械图的画法,在画中保持实物的实际形状,即不照透视法的缩狭规则,不照我们所看见的样子描写。在作机械图时,这种画法是有用的;但在普通图画上是不适用的。从教育学的观点上看来,这种画法是不能接受的。只有在学生学会了写生画之后,方才容许应用这种画法。只有在这样的基础上应用这种机械图的画法,方才没有害处。学生学会了写生画之后,他能自觉地离开了实际所见的形状而作想象的表现。学生知道画长方形物体的侧面时不妨违背透视法,虽然实际上我们是不能看到这种样子的。

随着学生的知识和技术的进步,逐渐把画的物体扩大起来。这是因为大形的物体写生,难于仅用视觉来掌握它,又难于看出物体各部分间的关系。此外,学生最初画小形的物体时,透视法现象不甚重要;而画大形物体时,必须表出透视法现象。描写小匣子时,学生倘看不出面的缩狭形,还没有大妨碍;但倘画箱子、大的书本和旅行皮箧时,则必须顾到其远的部分比近的相当部分的缩狭程度(参看学生作品图49、图50)。图45、图46中的辅助线,便是表明远边比近边缩狭的现象的。

物体远的部分的缩狭程度,必须用目测来决定。画的正确与否,也必须靠眼力来检视。一切用器具的测量,例如用铅笔、尺,都应该拒绝,因为这些办法只会在开始学画时引起学生的错误、疑惑和误解。

凡曾经伸直了手臂,用过以铅笔测量物体的方法的人,都知道这方法的恶果。它不能帮助学生,反把学生弄糊涂了。因为手臂有时伸得很直,而有时稍稍屈曲,其测量就不正确。再者,铅笔的拿法又没有一定,有时垂直,有时偏斜,其结果不能使图画正确,反把物体的形状歪曲了。

还有不少学生,机械地测量物体,即把实际量得的尺寸直接用在画中,他们不知道测量的目的是要知道物体各部大小的关系(比例)。

在高年级中,必须使学生知道透视法的初步规则。倘学生已能掌握透视法的观察法,而且已获得相当的知识与技术,这时,便可向他们讲解透视法的理论,以帮助他们的视力。此外,透视法理论可帮助他们检查自己的图画。学习透视法理论的主要任务,是使学生能够检查根据写生或想象而作成的画是否正确。大形的、构造复杂的物体的画,需要用透视法理论来检查,例如描写凳子、书架、开着的门、开着的窗(图51)、柜子、透视法的房间(图52)、房子、街道等的画。

图 49　各种位置的匣子

图 50　书

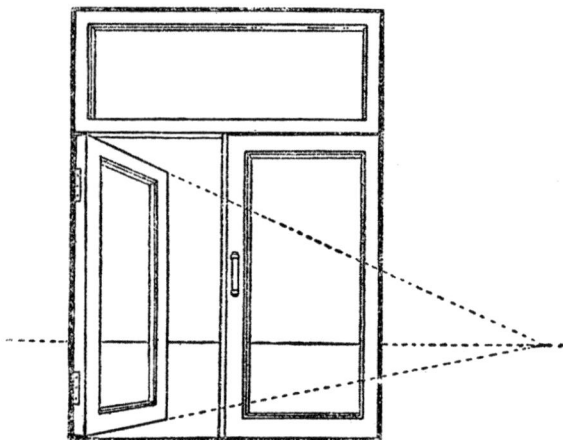

图 51　开着的窗的透视图

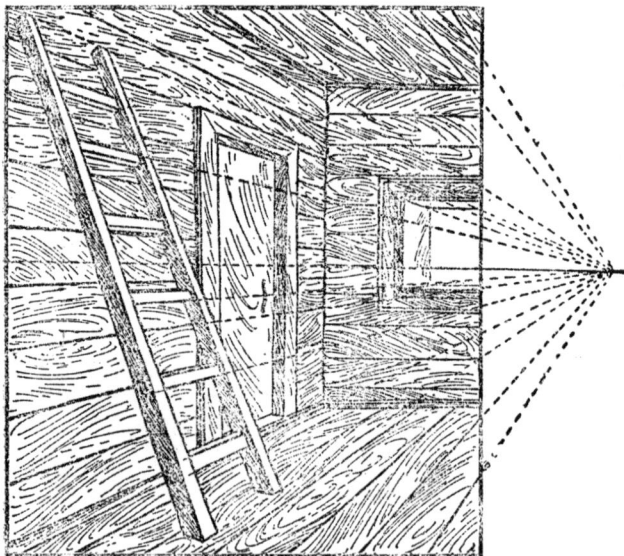

图 52　集中于一点的房间透视图

室内图——根据记忆及观察

这课业的准备工作,是教学生描写巨大的长方形物体和房间里的各种位置的家具(凳子、桌子、柜子及其他)。

课业开始时,教师向学生说明描写房间内景象的图画的透视法理论的主要规则,指出因了画者的视点的高低而发生的水平线的变化;远去的平行线缩狭;远处物体的形状缩小。教学生必须认定一个视点。

作这说明时,最好在客厅中,或者在广阔的走廊中,令学生实地观察。倘没有客厅及走廊,则在教室中亦可。

教师令学生集中在客厅或走廊的一端。他向学生说明:因了视点不同,我们所见的水平线也不同。他指出地板和左右两面的墙壁交界处的线,对学生说:这两条线本来是水平的,因为它们位在地板的水平面的边上;但是在我们看来是倾斜的,所以在画中必须画成倾斜线。靠近我们的一端在纸上要画得低,远离我们的一端要画得高。

教师又说:倘线的地位比画者的眼睛高,例如墙壁和天花板的界线,那么在画中是从上向下的倾斜线(如图52、图53)。

教师指出窗台和窗的上下边的线,教学生注意:窗的下边线比视平线低,则在画中越远越高;窗的上边线比视平线高,则在画中越远越低。

教师再教学生观察:两根平行的线条,越是远去,其间的距离越是狭小。但这只是看来如此而已,实际上这距离始终同样,并不渐渐狭小起来,如将两线延长,是永不会相交的。

教师说明:在画中,我们必须画出我们所见的形状,即这些平行线必须画成越远越接近的样子(透视法的缩狭)。教师可指示一排窗子作为实例:近的窗子比远处的窗子大;窗子越远,其高度及阔度越小;两窗之间的距离也是越远越狭。

　　教师可再指示室中的家具:大小同样而远近不同的,越近越大,越远越小。

　　为欲明白解释物体的透视法的缩狭,教师可选两个身材同样高低的学生,教一个学生站在房间的中央,另一个学生站在房间的一端,让大家比较所见的学生的身材的大小,以确证物体所见的大小对于观察者和物体之间的距离的关系。

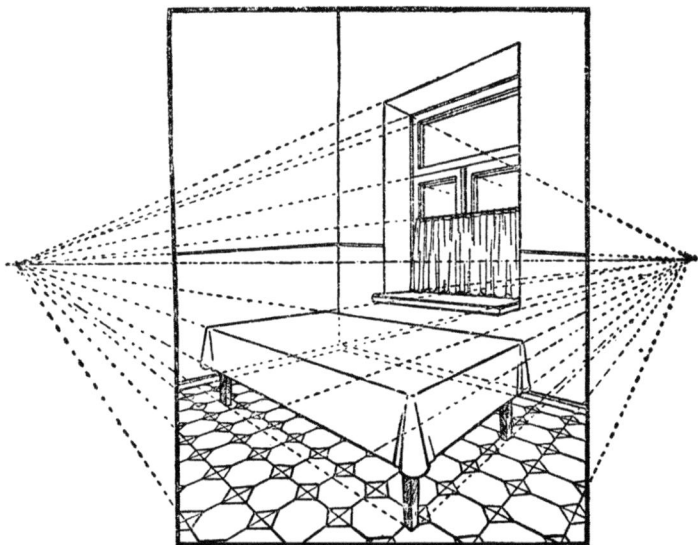

图 53　集中于两点的房间透视图

　　以后,教师带学生们转到客厅的另一角去,教他们注意因了视点转移而发生的客厅形状的变化。同时告诉学生:作画时必须从同一视点观察室中一切物体,一张画中不能有两个视点。

　　教师对学生说:你在原地位观察后,倘更换位置而站向右边,则右面的墙壁一定变得较缩狭,而左面的墙壁一定变得较阔大;反之,你倘站向左边,则左面的墙壁变得缩狭而右面的墙壁就变得阔大。你倘站到比地板高的地方去观察,则所见的地板比前更广阔。

　　说明完毕后,教师作如下的结论:

　　(一)水平而远去的线条,倘是位在视点以下的,则在画中是从下向上倾斜的线条;倘是位在视点以上的,则在画中是从上向下倾斜的线条;

　　(二)两根远去的平行线的距离,越远越狭;

　　(三)物体离开画者越远,其形状越小;

　　(四)物体的形状,因了画者的视点的变更而变更,因此作画时必须从一个视点观察一切物体。

　　教师带学生回到教室里,就教他们根据刚才在客厅中所见的透视法现象而描写室内景物。各人凭记忆而描写自己的房间。为了使他们的工作轻便,教师可令学生单描室中的大形的物件,例如书柜、桌子、椅子等,教他们顾到各物对画者的距离及越远越小的规则。

　　学生作画的时候,教师巡视其间,对某些学生作必要的指示。倘发现大小比例错误了,就要他们检点而修改;倘发现房间的线条的方向错误了,就要他们重新观察而改正。

　　将近下课的时候,教师作简短的总结。他指出典型的错误;教学生回家之后,照教室中作画时同样的视点而仔细观察自己的房间,把画同实物比较,找出画中的错误而加以改正。现在举一个学生所作的记忆画为例,即图54《我的房间》。

图 54　学生习作《我的房间》

人体(学生)速写

　　人体速写的目的,是要研究人体上的主要部分的构造和比例,以及人体上因了简单的动作而起的变化,以便作正确的描写。

　　画法的主要点,是观察和分析人体,研究其各主要部分的形状的特点、比例、动作和姿势。

　　人体写生可用速写法。就令学生们自己轮流充当模特儿。

　　作人体写生之前,必须先令学生认识人体的骨骼,即人体的基本构成。教师拿人体骨骼模型给学生看,加以分析,使明白各部分的比例,四肢的骨骼的作用,动作的状态,又指示头及脊骨的动作状态。

倘没有骨骼模型,可利用解剖图表,使学生认识人体的构造。

教师必须特别指出:各部分的比例的正确描写,是人体写生中最主要的条件。关于这点,必须避免机械的法则,必须教学生每次画人物时观察模特儿而决定其比例(用目测)。因为这对人的姿势有重要的关系。人体的高或矮,关系于腿的长或短。头的大小也影响于我们对于人的判断:倘头画得小了,其人便看来很高;画得大了,其人便看来很矮。

为防止学生把手臂画得太长或太短,教师可指示:人的手臂下垂时,中指的尖达到大腿的中央。

为了研究比例和关节活动的状况,除了用骨骼模型或解剖图表之外,最好再教学生来实证。教师使学生做种种动作:举起手来、举起腿来、把膝弯曲、把臂弯曲、把脊骨弯曲等。

教师教学生认识了人体的骨骼之后,便唤出当模特儿的学生来,指定他所在的地方和所装的姿势,然后继续说明。

模特儿可令其坐在椅子上,或教师的桌子上。桌子上最好设置单色的背景。模特儿所坐的桌子须移近黑板些。如果可能的话,前排的学生最好略向后移,使他们离开模特儿远些,以避免缩狭形描写的困难。

坐在黑板前的模特儿,因为背景是黑的,不容易被全班学生看清楚。那时可用白色的东西将黑板遮住,例如将大的地图反转来,挂在黑板上,背景就变成白色了。

描写人物的时候,学生往往热心于画出衣服的详细点,脸孔的各部。其中有几人,甚至想在速写中画出模特儿的肖像,几乎认为这是他们的主要任务。

学生在工作开始时就热心于描写详细点,其结果一定失败。例如细写脸孔的各部,就把头的形状及大小弄错了;描写纽扣、衣袋、皮鞋上的带子等详细点,在人体写生画上是没有意义的。

沉浸在这些小事中,他们就看不见人体的大体形状了。欲使学生的工作一开始就正确,教师必须预先叮嘱学生:这课业并不要你们详细描写,描得同肖像画一样;这是速写,要你们在十二分钟至十五分钟的时间内画完,最要紧的是正确地画出人体的姿势,及其主要部分——头、躯干、四肢——的形状和比例。

为欲使学生知道对他们所要求的是什么和他们应该怎样做,最好拿列宾的几张画当作模范给他们看,例如他为《斯拉夫作曲家》这画所作的速写(图55)。示范的时候必须说明:列宾所速写的是两位作曲家的身体的特色:其中一人(巴拉基列夫,Балакирев)是肩膀宽广而略带伛偻的;另一人(利姆斯基-科萨科夫,Римский-Корсаков)的身体是匀称而瘦

图55   列宾作巴拉基列夫肖像及利姆斯基-科萨科夫肖像
(油画《斯拉夫作曲家》的速写)

长的。又必须指出：这两张速写是列宾为了作油画而描写的。它们之所以异于图画课的速写者，是因为除了表出身体的特色以外，又画出作曲家的相貌，所以这是肖像画。

　　教师要求学生正确地画出人体的构成，各主要部分的大小，以及头、躯干、四肢的形状的特色。欲使学生明白对他们的速写的要求，教师可拿几张模范的学生速写作品给他们看，例如图56、图57。

图 56　学生习作——人像速写

图 57　学生习作——人像速写

教师说明:这两张画中身体各部的比例和主要的形状是画得很正确的;然而别的地方例如脸孔上的各部分,手的指头及其他的详细点,是故意不画的。因为这些不是学生速写的任务。

教师结束了初步的说明之后,就叫出一个他所指定当模特儿的学生来,教他站在桌子上,脸向着全班同学,姿势要自然,不要做作,也不要紧张。

教师分析模特儿的头、躯体和四肢的构成和比例。教学生注意:头和躯干是由头颈连接起来的;哪一处是这人体的最阔的地方,哪一处是最狭的地方;看清楚肩膀的线的方向和肩膀的阔度;决定臂和腿的长短对于头的长短的比例。

倘画者对模特儿的方向是偏斜的,例如偏左或偏右四分之三,则画中必须表出这偏向。人的高矮肥瘦的特点,尤须注意。为欲表出人物的立体相,必须画出衣服的大体的褶纹。

教师叮嘱学生:速写开始时须用轻微的线条描写;不可滥用橡皮,只有看出了错误,用铅笔改正之后,才可用橡皮擦去错误的线。

作画的顺序如下:先决定人体的高度,即最高的一点和最低的一点;然后决定人体的广度,把它和高度相比较,以求正确;再把头的大小和全身的大小相比较来决定头部;最后决定肩膀、臂和腿的大小长短。一切都决定之后,再检查一遍,把画同模特儿对照比较,加以修改,然后正确地画出。

说明完毕后,教师令学生开始作画。学生作画时,教师巡视其间,给以必要的指示或帮助。

倘学生要描写人体的详细点(纽扣、衣袋、领带、皮鞋上的带子等),教师必须阻止他们,而要他们描写大体。例如画手,不要画出一根一根的手指,只要画出手的大体形状。教师告诫学生:倘注意了详细点,则容易忽略大体,且不能及时完成图画了。

经过了规定的时间(十二至十五分钟),教师教当模特儿的学生走下来,然后向全体学生讲话。他从学生们刚才画成的速写中选出两张来,一张是优良的,另一张是拙劣的。教师简要地说明成功的理由和失败的原因。

第二次人体速写,所画的是人体的侧面形,教另一个学生当模特儿。教师令学生注意人体的侧面形的特点,即侧面时的躯体、臂、腿的形状,看出肘和膝的地位,头和身体各部的相互关系。

第二次人体速写于下课前两三分钟时结束。教师把这课业作一总结。第二次速写中优良的和拙劣的作品,也须各选一张给学生观摩,并说明其优良与拙劣的理由。

下次的图画课中再画人体速写时,必须改变人体的位置。上一课模特儿是面向全体同学的及面向窗子的,则次一课宜取四分之三偏向的姿势,或画背面形。

人体速写的时间,最初两课规定每次十二至十五分钟;后来可视情形而缩短或延长。倘使学生兴味集中在详细点描写,而犯了全体比例和透视法现象的错误,则教师应把时间缩短,要求他们在五六分钟内完成一张人物速写。

画过七八次站着的人体速写之后,可再画两三次坐着的人体速写。为了顾到学生的困难,坐着的人体宜写侧面形。因为写正面时,表现大腿透视法的缩狭形很困难;令学生写侧面的坐像,则可避免此种困难。

学生的人体速写渐渐进步,能够正确地表现基本形状和比例了,其速写的时间便可延长为每次十五至二十分钟。因为这时候他们不会再犯详细描写小处而忽略大处的错误了。

禽类和兽类的描写

描写禽类和兽类的图画课,是欲使学生在更复杂的物体中看出其大体形状、比例和各部分的形状;注意地观察和分析,正确地表现这些自然物的特点。

禽类的剥制品(标本),可作写生模型;这种模型和以前的模型不同,宜放置在比学生的眼睛更高的地方。禽类的剥制模型,可作速写,也可作详细写生。用铅笔,用单色毛笔或用水彩均可。

最初宜仅用铅笔作速写。在一课中,可令学生对同一剥制模型作三四幅速写,这时候每过七八分钟,教师须把模型更换一次位置。限定速写的时间,可使学生着眼在禽类身体的主要部分,表出各部分的正确比例。比例一正确,画就肖似实物。

速写可使学生的感觉锐敏起来。由此进于细写,就不致浪费精力于局部的细写而忽略全体了。学生对禽类的剥制模型做过数次速写之后,就可教他们练习细写,即在一课中只画一幅禽的图画。此时教师须令学生注意观察模型的大体:禽的头部、胸腔、躯干和尾巴。并须注意,这些部分是很自然地相结合的;各部分大体上都作圆形,不过圆的直径大小不同。又须令学生注意禽的躯干从胸到尾的倾斜度及其站立的姿势:是立正着向前面看,还是转着头向旁边看,或是在那里啄食东西。例如鸭子,立正向前看时,其头颈是直的。

然后教师再令学生注意:鸭的脚胫不是垂直的,而是倾斜的,其倾斜方向恰好同它的躯干的倾斜方向相反。倘躯干的方向是从右上向左下的,则脚胫的方向是从左上向右下的(如图58、图59、图60)。这一点必须令学生十分注意,因为他们往往把鸭的躯干画成水平的方向,而把脚胫画成垂直的方向。此外,还须令学生注意:鸭的脚不是从躯干的正中央生出来的,而是从躯干的后半部生出来的。学生们往往把鸭脚画成从躯干的中央生出来,而且是垂直的,他们以为如此可使鸭站得更稳。

教师继续说明:鸭的头是圆形的,侧面略作扁平,鸭的嘴和头交接的地方是四角形的。

要充分理解鸭的身体的构成和特点,仅仅观察它们的侧形是不够的,必须从各方面观察它。从它的正前方观察,鸭的躯干完全是圆形的。鸭的嘴,从旁边看来和从前面看来,其形状也大不相同。鸭有两脚,从前

图 58　鸭(描写顺序第一步)

图 59　鸭(描写顺序第二步)

图 60　鸭（描写顺序第三步）

面看来,生在躯干的两侧,两脚的中间保持很阔的距离。这些特点,必须令学生注意。

形状和构成的分析,可使学生养成积极而自觉的作画能力。

说明之后,教师把剥制的鸭放在写生台上,教学生速写其侧形。最初教他们考虑纸上如何布置,方为适宜。

第一幅速写完毕之后,教师指出学生作品中所犯的一般错误,然后把鸭的模型变换位置,教学生画第二幅速写,以后再画第三幅。其余的禽类,也用同样的方法教学生速写,例如鸦、鹊(图 61、图 62)等。小形的兽类剥制模型也可写生,例如松鼠、家兔等。

图 61　鸦

图 62　喜鹊

第十一章　水彩画

　　彩色画的课业,是要教学生学会自然物的全部特点——比例、构成、形状、色彩——的描写法。

　　彩色画的课业,因年级而逐渐复杂起来:由色彩的平涂逐渐进于色彩的混合及明暗的色彩表现。最初的彩色画仅用原色。学生的技能逐渐进步,然后令作更困难的练习,即明部或暗部的色彩变化。但这种工作不可视为七年制学校中必修的课业。总之,教学生用色彩表现明暗,目的在于帮助他们获得立体物描写的技法。

　　彩色画除了作为图画课业以外,还具有教育的意义。这工作可以训练学生,使他们集中注意力于课业中,要求他们比作铅笔画时要更多的精密、思考与用心。

　　彩色画课开始的时候,使学生在实习中认识了这工作的非精密与用心不可;因为倘使涂色彩时粗心乱涂,越到轮廓线之外,这便是损坏了这幅画。儿童还不懂得水彩画的改正错误法。他们从前常用以改正错误的橡皮,现在没有用了。因这缘故,他们的工作就非十分用心不可。

　　教授彩色画必须依照一定的顺序,同时又必须对学生详细说明这工作的各种新方法。经过教师说明之后,学生便领会了练习运用和怎样掌握这种新方法。

彩色画中,色铅笔画在儿童感觉困难最少,故一年级宜用色铅笔画。其他各年级宜用水彩画。

须使学生预先知道彩色画课业的内容,而把削好的色铅笔带到学校里来。如果色铅笔是由学校配给的,教师必须预先检查每套色铅笔。最好使每一个学生有一套十二色的色铅笔。

运用色铅笔的技术,在于是否能从全套中选出相当的颜色来。

起稿的时候用普通铅笔,经教师把稿子看过,认为可以了,然后由学生用色铅笔完成它。

课业开始之前,教师必须检查,是否所有学生都已经知道色铅笔的颜色名称。倘使没有完全知道,必须把名称教他们。教的方法,或者拿出每一支色铅笔来教他们颜色名称,或利用图表,表中画十二个圆圈或方块,在其中涂十二色,在每色下面写出这颜色名称。这图表教师必须预先准备好,上课时拿到教室里来指示学生。教会了颜色名称之后,教师要教学生用某种颜色,就可称呼颜色名称了。

运用色铅笔和水彩画时的知识和技术,在初等学校的四年中,其培养顺序如下:

(一)先教儿童执铅笔和画笔的正确方法。色铅笔的执法与普通铅笔相同,手指离开削的一端略远;画笔的执法也如此,以手指不碰着画笔尖上的金属镶头为度。作画的时候,手腕不可靠在桌上,必须悬空。

(二)用色铅笔着色的时候,不可把色彩涂到画中规定涂色的范围之外。

(三)用色铅笔涂色彩,须在规定的面积内平均涂绘;有时因题材关系,可加涂些暗的色调(例如秋叶等)。

（四）正确地选定所画物件的基本色彩（例如苹果的基本色彩是红，梨子是黄，王瓜是绿，胡萝卜是橙等）。

到了学年的末了，学生养成了上述的技能，然后允许他们在二年级时开始作水彩画。学生对于作彩色画的技能，可以在这年级中的新题材上发展起来。二年级生学习水彩画时，先须使他们认识水彩颜料的特性。

工作从技术的练习开始：先教学生用清水轻轻地把颜料润湿，用笔尖摩擦，取得颜料，在规定的一块地方涂色，不可涂到规定的轮廓线外面来。

务须使学生在实地练习中学得用毛笔的尖端来描写的方法，例如描写枞树或松树的带有针叶的细树枝时，可用此法。又须使学生学得用毛笔全部广度来涂绘的方法，例如要在较大的面积上（野菜、水果、鱼等）着色时，可用此法。

在这年级中，须教学生以颜色的调法，和从原色（红、黄、蓝）混合而成间色的方法。使学生知道：绿色可由蓝和黄二色混合而成，紫色可由红和蓝二色混合而成，橙色可由黄和红二色混合而成。

为欲说明调色的方法，教师可先准备一张调色的图（图63），教学生照样绘制。此外，在二年级中，还可教学生调明色和暗色的方法，即多用颜料则成暗色，多用水则成明色。

在三年级和四年级中，可教学生正确地辨别物体的色彩；又教他们把同一种颜色混合出各种色调来，例如绿色，则有黄绿、蓝绿、灰绿等。

在这两班中，应该使学生能自动地调出各种物体的色彩来，并表出物体的立体相，即用色彩的浓或淡来表现物体的暗或明。可使学生作如下的练习工作：画若干个长方框子，教学生在框子里涂同一种色彩，但浓

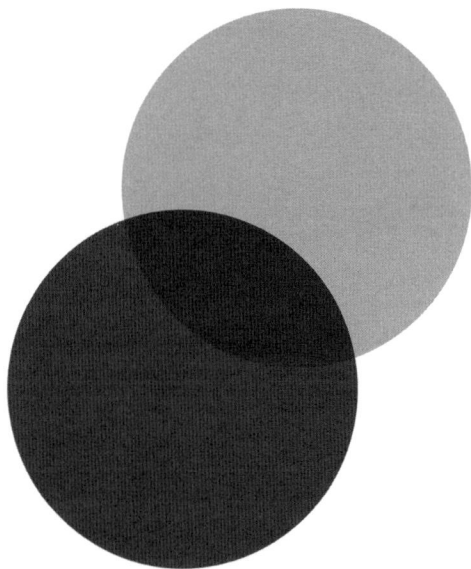

图 63   原色混合为间色

淡不同。第一个框子最浓,以下渐次淡起来;或者相反,第一个框子最淡,以下渐次浓起来。

在五年级中,教学生用色彩的明、半暗和暗的三种调子来表现物体的立体相。描写组合物的时候,必须表出组合物体和背景的色彩的特性。

在六年级中,教学生表现组合物中各物间的色彩关系;不但应用色彩的明暗,并须应用色彩的暖色和寒色。

欲使学生理解这点,除使观察实物以外,还可指示他们色轮中的色彩的布置。

作彩色画时,每个学生必须具备下列的用具:

（一）一匣块状的颜料[1]；

（二）两支水彩画笔（七号和八号）；

（三）一个调颜料用的碟子；

（四）一个盛水的杯子；

（五）一块干净的布片。

学生必须知道下列作水彩画时的基本规则：

（一）在工作之前，先用清水把颜料润湿，使颜料块的表面浸软，以便用笔蘸取。不然，临时用笔蘸取，颜料不易取得，而且笔容易损伤，又徒费时间。

（二）蘸颜料时，宜用干净的笔，或者用蘸过同样颜料的笔，使颜色不致污杂。

（三）须在白色的碟子上调匀色彩，或者先在白纸上试一试，然后涂到画面上；不可从颜料块蘸取后直接涂到画面上。

（四）每次调颜料，依照所需要的分量，不可太多或太少。

（五）要涂大块面积时，须把笔横倒些，用广阔部分来涂绘；颜料须调得多些，以便自由涂绘。

（六）作画时颜料如水分太多了，便要流下来，那时可用含水分绝少的笔把它吸收掉。

初学水彩画时，必须做种种练习，使技术熟练。这种练习如下：

（一）在方框中或圆形中用同一种颜色作平涂；

（二）在规定的地方涂同一颜色，由深渐淡。

做上述两种练习时，画纸必须倾斜放置，使潮湿的颜料都向下方流

---

[1]　这是指苏联学生用的水彩颜料，我国现在学生用的是锡管装的。——译者注

注。做第二种练习时,不可用太湿的笔,否则水分向下流注,使深色与淡色相混。

(三)把原色调和为间色(图63)。

(四)把一种色彩调出各种色调来(柠檬、胡萝卜、萝卜等)。

上述的一切法则,学生可以应用在水彩画的各种方式中,例如写生画、装饰画和记忆画。

在高年级中,不须再做专门的练习,可使学生在写生画的实习中来发展并巩固以前所学得的技术。

选择写生模型时,必须尽可能地选取形状明显的和色彩均匀的。在初年级中,这一点尤为重要,因为对于初年级的学生,务求减轻他们工作的困难。

在水彩画中,物体后面的背景是很重要的。在铅笔画中,背景是什么颜色的,无关重要;但在有色彩的画中,背景很有关系,因为它能帮助物体的表现。一般水彩画写生,物体必须用明色的背景,例如淡黄色、淡灰色、淡绿色等。可用淡色的厚纸板、布料等作为水彩画的背景。

教学生作水彩画,须使他们知道作画的顺序,怎样开始,怎样继续,倘使画错了(例如色彩着得太深了,或者配错了色彩等),怎样修改。

画组合物时,表现出各物的色彩关系,是很重要的事。要使学生自觉地注意这一点,宜在开始时就教他们:不要孤零零地画物体,而必须画背景。即每次上课时,教师令学生必须画出写生台后面的背景及台面上的色彩。这可训练学生对于物体和背景色彩及明暗关系的判断力。这样,背景便成了图画的重要的一部分。

作水彩画时,须注意下列几点:

（一）先教学生用铅笔打草稿，草稿经教师看过，认为正确了，方可开始作水彩画。初年级的学生往往很性急，想一下子完成水彩画。因此，遵守这条规则，对他们是十分重要的。

（二）着色之前，必须令学生预先观察、考虑，决定物体的明暗鲜艳程度及其对背景的色彩关系。又须预先确定光源所及于物体的色彩上的作用，然后动笔。

（三）最初，用颜料涂抹面积最大的部分，即背景，物体本身的表面及台面。但须涂得比实物的色彩稍淡些。然后渐渐用更浓的颜料来表出物体的立体相。必要的时候，背景的色彩也加明暗的变化（宜用于高年级）。

水彩画法的顺序，如图64、图65、图66、图67所示。

图64　盆栽水彩画顺序（第一步及第二步）

图 65　玻璃杯中的花(水彩画顺序第一步)

图 66　玻璃杯中的花(水彩画顺序第二步)

图 67　玻璃杯中的花(水彩画顺序第三步)

组合物写生(水壶、杯子、苹果)

这课业的任务,是巩固学生已获得的技术,使他们更正确地在画中表现各物体的特有的形状、色彩,和它们离开画者或远或近的位置的相互关系。

欲使学生集中注意力于上述的任务,教师所选用的模型必须是形状单纯的、有色彩的,但没有装饰或花纹的东西。因为若有装饰或花纹,学生的注意力容易被其牵惹,而不能集中。

写生台的背景,最好用淡的中性色,例如青灰、灰、暗黄等色。

为教授上的便利计,教室内所设置的几套写生模型,最好用同样的物件,或者形状、大小、色彩相类似的物件。这样,教师说明、指示和总结时可得许多便利。

一切准备工作,教师必须在上课之前做好。模型和写生台必须在上课以前拿进教室去。教师在上课之前先把所预定的模型摆起来,实地检查位置是否适宜。然后收拾起来,放在教室的后面或角落里。等上课开始,学生坐在自己的位子里了,再把模型摆出来。

最好,教师在宣布课题并设置模型之后,拿出两三幅艺术家的静物写生画的复制品来给学生观摩,作为示范,例如列宾的《苹果》,孔查洛夫斯基(П. П. Кончаловский)的《桃子》等。

教师在这些静物画中指出各物的性状:它们的形状,它们的大小比例,它们的位置、色彩、表面以及其他的特相(成熟的苹果的多汁的特相、桃子的天鹅绒的特相)。教师指出:这些静物画中的物体,表现得同我们平时所见的实物一样。示范之后,教师再对本课中学生所将要描绘的静物作一番说明:分析它们的形状、大小、位置的相互关系、色彩、物体本身和背景的明暗浓淡关系。又指出:因为物体是立体形的、多面的,感受光线不一致,所以它有明暗之分,浑圆的更由明逐渐暗起来。

教师令学生在作画时留心比较各部分的明暗,把眼睛从画上移向模型的时候,所见的色彩和明暗大体上应当是一样的。

水彩画写生的注意事项如下:

(一)先用铅笔起稿。各物在纸上的布置,必须占据纸的全面,但亦不可撑满纸的四边。

(二)铅笔要轻轻地描写,不可重压。尽量少用橡皮揩擦,避免伤害纸面。

(三)画组合物时,须正确地表出各物位置的或远或近。

(四)须正确地表出各物体的形状及其大小的比例。

(五)须正确地表出各物体的色彩,用色彩的浓淡来表出物体的立体相,正确地表现明处及暗处的色彩变化。

(六)学生必须将铅笔稿子请教师看过,被认为正确了,然后作水彩画。

教师把注意事项叮嘱了学生之后,就教他们开始作画。教师巡视其间,作必要的帮助和指示。教师须最先帮助作画能力薄弱的学生。

为了正确表出物体的色彩,教师可令学生确定颜色的色调,例如绿、黄绿、蓝绿、灰绿等色。着色时,学生往往不用调和颜料的方法,而企图在颜料匣中找到现成的颜料来使用,这一点是要预先防止的。倘发现有学生不能对付这一课,教师须帮助他,把调和颜色的方法教给他。水彩画的技术,例如除去多余的颜色的方法,从明色渐渐进于暗色的方法,都是学生早已学过的,在必要时,教师可再提及或加以指示。

课末,教师选取几幅优良的和几幅拙劣的作品给全班学生观摩,并说明它们的好处和缺点。

图 68　水彩画(组合物)

第十二章　图画课业

写生画课的组织

图画课业在组织上,和其他课业有许多共通点,同时也有该课业所独有的特点。

对于图画教材的理解,可在教师的说明中获得,这可称为图画理论。但图画的重要点,不仅在于懂得教师的说明而已,还须实际作画,即在图画中表现出对于教师的说明的理解程度。

教师先把课业向全体学生说明,然后个别指导学生。在图画课中,教师须顾到全体,同时又须顾到个别的学生。这是图画课的特点,教师必须十分正确地掌握时间,在学校教学计划所规定的四十五分钟内履行一切:摆设模型,说明课业,指导全班学生的工作,及时检查并帮助每一个学生的工作,作总结而完成课业。

因此,写生画课的工作顺序如下:

(一)教师说明课业;

(二)学生从事作画;

(三)在作画的过程中教师巡回检阅,给以帮助;

(四)总结课业。

这四种工作,一种都不可轻视。教师对于每种工作都要十分注意。在图画课中,教师开头的说明对学生有重大的作用。所以凡需要说明的事,教师必须预先准备好,务使不浪费一分钟。

教师先发表课题,布置模型,然后说明形状的特点、物体的构造、各部分的比例及色彩的特点。

倘所设的模型是以前的课业中所不曾画过的,则教师不可仅用言语说明,必须在黑板上表明作画的顺序。解释技术手法时,教师可把良好的学生作品给他们看,作为示范,并逐一说明作画的顺序,要他们照样去做。这样,可使学生对于课业获得具体的了解。

教师示范给学生看的画,必须是与学生所将要画的图画同一模型的画。并须叮嘱学生:每人所见模型的状态各不相同,每人必须照自己所看见的样子作画,不可抄袭示范的画。

说明完毕之后,教师问学生:"大家都懂得了吗?"学生肯定的回答并不可靠,实际上并不是大家都懂得的。在他们作画的过程中,就证明了许多人没有懂得教师的说明。有时要经过几次类似的模型写生之后,方才真正懂得教师的说明。

教师说明之后,学生也许会对教师发问。倘使他们的问题是与本课有关,而教师的回答可以帮助他们进行课业的,那么教师就应该作解答,然后教学生开始作画。倘使个别学生的问题是与本课没有直接关系的,则教师不必立刻答复他,可待全体学生开始工作之后,个别向他们解答。

学生工作的时候,教师巡回指导。教师开头的说明无论何等详尽,学生工作时还是需要补充的说明。例如有的学生没有正确遵守规则,有的学生已经忘了教师说的工作顺序等。教师在巡回指导中不但补充说明,又可校正他们的错误,所以这巡视须有一定的计划。不是每个学生同样需要补充的,所以教师的巡视,最初须对能力薄弱的学生,然后及于其他的学生。但这计划当然只是教师自己心里明白,不须向学生公开表明。

巡视学生工作的时候,有时发现许多学生犯着同样的错误。这证明学生的知识和技术有着同样的缺陷。这时教师便须对全班学生作说明。教师须令学生大家停止工作,静听说明。解释了他们的共通错误之后,令学生继续工作,教师继续巡视,必要时再作个别的指导。

写生画课的组织即如上述。总之,教师对于学生的工作须加以极大的注意,帮助学生克服困难,在教室中造成宁静而认真的气氛。务须使学生确信:在他们需要的时候,随时可得教师的指导。吵闹、不必要地在教室中跑来跑去、与课业无关的问题,都不会发生。因为教师早有布置:作说明,创造工作的空气,大家都勤勉地在那里作画了。这样组织课业,就不会破坏学校的规则和秩序了。

课业将近完毕的时候,学生之间往往发生一种喧闹。一般推想,这是因为他们疲倦了,其实不然。这是因为到了课业将近完毕的时候,有许多学生已经完成了自己的工作,他们很想知道别的同学画得怎样,所以发生喧闹。这种兴奋是他们对于工作感到满意的结果。因此教师必须预先准备,选定若干幅代表作,在下课前二三分钟揭示给他们看。指出成功作品中的优点,即形状、比例、明暗等正确的描写,同时又指出这些画中的缺点。其次又揭示失败的作品,说明其失败的原因:或者由于不仔细观察模型,不仔细描写,或者由于性急,或者由于没有遵照教师的说明……

本课末揭示学生作品,具有双重的意义。第一,分析和批评这些作品,可以警诫学生,使他们在以后的课业中避免同样的错误;第二,可满足他们想要知道别的同学的工作如何的欲望。

凡有新的教材,则教师的说明需要较长的时间。第二次再用这教材时,说明的时间便可缩短。新教材的说明,需要八至十分钟,总结两三分钟。这样,学生作画时间只剩三十至三十五分钟。倘课业是分作两课的,则在第二课开始时,教师简短地指出第一课中的缺点,教学生把图画同模型比较而完成其课业。在课末作两课的总结。

教初年级学生作写生画,必须顾到学生年龄的特性。孩子们在入学以前,习惯于很快地描画。教师还没摆好模型,孩子们的画已经画好了。这是很自然的现象。成人们的画得快,是经过长期的实习而富有经验的缘故。而孩子们的画得快,却是缺乏经验的缘故。越是有知识和技术,作画时越要求延长时间。教师必须预防儿童作画的过快。

因这缘故,教师必须设法延长作画时间。当儿童开始作画时,教师规定他们:必须把稿子给先生看过,许可之后,方才可以用色铅笔或颜料来描写。教师可对儿童这样说:谁的轮廓画得仔细、正确、不性急,便允许谁先着色。

这样,学生上写生画课时,用普通铅笔作画和用色彩作画,应当分为两个阶段。什么时候从第一阶段进于第二阶段,由教师决定。

倘使前面的课业发生效果,学生能够观察模型,独立地研究模型了,那么教师就没有分析模型的必要了。他只要劝告学生用心观察模型作画,提示从前所指示他们的作画顺序。

倘写生台上有了新的要素,教师须把学生所未曾知道的事向他们说明,然后教他们独立作画。教师逐渐在说明中避免重复,有时因了一定的教育学的理由,可不加说明而直接教他们作画。在这样的课业中,教师必须一开始就注意学生,是否大家已经开始作画,他们如何着手作画,教师可帮助他们克服各阶段中的困难。

写生模型的设备

写生模型的设备,有下列的要求:(一)模型必须是全班学生能够清楚地看见的;(二)模型的布置,必须使全班学生清楚地看得出它的立体相和空间关系。

模型看得清楚,是课业成功的条件。学生倘看不清楚模型,他就不能正确地在画中表出模型的特性来。

教室的大小,普通是长八至十公尺,宽六至七公尺。倘用小形的物体作写生模型,例如用苹果、杯子、罐头、茶壶、咖啡壶作写生模型,用一套是不够的。至少必须用三套,摆设在教室中的各地点。倘使仅用一套模型,则为了使坐在前排的学生不遮住坐在后排的学生的视线,就非把模型放得很高不可。这结果如何呢? 第一,放得高了,并不缩短模型对后排学生的距离,所以他们仍旧看不清楚;第二,放得高了,学生不能看见模型的全体,因为模型下方的一部分被写生台或椅子的边遮住了。况且放得高的东西,使学生看不出它们的立体相,而不能在画中画出立体形。这样,写生画的任务就不能实现了。

尤其是画组合物体的时候,决不可把物体放得比眼睛更高,因为组合物放在比眼睛高的地方时,学生看不见它们所放的平面,且不知道哪一个物体远,哪一个物体近。这样,就不能作写生画。如果把模型物体放在椅子上,把椅子高高地放在桌子上,甚至再在椅子上加一个皮箱,而教学生写生,这是一种不合情理的措置,学生因而会丧失兴趣;故教师必须从教学观点着眼,合理地布置写生模型。

　　写生模型必须放在比学生的眼睛稍低的地方,使学生能从略高之处斜望过去。这样,学生可以清楚地看见圆柱形物件的立体形,看见碗、钵、罐等的口面的圆形,即看见各物体的形状和构成。

　　倘画的是矩形立方体物件,例如箱子、匣子、书等,则学生可以清楚地看见并画出它们的上方的平面,即画出它们的特点和透视法现象。

　　必须使学生看见桌子或写生台的平面,这样,他们才能画出各物体的形状、大小及其在空间的地位(参看学生作品图 33、图 34、图 49、图 50、图 68、图 69、图 70)。

图 69　组合物——水壶,罐头及苹果

图 70   咖啡壶

布置组合物时,不可使它们挤在一起,也不可散乱无章。必须摆得自然,好像我们在日常生活中所常见的样子。

教室中应该布置几套写生模型,其地点应该在何处? 这和学生的人数有关。倘使人数不多,则摆两套模型已够。一套摆在黑板旁边,另一套摆在教室中央,两排课桌的中间。

倘学生的人数是一般的数目,即每班约四十人,则须摆三套模型。一套摆在黑板旁边,其余两套适当地摆在每两排课桌的中间。

图 71 表示课桌分为两排或三排的教室中的三套写生模型的位置。

倘教室中很挤,两排课桌中间不能摆模型,那么一套模型摆在黑板

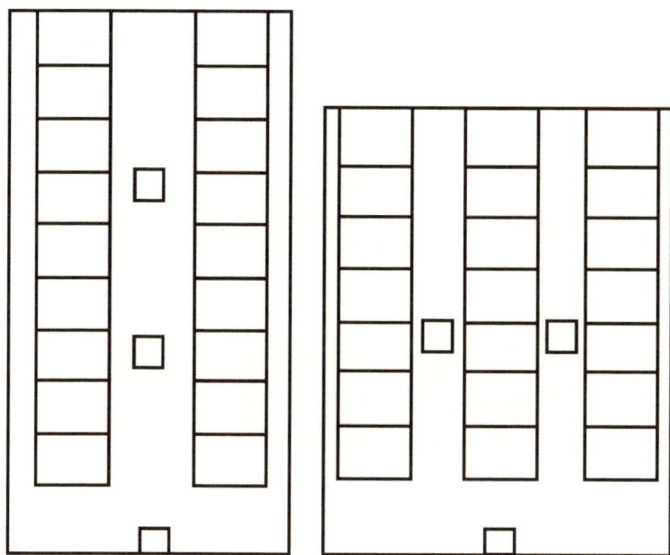

图 71　教室中写生模型的位置

旁边,其余的模型可摆在课桌上,而令这课桌上的学生坐到别处去;模型
邻近的学生倘嫌距离太近,亦可移坐至别处。

　　总之,教师布置写生模型,必须遵守一个原则,即务使学生清楚地看
见物体的立体形和色彩。

写生模型台

　　摆设写生模型,有种种办法:或者摆在上有水平面的台架上,或者摆
在圆形或方形的小桌上,或者摆在低低的花盆架子上……

　　最适宜的模型台,是把普通凳子的脚加高二十至二十五公分。这
样,全部高度约七十至七十五公分,最适宜于作写生画。而且这台很轻

便,可以随意从一个教室搬到另一个教室(图72)。

图 72　写生模型台

　　欲使所画的东西的形状和色彩清楚地看得见,必须在其后面设置背景。因这缘故,写生台的后面须装置一块薄板。要使它垂直地立起,板的后面可设一根支柱。支柱撑起,板就垂直地立着,作为模型的背景。

　　因写生画的题材或所用的工具(铅笔或水彩等)的关系,这垂直的背景板上可加一层布或纸,布或纸的色彩与写生模型相配合。这样的写生台须置备同样的三个,方才足够一个教室的写生模型设备之用。有许多教师嫌这设备太费,于是不顾写生画设备的需要,在四十个人一班的教室里仅设一个模型。这样的设备似乎很简省,其实反而妨碍了课业。无论教师如何努力设法,因为学生不能清楚地看见模型,图画的成绩一定不会良好的。

写生模型

欲使图画课成功,则写生模型的选择,必须以难易的程度及教学的顺序为标准。

对于选择写生模型,有下列的种种要求:

(一)写生模型必须适合于教学的任务及学生的修养程度;

(二)选择写生模型,必须顾到物体的形状和构造的复杂程度;

(三)写生模型的形状和色彩,必须能够引起学生作画的兴味;

(四)写生模型的形状(圆形的、平面组成的、角锥形的等)、色彩、大小及其用途,必须是各种各样的,例如日常用品、教学用参考品、植物标本及动物标本等;

(五)写生模型表面的性质须是各种各样的,但大体上不可有花纹,须是无光泽的。

所谓写生模型必须适合于课业,就是说必须适合每班的课业的特点。例如第一年级的课业的特点,是要学生辨别形状。每一班中所用的模型,必须相接近而又各不相同。例如形状各异的两只苹果,可使教师对学生解释形状的特点。

根据普通教育的由简单进于复杂的原则,初级班的写生模型应该是形状简单的,高级班的应该是复杂的。

初级班用的写生模型之一种,是各种树木的叶子。倘学校近旁没有树叶可采,可向野外采集,干燥后作为写生模型。倘学校近旁有各种树叶可采,则最好用新鲜的绿叶或秋叶。

高级班中,可用带叶的新鲜树枝,或者种在盆中的植物。

初级班中还可采集蝴蝶、甲虫、蜻蜓等物作为写生模型;但高级班中也可用这些。昆虫的形状和鲜艳的色彩可以引起儿童的兴味,使他们乐于描写。花也是儿童所欢喜的。最好用新鲜的花,勿用干枯的花。

初级班学生所感到兴味的,还有玩具,如玩具的鸟、鱼等。

大部分的写生画课,可用现代的日常用品(例如扩音器、电话筒等),及教学用参考品(鸟兽的剥制品等)。选择写生物件时,必须适合于每班的教学任务。最初可用圆柱形的物件(茶杯、酒杯、玻璃杯、罐头等),其次用圆锥形的及复合形的物件(漏斗、瓶子、铁桶等),最后用圆形的、立方形的及复合形的物件(皮球、球状物、苹果、梨、王瓜、南瓜、番茄等)。为了一年中无论冬天春天都可以用这种模型,必须准备一些良好的型造品(例如蜡制品)。高级班中还须置备若干主要的几何形体的模型。

选择写生模型时,还须顾到它们的表面性质。模型表面不可有斑点或花纹。因为斑点或花纹会牵惹学生的注意,使他们疏忽了主要的形状。再者,立体物上面画花纹,是一件困难的工作,为初学图画的人所难于胜任的。

模型的表面必须是平的、不发光的。表面发光的东西,会妨碍学生对于形状的观察,而使他们描写时感到困难;反之,表面无光的东西,可使他们专心观察形状而理解其描写的方法。例如描写表面无光的东西,学生容易看出其明的部分和暗的部分,而懂得如何从明部渐渐变成暗部;倘是表面涂釉的发光的东西,则邻近的东西都被反照出来,学生对于形状的观察就被扰乱了。

所有的写生模型,宜保藏在特备的橱里,而且依照秩序陈列。勿使模型受灰尘;剥制的鸟兽,须防虫蚀。

　　作水彩画时,须置备较大的盛清水的碗,以供洗笔之用;须置备一桶,以供倒污水之用。

　　为保存学生的画册及画幅,最好也特设固定的柜或橱。并须备两三片厚纸板,以为保护画幅之用。

第十三章　记忆画和想象画

　　图画课不可限于写生。学校教学的任务是对于生活、对于实际工作的准备。学生必须从图画课中获得确实的知识和技术,而能在必要的时候应用这些知识和技术。图画在实际上的应用,有种种条件,种种情形,而这种情形往往是和学校里的图画课情形不同的。在许多场合中,图画的应用与写生画不同。在实际生活中,很少有机会应用写生画,而大都是用记忆画和想象画的,即用从写生画所获得的基本技能的。

　　因这缘故,学校的图画课,以写生画为基本,而同时必须教学生作记忆画。

　　使曾经看到过的物体的形象回复到意识中,而把它画出来,叫作记忆画。记忆画是以形象的记忆为基础的,形象的记忆是以学生的想象和知识为基础的。因这缘故,图画课必须发展学生的形象记忆力,作为记忆力之一种。记忆画的任务是要把学生对于现实环境中的现象和事物的观念和知识精确起来,使学生能自由应用作画的技能,即不靠写生而作画。作画技能的自由应用,是学校图画课的主要任务之一。记忆画的办法,是教学生观察某物之后,立刻凭记忆画出来,或观察之后,经过若干时间再画出来。要养成学生在无论何种情形之下,都能够观察。要使学生具有敏捷正确的感觉,必须在学校中令学生作具体的观察练习,方有效果。教师令学生观察秋天的庭院,而指出自然物因秋天的来到而发生的变化。必须使学生逐渐能够在物体和现象中看出其本质上的特征，而把它们从其他一切非本质上的现象分别出来。这时候，教师的任务很重大。教师必须适当地指导学生观察时的注意力和思想。倘学生观察时教师不在场，教师应预先给他们必要的指示，以便帮助他们进行观察。

令学生在观察之后，就把所见的东西在画中画出，这样对于观察的效果是很有益的。这样的观察可以帮助学生构成清楚明晰的观念。到了后来，学生便习惯于独立的、自动的观察和分析了。记忆力很重要，它能积集对于事物的知识。在图画教学中，视觉的（形象的）记忆更为重要。

发展视觉记忆力的方法

（一）如上文所述，记忆画可以令学生观察实物后立刻画出来。学生观看放在他面前的实物，注意它的形状和比例。过了几分钟，把实物拿去，就教他根据记忆描写出来。对学生所要求的是正确而清楚的表现（例如形状的特点和透视法现象的描写，物体的线条的描写，用线条和明暗表出立体形，等等）。

这样的观察和描写，可以助长学生的记忆力。开始教记忆画时，应该选择学生所熟悉的和以前曾经画过的东西；观察的时间也应该长些。记忆画宜取速写的形式，每次速写约费五至十分钟。把记忆画同实物相比较，对学生是有益的。教师把实物重新拿出来，摆在原地方，教学生把画和它比较，看出画中的缺点来，检查画中是否全部画出，有没有重要的遗漏，形状画得如何……检查之后，又把实物拿去，要他们再凭记忆修改图画。以后再把实物拿出来，教他们看着实物而作最后的修改。因画的性质关系,有时在观察和作记忆画之后,就可把实物拿出来,教学生看着实物修改而完成他的图画。这样的记忆画,大约费十五至二十分钟,在一课的时间内可以画两种物件的记忆画。有的时候,记忆画还可用这样的方法,即一课开始时教他们作写生画二十至二十五分钟,而在其余的二十分钟内教他们画同一物件和另一物件的记忆画。以后,为了发展学生对于形状的记忆力,可把物件放成复杂的位置,例如把物件倾斜放置,或把物件放在透视法的缩狭位置上。

练习过若干次记忆画之后,可更进一步,教学生画上一课所见的东西。以后,还有一种方法:把东西给学生看,教他们观察之后,回家去照他观察时的位置画出来。这种记忆画,可用个别物体,或者不复杂的组合物体。

(二)有许多记忆画题材,是不能在教室中观察的,例如树木、房子、交通工具等便是。为这些东西作记忆画,也可以助长观察力和视觉记忆力。

学生观察他所要画的物件,注意于它的形状的特点和构造,然后回家去画,或者在教室里画。必要的时候,教师可令学生再度观察,把自己的画和实物比较,或者凭记忆修改它。

(三)很复杂的记忆画,要描出互相结合的许多东西,例如风景画便是。这时候须凭记忆画出各物体的特点、它们的大小和空间地位,倘是彩色的,又须画出各物的色彩。风景画和教室内的写生画有密切的关系。他们在教室内写生所获得的技术,可以在风景的记忆画上应用。这时候须顾到的是:考虑地平线所在的地方,正确地在平面上画出远近的物体,注意这些物体因距离画者较远而显得较小。

(四)故事诗歌的插图,是想象画,也近似于记忆画。欲使学生能正确地描写插图,必须选择简短的故事或诗篇。先教学生研读文章。学生读过之后,他的观察经验的基础上就发生想象。欲使这想象清楚明确,须作新的观察,由教师帮助或者由学生自己实行。务使需要描写的东西的形状、构造、色彩、大小及其空间关系正确无误。

例如,要为《欧根·奥涅金》(Евгений Онегин)中的断片作插图,先教学生读下列的诗句:

> 漫天秋意浓,
> 日色现朦胧。
> 秋光日渐短,
> 林木多悲风。
> 枝头残叶落,
> 田野雾迷濛。
> 数行南飞雁,
> 嗒嗒过长空。
> 人间向寂寞,
> 时节近孟冬……

读了这断片的诗句,学生的想象中顺次浮出一连串内容各异的画幅。读过诗句之后,教师和学生谈话,讨论诗中可作画的地方。画的内容,不仅限于表出这断片诗句的开始的光景,又可表出以后的晚秋和初冬的光景("河水已结冰,闪闪生光辉"等)。

教师的任务,是帮助学生构成适合于原文的想象。作为想象构成的基础的,是过去的一切观察经验。然而读过诗句之后补充的新观察对学生也很有帮助。因这缘故,插图和观察及记忆画有密切的关系。教师对学生的帮助,不但是为了使他发生形状的想象,又须使他实现自己的构想。学生的思想须因教师的指导而走向正确的道路,适应了目前的课题而发展。这课题的工作如下:从诗中选出可作图画的瞬间光景,布置所要描写的东西而组成画面,即表出其空间关系和大小,决定适合于画题的色彩——例如秋天或冬天的自然情状等。这样,插画就和文学作品相联系。

(五)与插画同时,必须教学生作有系统的记忆画,即根据一年四季各种时候、各种情状的观察而作画(参看图 73 至图 81 描写各种题材的学生作品)。在这些课题中,课业的任务与教学的任务有密切关系;这有关于对自然界的现象和事物的知识的丰富,有关于形象想象的发展,以及根据透视法现象的观察而描写空间关系的技能。这种图画工作,因学校所规定的图画课时间的限制,可不仅在教室中描写,并可带回家中去描写,但须依照教师的指导。

在描写的过程中,必须教学生知道:从对事物和现象的观察经验中,用合理的判断,选出最能表现特色的事物,把它们互相关联起来,作成图画。作画的全部过程必须是独立的工作。必须使学生自己选出适合于课题的事物来,独立地解决问题:应该描写什么,应该如何描写,方能在画中表出自己的观察。记忆画的效果和成功,当然有关于教师对于学生的创作态度的培养。这里必须指出教师的指导任务:他必须适应教学的任务而指导学生观察,教他们以力能胜任的课业,检阅学生的作品,给以适当的评价。

图 73　刈草（记忆画）

图 74　春（记忆画）

图 75　冬日游戏(记忆画)

图 76　夏日河上(记忆画)

图 77　水力发电所（记忆画）

图 78　五一节（记忆画）

图 79   新建设(记忆画)

图 80   莫斯科河上的流冰(记忆画)

图 81　伟大的十月社会主义革命三十二周年纪念（记忆画）

　　上面所述的、以观察为基础的记忆画，是教学用的图画，不是所谓"自由画"，即任学生"随便画什么""随便怎样画"的图画。"自由画"所产生的只有否定的结果；反对"自由画"的原因很多，其中必须首先指出的，是教师不能领导学生的工作。学校中每班学生很多，各人随便画什么，随便怎样画，教师就无法实行其领导，这就和系统教学的原理相矛盾。"自由画"是资产阶级的"自由"教育的理论的结果。

　　这种教学"方法"，不应该应用在我国的学校里，因为这是减低教师的任务，而在教学中造成无政府状态的一种方法。

第十四章　装饰画

　　装饰画在教学的全般过程中具有重大的意义；对于初级班的学生，即开始在教师的指导之下系统地从事图画学习的学生，尤为重要。在初年级以及其次的班级中，学生在铅笔和毛笔的应用中学得了技术，渐渐地能掌握自己的神经和官能的运动了。今后他们的图画学习，可以跟着他们每年的进步而逐步复杂起来。装饰画是正确地组织而有计划的一种工作，除了发展学生的技术外，又能发展他们的创作能力。

　　因这缘故，装饰画必须遂行图画教学中的重大任务：(一)发展学生的创作能力，发展学生对于色彩、节奏和构图(平面上的布置)的情感；(二)发展绘画的技术。

　　装饰画的内容，是描写具有一定用途的图案模样：带模样(书籍等的装饰)、方形内的模样、圆形内的模样等。学习装饰画，先练习模样的描绘，然后练习模样的节奏、组织和色彩。描写模样必须把同样的单元交互顺次描出，造成一种节奏。形状、色彩相同的单元的反复描写，必须用心而正确，其工作方能成功。儿童必须逐渐习惯于这种工作，即常常比较他所反复描写的单元的异同，决定这些单元的形状的正确与否(例如圆形的、方形的，或一定长度的线条形的等)。因此，作装饰画，是手和眼的最好的训练方法。它能发展手和眼的合作能力，这种能力在他以后的图画学习中是极需要的。此外，模样的描写需要深刻的思索和精密的工作。

装饰画的最初的课业是模仿：教师把图案模样画给学生看，并且教他们作画的顺序，学生便模仿他。在学习开始时，这方法是必要的；这可使学生知道工作的方法，知道要画哪些线条来构成模样，知道如何反复同一的模样，如何着色等。最初教师要把模样的顺次反复一一画给学生看。到了后来，学生学会了这技法，自己能够应用了，教师只要口头说明，不须全部实际示范，学生就会画了。最后，只要指定模样，学生便会独立地画了。学生的独立描写渐渐发展起来，渐渐主动起来，于是模样就变成了学生的创作。他们的工作，从头至尾全是独立的：考虑模样节奏的基础，选定色彩的愉快的配合，而完成他们的工作。

课业开始时，宜作下列的练习：

（一）画一条水平形的带子，用垂直线把它均分为五个或六个长方形。在这些长方形中涂色彩：红、黄、绿、蓝、紫等。

（二）用预先准备好的小小的圆厚纸板为准，画一列的圆圈，在圆圈里涂不同的色彩。画成一束轻气球。

学生能够画带形、方形、圆形，并且能够相当匀净地把它们涂色彩了，然后更进一步，教他们画图案模样，模样是由教师指示的。教师把学生所应该画的模样全部画出来，说明画的顺序。最初的模样应该是带模样，即书籍上的装饰、框子上的装饰等。教师令学生注意画的顺序，因为下一课要教学生画类似的模样。

第一课是模仿教师的，第二课则由教师指定图案模样（例如框子上用的、衣领上用的、衬衫的袖口上用的）和组成纹样的要素。以后，倘使学生都已学会了以前的课业，则教师只要指定图案模样的用途，教他们自己独立地想出来描绘。

儿童都很会创造图案纹样;他们能够毫无困难地想出色彩和形状都很有趣味的模样来。但必须使儿童掌握图案模样的特性,各单元和色彩的节奏的交替,并力求正确地反复画出模样的单元。

儿童的创作力,必须使它系统地发展。发展的方法是多把有美丽的装饰的东西给他们看,例如织物上的图案模样的范例、食器上的图案模样的范例等。最好给他们多看民族装饰艺术的良好的范例。

装饰画的复杂化,可依下列步骤:(一)图案模样的形式的复杂化;(二)构成图案模样的单元的复杂化;(三)扩大图案模样的面积。

工作从狭的带状模样开始。起初是最简单的,由直线和曲折线组成。其次在这些模样中画许多圆形。以后画装在方形或圆形中的图案模样。单元的形状,也逐渐复杂起来:起初用简单的几何形体——三角形、圆形、方形——组成;接着逐渐复杂化,用曲线组成;后来用植物的形状、昆虫(蝴蝶、甲虫)或鸟类的形状来组成。

配置图案模样时,可利用植物写生的画稿或学校备有的植物标本作参考。

最初画图案模样,面积宜小:带模样阔约二至三公分,长方形和正方形阔约六至十公分。织物或手帕上的模样,碟子上的模样,宜画得稍大些。

开始画图案模样时,规定画在白底上。因为这样可以使儿童的工作容易成就。

在高级班中,图案模样可画在有色的底子上,其色彩或较模样的单元更深,或更淡。

模样逐渐复杂起来,同时也要求其描写技术逐渐正确精致起来。例如画同样的单元,必须大小、形状、色彩完全一样。

装饰画课示例

带模样——书籍装帧用(一年级)

　　教师向学生说明,什么叫作图案模样,并说明它的应用之处。他拿出有各种用途的若干种模样来给学生看,例如手帕上用的、衬衫上用的、织物上用的等。说明了模样的用处之后,教师指出模样的特点,即单元的交互轮流或重复出现。他教学生注意模样的色彩,注意它们的节奏的重复,给视觉以快感。

　　关于模样作了大体的说明之后,教师把学生在本课中所要画的带模样给学生看,然后说明画的顺序。先在黑板上画两条水平线。学生照样在纸上画了两条水平线。

　　然后教师在这两条水平线之间画许多曲折的分割线,这些分割线的一端碰到上面的水平线,另一端碰到下面的水平线,把带子分割成许多三角形。学生照样画了。教师再在每一个三角形中画一个小圆圈。最后在带的上面和下面各加一条边线。教师检阅儿童的画,有没有画错。作了必要的指示和修改之后,教师再说明以后的工作。

　　孩子们起初用普通铅笔作画,以后照同样的顺序,用色铅笔把它画成彩色画。教师教学生起初用铅笔画的时候,线条要画得细,后来施色彩的时候,须先把每个单元所用的色彩选定,然后作画(图82)。

　　学生作画的时候,教师巡视其间,给以指示或帮助;必要的时候,教他们技法,例如应该如何执铅笔、如何画分割线等。一课终了时,教师对学生的作品作评判,并且指出最成功的作品。这时候教师的指示必须是

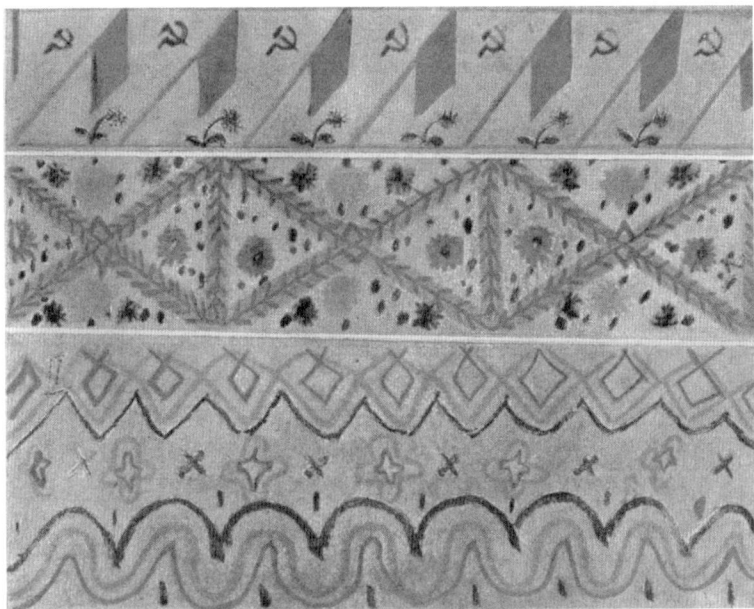

图 82　带模样

很具体的。

　　画得不像样的学生，可教他回家去重画，务须画得好些，尤其是在学生自己对画也不满意的时候。教学生重画的目的，是要得到更好的结果和养成工作中坚毅的精神。这时候须教学生认真工作，务须达到目的，不许他们草率了事。孩子们往往不欢喜重画。这时候须劝导他：应当奋勇起来重画，可以获得良好的结果。如此，教师对于他的缺点须给以具体的指示，使他在重画的时候加以注意，例如：起初用铅笔作草稿时要画得轻；每一个单元要画得一样大小，一样形状；要正确地反复；着色的时候不可使色彩越出线外等。

图 83　圆形中图案模样

从带模样进一步，令学生画长方形中的图案模样。这些模样是匣子的盖上、桌布的边上等用的。使学生知道这些装饰画的实际的用途，是很重要的事。学生知道了他所画的模样的用途，其结果自会良好。联系了所装饰的物件的具体概念而构造图案模样，可以鼓励儿童的创作力。

画面积广大的图案模样时，必须指示儿童：如何找出长方形的中心点，如何把模样布置到它的四角上，以及在各种图案模样画中找出均齐对称中心的方法。有时宜利用对角线及其交叉点；有时宜把长方形平分为二。初看，这种方法在儿童是感到困难的（因为他们不知道这些专门的术语，没有学过几何学），其实并不如此。正因为图案模样是联系着具体的物件的，所以儿童都能理解其形态。例如手帕，能唤起儿童对于其形状、色彩,甚至质料的明确观念,因为手帕是儿童所常见的。

有些困难,例如找求长方形的中心,儿童容易克服,因为他们努力要知道工作的正确方法。他们带着很大的兴趣而听教师的指示,高兴地实行他的指示。

使儿童最感到困难的图案模样,是圆形中的图案模样。其困难之处,在于必须画正确的圆形。仅用手画,他们当然画不正确,所以必须帮助他们。这时候教师可把大小适当的、厚纸板制成的圆片分给儿童。儿童依照它的轮廓而画出圆形,然后独立地在其中画模样(参看图83)。

今列举学生图案作品的实例,如图82、图83、图84至图87。

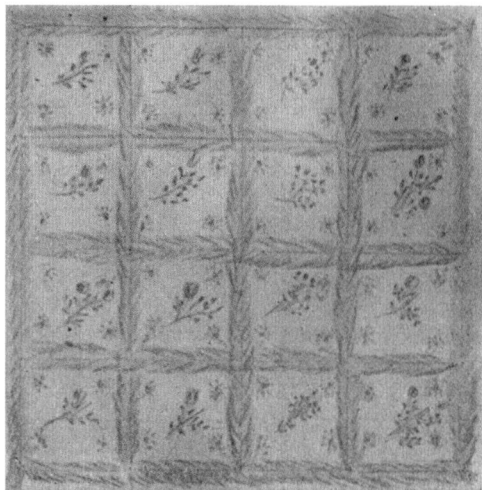

图 84   方形中的图案模样(手帕用)

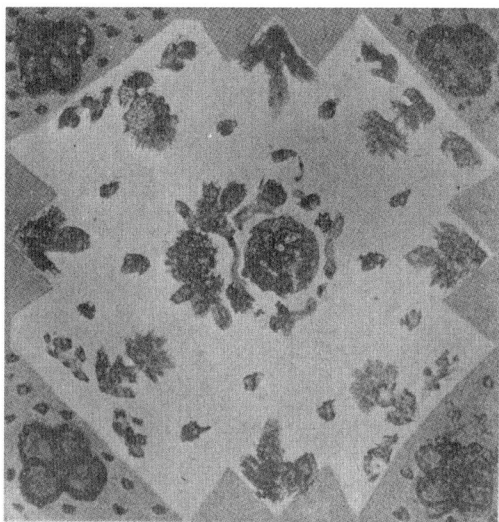

图 85   方形中的图案模样(手帕用)

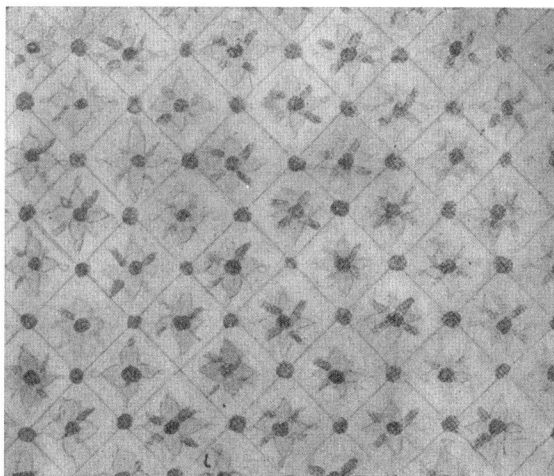

图 86   织物图案

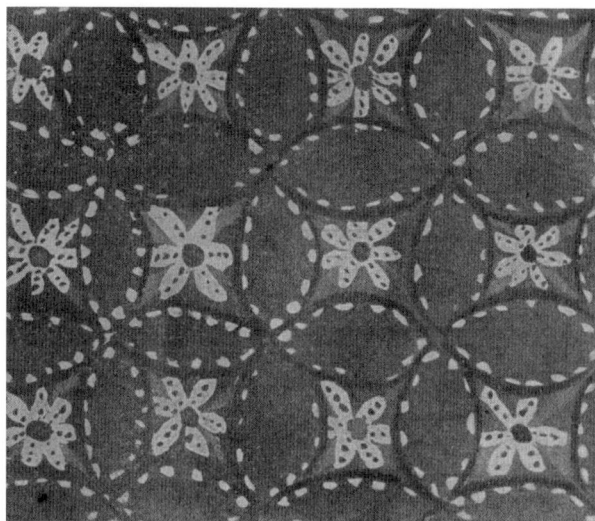

图 87　织物图案

第十五章　错误改正法

　　改正学生图画中的错误,是很重要的事。只有用改正错误的方法,才能使图画达到正确。然而并不是用一切改正错误的方法都可得到我们所希望的结果的。改正错误的任务,在于使儿童经过若干时的研习之后,能避免错误,即能获得图画的初步基础。

　　错误改正的方法没有一定,因学校各时期的教学任务的不同而变更。

　　苏维埃教育学,以发展学生的独立性和主动性为基本任务之一。

　　在教学过程中,必须发展学生在学习中的独立性。一切功课都这样,无论语文、数学、物理、地理……

　　独立地、自觉地工作,可使学生牢固地掌握他所学得的课业。

　　用说明来指正错误,可帮助学生理解他的错误,而独立地改正它们。

　　在革命前的学校里,改正错误的方法,是由教师动手修改的。

　　这两种改正错误的方法,表面上看来似乎是相近似的,其实有本质上的差别,这差别表明教学原则的不同。

　　教师把错误说明,而不动手修改,则学生便可自己看到其错误,知道应该怎样描写,才能描写得正确。

　　倘教师动手改正错误,则学生无事可做了。这种方法不能养成学生的劳动习惯(是教师替学生劳动),教师改正了图画中的错误之后,学生心中往往发生疑惑,不知道以后怎样画下去好,就无法继续工作,而彷徨歧途。

第一种方法,用说明来矫正,则学生必须自己修改其错误;第二种方法,则错误已由教师改正,图画已经完成了。倘使学生在作画的过程中看出了自己的错误,而不让他自己动手去修改,则图画教学的效果便减低了,因为学生不能加深他对于自己的错误的认识。学生对于自己的错误,只能用视力去感受,而不能用筋肉器官去感受。

在旧时代的学校中,教师修改曾经长期地被认为是合理的方法。学生作画,教师坐在他的凳角上替他修改。顺次把每一个学生的画都修改。有许多学生的画,竟被全部改画,毫不留剩学生自己的笔迹。列宾、其斯佳科夫、马可夫斯基等所组成的委员会,当时检阅了中等学校的学生作品之后,发表意见,反对教师的修改。委员会指出:“委员会发现有若干作品是由教师参加工作而完成的,委员会希望教师以后不要亲手替学生改画,希望学生在工作中表出更多的独力的劳动[1]。”

修改图画,可使图画变成优良,教课的成绩便可随之而优秀。所以在那时,不但教师亲手修改,又教班中长于图画的学生“帮助”他的同班生。

后来,反对教师修改图画、提倡学生“独力劳动”的主张扩展起来,修改图画的风气渐渐减少了。

反对教师亲手修改图画,则必须另外建立一种改正错误的方法。

在十九世纪末,俄罗斯的许多中学校里,都用了写生模型,这是从萨

---

〔1〕 见“一八九四年十月三日人民教育部各校第十四次图画竞赛会艺术学院审查委员会的记录”。

波希尼科夫的《图画教程》中采用来的。然而这种圆球形或立方形的模型，也不能帮助学生图画中的错误改正。自从《图画教程》出版以来，图画教学的内容上发生了很大的变更。学校中的图画课，在十九世纪末期，都采用现实环境中的实物描写，而几何模型对于错误改正少有帮助。

怎样才是改正错误的良好方法呢？是否能绝对否认教师亲手修改学生图画的益处呢？首先，改正错误的方法必须是直观的。但仅乎是直观的，还是不够。图画的错误改正法，总而言之，必须是使学生以后不再发生错误。要达到这目的，必须探求错误发生的原因及其心理状态。倘找到了错误发生的原因，则说明和改正都没有多大困难了。

必须知道：直接指出学生所犯的错误，不是有效的办法。例如对学生说，应该画得再阔些或再狭些，再大些或再小些，不能算是合理的说明法。这样的说明，是不能增益学生的知识和能力的。最重要的，是要使学生自己看出画得太阔了或太狭了，而懂得他的错误发生的原因。原因在于：学生没有比较物体的各部分，没有把这个物体和那个物体相比较，没有把图画同实物相比较，而漫不经心地描画。只有采用令学生自己找出错误原因的方法，方能希望他以后不再犯错误，或者逐渐少犯，终于完全不犯。

改正错误必须是自觉的、主动的。仅乎改正错误是不够的，必须分析错误，找出错误发生的原因，方能使以后不再可能发生错误。这正是图画课中错误改正的主要任务。

教师亲手修改的办法是不能达到目的的，因为它不能消灭发生错误的原因。今天教师改正了一处错误，明天学生又犯了另一处错误，这样下去，错误没有尽期。这办法是教师主动地修改，学生被动地接受。

教师在教授的全部过程中应该是主动的。但他的主动是为了要使学生变成主动;要使学生自觉地作画,自觉地找出错误,并且用心听教师的话,考虑教师的话,确信自己确犯了错误而自动地改正它们。

为欲达到这目的,教师的说明必须是能够培养学生的独立性和主动性的。除了发展其独立性与主动性以外,教师又必须培养学生对于他们所见所闻的采取批判的态度。这批判的态度,对于教材的理解和掌握,是最重要的。

预防错误发生的一个条件,是课业说明的正确。要使学生真心欢喜作画,用批判的态度来从事绘画,而对于他们所学得的感到不满足,则必须指定他们做力能胜任的课业,而说明这课业时,必须使大家都完全理解。这样的教授法,可以免除许多错误,而且预防错误的发生。总之,正确说明课业的教授法,可使学生减少许多错误。

然而教师虽然用尽方法,学生总是要犯错误的。要直到他们学会了正确地作画,才能不犯错误。倘能使他们掌握绘画的方法而能检查自己的图画,他们就可以学会正确地作画。因这缘故,教师必须使学生获得检查自己的图画的能力。学生的绘画技术和观察能力渐渐发展,就能够逐步看出自己的错误了。教师的任务是培养学生对于自己的图画的批判态度,而使他们获得自我监督的能力。

学生图画中的主要错误

一、描写圆柱形物体时的错误

儿童往往把杯底画成一直线,而把杯口画成近于圆形。你倘问他:"杯底为什么画得这样?"他回答道:"杯底不是平的吗?"或者:"倘底是弯曲的,杯子怎么摆得稳呢?"这些回答说明了错误发生的原因。这时候教师可拿一块厚纸板剪成的圆形给学生看,把这圆形的厚纸板和杯子并排地放在桌子上。对学生说:杯口我们是完全看见的,它是扁圆形的;倘使杯底我们也完全看见,它一定也是扁圆形的,但我们现在只看见底的靠近我们的一半,远的一半我们是看不见的。这时候教师把杯子放在圆厚纸板上,使圆厚纸板远的一边看不见。

还有更简便的说明法,如图88所示。教师拿一支尺或一支铅笔水平地靠近所要画的杯子的底边,教学生把底边的线和尺相比较;然后再把尺拿到学生的图画上,同画中的杯子的底边相比较。这样,学生就能发现底边的错误了。关于杯口描写的错误,也可用同样的方法来说明:儿童往往把杯口近的半圆画成弓形,远的半圆画成一直线;或者把近的半圆画成一直线,远的半圆画成弓形。

图 88　圆形透视描写的错误检查法(照相)

儿童画杯子时,还有一种错误,即把杯口的扁圆形的左右两端画成尖角。

教师说明:我们看见杯口是一个扁圆形。就依照所见的阔度画一个给他们看。教他们注意:扁圆形的左右两端是曲线,不是尖角。

要说明得更明白一点,教师可照儿童所描的样子画一个两端有尖角的扁圆形在黑板上,然后对他们说:倘使把每半个圆弧的两边延长起来,它们会变成两个圆形,就完全不是杯口上的圆形了。杯口是一根流畅的曲线包围而成的扁圆形,这曲线上并没有角,所以应该画成圆滑的曲线。

画别的圆柱形物体——罐头、勺子、碗等——的时候,口上扁圆形的错误,学生是会再犯的。教师仍须用上述的方法来说明他们的错误。

有时,儿童所画的扁圆形大体上是正确的,但是阔狭的程度画得不对。这时候教师可用下面的方法来说明它的错误。

儿童画杯口上的扁圆形,画得比他所看见的更阔的时候,教师可把杯子向着儿童这方面倾侧,倾侧到儿童所看见的口的阔度同他所画的一样的时候为止,然后对儿童说:"你所画的扁圆形太阔了,变成杯子倾侧的时候所见的扁圆形了。你必须画成杯子放平时你所见的样子。"于是把杯子放平。

说明这一类错误的时候,可利用厚纸板剪成圆片,其直径须和实物同样大小。

教师把圆纸片放在杯口上,把一边抬起,使成为学生所画的样子,对他说:"你的扁圆形画得太阔了,应该画成你所看见的样子。"说着,就把圆片子放平。

初级班的学生往往把扁圆形画成一个弓的形状,即把上面的半圆画成直线,下面的半圆画成弧线,结果是画了半个扁圆形。在扁圆形看见得很狭的时候,往往犯这错误。

学生画花盆的时候,往往因为注意力被盆中的花所吸引,而把盆口的形状画错。他们画了盆口的近的半圆,而忘记了远的半圆。这时候须教儿童画花盆的口时,不要先画它的一部分,而一气画成整个扁圆形。

二、物体的形状失却对称

学生往往专心于作画,而忘记了模型,不拿画去同它比较,结果不能顾到画中物体的形状和构造,以致变成歪曲。有时形状失却对称,有时物体各部比例不合。

学生作画的时候,必须注意画中的形状画得怎样。教师须教学生注意形状的对称,并且告诉他们检查的方法:通过物体的底边或颈部的正中画一根垂直线。

这根垂直线是把对称的物体均分为两部分的。倘使学生的画画得不对称,则有了这根线之后,立即可以看出(参见图89)。

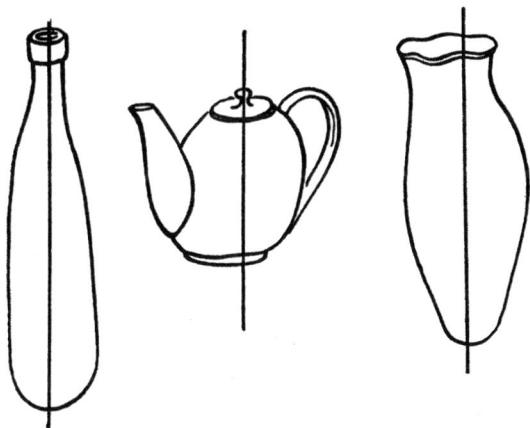

图89　对称形的歪曲及错误检查法

在某学校里,学生利用对称轴,发生了下列的情形:

学生画一把壶,画时提不起精神。女教师大约希望他们工作积极起来,便对大家说:"用心地画,不要忘记了对称轴!"

有几个学生想起了对称轴,便重新画过。他画一根垂直线,当作对称轴,而在轴的一边画曲线,表出壶的半边的轮廓。然后从课桌抽屉里拿出一张纸来,把纸折叠好几次,做成一支尺,依据了这支尺而画出与轴正交的水平线。他全靠用这支尺来量,而在轴的另一边决定了壶的各部分的阔度,然后用曲线连接起来,画出壶的另一半。

学生因为已经"懂得"了对称的正确描写的诀窍,就不再需要模型了。他们就不再观察模型,直到画完。

他们对于画的正确绝不怀疑了,因为他们已经利用了正确的器械——尺。

他们记得前一课中女教师说过:倘是画得正确的,则从轴到左右两边的轮廓的距离一定是相等的。

画对称轴的方法,本来是为了检查画的正确而设的,现在机械地利用这轴,反而变成了一种错误的教授法。

避免用器的机械画法,不用铅笔或尺来测量,而仅用眼睛来改正,也可以看出画的错误。因此,必须定一个规则,禁止学生在图画课上带尺、三角形、圆规和其他图画中所不需要的工具。

用测量来帮助改正错误,对学生是无益的。用这种方法不能发展他们的观察和描写物象的能力。在图画课中用尺、圆规等器具来矫正错误,使学生习惯于机械的工作,而不注意于写生。学生把希望寄托在器具上,就不积极地观察、比较,目测的能力便不能发展了。

为了发展目测的能力和决定物体的对称形状的正确,除了写生以外,同时又可练习黑板画。

教师叫两三个学生到黑板边来,令他们画简单的对称形物体。

其余的学生看他们在黑板上画,教师令看的学生指出不正确的地方来,务须画得物体的两半部同一形状。

这样的练习,可使学生增加兴味,而提高其观察的自动性;特别重要的,是使学生习惯于分析和检查已完成的图画。

学生的目测能力发展起来,就可废弃对称轴。他们能够在画中想象地"引"一根对称轴;再进步起来,不用这些帮助也能看出错误了。这样,对于物体的对称形的观察力逐渐发展起来,这种观察力普遍称为"对称感觉"。

三、组合物的大小关系的错误

在描写组合物的画中,往往发生物体的比例及位置的错误。

直接指出其错误,当然不能算是说明错误。因为这样的说明不能在根本上帮助学生,他们下次画时仍旧会犯错误。

故教师的说明,必须使学生自己能够看出图画与实物的不符合。

普通的比较,并不一定能够发现错误。假定这组合物的写生模型是由两种东西组成的,一个土瓶和一只苹果。学生画时往往把比例画错,例如把苹果画得太大了。教师教学生留心观察实物,然后教他们想象把苹果放进土瓶里去。他问:"苹果能够穿过土瓶的颈口,放进土瓶里去吗?"

学生的回答有肯定的,有否定的。因为教室里摆设着好几套写生模型,苹果的大小略有不同。于是教师问犯错误的学生:"在你的画中,苹果能够穿过瓶的颈口吗?"学生看了看,就回答说:"不能穿过。"

这样的说明错误的方法,是主动的、用目测的比较法。这方法是和被动的、用铅笔或尺的测量法相对立的。

学生习惯了这样的比较法,以后对于写生模型就不看作固定的不可移动的东西,而可以想象地移动它们来互相比较其大小了。

有的时候,教师认为有必要时,可以叫一个学生走到写生模型旁边来,教他实际地试验,把茶杯放进咖啡壶里去,借以实证咖啡壶颈口和茶杯的大小关系。又教另一个学生想象地做这事,不要走过来实际动手。

四、空间关系描写的错误

空间关系描写的错误,也应该用实证法来说明。假定仍旧用上述的模型,土瓶和苹果,而画中的位置画错了:苹果太接近土瓶了,或者相反,苹果太远离土瓶了。这时候,矫正错误的方法,普遍是指出其所犯的错误,教他们改正。的确,一经教师指出,苹果太近了或太远了,他们就会把错误改正。但是问题在这里:我们希望学生经过教师说明以后,不会再犯类似的错误。

某学校的五年级里所发生的情形,可以作为说明错误的、大可注意的实例。他们的写生模型是一个勺子和一个苹果。有一个女学生把苹果画成平面的,不是立体的,好像厚纸板剪成的、形状不正确的圆纸片。勺子的圆柱形也画得不正确。在模型中,苹果和勺子还要离开些,而在那女学生的画中,苹果和勺子靠得太近了。因此,物体的形状和位置都画得不正确了。

教师巡视的时候对这女学生说:"你画错了。"在女学生对于这批评的反应中,可以看出她并不懂得所犯的是怎样的错误,因此不能希望她自己改正错误。教师就向她说明:"模型中的苹果是圆球形的。倘使我们用手去拿它,用手指和手掌握住它,我们就感觉到它的立体形。你把苹果的蒂孔画在苹果上面的边上;但在实物上,蒂孔位在苹果上部的里面,倘你从高处望下来,这是很容易看出的。况且你的苹果,好像是用厚纸板剪出来的,或者是用像你的画纸一般的纸剪成的,而且这圆纸片贴着那勺子。那边摆着的是一只苹果,而你的画的是一片纸(教师用两根手指捏图画纸)。勺子的形状也画错了:勺子的远的半圆画得太高了。你必须照你所看见的样子而画苹果,不可自己忆造出来;你画苹果必须画得可以想象地用手握住它,像实物的苹果可以握住一样。勺子也要画得同你所看见的一样;形状要画得正确,勺子表面和里面的明暗如何分配,也要仔细观察。又不要忘记勺子和苹果落在桌子上的阴影。这阴影表示勺子和苹果不是挂在空中的,而是摆在桌子上的。"于是教师教这女学生重新画勺子和苹果。

女学生根据了教师的说明而重新作画,到课末的时候,她完成了第二幅画。把第二幅画与第一幅画比较,显然可以看出其差别,而确信教师及时的、有效的指导,能够使她的图画显示飞跃的进步(参看图90、图91)。图画的改善不须靠教师动手,这是可贵的一点。

另一个女学生,勺子画得还正确,而苹果画得太大了。教师知道,她之所以看不出错误,是因为苹果画得离开勺子太远了;这女学生画的时候,是个别地观察这两种东西,而没有把它们互相比较的。

倘使学生不能比较两种物体而看出其大小关系,教师可用如下的说明来改正错误:"用心观察实物!假使有这样大小的两只苹果,可不可以并排地放进这勺子里去?"女学生回答:"可以。"教师再问:"但在你的画中,勺子和苹果的大小如何?"这时候教师令全班学生检查自己的图画,看大小正确不正确。

图 90　错误矫正实例(矫正前)

图 91　错误矫正实例(矫正后)

　　在这图画课中,教师还可用别种方法来说明错误。教师拿一支铅笔,一端放在苹果上面,另一端齐到勺子边上,看苹果的高度与勺子的高度比例如何。于是教学生在自己的画中也用铅笔来测量,问他:"看,你画的正确不正确?"这就可以看出画中的苹果比起勺子来太小了。但须注意,这样的检查法,只有两种物体对画者同样距离的时候方才可行。

现在我们再来研究另一种组合物大小关系的错误说明的方法。

假定学生所画的组合物写生模型是咖啡壶与茶杯,而把两种物件的大小关系画错了。

教师令学生观察模型,想象在茶杯上面放上同样大小的第二只茶杯,以后再放上第三只茶杯,于是问学生:"三只茶杯重叠起来,比咖啡壶高,还是低?"倘是正好,就令学生在画中照一与三的比例而确定茶杯与咖啡壶的高度。如果学生在自己的画中发现咖啡壶的高度不止三只茶杯,就知道茶杯画得太小了;如果咖啡壶的高度只等于两只茶杯,就知道茶杯画得太大了。

这种改正错误的方法,可使学生习惯于独立比较所画的物体的大小,而发现它们之间的相互关系。

不但要使学生在画中表出物体的比较的大小,还须使他们正确地表出各物体对画者的距离的相互关系。例如两种东西对画者的距离可能是相等的,但它们或者挤在一起,或者互相保持若干距离。无论何种位置,学生画时总容易发生错误。现在仍用咖啡壶和茶杯为例。即使这两种东西的比较的大小和形状画得都正确,然而茶杯在画中的位置不正确:太偏右一些,或者太偏左一些。这时候教师要说明其错误,可教学生想象出一根垂直线来,这垂直线从咖啡壶的嘴上挂下来,挂到茶杯上,看茶杯的位置对不对。倘使学生发现不对,就教他自己设法改正。学生的回答可以表明:他们对于教师的说明是否理解,他们如何想象垂直线,更重要的,他们是否已能掌握把图画和实物比较的方法。

描写各物体的空间关系时,学生也很容易犯错误。倘使各物体的位置对画者的距离是同样的,则可用假设的水平线来帮助检查空间关系的正确与否。

倘使茶杯对画者较近,咖啡壶对画者较远,则它们的位置的相互关系,即茶杯与咖啡壶之间的距离,可由两支铅笔或两根小棒的帮助,分明地看出。即把两支铅笔或两根小棒贴近咖啡壶和茶杯的底而放在写生台上。

倘使学生在自己的画中依照铅笔或小棒的所在而作两根水平线,立刻就可看出他所犯的错误;倘所画的是正确的,也立刻可以证明他的正确。

但须注意,并非真的在图画中画线。各物体的位置的相互关系,或者个别物体中的各部分,是靠想象的水平线和垂直线的帮助而被改正的(参看图92),也可以用斜线来帮助(参看同图),即在实物中及图画中想

图 92　用想象的各种方向的辅助线来帮助矫正错误
（中学校学生作品）

象出这样的一根斜线来,借以帮助实物和图画的比较,而检查错误。例如在实物上,通过咖啡壶嘴而作一根垂直线,接触到茶杯的左边;从茶杯右方作一根垂直线,通过咖啡壶中央。倘在画中作起同样的垂直线来,便可看出画中的物体的空间关系是否正确了。

但教师的指导工作很复杂,因为每套模型须由十至十五人从各视点来观看。倘使一个教室中摆设三套模型,教师的工作就更加复杂了。在这样的情况下,当然就不能预定什么时候用什么方法来解释了。

摆设模型,说明课业,改正错误,都有密切的关联。这一切都须依照教学的任务、所教的班次、学生的修养程度及其他原因而定。

关于错误改正法的大体的结论,在于不使学生的图画中发生错误,预防错误的出现。教师倘能使学生多用自己的智力而独立解决问题,则不发生错误是可能的事。教师须使学生解决他们能力所及的困难处。

(一)教师给学生主要的帮助,不在于图画工作完成之后,而在于课业开始说明的时候。课业的成功与否由说明的方式而决定。到了其次的阶段,即学生独立作画的时候,教师的说明仍是重要的,并不减少其责任。

课业的说明可预防许多错误的发生。教师的说明越是明了,学生图画中的错误越少。

但教师的说明虽然很详细、充实,学生的图画中仍会发生错误,尤其是在用到新教材的时候。在学生尚未完全学会图画的期间,错误的发生是难免的。

(二)根据学校的教学任务,教师必须使学生独力改正错误。教师的帮助只是说明错误,而让学生自己去改正。

(三)倘使学生不能自力改正其所犯的错误,则教师给他必要的解释,即如前述的例子。

教师亲手修改学生图画的方法,是应该否定的。在普通教育的学校里,教师不可亲手替学生修改图画。

过去的经验告诉我们,教师亲手修改的方法,从教学的观点看来,是会引起不良的结果的。有不少人反对这句话,他们以为在数学及语文课中,都是由教师用红墨水笔改课卷的,为什么在图画课中不许教师改呢?对于这反驳,可以这样解答:这些科目的性质是和图画不同的,语文和数学课中的改课卷,是用红墨水笔来说明其错误,并非改去其错误。但图画课中教师的修改,并不是说明,而是代学生改去错误,因此不能保证将来不再发生错误。因这缘故,在图画课中教师不可修改错误,而只可说明错误;修改错误应该让学生自己动手,这才能使他学会正确地作画。

教师把作画的方法示范给学生看,或者在另一张纸上随伴着必要的说明而画给学生看,这是可以的,不能与教师亲手修改学生图画混为一谈。

图画的基本学习,尤其是在初学的时候,全靠模仿教师在黑板上或另一张纸上所作的画。这模仿对于儿童的掌握神经和官能的运动是不可少的。要使儿童掌握描画的各种技法(例如如何执铅笔、如何画细线和粗线、如何用毛笔、如何着色等),除了模仿教师以外,没有别的办法。

这一切都与学生的技术有关,都与基本课业有关。一切图画课业,必须令学生在教师的指导下独立工作。

总之,一切改正错误的方法,必须引导学生充分观察实物,用批判的态度对付自己的图画,看出其中或大或小的错误而改正它们,而达到正确的绘画。

第十六章　图画教材的计划

在前面几章中,曾经屡次说到课业的顺序。这工作唯有设立一定的计划,方才可能做到。绘画的技术由两种要素造成,即观察现实环境中的事物和现象的技术,及把事物和现象所具有的特点、构造、形状、色彩等搬运到纸上来的技术。

要把物体的形状和色彩的特点搬运到纸上来,必须具有描写的初步技法,即铅笔和毛笔的运用法,自由地画线条的技法,多用力和少用力的画法(画粗线和画细线),以及在规定的平面上均匀地着色或涂阴影的方法等。

图画课的开始,应该是描写的练习;其次是画装饰画;然后进于写生画和出题作画。

这些技术是图画教学的基础,图画教学在这基础上建立一定的顺序。在作画的过程中,技术逐渐熟谙了,知识逐渐理解了,然后可以着手更进一步的课业。

计划教材时,必须顾到各种画法间的相互的联系,例如:发展描写能力、观察能力和分析能力的画法、写生画法、记忆画法和想象画法。发展学生的创作才能的问题,教师在制订工作计划的时候,必须时时刻刻顾到。计划制订的轴心,应当是该级的教学任务,即学生在这一年中应该学得的技术和知识。

　　为顾到各种画法之间的联系,必须交互轮流地应用写生画和装饰画。现在拿一年级的图画课为实例:在课业开始时,须使儿童获得运用铅笔的技术。必须使他们能够正确地运用铅笔,正确地描出细线和粗线。这时候可教儿童依照教师所示的范本练习,以后教他们描写图案模样和个别熟悉的物件。

　　在描写个别物件的时候,儿童必须具有一定程度的描写技术。当儿童观察实物的时候,他们必须能够想象这物件的特点,而用手再现出他们所看见的形象来。

　　最重要的,是不可使观察的技术和再现的技术之间有分裂。必须使儿童会观察,同时又会再现,而在图画的制作中,这两种要素必须常常相适应。在图画教学的过程中应用各种画法,是要使这两种要素相调和,而充分完成学校教学的任务。

　　在一年级的下学期,开始学水彩画。因此在计划中,必须布置发展水彩画技术的各种练习。

　　工作的进行顺序,是和开始用铅笔作画时一样的。

　　学得了水彩画的基本技术之后,可用铅笔和水彩画来画图案模样,然后写生及出题作画。

　　以下各班的课业,可照同样的顺序设计。

　　一年计划的制订法如下:一学年中共有图画三十三课,其中主要的当是写生画。规定写生画的一定的顺序。规定写生画所需的预备技术的练习时间。在计划中也插入装饰画的练习(图案模样),又教学生根据观察和记忆而作风景画,可规定题目。其中有些题目(例如"秋林"),必须顾到观察的可能性及远足的可能性等。此外,计划中包含预定的关于艺术的谈话。这样,在基本上把教材计划好,制订一年的课业计划。

　　在课业的过程中,计划可因学生理解的情形而加以变化。例如,学生对于课业倘不能充分学得,则必须重复教材或减轻教材。

　　有的时候,也因了课业进行顺利而变更计划。这时可改用比最初所预定的更复杂的课业。

　　下面的是一年级和五年级的课程计划的示例。

一年级图画课学年计划示范

　　第一课:用垂直线把狭的水平形带子划分为若干格,在这些长方形的格中涂各不相同的色彩:红、蓝、黄、绿等。

　　第二课:依照预先准备好的小小的圆形厚纸板画一排圆圈,在这些圆圈里涂各不相同的色彩(练习)。

　　第三课:用铅笔画若干圆圈,在这些圆圈中用铅笔画阴影线条,第一个圆圈中涂得最浓,以下顺次淡起来。在带子里用圆圈画图案模样,一个大圆圈和一个小圆圈相间。

　　第四课:写生画——形状简单的秋叶(紫丁香叶、柳叶、白杨叶等)。

　　第五课:写生画——纸夹、乐谱夹、皮包。

　　第六课:用平行的、曲折的线条和圆圈画带模样。

　　第七课:用交互轮流的圆圈及长方形画带模样。

　　第八课:写生画——形状色彩不同的苹果(用黑铅笔及色铅笔)。

　　第九课:写生画——梨子、李子、苹果。

　　第十课:写生画——萝卜、胡萝卜、王瓜。

　　第十一课:观察后作记忆画——有花园的房子。

　　第十二课:写生画——甜菜、红萝卜、番茄。

第十三课:写生画——苹果和西瓜,形状描写和大小比较的练习。

第十四课:记忆画——秋林。

第十五及十六课:观察后作记忆画——乡村和城市(街道的一角)。

第十七课:蔬菜写生。

第十八课:图案模样——在圆形内画图案模样。

第十九课:为已经读过的故事或童话作插画。

第二十课:在长方形中画图案模样。

第二十一课:完成前课。研究图画及谈话(十五至二十分钟)。

第二十二课:练习——毛笔的用法和水彩颜料的涂法。用不同的色彩在圆形及长方形中作平涂。

第二十三课:练习——用毛笔的尖端画长方形,而用水平的和垂直的线条来填充其内部。

第二十四课:写生画——玩具:皮球、鱼、鸟。

第二十五及二十六课:为读过的短篇故事作插画。

第二十七课:写生画——椭圆形调色板和颜料。

第二十八课:图案模样画——在圆形中填充图案模样。

第二十九课:图案模样画——在正方形中填充图案模样。

第三十课:用铅笔和色彩画图案模样。

第三十一课:完成前课。研究图画及谈话(十五至二十分钟)。

第三十二课:写生画——有球果的针叶树枝(枞树枝、松树枝)。

第三十三课:完成前课。研究图画及谈话。

五年级图画课学年计划示范

第一课:风景画——夏天的回忆。

第二课:各种高度上的、各种位置上的圆柱形物体写生。

第三课:组合物写生——土罐和杯子。

第四课:同上的组合物写生,但换一种布置;作想象画。

第五课:平行六面形的小匣子写生;变换各种位置作速写画。

第六课:大形的匣子或箱子写生;变换各种位置。

第七课:手提皮包写生。

第八课:厚本书籍写生,变换各种位置。

第九课:组合物写生——厚本书籍及笔筒。

第十课:同上,但换一种位置,作写生画,并作想象画。

第十一及十二课:毛毯的图案模样。

第十三课:艺术讲话——绘画的种类。

第十四课:续前课。

第十五课:组合物写生——圆柱形的及复合形的东西,例如水壶、钵、匙。

第十六及十七课:组合物写生——水果及蔬菜(彩色画)。

第十八及十九课:组合物写生——土壶、杯子及苹果,用铅笔及彩色。

第二十及二十一课:为普希金的《上尉的女儿》(即《甲必丹之女》)作插画(风景画)。

第二十二课:为屠格涅夫的《猎人日记》作风景画。

第二十三课：组合物写生——厚本书籍及插着画笔的罐头（铅笔画）。

第二十四及二十五课：织物的图案模样，画在有色的底子上。

第二十六及二十七课："春天的花园"，观察之后作记忆画。

第二十八及二十九课：观察风景后作记忆画（内容不复杂的），例如"树木环绕的房子"。

第三十及三十一课：写生画——乌鸦（剥制模型），用铅笔及彩色画（单一色彩的）。

第三十二及三十三课：写生画——鸭（剥制模型），用铅笔及彩色画。

第十七章　学校造型艺术的课外工作

课外工作的任务,在于增进学生在课业时间所学得的技术,增广他们的眼界,把他们的创作的主动力,应用在对于环境事物的观察和研究上。

欲实现上述的任务,必须利用儿童固有的对于造型艺术的爱好,而选取有趣味的、内容丰富的作业。

课外作业的内容必须是多样的。课外作业的组织形式不妨是有伸缩性的,因为课外作业并没有课业及时间表的限制。学校课业时间中所认为太复杂麻烦的方式,在课外作业中都可应用。例如为了观察,为了写生画及记忆画而举行远足及散步,课外都可做到。远足及散步,可使工作更加富有趣味,可使作业的内容丰富起来。

课外作业在基本上是一种长期性的工作。课外作业可以组织小组,在规定的日子和时间内依照长期工作的计划而有系统地从事作业。

除了小组工作以外,在课外还可因纪念节及各种运动的来到而作临时性的作业。例如在学校里出壁报、刊物,在纪念节前装饰学校等。

参加上述工作的学生,其成员可以变动。凡表示兴趣浓厚并有继续从事的愿望的人,都可组成小组。

群众性的活动,对于提高美术工作的兴趣是很有效的。例如举办图画竞赛、塑造品竞赛,举办图画展览会、各种手工的展览会,以及小组集体创作展览会等。

　　这一切工作,都不能脱离教师的协助;教师须协助个别学生解决图画上的问题,又须协助团体解决图画上的问题。

　　教师的协助,又须及于不能出席于团体系统作业的学生。有时学生完全不出席团体的作业,而在家中独立地工作。

　　学生在家中的工作,普遍都是模仿与摹写,这些工作起初给他们以虚伪的效果,但这种工作不能长久使学生满足。这种工作中没有真正的技术,会使学生对工作冷淡起来。教师的协助,开始就须对学生说明模写的无益,以及在观察的基础上作写生画或记忆画的独立工作的重要性。

　　小组工作是课外作业的基本形式。

　　小组由对图画具有兴味的学生组成。年龄的相差必须不超过二三岁,即参加初级小组的学生自十至十二岁(三年级和四年级的),参加中级小组的自十三至十五岁,参加高级小组的自十六至十八岁。

　　应该注意,参加小组的必须都是欢喜作画的人。但小组中同时工作的人数不可超过十二至十五人。因为许多学生同时工作,工作的组织和工作材料的供给,都很困难。在小组中,除了作画以外,还有学生从事塑造等各种手工,而必须为他们设备特殊的材料,因此,小组中同时工作的人不宜超过十五人。

初级小组

　　初级小组作业的内容,是作画、塑造以及各种纸块手工:玩具、食器、假面等。

　　小组中的主要工作,同学校课业中的一样,也是写生画;同时又必须作记忆画。远足到树林中、田野中、河边,目的是要观察风景及各种自然物的特点。远足回来,就可根据这观察作记忆画。这时候须特别注意透视法现象的观察:各物体的位置离观者越远,其所见的形状越小。这样,可以巩固学生在学校课业中所获得的知识与技术,可以加深他们对于物体的形状、构造和色彩的观念,可以使他们认识物体的色彩因了离观者的远近和阴晴晨夕的关系等而起的变化。

在远足及散步中,又可练习速写。野外可写生的东西很多。组员们在上课时所写生的是个别的物体或者组合的物体。现在可在田野中、树林中、花园中等处作速写,以资补充。

在初级小组的工作中,根据观察而作的记忆画占有重要的地位。这种画法可以发展视觉记忆力,可以加强儿童对于各种现象的想象力,而最重要的,是可以发展儿童的空间观念。因这缘故,记忆画应该被视为写生画的一部分。

小组中的写生画,又可用出题作画来作补充。题目的范围当比学校课业中广得多:例如为童话及故事作插画,为现代生活——我国的新建设、纪念日、庆祝会等——作画。

小组作业的方式所异于学校课业的方式,是写生画的工作时间可以延长,组员们可以更自觉地作画,探索物象的特点而正确地描写它们。

让组员自由选定作写生画的地点,可使他们懂得怎样是最有利的写生位置,怎样才能掌握物体所见的形状对于视点的关系。

小组的领导者应该时时使学生注意物体所特有的立体形和色彩。在描写组合物的时候,须使他们注意物体的大小关系,而正确地在画中表出或近或远的物体。又必须使他们有考虑、有计划地实行其任务,独立地、正确地、有始有终地完成其工作。

　　工作完毕时,照例应该将绘成的图画作一次观摩和评议。经常进行观摩和评议,可以帮助学生理解自己的和别人的作品中的长处,又可看出其短处。这样的工作可以提高学生对于作业的主动性和兴趣。

　　除了在小组中评议组员们的作品之外,又应该在家中研究作品,当作一种独立的家庭工作。

　　收集组员们的图画、塑造品及各种手工而保存起来,是很有意义的事。最好每人有一个纸夹,把图画依照作画的顺序保藏在其中。图画以外的作品,保藏在其他一定的地方。作品上标出相当的记号或签名。在每一张画的反面写上作者的姓名和作画的日期,以便领导者在需要的时候选拔作品,陈列展览;又可比较前后时期的作品,而看出组员的进步程度;又可帮助他们避免缺陷。

　　保存作品,必须有特设的橱,在这里面除了图画之外,又陈列塑造品、各种手工、材料和工具(纸、笔、颜料等)、图画的参考品、阅读的书籍、示范及讲解时用的绘画复制品等。

　　塑造　小组工作中有塑造。塑造可使儿童对于物体的观念具体起来、精确起来。把视觉观念和对于物体的形状、构造及比例的感觉相结合,可使图画的品质良好起来。

　　普通的塑造用黏土为材料,有时也用一种特备的代用品。但最容易得到的材料是黏土。这是随处都容易办到的。

　　塑造所必需的设备并不复杂。塑造的地方就在普通的桌子上。工作的时候,黏土放在一块小小的木板上,以便随时将黏土和板一起移动,而在黏土的各方面施行塑造。

　　主要的塑造工具是工作者的手掌和手指。为了详细部分的工作和除去剩余的黏土之用,宜置备一把小小的木制的刻刀。这刻刀可由学生自己制造。用一根长约十五公分的棒,把它的一端削成斜角形,另一端削成尖形。刻刀的阔度大约二十至二十五公厘已够。每一个组员要置备这样的刻刀数把。

塑造开始时,大部分的工作是用手掌和手指的。

塑造工作的基本,同图画一样,也是写生。塑造有根据写生的,有根据记忆的,有根据想象的。

对物塑造的时候,学生先在板上放一块比实物稍大些的黏土。在黏土的后面,左方或右方,放置作模型的实物。实物倘是小形的,塑造可同实物一样大。但最好塑得比实物稍大或稍小一些,以便练习正确表出其比例。

这样,学生就须观察物体各部的大小关系,而在他们的塑造中照样表出。

工作开始的时候,必须使学生习惯于表现基本形状,顾到高对阔和长的关系,正确地表出其立体形。开始工作时,先把整块黏土捏成实物的大体形状,进而塑出其各主要部及各详细点。

最初须用儿童所熟识的东西作为塑造模型,例如蔬菜、水果、食器(起初个别的,后来也可用组合的)、鸟、小动物、家畜、童话中的人物、人像等。

不宜作大型的塑造,因为大型的塑造是困难的。塑造的材料不坚牢,也会增加工作的困难。

黏土塑造物的底下须有一黏土的台,这台可塑成方形或圆柱形。塑造物和台黏合在一起。

未完成的塑造物,须防止它干燥,以便后来继续工作。为此须用一块湿布把它遮盖,并且时时用水润湿这块布。

湿的黏土可以放在桶里或坛子里,以防其干燥。

塑造所用的黏土性质,关系很大。务须选用不含有石子和沙等硬物的黏土。倘使没有这样干净的黏土,则必须好好地把黏土弄干净。把黏土弄干净的方法,叫作"洗泥"。洗泥就是用水把泥调得稀薄,使其中所含有的硬的、重的沙石细粒沉淀在器物的底上,而使干净的泥积在沙、石的上面。其顺序如下:把黏土放在桶中,把水倒进去,把黏土搅成稀薄的泥浆。待沙石及黏土沉淀之后,再把水倒出,于是上面的便是干净的黏土,底下的是沙石细粒了。然后把干净的黏土取出,放在桶或坛中,以防其干燥。

纸块手工　小组作业中又有用纸块做的各种手工。纸块手工可制家常杂物,玩具,圣诞树上的装饰,如小鸟、小兽、小鱼、野兽和人物的假面具等。这种手工的材料最好是报纸,或废纸、书写用纸,加以马铃薯粉或面粉做的糊而制成。

小组中的纸块手工的做法是这样:在物体某部分的表面上或者物体全部的表面上糊上若干层纸。等它稍干,拿下来,就得到和这物体同一形状的厚层的纸块手工。例如在一只盆子的底面糊上若干层纸,待纸稍干,取下来,就得到一只同形状的纸制的盆子。用同一方法可制纸玻璃杯、纸茶杯等。因物体形状的特性关系,纸块手工也有各种做法。

立体的形状,例如人像、鸟、兽等,须先用黏土做模型。在黏土塑造的立体形的四周糊上若干层纸。糊好之后,用锋利的刀把它切成两半;趁黏土未干的时候仔细把它挖出,当心挖坏外面的纸层。然后再把两半拼拢来,重新用糊缝合。

这样造出来的立体形状,和黏土塑造的完全一样。完成之后,可在纸的表面上加涂所需要的色彩。

　　纸块做成的手工,涂彩色时须用混着胶汁的颜料,这颜料可以自制[1],或者用现成的胶汁颜料,即"胶彩"(гуашь)。

　　有时手工完成后先涂白色(溶入胶水的白粉),然后在这上面画各种图案模样。纸制的碟子、茶杯及其他白色的物体,都可用这办法。

　　把几层纸粘贴到实物模型上去的时候,粘贴纸层和取出模型,都必须采用最有效的方法。例如造一个碟子,第一层纸和其次的几层纸都必须紧紧地贴在碟子底上的凸出的表面。如何取出碟子的方法,必须预先告诉他们,务使纸碟保持正确的形状。其次的工作程序,也必须使他们预先知道。

　　纸块手工的教学法如下:为了明显地说明制法,最初宜由教师从头至尾制给学生看,同时说明工作各阶段的方法。然后在教师的指导之下,由学生制作同样的手工。在以后的工作中,教师必须把新发生的事项向学生说明,例如造立体物时如何用刀切开,如何挖去黏土,如何将两半黏合等。尤其要使学生注意:贴上去的纸的形状和大小,对于模型的形状很有关系。例如模型倘是圆锥形或圆球形的,则贴上去的纸必须切成一定长度的纸条,方可使纸条妥贴在模型的全部表面。因为倘用大张的纸贴上去,模型表面势必不能全部贴平。所以纸的切碎,是很重要的事。倘能用手把纸撕碎,使成为小块,一块一块地贴上去,则更加妥帖。这方法比切成纸条更好。

　　为要养成儿童的自动性和表现力,最好让儿童自己想办法。儿童接受了作业的题目,自己考虑工作的顺序和方法,把所考虑到的讲给先生听。先生倘认为有必要,即加以指正,然后让他们开始工作。

---

　　[1]　在水中溶入细木工用的胶质,把颜料粉加入这胶水中。

倘所造的手工上需要描绘装饰模样(例如茶杯、碟子等),则教师令学生先用铅笔或水彩画在纸上,然后再画到所制的手工上去。

纸块手工具有创作的特性,它能发展儿童依照一定计划而独立工作的能力。

装饰的工作在课外作业中也应该占有相当的地位。其做法与学校课业中所采用的相同,其内容亦与学校课业中的相近似。

基本的工作是画图案模样,即各种日常用具上的图案模样,织物上的及衣服边上的图案模样。

在小组作业中,装饰工作是纸块手工所必需的。实际应用装饰工作,很可提高学生对作业的兴味,而帮助他做好他的作业。

中级小组

中级小组的作业,应该是有系统地扩展对于学生的教育工作。

基本的工作应该是发展他们的观察力。小组的作业,应该全是写生画、记忆画和想象画。因这关系,初级小组所用的按季节出题目而作画的方法,还是要继续。这种年龄的儿童,宜组织远足团,到自然界去,使他们观察自然环境中的各种现象。小组领导者的任务,是培养组员们对自然界各种物象生气蓬勃的态度。须使组员们能在出题作画的工作中利用他已有的观察经验,并能独立地累积新的印象。须使组员们能自觉地从自己的观察经验中选取重要的东西,而舍弃其不重要的东西。这不仅有关于写生画,又有关于观察和出题作画(记忆画和想象画)。

这样的选择,是视觉感受力和形象想象力的发展的必要条件。教师应该依照这方针而指导写生。课外作业中的写生之所以异于学校课业者,是物体的空间关系较为显著,因而其透视法的变化(缩狭)也就更加明显。要发展透视法表现的能力,必须实习各种位置、各种高低的静物速写。这种速写可以作为静物画的准备工作。

细写和速写应该交互轮流地练习。写生的技术渐渐熟练之后,小组学习中可练习记忆画。学生先观察实物,然后背着实物描写,练习自己的记忆力。这时候必须注意,学生自由布置画面,仍须顾到构图法及工作计划。

在中级小组中,教师应该经常注意学生对于构图的自觉性。

画纸的宜横或宜直,组合物在纸上的布置,以及各个物体的细写,都必须是学生的经过考虑的、自觉的工作。

使学生注意各物体的布置,同时又必须注意各物体性状的表现。在铅笔画中,须使表出各物体明暗的相互关系;在彩色画中,须使表出各物体的鲜明的、多汁的或其他的性状。

小组工作中,除了描写个别物件及组合物件之外,风景画及人物画也占有相当的地位。

风景画以远足中的观察为基础,这远足是专为此而举行的。学生在当地作速写,以便后来用水彩完成它们。这样的速写,可以发展学生的能力,使他们善于选择风景中富有趣味的部分,抓住其最富有特色的地方,又可帮助他们记忆所见的现象——色彩的大体、空间的关系、地形的关系。教师的任务,在于尽力防止学生作细部描写和不重要的东西的描写,而使他们的注意力集中在风景的特色上:气候、晨夕、大体色彩和风景的性质等。

远足的主要任务,尤其是在中级小组开始工作的时候,应该是发展组员的视觉感受力和在风景中看出主要特色的能力。

谈话是一种重要的学习方法,小组的领导者宜广泛地应用这种方法。同时又宜选取描写各种时节的自然界状况的绘画复制品给组员们看,作为示例。

因了组员的年龄和观察能力的增长,其作业渐渐繁复起来。

起初,为了要使工作易于着手,领导者宜劝告组员们描写有界限的空间,例如学校的大门,后面略带建筑物和树木。空间扩大起来,应该教组员们依照一定的计划而独立地选择画的主题。这时候组员们必须自觉地决定:何者为前景,何者为后景……画面如何组成——物体的形状、位置、空间关系和色彩关系如何。同时又必须注意,学生的工作应该具有一定的内容,具有学习的性质,具有一定的教育任务,使学生能观察,能分析,能掌握其所见的现象,表明其对所见现象的关系,而有始有终地工作。这一切都是课外作业的基本任务。

在中级和高级小组中,同学校课内工作一样,也采用人物写生。人物写生的大体方法,和课内工作相同;不过课外工作中的人物写生,除了速写以外,还可用时间较长的写生,持续约两小时。

立正不动的姿势,是最初的课题,这可使学生认识人体构造的基本规则,人体各部的比例,以及该模特儿的特相。认识了这些之后,可以渐渐描写更复杂的人物,即由立正不动的姿势进而描写表现不很复杂的动作的姿势,例如重心偏于一只脚上而站立的人物。这时候须观察人物的重心点和人体各部因这动作而发生的变化。渐渐进步,可以描写动作中的人物,例如正在走路的人、负着重物的人、举起一只手的人等。

速写所需的时间,可因小组成员的不同和技能的高下而增减。组员们画得多了,渐渐进步,这时候为了更自觉地、仔细考虑地工作,其所需要的时间也更多。这时速写可延长为十五至四十五分钟。倘组员速写时喜作细部的描写而忽略了大体,则不但必须劝告他们画出主要点和特点,又必须缩短他们速写的时间(至五分钟),使他们来不及描写速写中所不需要的、不重要的部分。长时间的人物写生,模特儿宜作安定的姿势。坐着的人物,最好画侧面形或四分之三的侧面形,借以避免过分的透视法的缩狭。这时候同速写的时候一样,要求组员注重大体,画出模特儿的身体的构成、各部的比例及其特相。

与人物写生同时,又必须作记忆的人物速写画。

记忆的人物速写在观察之后进行。先教学生观察模特儿的特相、各部的比例和透视法的缩狭;然后教模特儿退去,而教学生凭记忆画出其姿态来。检阅作品的时候,模特儿仍须照前样装姿势。又可教学生作想象的速写画,即教学生想象从另一方面、另一视点画出眼前的模特儿来。在中级小组中,同在别的小组中一样,除写生画以外,又可采用出题作画。

关于出题作画,必须指出下列的步骤:

(一)选择题材;

(二)出题作画的准备工作;

(三)打草稿,初步表出画的构成;

(四)修改草稿中的形状;

(五)评阅完成的作品。

在高级小组中,出题作画也须依照上述的顺序进行。

选择题材是很重要的事。因为画的内容和性质,都是因题材而决定的。

题材选择的最重要点,是其内容必须为学生所理解而发生兴味。题材必须是具体的,才能唤起学生清楚的想象。例如"树林""草原"以及相类似的题材太广泛,不易使学生表出特点;而"春天的花园"之类的题材是可采用的,因为它能产生一定的视觉观念,使学生能想象春花怒放的光景。

题材描写的准备工作,是观察风景(例如"春天的花园"),或者读文学作品,以丰富其想象,或者由领导者示范(复制品),或者作有关该题材内容的谈话。这些准备工作都可帮助作品的表现。

最初构想的发生,由于全面的研究、观察和思索;以后的发展,则赖于教师的指导。

因题材的内容不同,教师须预先考虑用什么方式来帮助学生。出题作画是各种画法中最困难的一种,所以教师必须有充分的准备。

出题作画规定是彩色的。草稿和速写则仅用铅笔画。

高级小组

在高级小组中,比较起别的小组来,图画在作业计划方面占有主要的地位。在这小组中,采用石膏制的装饰模型,使学生理解线的造形的性状及其表现立体空间形状的意义。此外,石膏装饰模型的描写,可使学生在这形状新颖而材料生疏的物件上认清透视法的构成。观察均齐对称形的透视法构成,可使学生增强分析的能力而获得正确的描写力。

高级小组中所用的模型的特性,是使学生的描写非正确不可。例如具有严格而正确的形状的古代花瓶,便是模型之一种。

高级小组中的新作业,是室内图的描写。

室内图的描写是练习空间表现的最高阶段。以前的一切工作,都要准备从同一高度的个别物体描写(初级小组)和组合物体描写(中级和高

级小组)进而至于各种高度、各种距离的物体描写,最后进而至于室内图
的描写。

室内图的描写应该和以前的工作相联系,初学室内图描写时,应该
先描写有背景(房间的墙壁,房间的一角)的静物和置在各种高度上的静
物。例如描写房间的一角:桌子上放着食器,桌子旁边放着椅子,椅子上
放着篮子或匣子。

室内图的描写,同别的图画一样,也要求一定的顺序。起初应该画
室内的一小部分,例如房间内的一角,然后描写房间内有桌子、凳子和窗
子的一角。这样的练习经过多次以后,可描写空房间和有各种家具的
房间。

室内图的描写除写生外,同时再作记忆画,是很有益的。教师平时
常使学生集中注意力于室内的透视法现象,描写室内图的记忆画时,就
可应用这种透视法现象的研究。

描写室内图的记忆画跟着写生画而作,可使学生独力地检查并巩固
室内图描写的技术。此外,在高级小组中,作室内图描写的记忆画练习,
对于出题作画有很大的帮助。

在高级小组中,静物写生和出题作画的学习,与中级小组相同;不过
对于学生工作品质的要求更提高些。对于高级小组的组员,要求更充分
表现静物中的各物件的特性,例如各物件的质地的疏密、轻重、透明不透
明等,又要求他们更完美、更统一地表现静物。

跋

杨子耘

认识丰子恺先生,可以说绝大多数人都是从他的漫画开始的,然后渐渐发展到阅读他的随笔。郁达夫就曾这样说过:"人家只晓得他的漫画入神,殊不知他的散文,清幽玄妙,灵达处反远出在他的画笔之上。"其实,除了漫画与散文,丰子恺文学艺术创作还有另一大领域——翻译。这次浙江大学出版社推出的《丰子恺译文集》,便是丰先生文艺创作中这一领域的大结集。

丰子恺的翻译作品很多,语种包括英语、俄语和日语。他的英语最初是在浙江省立第一师范学校时学的,赴日求学期间,他曾报名参加日本当地人学习英语的班级,同时深造英日两门外语。

丰子恺的第一本翻译作品为俄国作家屠格涅夫的中篇小说《初恋》。在从日本归国的轮船上,丰子恺便开始尝试翻译。所用的版本为日英对照读本,英译为伽奈特夫人,日译并加注的是藤浪由之。而这本书的出版是在译作完成近十年后,由开明书店出版。丰子恺1922年翻译完成《初恋》后,投稿给商务印书馆,但编辑认为"内容晦隐"予以退稿。到1928年开明书店筹划出版"英汉译注丛书",丰子恺才拿出这本初译的《初恋》。

丰子恺发表的第一本翻译作品,是日本文艺批评家厨川白村的文艺理论书《苦闷的象征》,当时中国正处在新文化运动时期,尤其是在五四运动后,诞生了许多抒写那时知识分子在新旧社会变革、动荡中的觉醒、彷徨、苦闷的新文学作品。而《苦闷的象征》正好契合了当时中国的文艺创作思潮,使国内的新文学作家们对《苦闷的象征》产生亲切感。丰子恺翻译的《苦闷的象征》恰好与鲁迅的译作同时完成,为此丰子恺还特意登门拜访鲁迅先生,为两人的翻译选题"撞车"表示歉意。鲁迅毫不在意地说:"早知道你在译,我也不会译了。其实,这有什么关系,在日本,一本书有五六种译本也不算多呢。"

丰子恺有很多译作完成于建国以后,除了大量俄译艺术教育图书外,还有屠格涅夫的《猎人笔记》、柯罗连科的《我的同时代人的故事》(与女儿丰一吟合译)、紫式部的《源氏物语》,以及"文革"时期翻译的《伊势物语》等。其中《源氏物语》流行广泛,印有各种版本,也引起一些争议,这与丰先生的翻译风格有关。

丰子恺的翻译推崇信、达、雅兼顾,这也是他的译作至今仍受读者欢迎的一个重要原因。他主张翻译应该尽量做到"通俗易懂",他在《漫谈翻译》一文中说:"我们把世界各国的书籍翻译为本国文,由此可以知道世界任何一个国家的人民的思想感情。他们也可以把我们的书籍翻译为他们的本国文,由此可以知道我们的人民的思想感情。"翻译必须"又正确、又流畅,使读者读了非但全然理解,又全不费力。要达到这目的,我认为有一种办法:翻译者必须深深地理解原作,把原作全部吸收在肚里,然后用本国的言语来传达给本国人。用一个譬喻来说,好比把原文嚼碎了,吞下去,消化了,然后再吐出来。我学外文,有时取别人的译本来和原文对读。我常常感到,消化了吐出来的固然很多,然而没有消化就吐出来的亦复不少"。

　　嚼碎、吞下、消化、吐出，是丰先生颇为形象的比喻，所以他的译作很少有"翻译腔"。还是拿《源氏物语》的翻译举例，有人不赞成丰先生的翻译风格，比如周作人，他认为"丰氏源氏译稿，乃是茶店说书，似尚不明白源氏是什么书"。当然也有很多人赞同，叶圣陶先生认为："《源氏物语》译笔极好，如此作品用如此文章翻译最为适宜。"中国海洋大学教授、翻译家林少华也认为丰译《源氏物语》"鬼斧神工，曲尽其妙，倭文汉译，无出其右"。

　　不管怎样，读者的认同至关重要。丰子恺的译作，有的至今已有六十多年，仍不断重版，这便是个最好的例证。而有了浙江大学出版社的《丰子恺译文集》，读者更可以全面了解丰子恺先生文学艺术创作中除漫画、随笔之外的另一大巨著——译文。